PETER HØEG
DER SUSAN-EFFEKT

Roman

Aus dem Dänischen
von Peter Urban-Halle

Carl Hanser Verlag

Die dänische Originalausgabe erschien
2014 unter dem Titel *Effekten af Susan*
bei Rosinante in Kopenhagen.

2 3 4 5 19 18 17 16 15

ISBN 978-3-446-24904-2

Satz: Satz für Satz. Barbara Reischmann, Wangen im Allgäu
Druck und Bindung: CPI – Ebner & Spiegel, Ulm
Printed in Germany

FSC
www.fsc.org
MIX
Papier aus verantwortungsvollen Quellen
FSC® C083411

ERSTER TEIL

1

Wer sich für den Ehrenwohnsitz der Carlsberg-Stiftung in Valby interessiert, 850 Quadratmeter, voll unterkellert, mit Park, mietfrei und auf Lebenszeit, tut gut daran, sich beizeiten den Nobelpreis für Physik zu besorgen. Das hat Andrea Fink schon in jungen Jahren getan, weshalb sie das Haus irgendwann in den Sechzigern als Nachfolgerin von Niels Bohr übernehmen konnte und seit fünfzig Jahren bewohnt.

Jetzt bereitet sie sich darauf vor, es zu verlassen. Sie liegt im Sterben.

Die meisten nähern sich dem Tod widerstrebend, ich zum Beispiel werde ihn schreiend erwarten und dabei mit den Armen fuchteln. Andrea Fink schwebt ihm entgegen wie eine Operndiva bei ihrem Abschiedskonzert.

Es wird eine Wohltätigkeitsveranstaltung, sie hat alles verschenkt. Der Saal, den ich betrete, ist vollkommen nackt, mit Ausnahme ihres Krankenbetts. An den Wänden sind nur noch cremefarbene Felder übrig, wo die Gemälde hingen.

Nicht mal ein Stuhl ist noch da. Ich gehe zum Bett und stütze mich auf meine Krücke.

Ihr Gesichtsfeld ist eingeschränkt, erst als ich vor ihr stehe, sieht sie mich.

»Susan«, sagt sie. »Was würdest du tun, um deine Kinder wiederzubekommen?«

»Alles.«

»Dazu wirst du Gelegenheit bekommen.«

Sie öffnet die durchsichtige Hand, die auf der Decke ruht,

ich lege meine Hand in ihre. Sie wollte denjenigen, mit dem sie sprach, immer berühren.

»Du bist dünn.«

Ich spüre ihr Mitgefühl rein physisch. Bohr hat über sie gesagt, sie sei die einzige Berühmtheit, die er kenne, die durch ihre Berühmtheit nicht korrumpiert wurde.

»Ruhr. Aber ich werde behandelt.«

Irgendetwas drückt mir von hinten gegen die Beine, ein Stuhl wurde doch noch aus dem Nichts herbeigezaubert. Der Zauberkünstler bewegt sich im Halbkreis um mich herum und geht hinter dem Bett in Deckung.

Ein kleiner eleganter Mann mit starkem Glauben.

Er glaubt fest daran, den besten Schneider und den mächtigsten Staatsapparat zu haben. Sein Name ist Thorkild Hegn, angeblich ist er Staatssekretär im Justizministerium gewesen. Es ist das zweite Mal, dass wir uns begegnen.

Das erste Mal ist zwei Wochen zuvor, im Tula-Gefängnis in Manipur an der Grenze zu Burma, im Besuchszimmer, wie sie es nennen, einem fensterlosen Grabgewölbe aus Beton.

Das Erste, was mir auffällt, als sie mich ihm gegenüber plazieren, ist: Hier haben wir einen Mann, der den zweiten Hauptsatz der Thermodynamik außer Kraft gesetzt hat. In einer Stadt und einem Raum, wo alles und alle schwitzen, auch der Beton, wirkt er kühl und aufgeräumt in Jacke, Schlips und weißem Kragen.

»Ich komme von der dänischen Botschaft.«

Natürlich kommt er nicht von der Botschaft. Sein Teint ist weiß und zart, er kommt direkt aus Dänemark.

»Wo sind meine Kinder?«

»Ihr Sohn befindet sich in Almoeda in Haft, einer kleinen Grenzstadt zu Nepal. Wegen versuchten Antiquitätenschmuggels. Ihre Tochter ist offenbar mit einem Priester des Kalitempels in Kalkutta durchgebrannt.«

Wir sehen uns an. Die Zwillinge sind sechzehn Jahre alt.

»Ihr Mann ...«

»Von dem will ich nichts hören.«

Er legt irgendetwas auf den Tisch. Ich habe Sehstörungen, deshalb kann ich zunächst nicht erkennen, was es ist. Allmählich kommt es, es ist das *Time Magazine*.

Auf dem Titel sind vier Menschen abgebildet. Ein Mann sitzt an einem Konzertflügel, an den sich zwei Kinder mit je einer Geige lehnen. Neben dem Mann steht eine Frau, die ihre Hand auf seine Schulter legt; rücksichtslose Menschen haben sie dazu überredet, sich mit Talar und Doktorhut auszustaffieren.

Die Kinder sind blond gelockt und blauäugig und sehen aus, als gewännen sie alle Herzen im Handumdrehen und würden im nächsten Augenblick ein Aufenthaltsstipendium für die exquisitesten Konservatorien des Auslands erhalten. Der Mann hat seelenvolle und melancholische Augen, und sein feines Lächeln verrät, dass es jedenfalls kein mangelndes Selbstwertgefühl ist, das seine Seele belastet.

Unter dem Bild steht »The Great Danish Family«.

Die Kinder mit der Geige sind meine. Die Frau mit dem Doktorhut bin ich. Der Mann am Klavier ist Laban Svendsen, mein Gatte. Es ist meine eigene Familie, die ich im Blick zu behalten versuche.

»Ihr Mann ist nach Goa gefahren. Mit einer Maharadschatochter. Siebzehn Jahre alt. Mit der versammelten südindischen Mafia auf den Fersen. Und wie ist es hier? Komfortabel?«

»Tadellos. Wir sind dreißig Frauen auf fünfzehn Quadratmetern. Türkisches Klo in der Ecke. Eine Tonne Regenwasser und eine Schale Reis pro Tag für alle. Jede Nacht Schlägereien mit Rasierklingeneinsatz. Drei Wochen, ohne einen Anwalt gesehen zu haben. Letzte Woche hab ich Blut gepisst.«

»Wir können Ihnen Arzneimittel besorgen. Das Mädchen in Gewahrsam nehmen. Wir arbeiten an der Freilassung des Jungen. Vielleicht finden wir Ihren Mann, bevor die Mafia ihn findet. Wir hoffen, Sie alle in einer Woche in Dänemark begrüßen zu dürfen.«

Er will wedische Wunder vollbringen. Das herrschende Chaos der indischen Rechtsprechung überwinden. Auslieferungsvereinbarungen umgehen, einen Menschen ausfindig machen, der im indischen Weltmeer verschwunden ist. Und trotzdem fällt einem nur eine Frage ein: Nicht ob er es schafft, sondern warum er es tut.

Der zunehmend kleiner werdende Teil der dänischen Bevölkerung, der noch nie gesessen hat, hält Gefängnisse für stille Orte, niedergedrückt von Reue und Selbstprüfung. Das ist ein Irrtum. In Gefängnissen herrscht ein Lärm wie in Raubtierkäfigen zur Fütterungszeit. Aber im Besuchszimmer sind die Wände massiv, sie halten die Hochfrequenzschwingungen auf. Hier drinnen ist der Krach eher eine Vibration als ein Geräusch.

In dieser relativen Stille hätte er aufstehen und gehen können. Das tut er nicht. Irgendetwas hält ihn fest, er weiß nicht was.

»Sie sind wegen versuchten Totschlags mit bloßen Händen angeklagt. Nach dem Polizeibericht zu urteilen muss Ihr Opfer ein Mann von einem Meter neunzig und athletischer Statur wie ein griechischer Held gewesen sein. Wie hängt das zusammen?«

Seine Verwunderung ist ganz normal. Ich bin ja selbst verwundert. Wenn ich je wiedergewinnen sollte, was mich die letzten Monate gekostet haben, kann ich mich glücklich schätzen, wenigstens wieder die Fünfundfünfzig-Kilo-Marke erreicht zu haben.

Die Veränderung besteht darin, dass er seine Neugier nicht verbergen kann.

»Das Kasino hat der Polizei erzählt, Sie wollten Jetons kaufen und hätten ihnen dafür seine Organe versprochen.«

»Das war ein Scherz.«

»Das Kasino hat es nicht so verstanden. Der Mann auch nicht.«

In dem Moment dämmert es ihm, dass er die Kontrolle verliert. Seine Fassade beginnt zu bröckeln. Einen kurzen Augenblick huscht der Schock, eine unbekannte Schwäche bei sich selbst entdeckt zu haben, über sein Gesicht. Dann steht er auf.

Hier und jetzt, vierzehn Tage später in Carlsbergs Ehrenwohnsitz, ist der Schock immer noch nicht ganz verschwunden. Aber dieser Mann begeht nicht zweimal denselben Fehler. Deshalb sorgt er dafür, dass das Krankenbett zwischen uns steht.

Er hält eine Aktenmappe in der Hand. Und dieselbe Nummer des *Time Magazine* wie vor zwei Wochen im Gefängnis.

Das Kopfende von Andrea Finks Bett steht vor einer Wand aus Glas. Draußen ducken sich aus fremden Erdteilen eingeführte Bäume und Büsche unter zehn Zentimetern schmuddeligem Tauschnee und wundern sich mit uns, was man in Dänemark in dieser Jahreszeit eigentlich zu suchen hat. Aus dem Park erklingen Kinderstimmen. Ihr Gesicht hellt sich auf. Vielleicht sind es die Enkelkinder, vielleicht hat sie die Familie zusammengerufen, so kurz vor der Ziellinie.

In diesem Augenblick spüre ich, dass die Zwillinge in der Nähe sind.

Es ist eine irrationale Wahrnehmung, keine Reaktion auf einen physisch messbaren Reiz. Ich komme hoch und humple auf eine Doppeltür zu und schiebe sie auf.

Thit und Harald, die Zwillinge, das ist das Erste, was ich wahrnehme. Aber nicht das Erste, auf das ich den Blick richte. Als Erstes sehe ich den Mann am Flügel an, Laban Svendsen, meinen Mann, den Vater der Kinder.

Zur Bedeutung seines Vornamens sind im Laufe der Zeit viele Meinungen kundgetan worden. Ich kenne die autoritative Erklärung. Seine Mutter erzählte mir einmal, sie habe ihn so getauft, weil er schon von Geburt an eine so starke Ähnlichkeit mit einem Barockengel hatte, dass ihr Mutterinstinkt es für notwendig erachtete, ihm so früh wie möglich ein hübsches Knüppelchen zwischen die Beine zu werfen.

Er ähnelt noch immer einem Engel. Aber mittlerweile ist er fünfundvierzig. Und hatte die indische Mafia auf den Fersen.

Zu meiner Zufriedenheit stelle ich fest: Das hat ihn gezeichnet. Und zu meinem Bedauern bemerke ich, dass es ihn nicht tiefer gezeichnet hat.

Dass ich ihn zuerst ansehe, ist einer fest verankerten Vereinbarung zu verdanken. Schon vor der Geburt der Zwillinge wussten er und ich, dass wir Gefahr liefen, in unserer Beziehung zu den Kindern zu ertrinken. Deshalb verständigten wir uns auf einige Spielregeln. Die auch jetzt noch gelten, wo die Familie in Auflösung begriffen ist. Die erste dieser Regeln lautet: Wenn wir uns treffen und die Kinder sind zugegen, bestätigen wir, die Erwachsenen, zunächst einmal unsere eigene Existenz.

In grauer Vorzeit geschah das mit Küssen und Umarmungen. Nun sind es nachdenkliche Blicke, die lebenslangen Groll und Sanktionen ohne Ende versprechen.

Die Zwillinge stehen an den Flügel gelehnt. Aber sie haben keine Geigen. Und das ist nicht das Einzige, was fehlt, seit wir für das *Time Magazine* posiert haben. Auch etwas von der Unschuld, die der eine oder andere auf dem Foto zu bemerken meinte, ist verloren gegangen.

Sie laufen, ich stürze ihnen entgegen, wir treffen uns mitten im Raum und klammern uns aneinander.

Es ist eine äußerliche Wiedervereinigung. Innerlich habe ich sie schon vor langer Zeit verloren. Vielleicht schon bei der Geburt. Die kurz und hart war. Der Arzt wollte mir etwas Schmerzlinderndes geben, ich muss ihm irgendwas gesagt haben, bei der Visite achtundvierzig Stunden später war er immer noch blass. Aber ich wollte nichts versäumen.

Als ich die Zwillinge an die Brust legte, platzte die Blase, in der wir während der Schwangerschaft gelebt hatten. Ab der Minute, in der sie zur Welt kommen, bewegen sich Kinder von ihren Eltern fort. Sie drehen sich zur Brustwarze hin. Aber irgendwo weit unten in ihrem Nervensystem arbeiten sie bereits daran, von zu Hause auszuziehen.

Dennoch verspüre ich eine überwältigende Erleichterung. Und eine überwältigende Angst. Die meisten Naturgesetze können als energetische Gleichgewichtszustände formuliert werden. Wer ein Kind bekommt, erhält eine genau abgestimmte Balance von Liebe und Angst vor dem Verlust. Und wer Zwillinge bekommt, kriegt's doppelt. Auf beiden Seiten des Gleichheitszeichens.

Die unterdrückte Erschöpfung bricht wieder durch, das Zimmer schwankt, die Zwillinge führen mich zu einem Stuhl.

Thorkild Hegn steht in der Tür. Mit der grauen Aktenmappe. Und dem *Time Magazine*.

»Sie sind für viele ein Symbol. Der Künstler. Die Wissenschaftlerin. Kulturbotschafter der UNESCO. Mitverantwortlich für das größte EU-finanzierte Ausbildungsprojekt aller Zeiten außerhalb Europas. Wir werden versuchen, dieses Symbol zu erhalten. Wir glauben, wir können die indische Polizei besänftigen. Ein dänisches Verfahren vermeiden. Und verhindern, dass die orientalischen Dämonen, mit denen Sie sich angelegt haben, Sie bis hierhin verfolgen. Das wird ein paar Wochen in Anspruch nehmen. Wir haben die Heizung in Ihrem schönen Haus angestellt. Und den Kühlschrank aufgefüllt. Draußen steht ein Wagen, der Sie nach Haus fahren kann.«

Laban und die Zwillinge schauen ihn dankbar an. Sie sehen in ihm die gute Fee.

Das ist ein Irrtum. Es liegt an ihrer Sozialisation. Laban wurde geboren, um von der Wiege bis zum Grab geliebt, bejubelt und massiv gesponsert zu werden. Die Zwillinge haben ihren sechzehnten Geburtstag gefeiert, ohne vom Schicksal härtere Schläge empfangen zu haben als liebevolle Klapse auf ihre gepuderten Popos. Sie haben noch keinen Verdacht geschöpft. Sie glauben, das Dasein sei eine Art Geschenkartikelshop mit freier Auswahl auf allen Regalen, selbst Laban, der es eigentlich besser wissen müsste, glaubt es.

Die Buchführung der Familie war immer meine Aufgabe. Und zwar nicht nur, weil ich mich mit Zahlen auskenne. Sondern weil ich die Einzige von uns vieren bin, die eine Ahnung davon hat, was die Wirklichkeit kostet.

Was die Wirklichkeit kostet, kommt nun allmählich zum Vorschein.

»Dafür bitten wir Sie um einen ganz kleinen Gefallen, Susan. Wir bitten Sie, jemanden etwas zu fragen.«

Er legt die graue Aktenmappe auf den Flügel.

Im Zimmer wird es still. Abgesehen von den fernen Kinderstimmen und den spiritistischen Interferenzen, die stets um einen Flügel herum wispern. Sogar die Zwillinge verstehen langsam, was sich hier gerade abspielt.

Thorkild Hegn verhält sich still. Er droht nicht, er nötigt nicht. Ohne ein Wort zu sagen, lässt er die Wirklichkeit auf uns einwirken.

»Da steht eine Telefonnummer auf dem Umschlag. Für den Fall, dass Sie gute Nachrichten haben.«

Dann schließt sich die Tür. Er ist weg. Am andern Ende des Raums geht eine Tür auf, wir sehen in ein Entree mit einer Glastür. Draußen steht ein Auto und wartet. Familie Svendsens Audienz im Carlsberg-Ehrenwohnsitz ist zu Ende.

2

Ich stehe an meinem Herd und bereite eine Creme aus Tomaten und frischen Küchenkräutern zu.

Es ist ein kleiner Industrieherd, Naturgas, ich habe ihn eigenhändig auf einen Druck von 29 Millibar konvertiert, das sind dreißig Prozent über dem zugelassenen Maximum, ich mag es, wenn die Flammen fauchen.

Induktion kommt mir nicht ins Haus. Wenn Maxwell geahnt hätte, welch ein Missbrauch mit seinen Gleichungen getrieben würde, hätte er sie nicht veröffentlicht. Der heimische Herd besteht nicht aus einem Magnetfeld, er besteht aus offenem Feuer. Ich will den blauen Kern der Gasflamme aus fließenden Kohlenwasserstoffen sehen, und ich will – wie jetzt – den holzbefeuerten Pizzaofen draußen im Nieselregen zischen hören.

Die Zwillinge sitzen auf dem Sofa, Laban am Flügel. Vor einer Dreiviertelstunde haben wir die Türschwelle überschritten und noch kein Wort gewechselt.

Das Haus war ein Traum. Der platzte.

Laban schwebte es vor Augen, ich habe es realisiert, das war unsere Arbeitsteilung. Es hat dreihundert Quadratmeter Grundfläche, begrenzt von Wänden mit weißem Wischputz und bedeckt mit einem gewölbten Zinkdach, das innen holzverkleidet ist wie ein Hangar aus dem Ersten Weltkrieg.

Die Empfindung, das Ganze könne fliegen, wird von großen Partien verspiegeltem Glas verstärkt, das vom Boden bis zur Decke reicht und die Sicht auf einen grünen Dschungel freigibt.

Wir errichteten es aus Materialien, die wie unsere Ehe fünfhundert Jahre und am liebsten bis in alle Ewigkeit halten sollten. Die Böden sind aus massiver Eiche, Laban bohrte, während ich dafür sorgte, dass die Unterleglatten waagerecht lagen. Und wir bauten so, dass die Freiheit nicht unter der Solidität litt, von drinnen sieht es aus, als schwebte das Ganze irgendwo in den Baumkronen eines temperierten Urwalds.

Tut es natürlich nicht. Das Haus liegt im Evighedsvej in Charlottenlund. Eine Viertelstunde vom Kopenhagener Zentrum. Wenn es gut läuft.

Dass Häuser leben, ist eines der forschungsstrategischen Axiome, die ich in der Wissenschaftlichen Gesellschaft noch nicht vorgestellt habe. Aber das kommt. Ich warte auf die richtige Gelegenheit.

Unser Haus atmet. Gerade noch so. Wir sind ein halbes Jahr weg gewesen. Allein das erzeugt eine Grundstimmung der Verlassenheit. Hinzu kommt, dass wir etwas mitgebracht haben. Eine Stimmung, gegen die kein Baumaterial auf die Dauer ankommt.

Manche glauben, ein gelungenes Familienleben erreiche man durch gelungene Kompromisse. Das ist nicht wahr. Liebe ist kompromisslos. Familien gelingen, indem man Koans löst. Oder richtiger: sie auflöst.

Ich dachte, wir hätten sie für immer gelöst.

Ich hätte es besser wissen müssen. Nichts auf der Welt ist für immer. Die Naturgesetze sind provisorisch. Kaum ist die Physik mit *einem* Weltbild zur Ruhe gekommen, löst es sich schon wieder auf und erweist sich als Sonderfall in einem größeren Paradigma. Zu den ersten Dingen, die mir Andrea Fink erzählte, gehörte die Aussage von John Bell auf einem Seminar im Amherst College, dass die Quantenphysik schon von ihrer Grundlage her den Keim zu ihrem eigenen Untergang in sich trage.

So haben sich nun auch die guten Jahre der Familie Svendsen als vorübergehende Harmonie in einem sehr viel umfassenderen Chaos erwiesen.

Wir haben es versucht. Und eines der Rätsel, das wir lösten, war die Frage, wie vier Extremindividualisten, die jeder für sich von Natur aus Einsiedler sind, unter demselben Dach wohnen können.

So wie die Küche und das Wohnzimmer, die nun einen großen Raum bilden. Ohne irgendwelche Streitereien einigten wir uns auf die Möbel, den Flügel und die weißen Wände. Und darauf, dass das einzige Bild an diesen Wänden das Foto von Andrea Fink sein sollte.

»Ich freu mich, euch zu sehen.«

Thit hat das Schweigen gebrochen.

So mancher würde darin wenigstens einen Anfang sehen. Der ermuntert. Wir nicht. Seit dem Kindergarten wird sie von Freunden und Freundinnen »Thit-guck-und-buh« genannt. Nach einer liebenswerten Einleitung folgt in der Regel eine rasiermesserscharfe Fortsetzung. Wie jetzt.

»Ich wurde von einer Frau von der Polizei abgeholt. Irene. Die die ganze Zeit im Flugzeug neben mir saß. Sie sagte, Harald hat achtzig Jahre zu erwarten. Mama fünfundzwanzig. Weil der Mann ein bekannter Bollywood-Schauspieler ist. Ich glaube, wir sollten uns mal umsehen. Und nicht mehr daran denken, was für eine Familie wir mal gewesen sind. Sondern was für eine wir geworden sind. Ohne dass uns das so richtig aufgefallen wäre. Mama steht auf junge Männer.«

»Er war fünfundzwanzig«, sage ich.

»Du hättest seine Mutter sein können.«

Ich sage dazu nichts. Streng biologisch hat sie recht.

»Papa will junge Mädchen. Harald will Geld. Und ich …«

Wir halten den Atem an.

»Ich will ein Haus am Meer. Sechs Reitpferde. Und Angestellte, die saubermachen.«

Wir atmen aus. Respektvoll. Es gibt nicht viele Mädchen von sechzehn Jahren, die derart tief in sich hineinzuschauen wagen.

Ich hebe den Teig aus der Rührschüssel. Die Schmedtler-Waage hat das Mehl aufs hunderttausendstel Gramm genau abgewogen. Das machen mir nicht viele Hausfrauen nach. Das Wasser und die mechanische Einwirkung haben elastische Peptinketten gebildet.

Die Tischplatte ist aus Corian, Stein, der zerkleinert und wieder zusammengeklebt wurde, die stoffliche Qualität ist auch die Lösung eines Koans, einer unmöglichen Aufgabe, eines physikalischen Paradoxes: die Vereinigung von Marmor, Plastik und Porzellan.

Die Tischkante ist abgerundet. Über der Rundung hängt der Teig und zieht sich selber papierdünn. Wir Experimentalphysiker sehen die Formeln nicht vor uns, wir spüren sie mit den Fingern.

»Was hast du gespielt, Mama?«

Ich antworte nicht.

Alle drei sehen sie auf die Wand hinter mir, auf das Foto von Andrea Fink.

3

Fünfundzwanzig Jahre sind vergangen, seit ich Andrea Fink zum ersten Mal gegenüberstand.

Es war im großen Hörsaal des H.-C.-Ørsted-Instituts. Sie war selten in Dänemark, und noch seltener hielt sie Vorlesungen hier, das Auditorium fasst achthundert Zuhörer, es waren zweitausend gekommen, sie drängten sich bis weit in die Flure hinaus.

Sie sprach über die Riemann'sche Geometrie. Als sie geendet hatte, war sie in weniger als einer Sekunde verschwunden, so als hätte sie sich auf der Stelle in Luft aufgelöst. Später erfuhr ich, dass sie einfach den Horden von Leuten entgehen will, die ihr irgendein Schreiben überreichen, ihre Hände drücken oder den Saum ihres Mantels küssen wollen. Oder ihr einen Knopf abreißen wollen, um wenigstens ein greifbares Souvenir von ihr zu haben.

Keiner brachte es fertig, den Raum zu verlassen, obwohl sie weg war. Keiner wollte nach Hause gehen.

Nach einer Dreiviertelstunde waren schließlich doch alle gegangen. Außer mir. Ich saß immer noch auf meinem Platz, ganz allein. Da stand sie plötzlich wieder unten an der Tafel.

Der Hörsaal hat eine Akustik, dass zwei Personen, weit voneinander entfernt, ein Gespräch im Flüsterton führen können. Sie sprach gedämpft, aber ich hörte ihre Stimme in der hintersten Reihe klar und deutlich.

»Sie sind das, die mir geschrieben hat. Ich habe den Brief gelesen. Auch die Arbeit. Interessant. Aber es tut mir leid. Ich nehme keine Schüler.«

Sie kam nach oben.

»Einmal schreiben Sie, die Gewissheit, dass es Naturgesetze gibt, mache Sie am glücklichsten – die Stelle ist mir besonders aufgefallen. Was für ein Statement für eine Achtzehnjährige! Ich habe mich wirklich gefragt, ob ein Mädchen, das so was von sich gibt, nicht bloß eine Neurotikerin ist?«

»Und ist sie das?«

Sie trat näher. Sie sprach, als handelte es sich um jemand anderen.

»Sie kann ihren Körper spüren. Für so was interessiere ich mich. Die etwas tieferen Einsichten kommen nie ausschließlich vom Gehirn. Hat Sinn für Mathematik und Physik. Sieht reizend aus. Also wo ist das Problem?«

»Männer.«

Von irgendwelchen Problemen hatte ich in meinem Brief an sie nichts erwähnt.

»Was ist mit den Männern?«

»Sie sind knackig. Wie Äpfel. Sie zu ignorieren ist schwer für mich. Hinterher ist immer Chaos.«

Sie setzte sich auf den Platz vor mir.

»Was wollen Sie denn?«

»Ich will in die Physik. Die Uni ist eine Vorschule, ein Wartezimmer. Ich will nicht im Wartezimmer sitzen. Ich will rein. Dahin, wo Sie stehen. Drinnen. Ich fühle das. Ich habe das gefühlt, seit ich die ersten Artikel von Ihnen gelesen habe. Als ich zwölf war, hat mir jemand eine Tafel mit dem periodischen System gezeigt. Ich hab das sofort verstanden. Es war der glücklichste Augenblick meines Lebens. Ich verstand, dass es Naturgesetze gibt. Die das Chaos ausbalancieren. Ich will die Physik nicht von außen verstehen. Sie können den Menschen helfen hineinzukommen.«

Sie legte ihre Hand auf meinen Arm. Zum ersten Mal erlebte ich diese Berührung, die, wie ich mit der Zeit verstand, so unentbehrlich für sie war. Eine Berührung, die nicht nur freundlich war, sondern auch forschend. Auch ihre Finger versuchten, sich in meinem System zu orientieren.

»Sie schreiben, Sie seien von der Gruppenfeld-Theorie fasziniert. Sie hätten persönliche Erfahrungen. Woran denken Sie?«

»Ich rufe Aufrichtigkeit hervor.«

»Und das heißt?«

»An der Bushaltestelle vergehen zwei Minuten, dann hat mir der Mann vor mir in der Schlange von seiner kranken Frau erzählt. Im Bus erzählt mir dann die Frau auf dem Nebensitz von ihrer Liebe zu ihrem Hund. Die Jungs, die mit mir aussteigen, erzählen mir erst von ihrem Kummer, nicht für die erste Mannschaft nominiert worden zu sein. Und dann von den Mädels, in die sie verknallt sind.«

Sie knöpfte meinen Hemdärmel auf, krempelte ihn auf, drehte meinen Arm. Befühlte die Narben.

»Ich wollte immer gern eine Tochter haben«, sagte sie.

Kaum war es heraus, erstarrte sie. Der Satz war vollkommen fehl am Platz. Wie meine Antwort.

»Ich wollte immer gern eine Mutter haben.«

Menschen, die das zum ersten Mal erleben, erschrecken sich normalerweise. Sie nicht. Der Schock war nur schwach. Und dahinter steckte eine ungeheure Neugier.

»Ich war das nicht, die das gesagt hat«, sagte sie. »Und die deinen Ärmel aufgekrempelt hat. Es war etwas in mir. Etwas teilweise Fremdes.«

Wir blickten uns an. Sie sprach langsam, nach innen gewandt, sie scannte ihr eigenes System.

»Man hat den Eindruck zu fallen. Als wären wir nicht mehr

von den Konventionen gestützt, die gewöhnliche Unterhaltungen leiten. Hast du ein Wort dafür?«

»Wo ich aufgewachsen bin, nannten sie es den Susan-Effekt.«

Sie rollte meinen Ärmel hinunter und knöpfte ihn zu.

»Es ist keine gewöhnliche Forschung. Veröffentlicht wird nichts. Alle Ergebnisse sind vertraulich. Das Gehalt ist eine Sonderzahlung. Für deine Karriere ist das wahrscheinlich nicht gerade der direkte Weg.«

»Ich habe so einige Narben«, sagte ich. »Ich werde eine schwierige Schülerin sein.«

Sie lachte lauthals. Ihr Lachen machte alle und alles in ihrer Umgebung glücklich, sogar das leere Auditorium.

Sie stand auf.

»Du kannst mich nächste Woche besuchen kommen. Ich habe drei Söhne. Die fasst du mir nicht an.«

Wir sahen uns in die Augen. Gepaart mit tiefer Aufrichtigkeit kommt die Zukunft immer zum Vorschein. Vielleicht ahnten wir beide, dass ich sechs Monate später mit allen drei Söhnen im Bett gewesen sein würde. Und nach einem weiteren Jahr auch mit ihrem Mann.

Vielleicht wussten wir beide, dass ich mit den nun zwischen uns aktivierten Kräften versuchen würde, alles zu vertilgen, was mir im Weg stand, um ihr näherzukommen.

»Überleg's dir reiflich, Susan. Und brich bloß keine Brücken hinter dir ab.«

Ich sagte nichts. Es gab nichts zu überlegen. Es gab keinen Weg zurück. Und zwar nicht, weil die Brücken hinter mir abgebrochen waren. Sondern weil sie ihre Bedeutung verloren hatten.

4

Es gibt Frauen, die schon fünf Jahre vor der Schwangerschaft wissen, dass sie mit zwei Mädchen und einem Jungen niederkommen werden, die alle drei auf die Internationale Schule gehen und mehrere Sprachen sprechen und 2027 *Face of the Year* werden und Jura studieren und eine gute Partie machen und Mitglied des Ethischen Rats werden würden.

Ich wusste nur, dass ich Kinder bekommen und ihnen Essen machen würde.

Das hab ich gerade getan.

Wir essen schweigend. Möglicherweise ist dies die letzte Mahlzeit, die wir gemeinsam einnehmen werden. Trotzdem wird es ja wohl in Ordnung sein, es zu genießen.

Ich habe die gemeinsamen Essenzeiten nie mit Macht erzwungen. Als die Zwillinge klein waren und sämtliche Mahlzeiten als *Einmal volltanken!* auffassten, und zwar möglichst in der Luft, damit sie ihr Spiel wegen der Landung nicht unterbrechen mussten – in jenen Jahren wartete ich ab und ließ sie toben und vom und zum Tisch laufen, ganz nach Belieben. Ich glaube, sie waren neun, ehe wir zum ersten Mal eine Situation hatten, in der wir uns so ins Essen vertieften wie jetzt.

Wir spüren die leichte Schärfe des Salats. Die säuerliche Note der Sauce. Den Pizzaboden, so dünn, dass er nichts mehr von einem Brot hat, übrig geblieben ist nur der intensive Korngeschmack des italienischen Mehls und eine schwerelose Knusprigkeit unter dem Stallduft des geschmolzenen Käses, die säuerliche Süße der brühheißen Tomaten und die fette Bitterkeit der Oliven.

Ich werde es niemals irgendjemandem gegenüber zugeben. Aber jedes Mal, wenn ich ihnen Essen serviere, merke ich eine leichte Kontraktion der Gebärmutter. Als ich den Zwillingen die Brust gab, war es auch so. Es ist, als würde ich sie noch immer stillen. Und zwar nicht nur die Kinder, sondern auch diese Sonnenfinsternis namens Laban Svendsen.

Es ist ein vorgeschichtliches Gefühl, es hat etwas Präkambrisches, es hat die Evolution und Jahrmillionen hinter sich und die unzähligen Male, bei denen Säugetiere ihren Jungen die Brust gegeben und sie gefüttert haben.

Bald sind wir keine Familie mehr. Aber in diesem Moment sitzen wir zusammen, und ganz egal, wie schlimm es um uns steht: Nahrung muss sein.

Laban säubert sich die Finger mit der Serviette. Pizza haben wir immer mit den Fingern gegessen, Geschmack entsteht nicht nur im Gaumen, sondern auch in den Händen. Dann schlägt er die graue Aktenmappe auf und legt sie auf den Tisch.

Zuoberst liegt ein schwarzweißes Foto. Von einer Frau, vielleicht Anfang sechzig. Das Haar dicht, kräftig, weißgrau. Das Gesicht beeindruckend schön, skandinavisch, eine nordische Göttin, frisch eingetroffen aus Walhalla.

Nur die Kleidung passt nicht ganz dazu. Und der Schmuck. Um den nackten Hals liegt eine Reihe prächtiger Perlen, die sogar auf dem Foto einen Glanz verströmen, der sich nur in großen Muscheln entwickelt und in Tiefen, in die das Wort »Simili« nicht hinabdringen kann. Und der dunkle Wollpullover fällt mit der seidenartigen Schwere, die nur dem Kaschmir eignet.

Unter dem Foto liegt ein Umschlag. Laban reicht ihn mir, ich nehme ein Messer und schneide ihn auf. Er enthält ein DIN-A4-Blatt, ich lese vor:

»Magrethe Spliid, geboren 1942. Doktor in Geschichte, seit 1964 Dozentin an der Militärhistorischen Fakultät der Akademie für Verteidigung. Seit 1970 Beraterin der NASA. Aufenthalt in den USA von 1968 bis 71. Assoziiertes Mitglied der Universitäten Yale und Cornell, der Hochschule des amerikanischen Heeres, des Instituts für Konfliktforschung der US-Luftwaffe in Michigan. Seit 1971 Professorin an der Zweiten Abteilung der Akademie für Verteidigung, der Fakultät für Strategische und militäroperationelle Prognosen. Seit ihrem Ausscheiden 2012 fest verpflichtet als Beraterin.«

Darunter stehen zwei telegrafisch knappe Sätze in Blockschrift:

LETZTE ZWEI PROTOKOLLE ZUKUNFTSKOMMISSION DES FOLKETINGS?

MITGLIEDERVERZEICHNIS KOMMISSION?

Das ist alles.

Ich klappe meinen PC auf und suche Magrethe Spliid im Netz. Alles, was kommt, ist eine lange Liste ihrer Beiträge. Und vier kleine Zeitungsnotizen anlässlich ihres fünfzig-, sechzig- und siebzigsten Geburtstags. Sie ist vierundsiebzig. Sieht aber fünfzehn Jahre jünger aus, mindestens.

Thit und Harald stellen sich neben mich. Laban bleibt sitzen. Ein Computer ist für ihn ein Abfallprodukt. Er mag ihn nicht anfassen, er mag ihn nicht ansehen. Und vor allem kann sein verfeinertes Gehör es nicht ertragen, ihn zu hören.

Unter *Zukunftskommission des Folketings* gibt es keine Einträge.

Ich stelle unser Festnetztelefon auf den Tisch. Es ist vermutlich eines der letzten in Dänemark. Auf der Homepage des Verteidigungsministeriums steht eine Telefonnummer. Ich rufe an und stelle auf laut.

»Akademie für Verteidigung.«

Das ist keine fesche kleine Bürobotin, die ich da am Apparat habe. Sie ist Stabsfeldwebel im freiwilligen Frauenkorps.

»Ich möchte gerne mit Magrethe Spliid verbunden werden.«

»Das geht leider nicht. Wollen Sie ihr eine Nachricht hinterlassen?«

»Mein Name ist Susan Svendsen, Dozentin am Institut für Experimentalphysik. Ich hätte gern ihre Durchwahl.«

»Tut mir leid, die kann ich Ihnen nicht mitteilen.«

»Können Sie mir überhaupt etwas mitteilen?«

»Ich kann Ihnen die Mailadresse der Akademie geben.«

»Das würde mich mit einem kaum zu ertragenden Gefühl der Dankbarkeit erfüllen.«

Ein großer Vorteil von Festnetztelefonen und der eigentliche Grund, warum ich das unsere behalten habe, ist der Hörer. Man kann ihn nämlich auf die Gabel knallen. Zum Beispiel in diesem Fall.

Laban schüttelt den Umschlag. Und lauscht. Er hat sich stets durch das Dasein gelauscht. Der Umschlag raschelt. Laban dreht ihn um, heraus fällt ein kleines Foto.

Es ist ein Schnappschuss, in Farbe, mindestens fünfzig Jahre alt, aus der Zeit, als der Farbfilm noch neu war. Das Foto sieht aus wie koloriert, und die Farbe ist im Laufe der Jahre verblasst.

Aber an der Szene selbst ist nichts Verblasstes. Zwei junge Frauen sitzen auf der Terrasse des Cafés *A Portas* am Kongens Nytorv, die Sonne scheint, und sie teilen sich eine Flasche Champagner rosé und haben eine Ausstrahlung, dass man, obwohl der Fotoapparat es nicht eingefangen hat, genau weiß, dass die Schlange der Verehrer gleich außerhalb des Bildrahmens anfängt und bis weit in die Lille Kongensgade hineinreicht.

Die eine ist Magrethe Spliid. Wie sie mit Anfang zwanzig aussah. Weniger Ernst, weniger Durchschlagskraft. Aber dieselbe Schönheit.

Die andere Frau glaube ich zuerst nicht zu kennen. Aber irgendetwas an ihrem Gesicht macht mich unruhig.

Ich schaue auf und sehe die Blicke der anderen. Sie sind überrascht. Darüber, dass die Frau diejenige ist, die sie ist. Und darüber, dass ich sie nicht erkenne.

»Das ist Omi«, sagt Harald. »Mit vollen Segeln. Und zugeschaltetem Nachbrenner.«

Ich räume die Teller ab.

»Die Frau«, sagt Laban. »Laksmir, das Mädchen, mit dem ich unterwegs war, sie … war eigentlich meine Schülerin. Auf dem Konservatorium.«

Thit lächelt ihn an. Es ist die Sorte Lächeln, die durch Mark und Bein geht und sich an der Wand hinter dem Angelächelten festsetzt.

»Möchtest du damit sagen, Papa, dass euer Verhältnis in Wirklichkeit sozusagen musikalischer Natur war?«

Laban antwortet nicht. Er steht mit dem Rücken zur Wand. Eine ungewohnte Position. Für einen Mann, für den es sich von selbst versteht, dass ihm die Welt zu Füßen liegt.

»Mama. Warum hat uns Hegn nicht mehr Infos gegeben?«

Die Frage hat Harald gestellt. Er liebt Genauigkeit. Sparsame Informationen widern ihn an.

Ich sehe Hegn vor mir. Im Gefängnis. Im Ehrenwohnsitz. Diese Neugier, die er plötzlich nicht mehr zurückhalten konnte.

»Er testet uns«, sage ich. »Testet mich. Er glaubt nicht an den Susan-Effekt.«

5

Als ich Labans Gesicht zum ersten Mal sah, war es zum Teil hinter zwölf Kilo frisch aus der Erde geholten Kartoffeln verborgen, die Andrea Fink ihm zum Schälen vorgesetzt hatte.

Ich war neunzehn, ich kannte Andrea Fink seit anderthalb Jahren, und zu dieser Zeit war ihr Haus noch offen und gastfreundlich.

Aber die Abendessen, zu denen sie in den Ehrenwohnsitz lud, gehörten nicht zu der Sorte, bei der man einem Diener den Pelz reichte, sich an die gut gedeckte Tafel setzte, die gestärkte damastene Serviette auf dem Schoß ausbreitete und anfing, die verschiedenen Gänge in sich hineinzuschaufeln.

Andrea Fink lud die Gäste für 16.30 Uhr ein, warf ihnen schon im Entree eine Schürze zu und zeigte ihnen den Weg zur Spülküche hinunter, wo eine Schubkarre mit erdverklumpten Porreestangen ihrer harrte, während auf dem Tisch ein Viertel Kalb im eigenen Blute schwamm. Neben den zwölf Kilo frisch ausgegrabenen Erdäpfeln, die Laban Svendsen gerade schälte.

Keine sprachliche Wendung kann hinlänglich erklären, was in mir vorging, als ich ihn sah.

In gewisser Weise würde ich sagen, dass ich ihn wiedererkannte. Ohne ihn je gesehen zu haben.

Aber das braucht es manchmal nicht, um jemanden wiederzuerkennen. Manchmal, wie eben damals, ist es das dunkle Gefühl, Opfer einer sonderbaren Vertrautheit zu sein, deren Ursprung unerklärlich ist.

Ich machte kehrt, um das Weite zu suchen, aber Andrea Fink stand hinter mir. Sie reichte mir einen Kartoffelschäler und schob mich Laban gegenüber an den Tisch. Ich war gefangen.

Es waren kleine Kartoffeln, schorfig und mit dicker Schale und einem Haufen schwarzer Augen, die mich mit bangen Ahnungen anglotzten und ausgestochen werden sollten. In dem kalten Wasser wurden unsere Hände rot und steif. Wir standen uns gegenüber und arbeiteten, ohne ein Wort zu sagen.

Dann kam ein junges Mädchen in die Küche, vielleicht sechzehn Jahre alt. Sie gehörte zur Bedienung und war in Uniform. Man darf sich in Andrea Fink nicht täuschen. Dass die Gäste das Essen selber vorbereiten, hatte nichts mit Geiz zu tun, sie war immer von reichlich Personal umgeben. Und zwar sowohl in den Labors als auch in ihrer Unterkunft.

Laban drehte sich zu dem Mädchen um.

»Als ich acht war, hat meine Mutter Selbstmord gemacht«, sagte es. »Ich denke nicht mehr sehr oft daran. Aber ich hatte das Gefühl, ich müsste euch das sagen. Ich hab Vertrauen zu euch.«

Laban starrte sie an. Ich sah aus den Augenwinkeln, dass einige Gäste hinzutraten. Ich ahnte, was sich hier anbahnte, aber es ging trotzdem schneller als vermutet.

Eine ältere Frau beugte sich vor Laban zu dem Mädchen hinüber.

»Entschuldigung«, sagte sie. »Darf ich Ihnen was verraten? Bei mir wurde gerade ein Bandscheibenvorfall festgestellt. Am fünften Wirbel. Ich habe solch eine Angst, im Rollstuhl zu enden.«

Ich schätzte Laban zwei, drei Jahre älter als mich. Aber es war deutlich, dass er darin geübt war, einer gewissen Aufmerksamkeit ausgesetzt zu sein. Aber was sich hier entwickelte, war etwas anderes.

»Strahlen die Schmerzen in die Beine aus?«

Es war die Frage eines bekannten Arztes und Hirnforschers, der hinzugetreten war.

»So war es nämlich bei mir. Ich hab es ignoriert. Man ist schließlich ein Mann. Keiner sollte mich daran hindern, einen Morgen Land mit der Motorsäge abzuholzen. Ich habe den Nerv zerstört. Musste das Krankenhaus verlassen. Den Lehrstuhl räumen.«

Er demonstrierte sein Hinken. Der gleichsam elternlose Unterschenkel, der bei jedem Schritt willenlos hinterherschlackerte.

»So was zu hören ist wirklich nicht schön! Ich hab immer Angst vor dem Tod gehabt.«

Das sagte eine jüngere Frau, die eigentlich mit dem Porree beschäftigt war, aber jetzt von diesem Mahlstrom der Offenheit mitgerissen wurde.

Laban glich einem Ertrinkenden. Ich fasste ihn am Arm und führte ihn hinaus, langsam, ohne den Leuten den Rücken zuzukehren.

Wir kamen an einem Anrichteraum vorbei. Ich zog ihn hinein und schloss die Tür. Er starrte mich an.

»Was war das? Was ist da passiert?«

Ich hätte ihn gern schrittweise an die Wahrheit herangeführt, unter Berücksichtigung der pädagogischen, allmählichen Verifizierbarkeit, eines Elements, für das ich die Naturwissenschaften liebe. Aber dafür war keine Zeit.

»In einem Raum wie dieser Küche, in dem Menschen zusammen sind, kommt normalerweise nur ein kleiner Teil der Wirklichkeit aufs Tapet. In unserm Fall aber kam auch der Rest zum Vorschein.«

»Warum?«

»Das ist etwas, was um mich herum geschieht. Es war schon immer so. Ich bin damit geboren. Es ist ein Fluch.«

Die Tür ging auf, ein Kellner brachte einen Stapel Tabletts herein. Er entdeckte uns und hielt inne.

»Ich habe einen kleinen Sohn bekommen«, sagte er. »Gestern früh. Um 6.15 Uhr. 3800 Gramm. Ich denke immer nur daran. Seine Mutter und ich …«

Wir bewegten uns rückwärts in Richtung Tür.

»Ihnen nie den Rücken zukehren«, sagte ich leise. »Dann fangen sie an zu laufen.«

Wir waren auf dem Gang und schlossen die Tür hinter uns. Laban dachte, wir seien entkommen und erlöst. Ich hoffte lediglich auf eine Verschnaufpause.

Wir waren beide zu optimistisch. Die Treppe zum Erdgeschoss war von einem Seidenkleid blockiert, das so mächtig war wie der Mantel eines Mandarins.

Der Mantel umhüllte eine Nobelpreisträgerin in Chemie, respektiert und gefeiert als Brøndsteds legitime Erbin. Tränen strömten über ihre Wangen. Als wir an ihr vorbeiwollten, ergriff sie Labans Handgelenk.

Sie konnte offensichtlich gut zupacken, er stoppte, als wäre er gegen eine Tür gelaufen.

»Sie wollen wissen, warum ich weine? Weil ich meinen Mann betrogen habe! Jahrelang.«

Labans Miene verriet, dass er daran jedenfalls nicht beteiligt war. Der Schweiß lief ihm übers Gesicht. Und es war der kalte Schweiß der Angst.

Wir spürten beide, wie diese Frau litt. Genau das ist das Problem mit der Wirklichkeit. Sie ist keine stabile chemische Verbindung, sie ist eine labile Mischflüssigkeit. Und ein großer Prozentsatz der Mischung besteht aus Leiden.

Ich entschied mich einzugreifen.

»Sie haben die Wahl. Entweder verlassen Sie ihn, oder Sie erzählen ihm alles. Glauben Sie mir, ich erforsche die Männer, seit ich vierzehn bin.«

Während ich redete, umfasste ich ihr Handgelenk und befreite Laban, indem ich seinen Arm gegen ihre Fingerspitzen drückte, wo ihr Griff am schwächsten war.

»Das muss letztes Jahr gewesen sein«, sagte sie. »Dass Sie vierzehn waren.«

Das war eine gelungene Retourkutsche, anscheinend lässt man wirklich größte Sorgfalt walten, wenn man den Nobelpreis in Chemie vergibt. Aber offenbar hatte ich sie getroffen, irgendetwas in ihr war in Gang gekommen.

Wir waren ihr entwischt und liefen die Treppe hoch.

»Wie hast du das denn gemacht?«

»Das ist die einzige Möglichkeit zu überleben«, sagte ich, »in meiner Lage. Mit einer Mischung aus gutem Rat und Befreiungsgriffen.«

Zwischen Hauptgericht und Dessert wurde mir klar, dass Laban Komponist sein musste. Und zwar, als er vor atemlos lauschendem Publikum eine eigene Klaviersonate spielte und zwei seiner Lieder sang. Es folgte donnernder Applaus.

Er kam vom Podium und setzte sich mir gegenüber.

»Und? Wie fandst du's?«

Künstler und Forscher sind normalerweise zu zart, um unmittelbar von der Bühne herunterzukommen und um Anerkennung zu bitten. Bereits hier ahnte ich, wofür ich späterhin die Gewissheit bekam. Dass Laban Svendsen Empiriker war. Und einfach verlässliche Erfahrungswerte dafür hatte, dass es nur einen Weg gab: Es konnte nur gut laufen.

»Ich höre nichts anderes als Heimatmusik«, sagte ich.

»Ich habe nur für dich gespielt.«

»Tut mir leid. Für mich war's nur Geklimper.«

Ich stand auf.

Er tauchte unter den Tisch wie ein Fallschirmspringer und kam auf meiner Seite wieder zum Vorschein, wie ein Springteufel.

»Ich muss dich was fragen. Hast du einen Freund?«

Dann wurde ihm bewusst, was er da eigentlich gefragt hatte.

Plötzlich waren wir von einer Menge Leute umgeben. Ein Mann legte seine Hand auf Labans Arm und lehnte sich vor.

»Ich habe dreitausendfünfhundert Menschen therapiert. Ein langes Leben lang. Ich bin zweiundsiebzig. Nach meiner Erfahrung …«

Labans Augen nahmen einen wilden Ausdruck an. Er fasste mich am Arm.

»Das ist der Susan-Effekt! Von dem du gesprochen hast!«

Ich machte mich frei. Draußen in der Halle war er immer noch hinter mir.

»Warum gehst du?«

»Ich habe drei Kinder. Das jüngste stille ich noch. Ich hab dem Vater versprochen, um zehn zu Hause zu sein.«

Andrea Fink stand in der Tür zum Wohnzimmer. Laban versperrte mir den Ausgang.

»Darf ich dich nach Haus fahren? Ich möchte deinen Mann begrüßen. Dem Kleinsten ein Wiegenlied singen. Das ich selbst komponiert habe.«

Ich schüttelte den Kopf.

Er trat beiseite. Im nächsten Augenblick war ich frei und stand in der Nacht.

Es war Frühling, aber dunstig und dunkel. Ich habe die

Dunkelheit immer geliebt, ich lief durch die Einfahrt nach draußen. Die Bewegung und die Nacht gaben mir das Gefühl, einem echten Risiko entkommen zu sein.

6

In jenen Jahren verbrachte Andrea Fink ihr Leben im Labor.

Ihre Arbeitsräume und »Verhaltenslabors«, wie sie es nannte, nahmen die Hälfte der obersten Etage des Instituts für Experimentalphysik im Universitätspark in Nørrebro ein.

Auch im Ehrenwohnsitz hatte sie Labors eingerichtet. Damals gab es keinen Raum, in dem nicht Pulsmesser herumlagen, Geräte für ein mobiles EEG gestapelt oder verschiebbare Tafeln an den Wänden aufgehängt waren. Neben Reihen von Sammeltellern und Gemälden von Vilhelm Lundstrøm, die größer als die Tafeln waren.

Vor diesen Gemälden sah ich Laban zehn Tage später zum zweiten Mal. Er saß neben Andrea Fink, sie hatte mich nicht vorgewarnt. Es war unser regelmäßiges Treffen, das wir jede Woche abhielten.

Es war ein historischer Moment in unserer Beziehung. Sie war von einem gewissen Ernst überschattet. Es lag an der Geschichte zwischen mir und ihrer Familie, erst das mit den Söhnen, dann, ganz frisch, die Sache mit ihrem Mann. Wir wussten es alle beide noch nicht so richtig einzuordnen.

Sie kam wie immer gleich zur Sache.

»Susan bewirkt, dass die Leute offen sind. Wir wissen noch nicht warum, aber wir haben es jetzt ein Dreivierteljahr lang getestet.«

Sie wandte sich an mich.

»Laban hat einen ganz ähnlichen Effekt. Ein bisschen anders getönt, aber ungefähr gleich. Nach meiner Theorie verstärkt sich der Effekt, wenn ihr beide im selben Raum seid.

Deshalb habe ich euch zusammengebracht. Natürlich war's nicht möglich, kontrollierte Observationen zu inszenieren. Aber ich bin euch gefolgt, in die Küche und ins Esszimmer. Ich bin jetzt sehr sicher.«

»Wie habt ihr Susan getestet?«

Laban war auf seinem Stuhl vorgerutscht. Ich war stehen geblieben.

»Susan hat für die Polizei Verhöre durchgeführt. Sie hatte es mit hartnäckigen Fällen zu tun. Organisierte Kriminalität. Individuen, die die Polizei schon aufgegeben hatte. Das war das Beste, was wir finden konnten. Da waren wir sicher, es lag ein objektivierter Widerstand dagegen vor, aufrichtig zu sein. Sie hat siebzehn Personen in neun Monaten verhört. Jede hatte zwölf bis achtundsechzig polizeiliche Verhörstunden hinter sich. Ohne irgendetwas preiszugeben. Bei uns fingen zwölf von den siebzehn nach zwei Stunden an zu singen. Drei weitere nach vier bis sechs Stunden.«

Sie zählte an den Fingern ab.

»Und die letzte Person?«

»Wurde psychotisch.«

Laban schaute verträumt vor sich hin. Und dann erlebte ich zum ersten Mal, wie streng er sein konnte.

»Was ist mit der Ethik? Wenn man physikalische Experimente macht, indem man Kriminelle verhört?«

Andrea Fink sah weg.

»Zuschüsse kommen nicht von selber. Justizministerium und Verteidigung bezahlen für die Entwicklung von Verhörmethoden. Und wir können ein relevantes Phänomen untersuchen.«

Laban sagte nichts.

»Das ist human. Der Effekt ist human. Im Gegensatz zu vielen anderen Prozeduren.«

Laban sagte immer noch nichts. Sein Schweigen ließ sie vom Stuhl aufspringen.

»Das ist das Problem der Physik. Sie ist immer auf diese Weise finanziert worden. Das war das, was Fermi meinte, als er sagte: Abgesehen davon, was die Atombombe sonst noch alles war, war sie auf jeden Fall große Physik.«

Sie sahen mich beide an. Offenbar war ich an der Reihe.

»Du hast mich und Laban als Versuchskaninchen benutzt«, sagte ich. »Ohne unser Wissen.«

»Ich hab dich gewarnt«, sagte sie. »Vom ersten Tag an.«

Ich richtete mich auf, um zu gehen. Laban versperrte mir die Tür.

»Ich begleite dich.«

»Mein Mann wartet draußen.«

»Ich hab mich erkundigt. Es gibt weder einen Mann noch Kinder.«

»Laban«, sagte ich. »Du hast mich heute das letzte Mal gesehen. Und selbst wenn sich das jetzt hart anfühlt, kann ich dir versichern, dass du auf lange Sicht richtig, richtig froh sein wirst, dass wir uns nicht mehr gesehen haben.«

Er trat beiseite. Aber er sah mich weiterhin an.

»Meine Güte«, sagte er langsam. »Du hast noch was anderes als Offenheit im Repertoire.«

Hinter mir schloss sich die Tür.

Mit raschen Schritten durchquerte ich die Einfahrt. Ich hatte einen guten Geschmack im Mund. Ich hatte ein klares Wort gesprochen. Das nötig war. Und ein Warnschild aufgehängt, das die Leute veranlassen würde, sich zweimal zu überlegen, ob sie es ignorieren wollten oder nicht.

7

Es ist dreiviertel zehn am Vormittag, Harald und ich betreten einen Raum, der mindestens 150 Quadratmeter misst und von Licht überflutet ist, das schräg durch große, bis auf den Boden reichende Bogenfenster fällt.

Ich stütze mich auf meine Krücke. An der einen Wand verläuft eine Barre. Daran stehen dreißig Kinder zwischen neun und zwölf, die Jungen in schwarzen Strumpfhosen und weißen T-Shirts, die Mädchen in grauen Leggings und Balletttrikots. An der Wand steht ein Klavier, an dem ein junger Mann sitzt.

Weder die Kinder noch der Pianist bemerken uns. Ihre ganze Aufmerksamkeit richtet sich auf die Frau, die an der Fensterwand steht.

Über das gedämpfte Pianospiel führt sie die Kinder durch das Stangentraining des klassischen Balletts. Und während sie spricht, leise und eindringlich, tanzt sie selbst.

Sie ist fünfundsechzig Jahre alt, und in all diesen fünfundsechzig Jahren hat sie ihre eigene Physis zuschanden geritten. Das heißt, sie tanzt nicht im konventionellen, körperlichen Sinn.

Aber einerseits war sie nie konventionell, andererseits ist Tanz im Grunde nicht körperlich. Im Grunde kommen die Bewegungen aus einer Region, die tiefer liegt als das Physische, und aus dieser Region strömt es bei ihr weiterhin ungehemmt, obwohl es mit ihrer Physis allmählich zu Ende geht.

Wir haben das x-mal gesehen, auch Harald, trotzdem bleiben wir stehen. Ganz gebannt, aus Respekt und Faszination gleichermaßen.

Die Fenster gehen auf den Kongens Nytorv hinaus, wir befinden uns im großen Übungssaal der Kinderabteilung des Königlichen Balletts.

Mit einer knappen Handbewegung gibt sie zu verstehen, dass die Stunde zu Ende ist, die Kinder und der Pianist klatschen, werfen ihr einen letzten anbetenden Blick zu und verlassen den Raum.

Unter dem Geruch nach Schweiß und Parfüm liegt ein Duft frischer Äpfel. Als sich die Tür hinter dem letzten Kind geschlossen hat, holt sie die Äpfel hervor.

Sie gehören zur Sorte Philippa und sind von Aqua Vitae auf Fünen gepflückt, gepresst, gegoren und zu einem intensiven, glasklaren Edelbrand von 40 Prozent destilliert worden. Sie grüßt uns mit erhobenem Glas und trinkt. Dann schwebt sie uns entgegen und umarmt uns, beide gleichzeitig.

Sie ist einen Kopf größer als ich, ihr Körper ist hart wie poliertes Holz, es war immer unheimlich, sie nackt zu sehen. Wie eine Tafel in einem Lehrbuch der Humananatomie, ohne jegliches Unterhautfettgewebe, sämtliche Muskeln und Faszien entblößt.

Ich nehme ihr Gesicht in die Hände, ziehe ihre Stirn heran und lege sie an meine.

»Hallo, Mutter«, sage ich.

Sie macht sich frei und hebt das Glas.

»Prost, meine Liebste. Und dir auch, mein Spätzchen.«

Meine Mutter hat keine kleine Garderobe wie die anderen Ballettlehrer des Königlichen Theaters, sie verfügt über ein Büro. Es hat eine Aussicht auf das Baumrund des Platzes zu ihren Füßen und nicht viele Quadratzentimeter weniger als das des Intendanten und des Ballettmeisters.

Für diese vorteilhaften Verhältnisse gibt es zwei Gründe.

Der erste lautet, dass das klassische Ballett so wie die wahre Naturwissenschaft von Meisterlehrern vermittelt wird. Im Königlichen Ballett gibt es viele gute Tänzer, aber nur einige wenige Siegelbewahrer, deren künstlerische Kapazität und phänomenale Erinnerung die Essenz der Tradition überliefern. Es verläuft eine direkte Linie von August Bournonville über die großen Tänzer des 20. Jahrhunderts bis zu Lander und Brenaa und Erik Bruhn und über diese bis zu meiner Mutter.

So weit der eine Grund für das Büro. Der zweite hat mit ihrem Wesen zu tun. Obwohl sie zu schweben, obwohl sie nicht wie wir anderen im Gegensatz zur Gravitationsbeschleunigung zu stehen, sondern im Äther zu treiben scheint, wenn sie von einem Stuhl aufsteht oder in ein Taxi steigt, so ist doch ein tieferer Teil von ihr recht geländegängig. Es gibt wohl kaum einen Menschen, der nicht alles dafür tun würde, ihr nicht in die Quere zu kommen.

»Wer ist Magrethe Spliid?«

Wir haben uns seit einem Jahr nicht gesehen. Ich weiß nicht, welchen Begrüßungssatz sie zu unserem Wiedersehen erwartet hatte – diesen wohl kaum.

»Hab den Namen nie gehört.«

Ich lege ihr das Foto vor. Sie nimmt Platz an ihrem Schreibtisch. Setzt die Brille auf. Studiert das Bild. Legt es wieder hin.

»Tut mir leid. Kann mich nicht daran erinnern, diese Frauensperson jemals gesehen zu haben. Muss eine Zufallsbekanntschaft gewesen sein. Du weißt, ich lerne Tausende von Leuten kennen.«

Sie sieht mir in die Augen. Schaut Harald an. Und trinkt, langsam und genießerisch, aus dem hohen, schlanken Glas.

Sie ist immer Alkoholikerin gewesen. Oder richtiger: Sie

war immer süchtig. Der Alkohol kam erst, als sie mit fünfundvierzig mit dem Tanzen aufhörte. Davor waren es Pillen. Und Männer. Und die Aufmerksamkeit des Publikums.

Auch ihr Verhältnis zum Tanz war in gewisser Weise eine Form der Sucht.

»In Indien war uns das Glück nicht so hold«, sage ich. »Deswegen sind wir wieder zu Hause. Es gibt eine Anklage, uns drohen lange Gefängnisstrafen. Mich erwarten fünfundzwanzig Jahre.«

»Ihr werdet bestimmt vorzeitig entlassen. Wegen guter Führung. Ich schicke euch Päckchen ins Gefängnis. Mit kleinen Leckereien.«

Früher oder später erleiden alle Süchtigen einen allgemeinen ethischen Kollaps. Wenn die Masse vergeudeter Lebenszeit die Ladung zum Kippen bringt. Aber nicht meine Mutter.

Manche sind der Meinung, in ihrem Fall gebe es gar keine Ethik, die kollabieren könne.

»Es wird ein umfassendes Gerichtsverfahren geben«, sage ich. »Die Presse wird auch deinen Namen erwähnen. Das könnte Auswirkungen auf deine Position am Theater haben.«

Sie stellt das Glas ab.

»Du willst mir meinen Lebensunterhalt nehmen!«

Ich gehe zum Schreibtisch und beuge mich über sie.

»Ich bin Thits und Haralds Mutter. Bis sie in Sicherheit sind, werde ich alle zur Verfügung stehenden Methoden in Anspruch nehmen.«

Sie nimmt einen Schluck. Jetzt aber nicht mehr mit Genuss. Jetzt nimmt sie schlicht ihre Medizin.

»Weswegen bist du angeklagt, mein Schätzchen?«

»Wegen versuchten Totschlags.«

»An wem?«

»Einem Liebhaber.«

»Was hat er getan, was dein Missfallen erregte?«

»Er hat versucht, mich zu vergewaltigen. Ich hatte Schluss gemacht.«

Die Scheiben ihres Büros müssen aus besonders dickem Glas sein, so gut wie kein Verkehrslärm dringt vom Platz zu uns herein.

»Was haben wir bloß falsch gemacht in deiner Erziehung? Dass du es bei dem Versuch belassen musstest?«

Ich setze mich auf den Schreibtisch.

»Mein gutes Herz ist mit mir durchgegangen.«

Wir sehen uns an. Sie kichert. Ich kichere. Es ist geschafft. Wir haben die Verbindung hergestellt. Mutter und Tochter verstehen einander. Wie schön.

Die Bürowände sind mit sorgfältig gerahmten und gehängten Fotografien tapeziert, Harald Lander, Erik Bruhn, Nurejew, Baryschnikow, Suzanne Farrell, Peter Martins, Peter Schaufuss, Margot Fonteyn, alle signiert und mit Kuss für die wunderbare usw. Meine Mutter steht auf und geht an der Wand entlang. Bleibt vor einem Foto stehen, das in Augenhöhe hängt.

Es ist größer als die anderen. Es ist das Bild eines jungen Mannes und einer jungen Frau zu Pferd. Sie reiten im Galopp, sie sind braun gebrannt, sie sprühen vor Leben, obwohl es ein Schwarz-Weiß-Bild ist und über vierzig Jahre alt, könnte man meinen, es sei gestern aufgenommen worden. Man kann den Wald riechen und den Wind und die gebräunte Haut.

Und das Geld. Das Foto stinkt nach Geld.

Es ist ein Foto von meinen Eltern, vor einer ihrer Jagdhütten, vermutlich der im Wald bei Rold.

Meine Mutter steht gerne vor diesem Bild. Besonders,

wenn ich da bin. So ist es mit den großen Traumata. Wir kehren immer wieder zu ihnen zurück. Um uns selbst daran zu erinnern, dass es unwiderruflich zu spät ist, etwas daran zu ändern. Und trotzdem nach einem Ausweg zu suchen.

Und am liebsten haben wir Zeugen für unser tragisches Schicksal, in Sonderheit meine Mutter. Wenn es sich machen ließe, würde sie Eintrittskarten verkaufen und für alles ein Publikum haben, Toilettenbesuch inbegriffen.

»Was hast du mit dieser Hexe Magrethe zu schaffen?«

»Ich muss sie was fragen. Wenn sie antwortet, kann das Verfahren vielleicht eingestellt werden.«

»Du wirst von ihr nichts Bedeutendes erfahren. Sie ist verschlossen wie eine Auster. Ich habe seit zwanzig Jahren keinen Kontakt mehr zu ihr. Damals wohnte sie an den Seen. Aber sie ist da weggezogen. Keiner weiß ihre Adresse. Sie hat für die Verteidigung gearbeitet. Tut sie wahrscheinlich immer noch. Sie hat nie verraten, worum es ging. Irgendwas Geheimes. Aber ihr Büro war in der Kaserne Svanemøllen. Ich habe das durch einen Zufall entdeckt. Die Gymnastikschule des Heeres lag da. Sie hatten obligatorischen Unterricht im Standardtanz. Sie bekamen die besten Lehrer. Ich habe da ein paar Jahre die Vertretung übernommen, die Bezahlung war anständig. Irgendwann sah ich sie in einem der Gebäude verschwinden. Seitdem haben wir uns ein paar Mal da draußen getroffen, freitags, wenn ich keine Probe hatte, und einen Spaziergang in die Stadt gemacht.«

»Wie kann ich sie kontaktieren?«

Aus einer Schublade holt sie eine Karte aus Büttenpapier, darauf ihre Initialen in Prägedruck. Und einen Füller mit breiter Feder, die das richtig spektakuläre Schriftbild liefert, wenn sie Fotos oder Programme signiert. Dann fängt sie an zu zeichnen.

»Hier ist die Brücke über den Bahngraben, die auf das frühere Kasernengelände führt. Unbefugte haben keinen Zugang; seit sie dort Luxuswohnungen gebaut haben, ist da ein Schlagbaum mit Wache. An der müsst ihr irgendwie vorbei. Das Gebäude, in dem sie arbeitet, liegt am äußersten Ende. Zwischen ihm und den Bürogebäuden gibt es nach wie vor mehrere Ballspielplätze, die zur Gymnastikschule gehörten. Und ein kleines Stadion für Leichtathletik.«

Sie zeichnet eine ellipsoide Arena. Dahinter ein Rechteck. In der nordwestlichen Ecke des Rechtecks macht sie ein Kreuz.

»Sie hatte immer ein fast erotisches Verhältnis zur Zeit. Präzise wie ein Uhrwerk. Fängt an zu arbeiten, bevor der Teufel überhaupt die Schuhe anhat, ab vier Uhr morgens. Um 11 war sie immer hier zu finden. Jedenfalls damals. Und zwar täglich, auch zu Weihnachten und an Geburtstagen.«

Sie reicht mir die Karte.

»Muss ich mir um euch Sorgen machen, mein Schatz?«

Neunundneunzig Prozent aller Eltern fühlen sich schuldig, wenn sie die Talfahrt ihrer Kinder miterleben müssen, Und ihrer Enkel. Aber nicht meine Mutter.

Und doch ist mir, als könnte ich in ihrer Frage ein leises Mitgefühl erahnen. Was sensationell wäre.

Zum Abschied nehme ich ihren Kopf in meine Hände. In ihren Augen liegt wie immer die Andeutung eines Schiffsuntergangs. Und religiöser Ekstase.

Sie sieht Harald an. Wenn die Aussage, meine Mutter habe einen anderen Liebling als sich selbst, Sinn ergibt, dann ist er es. In unbeobachteten Augenblicken habe ich gesehen, wie sie ihn anstarrte wie der Wolf das Rotkäppchen. Mit dem Wunsch, er möge zwei, drei Jahre älter sein und sie nicht seine Großmutter.

»Du hast dich seit dem letzten Mal verändert, mein Spätzchen. Und damit meine ich nicht nur das Jahr, das vergangen ist.«

Harald lächelt sie breit an.

»Ich habe achtzig Jahre Gefängnis zu erwarten, Omi. Das ist wie eine zweite Runde der Konfirmation. Des Erwachsenwerdens. Wenn du verstehst, was ich meine.«

Wir ziehen uns rückwärts zurück. Sie starrt uns hinterher. Ich werfe ihr eine Kusshand zu. Und schließe die Tür.

8

Der Kongens Nytorv ist in weißes Sonnenlicht getaucht. Ich warte ein wenig, bevor ich den Wagen anlasse.

Ein Auto ist die einzige Chance für Eltern, sich mit ihren Kindern etwas näher zu beschäftigen. Nur wenn die Zwillinge angegurtet waren und während der Fahrt nicht abspringen konnten, war es möglich, mit ihnen ein bisschen über das Leben und den Tod zu plaudern.

Damit war Schluss, als sie neun waren und auf einmal mit öffentlichen Verkehrsmitteln unterwegs sein wollten. Seitdem musste ich mich mit flüchtigen und seltenen Momenten begnügen. Wie jetzt auf dem Kongens Nytorv. Das ist der Grund, weshalb ich zögere, den Zündschlüssel zu drehen.

»Mama. Wie ist eigentlich dein Verhältnis zu Omi?«

Die Frage hat er mir noch nie gestellt. Die hat mir noch keiner gestellt, nicht einmal ich selbst.

Schließlich lasse ich doch den Motor an und fädele mich in den Verkehr ein. Um den inneren Druck etwas zu dämpfen.

Die entgegengesetzte Fahrbahn ist wegen einer Demonstration gesperrt, Tausende von Menschen, wahrscheinlich auf dem Weg nach Christiansborg. Der Verkehr ist zusammengebrochen. Wir stehen im Stau.

»Sie war viel auf Tournee«, sage ich. »Ich hab sie nicht sehr oft gesehen.«

Er sagt nichts. Schaut mich aber abwartend an.

»Eines Tages habe ich vor der Schule auf sie gewartet, sie hatte versprochen, mich abzuholen, ich hatte sie zwei Monate nicht gesehen. Sie kam nicht. Ich stand vor dem Schultor und wartete, die Schule leerte sich langsam, nach einer Dreiviertelstunde war mir klar, dass sie nicht mehr käme. Ich machte mich auf den Weg, ich bin die ganze Strecke bis zur Havnegade gelaufen, wo wir in einer der Theaterwohnungen untergebracht waren. Während ich ging, machte ich eine Entdeckung. Dass ich sie trotzdem lieb hatte. Egal, was passierte.«

Der Stau löst sich allmählich auf. Auf einem Spruchband steht irgendetwas von Milchpreisen.

»Was ist denn los mit den Milchpreisen?«, frage ich.

Harald ist der einzige in der Familie, der Zeitung liest.

»Sie werden den Energiepreisen angeglichen. Die um hundert Prozent gestiegen sind. Während wir weg waren.«

Wir fahren an den Labors der DONG Energy in der Gothersgade vorbei, an dem Geologischen Institut, dem Institut für Mikrobiologie, dem Panum-Institut, dem Reichskrankenhaus, der Zweiten Abteilung der Unibibliothek, dem Ørsted-Institut in der Nørre Allé, dem Naturgeschichtlichen Museum, dem Zentrum für Teilchenphysik am Jagtvej.

So orientiere ich mich in Kopenhagen, die Stadt ist ein Relief naturwissenschaftlicher Einrichtungen. Auf die ist Verlass, an denen kann man sich orientieren. Das Folketing geht mich nichts an, Medien und Kultur sind mir wurscht. Der Milchpreis kann mich mal. Aber wenn ich eines Tages heimkomme und das Niels-Bohr-Institut verschlossen und vernagelt vorfinde, dann steht die Zivilisation definitiv vor ihrem Untergang.

Wir fahren am S-Bahnhof Svanemøllen vorüber, ich biege auf die Brücke ein, die über den Bahngraben führt. Sie endet an einer Schranke mit Wachhäuschen. Aus dem tritt ein junger Mann in grauer Uniform, nicht des Militärs, sondern des Wachdienstes.

Seit ich zuletzt in der Gegend war, ist hier eine dichte Bebauung entstanden, emporstrebende fünfstöckige Bürogebäude, die verraten, dass es nicht nur für unsere Familie super läuft, nein, die ganze Gesellschaft befindet sich im Aufschwung und auf dem Weg dem unendlichen Universum entgegen.

Auf einem kleinen Platz steht ein niedriges siloartiges Ding, das mit polierten Stahlplatten verkleidet ist. Es ist einer der acht Diensteingänge zum *Copenhagen Collider*, der nach seiner Fertigstellung in fünf Jahren der größte Teilchenbeschleuniger der Welt sein wird. Zehn Prozent größer und vierzig Prozent stärker als der *Hadron Collider* am CERN.

Ich hole meinen Ausweis der Universität Kopenhagen hervor. Um ein Besuchsziel anzugeben, nenne ich den ersten, mir bekannten Namen, der mir von den Gebäuden entgegenspringt. Und reiche ihm meine Karte.

»Ich habe einen Termin den *Collider* betreffend. Bei der COWI.«

Er lässt seinen Blick über die Schreibunterlage wandern.

»Ihr Name steht nicht auf der Liste.«

Er ist ein höflicher und korrekter junger Mann. Höchstens fünf Jahre älter als Harald. Auf dem gefrorenen Zementboden wirkt er schön wie ein Eiskunstläufer. Mit einem aufgeschlagenen Buch unterm Arm. Wenn ich den Kopf drehe, kann ich erkennen, dass es sich um Shakespeares Sonette handelt. Manchem wird der Name vielleicht etwas sagen. Mir nicht.

»Den kannst du haben«, sage ich. »Auf deiner Tanzkarte. Wie wär's?«

Er errötet, es fängt unter den Augen an, bewegt sich über die Wangen und verschwindet unter dem Knoten der Krawatte. Manche Frauen hätten den anatomischen Verlauf seines Errötens sicher mit großem Interesse noch weiter verfolgt.

Die Schranke geht hoch. Wir sind drin.

Ich spüre, dass Harald mich von der Seite ansieht. Auf eine Weise, wie er mich nie zuvor angesehen hat. Und ich weiß wie. Er versucht – möglicherweise zum ersten Mal –, seine Mutter mit den Augen eines anderen Mannes zu sehen.

»Du hast ihn verlegen gemacht, Mama. Er war unangenehm berührt.«

»Das ist nur oberflächlich«, sage ich. »Darunter ist er stark geschmeichelt.«

9

Das Gebäude, das auf der Zeichnung meiner Mutter als Magrethe Spliids Arbeitsplatz markiert ist, sieht absolut nicht aus wie irgendeine Akademie. Sondern eher wie ein beliebiges Bürogebäude, das mit geringen Mitteln errichtet wurde und mit wenig Verständnis für uns normale Menschen, die diese Häuser, wenn sie erst einmal hochgezogen worden sind, so lange angucken müssen, bis sie einstürzen oder planiert werden.

Aber am Parkplatz wurde nicht gespart, er ist groß wie ein Fußballplatz. Vielleicht erwartet die Zweite Abteilung der Akademie für Verteidigung eine Menge Gäste.

Wenn dem so ist, werden sie noch lange warten. Alles, was den Fußballplatz heute vollparkt, sind neben unserm Passat zwölf Fahrräder und ein Bagger vor einer Absperrung.

Als wir den Platz überqueren, kneift Harald mir leicht in den Arm.

Das ist eine intime Geste. Er wirft mit Liebkosungen nicht gerade um sich. Besonders nicht mir gegenüber.

Bis zu seinem achten Lebensjahr konnte er von seiner Mutter nicht genug kriegen. Wenn wir einen Film sahen oder ich ihm etwas vorlas, streichelte er mich immer. Als ich ihn einmal aus dem Kindergarten abholte, trommelte er die anderen Kinder zusammen, sie sollten meine zarten Wangen spüren. Ich musste mich hinknien, während dreißig Kinder mir nacheinander behutsam über das Gesicht strichen, während Harald zuschaute, ernsthaft und stolz, die Physis seiner Mutter unters Volk streuen zu können.

Mit acht Jahren war damit Schluss. Eines Tages streckte ich wie gewöhnlich meine Hand nach ihm aus und er kam nicht, sondern blieb einen halben Meter vor mir stehen.

Ein Prozess war im Gange. Für den die Psychologen zweifellos brüchige Erklärungen haben, dessen brutales Fazit aber heißt, dass ein Tag kommen wird, an dem eine Mutter ihr Kind zum letzten Mal an sich gedrückt hat. Und an dem man gewichtige Indizien dafür sammelt, dass die Liebe nicht sonderlich tief geht, sondern eine darwinistische Illusion ist, die entwickelt wurde, damit sich Eltern und andere Tiere auch ganz bestimmt um ihren Nachwuchs kümmern.

Was zwischen Harald und mir übrig geblieben ist, ist eine seltene und unvermittelte körperliche Vertraulichkeit, so wie dieser kleine Druck an meinem Arm eben.

Ich kann mir schon denken, was der Anlass ist. Der Bagger nämlich.

Für alle anderen Mütter und die meisten Väter wären alle Bagger gleich und die Baugrube würden sie ein Loch nennen, aber vermutlich würde ihnen weder das eine noch das andere weiter auffallen.

Nicht so bei uns. Harald ist mit einer Mutter aufgewachsen, die zwischen einem Grabengreifer und der Art von Maschine unterscheiden kann, an der wir jetzt vorbeikommen, und die sie schon von Weitem als Volvo 35-Tonnen-Bagger identifiziert hat, mit einer Reichweite von bescheidenen acht Metern. Das bedeutet, dass ich nicht in den Graben zu schauen brauche, um zu wissen, dass man dort große Abwasserrohre legt, mit einem Innendurchmesser von neunzig Zentimetern, einer angegebenen Haltbarkeit von hundertzwanzig Jahren und einem Mindestgefälle von fünfundzwanzig Millimetern pro laufendem Meter.

Haralds Kniff ist eine wortlose Anerkennung, dass man über

seine Mutter und seine Familie zwar vieles sagen kann, aber zumindest über die äußere Welt hat sie ihm alles Wesentliche beigebracht.

Im Westen wird der Platz von einem Drahtzaun abgegrenzt, der fünf Meter hoch und oben mit zwei Reihen Stacheldraht geschmückt ist, die kundtun sollen, dass die Sportplätze der dänischen Verteidigung jedenfalls nicht jedem zur Verfügung stehen.

Obwohl sie dazu einladen. Der Rasen ist gemäht und gewalzt, und sogar bei diesem Frostwetter scheint er vor Chlorophyll nur so zu strotzen.

Fünf Meter hinter dem Zaun ist ein kreisrunder Aschenplatz angelegt, in dessen Mittelpunkt steht Magrethe Spliid.

Sie sieht aus wie auf dem Foto. Aber der Körper ist überraschend. Es ist der rechteckigste, den ich je gesehen habe.

Die Schultern sind rechtwinklig, der Torso hätte aus Kuben gebaut worden sein können. Und trotzdem ist er zugleich, aus unerfindlichen Gründen, weiblich.

Sie ist im Trainingsanzug, dreht uns die Seite zu und hat uns nicht gesehen. Sie lehnt sich vor, beginnt sich um sich selbst zu drehen, jetzt erst wird sichtbar, was sie in Händen hält. Es ist ein Diskus.

Ihre spiralförmige Beschleunigung ist so schnell, dass ich Ähnliches nur bei Tieren und Maschinen gesehen habe. Und sie ist so perfekt zentriert, dass man eine körperliche, mitten in der Bewegung still stehende Lotlinie zu sehen meint.

Sie entlässt die schwere Scheibe aus der Hand, indem sie sie über den Zeigefinger gleiten lässt, was ihr eine seitliche Rotation verleiht, wodurch sie eine flache Parabel in die Luft zeichnet.

Der Diskus bleibt so lange in der Luft, dass sie innehalten, sich würdig aufrichten und die Hand über die Augen legen kann und immer noch Zeit hat, die zweite Hälfte der Kurve zu genießen.

Sie geht den langen Weg bis zu der Stelle, wo die Scheibe aufgeschlagen ist, und ihr Gang ist elastisch und raumgreifend wie der eines Reitpferds. Als sie den Diskus aufhebt, sieht sie uns.

Langsam kommt sie auf den Zaun zu. Bleibt zwei Meter davor stehen.

»Susan Svendsen«, sage ich. »Vom Institut für Experimentalphysik der Universität Kopenhagen. Ich dachte, Sie könnten mir vielleicht bei zwei Fragen weiterhelfen.«

»Und zwar?«

»Wie verlief das letzte Treffen der Zukunftskommission?«

Nun steht nicht mehr nur ganz konkret ein Zaun zwischen uns. Auch innerlich hat sie jetzt sämtliche Türen und Fenster geschlossen und linst durch den Türspion. Dann wendet sie sich auch von dem ab und fängt an wegzugehen.

»Ich bin in Schwierigkeiten«, sage ich. »Ein drohender Gefängnisaufenthalt. Wenn ich das Protokoll des Treffens beschaffen kann, wird das Verfahren eingestellt.«

Hinter mir trippelt Harald. Er bevorzugt einen etwas anspruchsvolleren Zugang zum Dasein. Er hat gehofft, ich würde mich diesem Kontakt auf Zehenspitzen und mit Samthandschuhen nähern.

»Ich bin Lanas Tochter«, sage ich. »Lana Levinsen.«

Sie kommt zurück, bis an den Maschendraht. Schaut mich an. Schaut Harald an.

Dann huscht etwas über ihr Gesicht. Der Briefschlitz klappt zu.

»Leider«, sagt sie. »Ich kann dir nicht helfen.«

Sie entfernt sich.

»Mein Sohn hier, Harald, kommt auch hinter Gitter.«

Ich spreche mit einem Rücken, der sich rasch entfernt.

»Eine Telefonnummer«, rufe ich. »Gibt es eine Möglichkeit, mit Ihnen zu sprechen? Sie sind unsere einzige Chance!«

Sie verschwindet in den niedrigen schwarzen Baracken, die das Sportfeld säumen.

Harald sieht mich an. Stumm vor unausgesprochenen Vorwürfen.

10

Wir gehen zum Auto zurück.

Ich bleibe vor dem ausgehobenen Graben stehen. Eben war das Führerhaus des Baggers leer. Jetzt sitzt ein Mann darin.

Andrea Fink sagte einmal zu mir, im Leben einer jeden Frau müsse ein Handwerker vorkommen.

Da bin ich vollkommen anderer Meinung. Einer ist viel zu wenig. Im Leben einer Frau muss es mindestens sechs Handwerker geben.

Ich liebe es, Handwerker in Aktion zu sehen. Ich liebe es, Männer arbeiten zu sehen. Wenn ihre Energie fachgemäß und konzentriert und extrovertiert ist und sie nicht wissen, aber womöglich ahnen, dass man ihnen zuschaut und ihre Körper, ihre Sorgfalt und ihre Selbstvergessenheit genießt.

Selbst jetzt halte ich inne und versuche, mit dem Mann in der Maschine Blickkontakt aufzunehmen. Oder gerade jetzt, ich war nie der Meinung, Männer könnten nur in bestimmter Verpackung und zu bestimmter Uhrzeit und mit gestriegeltem Haar und dem Herzen auf dem rechten Fleck genossen werden. Rein persönlich kann ich Männer jederzeit genießen. Wenn sie mich irgendwann abholen sollten, hoffe ich, dass auch die Krankenträger der Psychiatrie Handwerkern ähneln.

Der Mann im Bagger sieht nicht in meine Richtung.

Es gibt Leute, die überall Zeichen sehen. Als wäre das Dasein eine Art Kaffeesatz, in dem man die Zukunft lesen kann. Zu diesem Typus gehöre ich nicht. Dennoch ist irgendetwas an seiner Ignoranz, das mir nicht behagt. Und hier murrt nicht nur meine weibliche Eitelkeit. Sondern der gesunde Menschenverstand.

Ich bin drei Meter von der Maschine entfernt. Auf diese Entfernung ist der Effekt sehr stark.

Offenheit ist ein Skala-Phänomen. Von den massiven Verheimlichungen, mit denen wir alle leben, bis zur extremen Schutzlosigkeit, die, wenn sie eintritt, eine Wirklichkeit hinterlässt, in der nichts mehr so ist, wie es war. Irgendwo dazwischen, etwas weiter oben auf der Skala, befindet sich die Spannung zwischen Mann und Frau.

Diese Spannung macht sich ziemlich schnell bemerkbar, wenn man sich auch nur einen Augenblick lang in der Nähe eines Mannes aufhält.

Ich meine damit nicht, dass ich nun erwarte, er würde aus seinem 35-Tonnen-Volvo hechten, sich in den Schlamm werfen und mir einen Heiratsantrag machen. Ich meine damit nur, dass er zumindest den Kopf drehen und damit bezeigen sollte, was uns beiden klar ist: dass eine Frau, die ziemlich aufgeschlossen ist, ihn anschaut.

Aber das tut er nicht. Was mich nachdenklich macht. Versonnen gehen Harald und ich auf unser Auto zu.

Es ist nicht mehr allein. Auf der einen Seite parkt jetzt ein Lastwagen, auf der andern ein Lieferwagen.

Beide sind leer.

Den Fahrern hätte der ganze Fußballplatz zur Verfügung gestanden. Aber sie haben sich direkt neben uns gestellt. Und sind dann weggegangen.

Wir setzen uns ins Auto.

Im selben Augenblick startet der Bagger.

In der Experimentalphysik sind Struktur und Wiederholung eng verbunden. So gut wie nie erkennt man ein Muster bereits bei der ersten Begegnung. Erst bei der ersten oder zweiten Wiederholung versteht man, dass etwas Systematisches vor sich geht.

Als der Bagger die Schaufel hebt und anfängt, sich zu bewegen, bildet der Kaffeesatz nun doch ein Muster. Unser Auto ist in einer Sackgasse gefangen. Hinter uns ist die Mauer, rechts und links stehen Autos.

»Nicht die Tür zumachen«, sage ich.

Ich habe Harald seit Jahren keinen Befehl mehr gegeben. Und der hier gehört nicht zu der Sorte, die Widerspruch duldet. Er lässt seine Tür offen stehen.

»Wenn ich ›Jetzt!‹ sage, tauchst du unter den Wagen neben dir. Und von da unten wirfst du die Tür zu.«

Sein Gesicht ist leer. Das Steuerhaus der Maschine befindet sich weit oben. Als er acht Meter von unserem Auto entfernt ist, verliert der Fahrer unsere Windschutzscheibe aus den Augen.

»Jetzt!«

Wir gleiten beide zur Seite. Der Bagger ist jetzt sehr nah. Trotzdem schaffe ich es, Krücke und Handtasche mitzunehmen. Wir werfen die Türen zu. Wenn wir Glück haben, wird es vom Führerhaus so aussehen, als säßen wir nach wie vor im Auto und zögen von innen die Tür zu.

Der Lärm wird ohrenbetäubend. Er kommt nicht vom Motor, sondern von den Gleisketten, die aus quergestellten Rippen aus gehärtetem Stahl bestehen. Die Maschine ist so schwer und träge, dass ihre Fortbewegung wie in Zeitlupe vor sich geht. Aber die Hydraulik der Schaufel hat eine andere Amplitude. Der Fahrer hat das Schaufelblatt gesenkt, es trifft unser Auto wie eine Axt und schneidet es mittendurch, direkt an der Windschutzscheibe, hinter der wir vor zwei Sekunden noch gesessen haben.

Die Bewegung erscheint geradezu weich und zart, als ob das Material, das da zerteilt wird, aus fünfhundert Kilo frischer Butter bestünde, die in der Sonne gestanden hat.

Die Maschine fährt über das Auto. Hält vor der Mauer. Und fährt über das Auto zurück.

Die Ketten sind je einen knappen Meter breit. Aus dem Passat ist eine Platte aus Blech und Vinyl geworden.

Die Maschine fährt ganz zurück und hält an. Der Motor wird ausgestellt. Der Fahrer steigt aus.

Mit der gesteigerten, irrationalen Klarsicht, die einem die Lebensgefahr verleiht, richte ich meine Aufmerksamkeit auf seine Schuhe. Im großen Ganzen ist das auch alles, was ich von meinem Platz unter dem Lieferwagen aus sehen kann.

Derlei Schuhe habe ich nie zuvor gesehen, neu, elegant, grau, aus Leder, eng anliegend wie Mokassins.

Er bleibt nicht stehen. Noch etwas, das auffällig ist. Er schenkt unserm Auto keinerlei Beachtung.

Streng logisch ergibt das Sinn. Trotzdem ist es beeindruckend. Es gibt nicht viele Menschen auf dieser Welt, die in einer solchen Situation nicht einen Blick zurückwerfen.

Er bewegt sich von uns fort. Ein Auto ist auf den Platz gefahren, er öffnet die Hintertür und setzt sich hinein.

Ich sehe Harald in die Augen. Sein Gesicht ist weiß.

Das Auto fährt weg. Wir sehen, wie es zwischen den Bürogebäuden verschwindet und am Schlagbaum wieder zum Vorschein kommt. Die Schranke geht hoch, es fährt über den Bahngraben, biegt in die Ryvangs Allé und wird vom Verkehr verschluckt.

Wir kriechen unter dem Wagen hervor, richten uns aber nicht auf. Wir robben um das Auto herum und setzen uns mit dem Rücken gegen die Wand in die Sonne.

Ich würde gern etwas sagen, aber es hat mir die Sprache verschlagen.

Zehn Meter von uns entfernt steht eine Gestalt und sieht uns an. Es ist Magrethe Spliid.

»Ich schlage vor, wir gehen in mein Büro«, sagt sie.

11

Sie führt uns nicht zum Haupteingang, sondern zu der Seite des Gebäudes, die an die Sportplätze grenzt. Sie gibt einen Kode ein und drückt ihre Fingerspitzen auf einen Identifikator, eine Tür geht auf, wir gelangen zu einer Hintertreppe. Ich weiß, dass mein Körper irgendwann anfangen wird zu zittern, aber im Moment ist er ruhig und gesammelt, in einer Art Überlebensmodus. Alle Gedanken sind abgestellt, alle Sinne verstärkt, die Treppe ist aus Terrazzo, ich erkenne die einzelnen Steinarten, Kiesel, Granit, Marmor, kleine Schieferstückchen. Wir steigen in den zweiten Stock, durchqueren leere Gänge mit verschlossenen Türen und betreten ihr Büro.

Es ist groß und nimmt eine Ecke der Etage ein, die auf die Leichtathletikbahn und den Gleiskörper hinausgeht. Aus einem eingebauten Kühlschrank holt sie eine Flasche Mineralwasser und schenkt uns ein. Von einem Regal nimmt sie eine Silikonmaske mit einem kurzen, durchsichtigen Plastikzylinder, in dem sich eine Aerosolpatrone befindet. Sie hält sich die Maske vors Gesicht, drückt auf die Patrone und atmet langsam ein und aus.

»Chronische Bronchitis. Rauchvergiftung, als kleines Mädchen.«

Ihre Bewegungen haben etwas Mechanisches, sie ist genauso schockiert wie wir. Geistesabwesend dreht sie das Mittelteil des Diskusses, eine Platte geht ab, aus dem darunter liegenden Hohlraum holt sie kleine Bleibarren und legt sie auf den Tisch. Ich verstehe sofort. Sie trainiert mit einem Diskus, der schwerer ist als das festgelegte Wettkampfgewicht. Das passt zu meinem ersten Eindruck. Sie ist ein Mensch, der immer auf der Suche danach ist, wie man die Grenze seiner besten Leistung noch weiter verschieben kann.

Sie betrachtet Harald, schätzt sein Alter und seine seelische Verfassung. Dann schiebt sie mir ein Telefon hin.

»Polizei?«

»Offiziell sind wir nicht in Dänemark.«

Jetzt geht allmählich das Zittern los, ich muss mich bewegen. Das Büro ist groß wie ein Wohnzimmer, geschmackvoll und grau. Die einzige Farbe im Raum kommt von den Fotos an den Wänden.

Sie zeigen nicht ihre Familie, irgendwie ist mir klar, dass sie keine hat. Sie zeigen pyrolytische Phänomene, die auch den Kosenamen »Atompilze« tragen. Es sind Fotos der frühen Atombombenversuche, ehe sie ab 1961 unterirdisch wurden. Es sind vielleicht fünfzig Bilder, manche schwarz-weiß, andere in Farbe, manche aus dem Flugzeug aufgenommen, manche vom Schiff, manche an Land. Auf jedem Bild stehen Datum, Ort und Wirkung der Bombe, gemessen in Tonnen TNT: *1. November 1952, Eniwok, 10,4 Megatonnen. 6. August 1945, Hiroshima, 15 Kilotonnen. 1. März 1954, Bikini, 15 Megatonnen. 27. Dezember 1960, Reggane (Algerien), 1,6 Kilotonnen. 4. September 1961, Semipalatinsk, 150 Kilotonnen. 6. Oktober 1962, Johnston Island, 11,3 Kilotonnen.*

»Ich habe die NASA dazu gebracht, die Bilder zu veröffentlichen«, sagt sie, »vor fünfzehn Jahren.«

Jedes dieser Bilder besitzt eine Schönheit, die unmenschlich und unwiderstehlich zugleich ist.

Wo die Fotos enden, steht ein flacher Glasschrank, in dem ihre Sportpokale stehen. Mindestens hundert. Im Zentrum eine olympische Silbermedaille.

»Mein dänischer Rekord gilt immer noch. Seit vierzig

Jahren. Wären nicht die Anabolika aufgekommen, hätte ich 1980 in Moskau Gold gewonnen. Zusammen mit Susanna Nielsson. Über 100 m Brust. Man hat über neuntausend Dopingproben genommen, keine einzige war positiv. Die Wissenschaft hat es uns schwer gemacht, die Wirklichkeit zu durchschauen.«

Das galt mir.

»Ich bin Physikerin«, sage ich. »Fürs Doping sind die Chemiker zuständig.«

Sie ist eine zurückhaltende Person, normalerweise hätte sie nie über sich selbst gesprochen. Aber das ist der Schock. Und der Effekt. Durch diese Bresche versuche ich, Zugang zu ihr zu bekommen.

»Was ist die Zukunftskommission?«

»›War‹. Sie wurde 2015 aufgelöst.«

»Wann wurde sie gegründet?«

»Anfang der siebziger Jahre.«

Sie antwortet wie ein Automat.

»Zu welchem Zweck?«

»Den wechselnden Regierungen Ratschläge zu geben.«

Jetzt geht das Zittern in die Beine über. Ich gehe an der Wand entlang, um die Kontrolle über meine Muskeln wiederzugewinnen.

»Aber weshalb war sie geheim?«

»Um die politische und wissenschaftliche Unabhängigkeit zu sichern. Um die Mitglieder vor Druck von außen zu schützen.«

»Wer hat sie ausgesucht?«

»Nach ein paar Jahren hat die Kommission selbst neue Mitglieder zugewählt.«

Ich bin vor einer Pinnwand angelangt. An die mehrere anregende Fotos geheftet sind. Sie zeigen brennende Orte. Aber keine gewöhnliche Feuersnot im nächsten Dorf. Sondern die Vernichtung von Metropolen in Feuerstürmen. Die Flammen haben die weißliche Intensität, wie sie erst ab tausend Grad und aufwärts zustande kommt. Darunter stehen Namen und Daten: *Dresden, 13. und 14. Februar 1945. Hamburg, 27. Juli 1943. Köln, 20. Mai 1942. Tokio, 10. März 1945.* Highlights des alliierten Bombardements ziviler Ziele im Zweiten Weltkrieg.

Sie ist mir gefolgt, sie steht hinter mir.

»Ich war selber da. In Dresden. Ich war drei. Mein Vater war Deutscher. Gefallen an der Ostfront. Ich wohnte mit meiner Mutter zusammen. Daher stammt die Bronchitis. Wer hat dir die Einstellung des Verfahrens zugesagt?«

»Er heißt Thorkild Hegn. Kennen Sie ihn?«

Sie antwortet nicht. Aber es gibt einen Kontakt zwischen uns.

»Vertraulichkeit«, sage ich, »das ist nicht sehr dänisch. Wenn es darum gegangen wäre, die Mitglieder zu schützen, hätte diese Gruppe der weisen Menschen doch *top secret* sein müssen.«

»War sie auch. In den Jahren vor ihrer Gründung war geplant gewesen, sie geheim zu halten. Die Offenheit kam ganz am Schluss, in den letzten Monaten des Jahres …«

Sie zögert und versucht sich zu erinnern.

»Herbst '62«, sagt Harald. »Im Vorsitz saßen Hoffmeyer, Carl Iversen und Søren Gammelgaard.«

Sie ist einen Moment lang stumm. Wie alle Menschen, wenn Harald im großen Quiz des Daseins seinen Auftritt hat.

»Er hat ein Gedächtnis wie ein Fliegenfänger«, sage ich. »Seit seiner Geburt. Alles bleibt haften.«

»Aber die Idee eines Wirtschaftsrats war bedeutend älter«, sagt sie. »Es war der Lieblingsgedanke von Viggo Kampmann, der damals Premier war. Ihn unantastbar zu machen, indem man die Mitglieder anonymisiert. Aber Kjeld Philip war radikal. Er war gegen die Geheimhaltung. Kampmann wollte, dass nur die Mitglieder untereinander sich kannten.«

Jetzt zittere ich am ganzen Körper. Die Konzentration lässt langsam nach. Ich greife zum Telefonhörer, um ein Taxi zu rufen.

»Ich fahre euch nach Hause«, sagt sie.

Sie fährt einen Mercedes, er steht in der Tiefgarage.

Als wir an den Resten unseres Autos vorbeirollen, bitte ich sie anzuhalten. Ich steige aus und öffne die Fahrertür zuerst des LKW und dann des Lieferwagens. Mit Hilfe meiner Krücke kann ich sogar auf die Kette des Baggers klettern und ins Führerhaus sehen. Dann gehe ich zum Auto zurück und setze mich neben Harald auf den Rücksitz.

Wir fahren über den Bahngraben. Der junge Schlittschuhprinz schaut nachdenklich von seinem Shakespeare auf. Vielleicht wundert er sich darüber, dass wir nicht im Passat nach Hause fahren.

»Was hast du in den Autos nachgeguckt, Mama?«

»Wie man sie startet.«

»Und wie wurden sie gestartet?«

»Könnte mit einer Art Nachschlüssel gewesen sein. Aber der hinterlässt klitzekleine Kratzer. Und der Lieferwagen war ein Mercedes, den kann man nicht mit einem Nachschlüssel anlassen. Da muss etwas anderes benutzt worden sein.«

»Und was zum Beispiel?«

Ich antworte nicht.

»Woher weißt du, wie man Autos stiehlt, Mama?«

Wir fahren am Fort Charlottenlund vorbei. Draußen an der Fahrrinne wurde ein neuer Gebäudekomplex errichtet. Als wir nach Indien reisten, waren die Kronholme flache Vogelreservate, von Land aus kaum sichtbar, ähnlich wie die Saltholme, jetzt sind sie gigantische Bauplätze. Eins der Gebäude ist so hoch wie ein Apartmenthaus, aber gewunden wie ein Schneckenhaus aus Stahl und Glas. Nördlich der Inselchen wurde ein kleiner Windpark angelegt.

»Ich war ein paar Jahre im Heim.«

»Das hast du nie erzählt.«

Wir parken am Evighedsvej, Harald steigt aus. Ich beuge mich zu Magrethe Spliid vor.

»Harald und ich wären fast draufgegangen, viel hat nicht gefehlt«, sage ich. »Und die haben gesehen, dass wir mit dir geredet haben. Das heißt, du solltest heute Nacht lieber deine Tür abschließen. Und die Sicherheitskette vorlegen. Und den Kleiderschrank vors Fenster schieben.«

Ich steige aus. Sie springt aus dem Wagen und steht unversehens vor mir. Ihre innere Tür ist aufgegangen. Es gibt viele Möglichkeiten, einen Menschen zu öffnen.

»Ich hab keine Angst!«

»Du hast nicht die Courage, mir ein Protokoll der abschließenden Sitzung einer Kommission zu geben, die vor Jahren aufgelöst wurde. Ein Protokoll, das uns helfen könnte, mit heiler Haut davonzukommen.«

»Ohne die Info seid ihr sicherer.«

»Das hättest du dem Typen im Bagger sagen sollen.«

Ich wühle in meiner Handtasche und überreiche ihr meine Visitenkarte. Sie hat keine normalen Ausmaße. Sie ist so groß wie eine Postkarte aus dem Harz.

Sie starrt sie an.

»Für eine Visitenkarte ziemlich groß.«

»Auf einer normalen Karte wäre kein Platz für alle meine Titel.«

Sie überfliegt die Titel. Die Dozentur. Die verschiedenen Kommissionen. Planungsrat für Forschung, Rat für Entwicklungsforschung, Fonds für Grundlagenforschung, Wachstumsforum der Regierung, Euroscience, European University Association, Danida, UNESCO.

»Das ist das eine«, sage ich. »Das andere ist: Wenn man in einer Gesellschaft lebt, die zwanzig Petabits Information am Tag generiert, und wenn man Frau ist und dreiundvierzig – wenn man in einer solchen Gesellschaft im Gedächtnis bleiben will, muss man mit durchdringender Stimme sprechen.«

»Ich war bei den letzten Sitzungen nicht dabei. Ich war nicht anwesend.«

Sie setzt sich wieder in ihren Wagen.

»Wo ist Hegn angestellt?«, frage ich. »Zu welchem Teil des Staatsapparats gehört er? Polizei? Militär?«

Sie schüttelt den Kopf.

»Wo wohnt er, kennst du seine Privatadresse?«

Sie zieht die Tür zu.

Dann fällt ihr etwas ein. Sie lässt das Fenster herunter.

»Das mit der durchdringenden Stimme. Damit hast du Erfolg.«

Das Fenster geht nach oben, das große Auto gleitet weg.

Harald steht kerzengerade auf dem Bürgersteig. Er sieht nicht dem Auto nach, er sieht mich an. Eindringlich.

»Der Effekt, Mama. Wir haben ihn meistens auf andere angewandt. Wir haben ihn eigentlich nie so richtig auf uns selbst angewandt.«

Ich gehe an ihm vorbei ins Haus.

12

Wir sitzen um den Esstisch, er ist kreisrund und eintausendsiebenhundert Jahre alt.

Oder richtiger: Das Holz ist eintausendsiebenhundert Jahre alt. Es stammt von einer Eiche, die mein Ururgroßvater in einem Torfmoor auf seinem Land bei Raadvad ausgrub. Er ließ die Eiche in Bretter schneiden und machte daraus zwei Tische, einen für seine Waffenschmiede und einen für sein Esszimmer; der für das Esszimmer blieb in der Familie.

Er muss ein Perfektionist gewesen sein, und er muss Holz geliebt haben. Die Bretter sind im Spiegelschnitt zugeschnitten worden, die Kante ist perfekt abgerundet, die Platte hat hundertfünfzig Jahre überlebt, ohne eine einzige Macke abzukriegen.

Die Gerbsäure im Moorwasser macht Eichenholz schwarz, steinhart, unvergänglich. Und wirklich schön. Als ich mit den Zwillingen schwanger war, zog ich den Lack des 19. Jahrhunderts mit Ätznatron ab, zartlackierte Oberflächen sind nichts für Kleinkinder und Kleinkindereltern. Seitdem habe ich die Platte alle vierzehn Tage gescheuert, das hat dem schwarzen Holz einen grauen Schimmer verliehen.

Der Tisch ist das Einzige, was ich noch von meinem Vater habe. Ich will auch nichts anderes mehr. Wenn Eltern einen innerlich erfüllen, muss man sehr vorsichtig damit sein, nicht auch noch in ihrem Plunder zu leben.

Aber den Tisch liebe ich. Das Eichenholz ist schwer und unverrückbar, widerstandsfähig. Es schenkt einem die illusorische Versicherung, dass es noch etwas gibt, auf das man sich verlassen kann.

Solch eine Versicherung haben wir im Augenblick dringend nötig.

Ich habe Laban und Thit erzählt, was Harald und ich heute so erlebt haben. Daraufhin hat langes Schweigen geherrscht, sie waren wie gelähmt. Während die drei in die Luft starrten, machte ich Essen.

Als ich ihnen auftue, essen sie erst einmal nichts. Und das, obwohl es Lammfilet gibt.

Ich habe es fünfundzwanzigeinhalb Sekunden beidseitig gebraten und die Pfanne mit einem Esslöffel Sahne abgelöscht. Trotzdem starren sie einfach nur über das Essen hinweg. Bis Laban das Schweigen bricht.

»Thit und ich waren in der Parlamentsbibliothek. Wir haben ihre Leiterin aufgesucht, es war ein plötzlicher Impuls. Eine alte Freundin. Gewählt vom Präsidium des Folketings, ich kenne die meisten, der Vorsitzende ist auch ein Freund. Die Bibliothek liegt im zweiten Stock, über der Wandelhalle. Ich sagte ihr, ich sei gebeten worden, eine Festkantate zu komponieren. Zum 170-jährigen Jubiläum des Folketings. Ich hätte noch reichlich Zeit. Mein Ausgangspunkt seien einige Schlüsselereignisse. Ich gab ihr eine Liste mit ein paar Begriffen. Einer lautete ›Zukunftskommission‹.«

Dass Laban bewusst lügt, ist neu.

Ich stelle Thit die Margrethe-Schüssel mit dem Schneebesen hin, sie fängt an zu schlagen, wenn ihr der Arm wehtut, wird sie sie an Harald weitergeben, so ist es immer gewesen. Ich schäle die Apfelsinen.

»Sie war herzlich und hilfsbereit.«

So ist das mit Laban. Wenn er eines Tages auf die Idee kommen sollte, der Hölle einen Besuch abzustatten, würde ihm der Teufel selber herzlich und hilfsbereit entgegeneilen und alle seine gehörnten Teufelchen mit ihm.

»Die Bibliothek beliefert das ganze Parlament mit Informationen. Auf allen erdenklichen Gebieten. Aber gleichzeitig wird eine Archivfunktion wahrgenommen. Meine alte Bekannte sammelt alles zur politischen Geschichte. Von der Zukunftskommission hatte sie nie gehört.«

»Wir standen direkt neben ihr«, sagt Thit. »Papa las die verschiedenen Begriffe auf der Liste vor. Sie nickte. Dann kam ›Zukunftskommission‹. Null Reaktion. Nur ein kleines bisschen Erstaunen. Sie hatte keinen blassen Schimmer.«

Mit Thit und Laban in einem halben Meter Entfernung könnte nicht einmal ein geübter Lügenbaron etwas verbergen.

»Sie ging ins Archiv«, sagt Laban. »Sie erzählte uns, es sei alles digitalisiert, bis zurück zur Rede des Venstrepolitikers Johan Pingel von 1885, die das Attentat auf Estrup auslöste. Sie sucht nach ›Zukunftskommission‹, aber es gibt keinen Treffer. Sie gehe jetzt eine Stufe höher im System, sagt sie. Das Archiv ist hierarchisch nach Vertraulichkeitsstufen geordnet. Auf der zweiten Stufe liegen personengebundene Daten und Unterlagen, die vom Gesetz über die Öffentlichkeit der Verwaltung ausgenommen sind. Bestimmte Akten vom EU- und vom Außenpolitischen Ausschuss. Auch Fehlanzeige. Ich frage, ob wir nicht noch einen Spatenstich tun könnten. ›Dazu haben wir eigentlich kein Recht‹, sagt sie. Und macht es. Auf der dritten Stufe liegen Unterlagen, die die Sicherheit des Staates betreffen. Dazu hat selbst das Präsidium nicht ohne Weiteres Zugang. Da findet sie was. Aber die Sache ist gesperrt. Sie erzählt, dass es eine Art vierte Stufe gibt. Mit Informationen, deren Schutz ohne zeitliche Begrenzung ist. Dann merken wir, dass sie Manschetten kriegt. Wir treten den Rückzug an, beruhigen sie. Stellen die gute Stimmung wieder her.«

Ich serviere den Obstsalat.

»Noch ein kleines Detail«, sagt Thit. »Während sie recherchierte, guckte ich mir ein Bild an, das an der Wand hing. Altmodisch, aber *nice*.«

»Hammershøi«, sagt Laban. »Christiansborg vom Gammel Strand aus gesehen.«

»Es hing hinter ihr. Ich kehrte ihr also den Rücken zu. Und habe gleich mein Make-up etwas nachgezogen.«

Thits Verhältnis zum Make-up ist schwer zu erklären. Es ist leidenschaftlich, aber auch exotisch. Sie schminkt sich, wie sie sich kleidet, extravagant, besonders den Augenbereich, als wollte sie kundtun, dass für sie jeder Tag Kleopatras Thronbesteigung ist. Und immer hat sie ein flaches Schminkdöschen dabei, um den Gesamteindruck aufzufrischen.

In diesem Döschen befindet sich ein Spiegel. Thit verbringt eine Menge Zeit vor Spiegeln. Und wie alle fleißigen Spiegelgucker kann sie sich in spiegelverkehrten Bildern orientieren. Von Gesichtern. Von Schriftarten. Sie kann eine dreiseitige spiegelverkehrte Mail genauso fix lesen wie eine normale.

»Ich konnte«, sagt sie, »es nicht vermeiden, die drei Passwörter mitzukriegen.«

Mit dem Löffel in der Hand hält Laban inne.

»Susan. Willst du nicht ein paar Worte sagen?«

Jede Familie hat ihre Rituale. Bei uns musste ich immer das Essen vorstellen und zu jedem Gang ein paar Worte sagen. Ich habe es Tausende Male gemacht. Jetzt ist Schluss.

»Tut mir leid«, sage ich. »Die Zeit ist vorbei. Wir werden ihrer ewig gedenken.«

Sie legen alle drei den Löffel hin.

»Selbst in den schwärzesten Diktaturen«, sagt Laban, »gönnt man den Todgeweihten eine letzte Mahlzeit. Und ein paar Worte zum Menü.«

Die wenigen Individuen, die als Kinder wirklich geliebt wurden, leben in einer andern Welt als wir. Sie rechnen nicht ernsthaft mit der Möglichkeit eines endgültigen Neins.

»Jeder Fruchtsalat liegt in einem Koordinatensystem«, sage ich. »Die Bananen bilden die horizontale Ebene, die x-Achse, den Basston. Bananen haben mit der Erde zu tun, sie etablieren die breite, cremige Grundlage für die Sonnenfrüchte, die Apfelsine und die Ananas. Die auf der y-Achse liegen. Citrus gibt Bewegung nach oben, die durchdringende, fast schmerzhafte Säuerlichkeit. Die Erdbeeren gehören zur z-Achse. Sie fügen die Räumlichkeit hinzu. Sogar jetzt im Dezember schmecken sie dänisch. Sie erweitern die Tatsache, eine tropische Begegnung von Gegensätzen zu sein, zu dem Phänomen, ein globales Projekt zu sein. Der Akazienhonig und die Schlagsahne bilden die vierte Dimension. Sahne und Honig haben beide eine animalische Note. Sie heben diesen kleinen Nachtisch aus der newtonschen dreidimensionalen Fadheit heraus und in die Komplexität der einsteinschen Raumzeit.«

»Und die Rosinen?«, fragt Harald.

»In den Rosinen ist Biss. Widerstand. Sie erinnern uns daran, dass uns die dritten Zähne erwarten. Das Altersheim. Der Brei.«

Wir sehen uns an und denken an den zertrümmerten Passat. An den Bagger.

Dann essen wir.

»Ich werde es vermissen«, sagt Harald. »Den Fruchtsalat. Und die Vorstellung des Essens auch. Wenn du fünfundzwanzig Jahre sitzen musst, Mama, dann werde ich bestimmt wünschen, wir hätten das eine oder andere davon auf Band aufgenommen.«

Laban hat den Tisch abgeräumt.

»Was ist eigentlich mit diesem Priester?«, sage ich. »Aus dem Kalitempel.«

Der Raum erstarrt.

Es gibt einige wenige pädagogische Vorgehensweisen, über die Laban und ich uns ungewöhnlich einig waren. Eine davon hieß, vom Liebesleben der Kinder die Finger zu lassen.

Als sie vier war, brachte Thit zum ersten Mal einen Jungen aus dem Kindergarten zum Übernachten mit. Ich machte neben ihr das Bett für ihn fertig, sie hatte ein Doppelbett in ihrem Zimmer. Ich dachte, wenn man vier ist und befreundet, dann ist es doch gemütlich, nebeneinander zu schlafen – oder wie?

Thit warf einen Blick auf das Arrangement. Dann zeigte sie auf den Boden, und ganz ruhig, ungerührt, aber auch ohne den geringsten Raum zum Widerspruch, konstatierte sie: »Er schläft auf einer Matratze da unten.«

Als sie vierzehn war und ihren ersten Freund hatte, bot ich ihr Hilfe und Rat an. Es war natürlich im Auto, ich hatte sie von der Schule abgeholt. Ich holte tief Luft.

»Wenn ich irgendwas für dich tun kann«, sagte ich, »wegen Thomas, Ratschläge oder Tipps, dann sagst du's einfach, ja?«

Eine ganze Weile herrschte das typische Svendsen-Schweigen.

»Das ist echt lieb von dir, Mama.«

Ich wusste, dies war der Thit-guck-Teil. Und dass mich jetzt das Buh erwartete.

»Als du was über Physik wissen wolltest, Mama, bist du zu Andrea Fink gegangen, ist doch richtig, oder?«

Ich entgegnete nichts. Hinter den Autofenstern glitt Ordrup vorüber, schneebedeckt, überschaubar und respektabel.

»Und Papa hat erzählt, wie er zu Bernstein gegangen ist. Mit seinem allerersten Musical. Wenn man etwas wissen will, fragt man jemanden, der etwas weiß. Ist doch richtig, oder?«

Ich sagte nichts.

Dann spürte ich ihre Hand auf meinem Arm.

Nicht als Entschuldigung, kein lebendiges Wesen wird es je erleben, dass Thit Entschuldigung sagt. Aber sanft versöhnend.

Seitdem habe ich diesen prekären Bereich nicht mehr gestreift. Bis jetzt.

Thit betrachtet mich nachdenklich.

»Seine Richtung ist nicht zölibatär«, sagt sie langsam. »Hat keine Regeln übertreten.«

Sie schaut uns der Reihe nach an. Die Situation hat das Potential, sich in verschiedene Richtungen zu entwickeln, manche von ihnen sind katastrophal.

Dann lächelt sie.

»Er war so süß!«

13

Wir bauten das Haus am Evighedsvej als stilles Heim, mit vier voneinander getrennten Abteilungen. Oder richtiger: viereinhalb, Laban bekam nämlich ein Nebengebäude zum Komponieren, ein kleines separates Haus im Garten, das für einen Bösendorfer-Flügel und ein Jensen-Bett Platz bietet und immer noch genug Quadratmeter hat für seine raumgreifenden Rumbaanfälle, die regelmäßig einsetzen, wenn das Gefühl seiner Genialität wieder einmal zu stark wird, um still sitzend überstanden zu werden.

Die vier Einheiten sind durch schalldichte Türen voneinander getrennt, die bis zu sechzig Dezibel abhalten. Wenn wir uns alle vier zurückgezogen haben, ist normalerweise kein Ton zu hören.

Aber heute Nacht ist es anders. Ich bin im Wohnzimmer sitzen geblieben, die andern sind ins Bett gegangen, und trotzdem kann ich weit weg ihre Atemzüge vernehmen. Das heißt, sie haben selbst die Türen zu den Schlafzimmern offen stehen lassen.

Der Grund ist unsere gemeinsame Unruhe.

Ich mag das Gefühl, dass das Haus schläft. Dass Charlottenlund schläft. Dass die weiter entfernte Großstadt langsam zur Ruhe kommt.

Ich habe alle Lampen gelöscht. Ich mag es, wenn das Mondlicht durch die heruntergelassenen und waagerecht gestellten Jalousien aus breitem, papierdünnem Lindenholz fällt. Noch so ein ungelöstes Koan: Wie sitzt man bei zugezogenen Vorhängen und doch mit freiem Ausblick?

Ich trinke wie meist in solchen Nächten ein kleines Glas brühheißen Minztee mit Honig gesüßt bis zu dem Punkt, an dem die Fruktose darüber nachdenkt, ob sie nicht kristallisieren und sich unmittelbar auf den Löffel ausfällen lassen sollte.

Alle Tage sind überfüllt: von Geschmackseindrücken, Düften, Menschen, Hoffnungs- und Angstimpulsen. Man braucht die Einfachheit des Minzgeschmacks, die beginnende Stille der Nacht, die geometrischen Muster, die das Mondlicht auf die weißen Wände wirft.

Wir haben sie mit Lehmfarbe gestrichen, ich habe sie selbst gemischt. Lehm nimmt überschüssige Feuchtigkeit auf und gibt sie wieder ab, wenn der Dampfdruck fällt. Seit dem Tag, an dem wir die Wände zum ersten Mal strichen, merkte ich, wie sie atmeten. Die Textur lehmgestrichener Wandflächen hat eine unerklärliche Schönheit, so wie die Oberfläche eines Krugs, der, noch feucht, auf der Drehscheibe ruht.

Wir trugen die Farbe auf glattem Filzgewebe auf. Obwohl die Mauern gearbeitet haben müssen, sind die Wände perfekt.

Ich fahre mit der Hand über die weiße Fläche. Wenn Häuser leben, kann man sie doch wohl auch streicheln, es kann nur gut für sie sein, ich darf nicht vergessen, dies in der Wissenschaftlichen Gesellschaft zu erwähnen.

Dann stelle ich den Minztee hin. Irgendetwas stimmt nicht.

Ich streiche wieder über die Wand, die Fingerspitzen registrieren die Andeutung einer Erhöhung. Es sind vielleicht bloß ein paar My, unsichtbar im Mondlicht, die Nerven in den Fingerspitzen können Unebenheiten von wenigen Hundertsteln Millimetern fühlen.

Ich hole eine Stehlampe, stelle sie dicht an die Wand und

schalte sie an. Jetzt ist ein schwacher Schatten sichtbar. In einer geraden Linie, in einem Meter Höhe und bis zur Decke.

Auf Strümpfen schleiche ich in mein Reich, aus der Schreibtischschublade in meinem Arbeitszimmer nehme ich ein Teppichmesser, eine Leuchtlupe und einen kleinen Kreuzschlitzschraubenzieher. Aus dem Geräteraum hole ich die große Leiter, die ich nehme, wenn ich die Oberlichter putze. Wieder im Wohnzimmer brauche ich einige Minuten, um die Unebenheit wiederzufinden, so diskret ist sie.

Behutsam schneide ich an der Schattenlinie entlang. Die Wand gibt nach, sie ist ein wenig weich. Ich rieche an dem Schnitt. Er riecht nach dem, was es ist, eine frisch gefüllte Acrylfuge.

Ich schabe die Fugenmasse mit dem Schraubenzieher weg, ein Kabel kommt zum Vorschein. Und das ist keine Installateursware, das ist ein stoffartiger Klebestreifen, dünn wie Papier, anderthalb Millimeter breit, mit einem Kupferkern.

Ich ziehe den Streifen aus der Wand, er verläuft bis zur Decke, ich ziehe fester, es rieselt von der Decke, das Kabel wurde an einem der Holzbögen festgeklebt und mit einem Lack übersprüht, der die Farbe der Decke hat.

Ich habe eine Teleskopleiter, ich schiebe sie auseinander, fixiere die Holme und steige hinauf. Von ganz oben kann man genau die Oberlichtfenster erreichen. Und die Deckensteckdose.

Ich klappe den Deckel auf. Darunter sitzt eine kleine Plastikbox, höchstens anderthalb mal ein Zentimeter groß. Ich hole sie heraus, sie ist immer noch mit der flachen Leitung verbunden. Auf dem Esstisch schaue ich sie mir unter der Leuchtlupe etwas genauer an.

Es klopft an die Tür. Oder richtiger: Es pickt, wie die Kohlmeisen auf dem Futterbrett vorm Küchenfenster. Trotzdem stehe ich kurz vor einem Herzschlag. Ich lege ein Sofakissen auf die Kapsel und gehe zur Tür. Ich mache auf.

Draußen steht Dorthea Skousen, unsere Nachbarin.

»Ich hab Licht gesehen«, sagt sie, »alles in Ordnung? Ihr seid fünf Monate zu früh da.«

Der Evighedsvej fällt in Richtung Skovshoved ab. In prähistorischer Zeit ist der Weg einmal ein schmaler Durchgang zwischen Fischerhäusern aus Fachwerk und gekalkten Mauern und mit Netzen gewesen, die im Garten zum Trocknen aufgehängt waren. Jetzt sind die Grundstücke mit Gebäuden im Zuckerbäckerstil bebaut, aus der Zeit, als die Gulaschbarone ihre Sommerresidenzen am Strandvej errichteten und sie Villa Palermo nannten. Oder mit von Architekten kreierten Protzhäusern wie dem unsrigen. Dorthea und Ingeman sind die Ausnahme. Sie haben ihr Fischerhäuschen behalten.

In dem wohnten sie schon, als wir ankamen, und in dem werden sie noch wohnen, wenn sie herausgetragen werden, was vermutlich nicht mehr lange hin ist, er ist neunzig und sie über achtzig.

Entgegen aller Wahrscheinlichkeit und wider alle Erwartungen haben sie uns in ihr Herz geschlossen. Sie sind Thits und Haralds eigentliche Großeltern.

Es hat seinen Preis, wenn jemand einen ins Herz schließt. Ich habe mich ihnen gegenüber nie ganz sicher gefühlt, besonders nicht Dorthea gegenüber. Wahrscheinlich, weil sie so viel von uns wissen. Sie haben die Kinder gehütet, als Laban und ich bei der Paartherapie waren. Und als wir zur Bank mussten, um die Kredite zu verlängern. Und sie haben dem Gerichtsvollzieher zweimal die Tür aufgemacht, als bei uns gepfändet wurde.

Das heißt, sie wissen nicht nur das eine oder andere, sie

wissen alles, wie sämtliche Leute, die sich um die Kinder anderer kümmern. Wo sie gehen und stehen, sind kleine Kinder Ausdruck der entblößten Eingeweide der Erwachsenen.

Darüber hinaus sind Dorthea und Ingeman unfassbar verschieden von uns. Schon möglich, dass sie neben uns wohnen. Aber in Wahrheit leben sie auf einem anderen Stern.

Aber sie verstehen mich, besonders Dorthea, ich merke das, sie besitzt eine Form von nicht anmaßender, aber durchdringender Aufmerksamkeit. Auch jetzt wieder.

»Alles in Butter«, sage ich. »Wir sind ein bisschen früher gekommen. Wegen wichtiger Geschäfte.«

Sie schaut an mir vorbei in den Flur. Ich habe Angst, dass sie vielleicht ins Wohnzimmer sehen kann, vielleicht hat sie den Röntgenblick.

»War nett von euern Freunden, dass sie das Haus hergerichtet haben.«

»Echt nett.«

»Sie haben sogar die elektrischen Installationen überprüft. Ingeman hat sie oben von seiner Kajüte aus gesehen. Sie hatten die Jalousien heruntergelassen. Aber er konnte sie durchs Oberlicht beobachten. Durch sein Schiffsfernglas.«

Sie reicht mir ein Marmeladenglas. Mit gebrannten Mandeln. Immer in der Weihnachtszeit, seit den fünfzehn Jahren, die wir hier wohnen, schenkt sie uns ein Glas gebrannte Mandeln. Sie sind perfekt. Dorthea muss zu irgendeiner besonderen Alchemie Zugang haben, sie schafft es, dass der Zucker zu einer vollkommen klaren, einzigartigen Hülle kristallisiert, die sich um die Mandeln legt, vergleichbar mit sieben Schichten vollendet aufgetragenem Schiffslack.

»Es waren vier Männer und eine Frau. Zwei von ihnen waren auch noch eine halbe Stunde in der Garage.«

»Vermutlich haben sie die Autobatterien aufgeladen.«

»Bestimmt. Und während der Wartezeit haben sie einen flachen Kasten hinter den Erste-Hilfe-Kasten geschraubt.«

Sie blinzelt mit den Augen. Das Schlimmste, das Allerschlimmste ist, dass sie genau wie ich Proletarierin ist. Aber wo ich versucht habe, mich aus meinem Schicksal herauszuarbeiten, hat sie stets zu ihrem gestanden.

»Ich wünsche euch eine gute und erholsame Nacht.«

Das ist ihr ritueller Abschiedsgruß.

»Gleichfalls, Dorthea. Und Gruß und Kuss dem Kapitän.«

Als ich ins Wohnzimmer komme, sitzt Laban am Tisch.

14

In Puschen und Bademantel. Und er hat das Kissen von der Plastikkapsel genommen.

Aus dem Geräteraum hole ich einen Satz Optikerschraubendreher und eine Pinzette. Dann öffne ich die kleine Box.

Ich fische eine kleine schwarze Perle aus ihrer Fassung und lege sie auf den Tisch. Neben sie eine graue Scheibe, klein und dünn wie ein gedruckter Buchstabe. Ich lege sie nacheinander unter die Leuchtlupe. Die Perle ist ein Objektiv, das winzigste, das ich je gesehen habe. Die Scheibe ist ein Mikrofon. Darunter liegt ein Farbfilter, ich ziehe ihn mit der Pinzette heraus. Darunter die Fotodioden. Unter diesen der Prozessor, daneben ein Transmitter, daneben eine Leiterplatte, die derart klein ist, dass man nicht einmal durch die Lupe alle Einzelheiten erkennen kann, eine der Leiterbahnen ist etwas länger als die anderen, das muss die Antenne sein. Neben ihr ein Spannungsstabilisator. Und die beiden kleinsten Lithiumbatterien der Welt.

»Das ist eine Kamera«, sage ich. »Mit Mikro. Ich wette, die speichert Bilder und Töne für ein paar Minuten, komprimiert sie und versendet sie in einem ultrakurzen Signal. Deshalb ist sie so schwer aufzuspüren. Und sie spart Strom. So winzige Batterien sind im Nu alle.«

»Warum ist sie dann nicht an der Deckensteckdose angeschlossen?«

Es ist Harald, der fragt, er steht mit Thit in der Tür, im Schlafanzug.

Laban und ich sehen uns an.

»Euer Papa und ich haben die Leitungen selbst verlegt«, sage ich. »Als wir mit dem Streichen fertig waren, merkten wir, dass wir vergessen hatten, die Leitungen zur Deckensteckdose zu verlegen. Ich wollte das noch machen. Aber ich war schwanger mit euch, ich war dick wie eine Hummel. Und euer Vater sagte nein. Er sagte, wenn ein Zenhandwerker eine Arbeit vollbracht hatte, und sie war perfekt, musste der Künstler ein Stück abschneiden. Einen Fleck oder einen Klecks machen. Nur die Götter sind vollkommen. Das Perfekte ist unmenschlich. Es war eine Nacht wie diese, als wir das entdeckten. Zuerst haben wir uns richtig gestritten. Dann haben wir es auf diese Art gelöst. Die Steckdose da oben stand nie unter Strom. Das ist der notwendige menschliche Fehler.«

»Das haben sie gemerkt, als sie die Kamera anbringen wollten«, sagt Laban. »Sie sollte da positioniert sein, wo sie den ganzen Raum überblicken kann.«

»Und dann haben sie eine Rinne ausgefräst«, sage ich. »Und mit Acrylmasse zugespachtelt. Dadurch hab ich das überhaupt nur registriert. Die haben schon ganz gut zu tun gehabt.«

Wir haben drei Extrabetten in Thits Zimmer gestellt, heute Nacht schlafen wir alle in einem Zimmer, zum ersten Mal nach vielen Jahren.

Ich bin mit ihnen in der Garage gewesen, habe den Erste-Hilfe-Kasten, der an der Wand hängt, abgeschraubt und den flachen, schwarz oxidierten Aluminiumkasten dahinter ins Haus gebracht. Ich habe ihn auseinandergenommen, es ist ein Empfänger und ein starker Sender. Das Würfelchen im Deckenstecker hat nur eine kurze Reichweite und einen begrenzten Speicherplatz, es hat in die Garage gesendet, von wo es weitergeleitet wurde. An Leute, die es ernst meinen. Der Aluminiumkasten und sein Inhalt haben einen Schliff wie eine leichtere und überarbeitete Ausgabe der alten Schweizer Nagra-Tonbandgeräte, die das Niels-Bohr-Institut für seine vorläufigen Versuchsberichte benutzte, die diktiert wurden, als ich ganz jung war, und die damals, Anfang der neunziger Jahre, 50 000 Kronen pro Stück kosteten.

Laban hat Tee gemacht und Brot getoastet. Er hat das Brot in dicke Scheiben geschnitten und es so stark geröstet, dass die Oberfläche stellenweise verkohlt, das Innere aber schön weich ist.

Er legt dicke Scheiben eiskalter Butter auf das noch heiße Brot. Wir sind eine Butterfamilie. Er schneidet die Butterscheiben mit der dicken Seite des Käsehobels, sie sind über fünf Millimeter dick. Ich habe nie meinen Cholesterinspiegel messen lassen. Und rechne damit, die Messung bis zur Obduktion hinausschieben zu können.

Dass wir uns nachts zusammengesetzt haben, kann man an einer Hand abzählen. Aber dann haben wir immer Tee gemacht und Brot geröstet. Beim letzten Mal war Labans Mutter gestorben.

Wir schauen uns einer nach dem andern an. Wir kennen uns alle seit langer Zeit. Aber in diesem Augenblick sind wir uns gleichzeitig auch fremd.

Laban und die Zwillinge schlafen, ich gehe noch einmal durch das Wohnzimmer. Die Schatten der Jalousien an den Wänden sind gewandert, auf dem runden Tisch liegen die beiden Kästen und mein Telefon. Ich habe eine Nachricht erhalten.

Sie ist von Magrethe Spliid, sie stellt sich nicht vor, die Nummer ist anonym, ich höre nur ihre tiefe Stimme ohne Einleitung:

»Susan Svendsen. Ich hab was für dich. Die Adresse ist Adolphsens Allé, letztes Haus links, zum Wasser hin.«

Die Nachricht wurde kurz nach Mitternacht auf mein Telefon gesprochen. Vor einer Stunde.

Ich hole die Autoschlüssel, einen Pullover, eine Jacke.

Wir haben nie eine Waffe besessen. Aber aus dem Werkzeugschrank im Geräteraum hole ich eine kleine flache Brechstange, genauer einen Kuhfuß, nur vierzig Zentimeter lang. Dennoch besteht er aus etwa einem Kilo Metall, liegt gut in der Hand. Das eine Ende ist gebogen, das andere ist ein Meißel, den ich so scharf wie ein Rasiermesser geschliffen habe.

Man entscheidet sich für einen Gegenstand, der das Fach symbolisiert, in dem man sich zu Hause fühlt. Für Bohr waren es Tafel und Kreide. Und der Wassertropfen. Für Andrea Fink ist es das Kardiogramm, die physische Registrierung des Herzens. Für Laban ist es der Flügel.

Für mich ist der Kuhfuß das Werkzeug der Werkzeuge.

Ich lege ihn in meine Handtasche.

15

Die Adolphsens Allé geht vom Strandvej ab. Gegenüber dem Øregårds Park. Dort sind die Immobilienpreise in Dänemark am höchsten, die Villen sind groß wie Mietshäuser, die Gärten klein wie Blumenkästen, und alles ist von Werbefirmen und IT-Unternehmen und Botschaften aufgekauft.

Ich parke eine Straße davor und gehe am Strand entlang, ganz dicht an den Gartenmauern vorbei.

Die letzte Villa an der Adolphsens Allé hat nur drei Etagen, sie ist die kleinste in der Straße. Und die einzige, die man sich als normale menschliche Behausung vorstellen kann.

Alle Fenster sind dunkel. Ich bleibe am Zaun des vorletzten Hauses stehen und versuche, mit der Landschaft zu verschmelzen.

Im Carport steht ihr Mercedes. Die Wellen schlagen sanft ans Ufer, es herrscht Windstille, aber die Nähe des Meeres ist kalt wie ein gefrorener Atemzug.

Dann sehe ich Magrethe Spliid. Sie sitzt auf der offenen Veranda im zweiten Stock und schaut über das Wasser. Ohne sich auch nur eine Decke um die Schultern gelegt zu haben. Die Tür hinter ihr steht offen, das Zimmer ist dunkel.

Ihr Grundstück hat zum Strand keine Mauer, nur eine symbolische Hecke in Kniehöhe, ich steige darüber und stehe im Garten hinter dem Haus.

Durch den Schnee wird das Mondlicht reflektiert und erhöht die Luxanzahl um vielleicht vierzig Prozent, es sind Farben erkennbar. Einer der großen Rhododendronsträucher unter der Veranda hat eine rote Blüte. Jetzt, Ende Dezember.

Ich pflücke sie, es ist keine Blüte, es ist ihr Inhalator. Ich lege ihn in den Busch zurück.

Die Gartentür des Hauses ist abgeschlossen, das Schloss ist mit einer Stahlplatte verstärkt. Nicht, dass dieses Arrangement meinem kleinen Kuhfuß Schwierigkeiten bereitet hätte, aber eine Tür, die aufgebrochen wird, macht Lärm. Ich ziehe die Blendleiste von einem der Fenster ab, nehme die Thermoscheibe heraus und stelle sie ins Gras, gleite durch die Öffnung über eine Tischplatte und stehe in der Küche.

Sie ist so picobello, als wäre Magrethe auf einen Elite-Smiley von der Lebensmittelkontrolle scharf. Und vielleicht nicht nur von der Lebensmittelkontrolle, sondern auch vom Hausfrauenverband. Denn der schmale Flur, durch den ich komme, ist blitzsauber und duftet nach der Naturseife, mit der die aufgehellten, gelaugten Böden gereinigt wurden. Hier steht nicht ein überflüssiger Gegenstand, nichts liegt herum, kein Modemagazin, keine Ohrenwärmer, kein Autoschlüssel.

Der erste Stock besteht aus einem Flur mit Zimmern auf beiden Seiten, alles ist still, das Haus ist kernsaniert, vermutlich ist nur noch die äußere Schale vom ursprünglichen Gebäude übrig, nicht eine Treppenstufe knirscht. Vielleicht zahlt das Militär ein fürstliches Honorar, vielleicht hat Magrethe Spliid im Lotto gewonnen, vielleicht hat sie eine Stange Geld geerbt.

Ich schleiche in den zweiten Stock, hier endet die Treppe auf einem breiten Absatz mit einer Tür, die offen steht.

Das Stockwerk ist in einen großen länglichen Raum verwandelt, er hat mindestens hundert Quadratmeter, die Decke erstreckt sich bis zum First, Fenster sichern den Lichteinfall aus allen vier Himmelsrichtungen.

Der Raum ist kahl. Abgesehen von ihrem Schreibtisch mit Regalen, zwei bequemen Sesseln und einem Sofa in der hintersten Ecke, wo die Tür zur Veranda offen steht. Der helle Holzboden erstreckt sich frei wie in einer Turnhalle. Die einzige Unterbrechung ist ein kleiner schwarzer, unmotiviert wirkender Teppich in der Ecke, der wie aus Plastik aussieht. Und daneben ein Diskus, den sie trotz aller Ordnungsliebe herumliegen zu lassen beliebte.

Es hätte ein Zufriedenheit schenkender Raum sein können. In einem Zufriedenheit schenkenden Haus. Einem der wenigen Häuser, in das ich hätte Lust verspüren können einzuziehen.

In der dänischen Gesellschaft steht der Mainstream über allem. Wer ihm folgt und tut, was alle andern tun, bekommt Oberwasser und Antrieb und Rückenwind. Man muss bloß seine Ausbildung beenden, bis man dreißig ist, sich einen Mann und ein paar Kinder und eine Villa sichern, bis man vierzig ist, seinen Alkoholverbrauch einteilen, die zwischenzeitlichen Krisen überleben, Standhaftigkeit beweisen und bereit sein, wenn die Kinder aus dem Haus sind, zum letzten langen Endspurt im dänischen Wettlauf anzusetzen, der da heißt »Wer am meisten hat, wenn er stirbt, hat gewonnen«.

Ich weiß, wovon ich rede. Mein ganzes Leben hindurch habe ich verzweifelt daran gearbeitet, mich in der Mitte des Stroms zu halten, und so soll es bleiben, habe ich mir vorgenommen.

Magrethe Spliid hat sich anders entschieden. Wie genau weiß ich noch nicht, aber für Mann und Kinder hat sie sich jedenfalls nicht entschieden.

Es hat seinen Preis, den Strom zu verlassen. Normalerweise ist das nur etwas für die richtig Großen oder die Verdammten. Welcher der beiden Kategorien sie angehört, weiß ich noch nicht. Aber ihr ist gelungen, was den wenigsten vergönnt ist, wenn sie allein sind, nämlich sich ein wirkliches Zuhause einzurichten. Das Haus hat eine intensive Atmosphäre von Leben und Sinn für Qualität und Raffinesse.

Aber im Augenblick wird die Atmosphäre von etwas anderem überlagert, einem unbestimmbaren Geruch, der mich an Sachen erinnert, aus denen ich mir nicht viel mache.

Ich gehe durch den Raum und betrete die Veranda.

Sie sitzt auf einem Deckstuhl mit hoher Rücklehne, an der der Kopf lehnt, die langen, muskulösen Arme hängen an den Seiten herunter. Die Augen sind offen, die Zungenspitze guckt hervor, als streckte sie dem Mond die Zunge heraus.

Ich ziehe mir den Fausthandschuh aus und lege die Fingerrückseite an ihren Hals, die Muskeln sind steif wie Holz, sie ist eiskalt, sie muss gestorben sein, kurz nachdem sie ihre Nachricht auf mein Telefon gesprochen hat, und seitdem hat sie hier draußen bei fünf Grad Frost gesessen.

Sie umgibt ein schwacher Geruch nach Kot. Im Tod hat der Ringmuskel versagt und der Darm einen Teil seines Inhalts entleert.

Ich ziehe den Handschuh wieder an. Der Abteilungsleiter der Reichspolizei, mit dem Andrea Fink und ich früher zusammengearbeitet haben, erzählte mir, dass die Polizei mittlerweile imstande sei, Fingerabdrücke auf allen möglichen Oberflächen zu erkennen, auch auf menschlicher Haut.

Ich gehe hinein und setze mich auf ihren Bürostuhl. Wo ich vor Blicken geschützt bin, gleichzeitig aber sie und den Raum beobachten kann. Die Schreibtischplatte ist leergeräumt, abgesehen von einem weiteren Diskus.

Mit der Angst hat es eine seltsame Bewandtnis. Sie steckt nicht nur im Körper und im Bewusstsein; wenn man sie wahrnimmt, entdeckt man, dass sie auch die physische Umgebung durchdringt, den Raum und die Wände. Und sie kann lange in der Luft hängen bleiben, womöglich werden dieser Raum und dieses Gebäude monate- oder jahrelang vom Grauen durchdrungen sein. Mein ganzes inneres System schreit danach, ins Freie zu kommen, und zwar schnell.

Die Zwillinge sind der Grund, warum ich sitzen bleibe. Ich bin dreiundvierzig, ich habe gute Zeiten erlebt. Zumindest hatte ich die Chance dazu. Aber die Zwillinge sind große Kinder. Ich habe mir vorgenommen, alles zu tun, um die Wahrscheinlichkeit einer Zukunft für sie zu vergrößern.

Nach ein paar Minuten stehe ich auf, trete auf die Veranda und ziehe Magrethe Spliids Cardigan an den Handgelenken hoch, erst den einen Ärmel, dann den andern. An beiden Gelenken sind Hämatome. Und das sind keine kleinen blauen Stellen, weil der Kaschmirbund zu stramm gesessen hätte. Es sind fünfzehn Zentimeter breite, aufgeschwollene Manschetten schwarzer Blutbeulen.

Ich setze mich wieder zwei Minuten auf den Stuhl, dann gehe ich zu dem Teppich in der Ecke.

Das ist kein Teppich, das ist Blut.

Man kann nicht die Mutter von zwei Kindern wie Thit und Harald sein, ohne Massen von Blut gesehen zu haben. Und eine Art autodidaktische Bandagistin, Wundärztin und Krankenschwester in einem geworden zu sein.

Was auch bedeutet, dass man ungefähr weiß, wie viel Blut aus einer ernsthaften Hautabschürfung dringt. Aber in dieser Ecke befinden wir uns woanders, das ist ein Meer von Blut, und es ist sein süßlich frischer, schlachterartiger Geruch, der den Raum erfüllt. Und es sieht aus wie Plastik, weil so viel davon da ist, dass es nicht gerinnen oder zwischen den Dielen versickern konnte.

Hier aus der Nähe sehe ich auch, dass die Wand bespritzt ist.

Mich überfällt ein kurzer Moment der Übelkeit, für den ich

mich nicht schäme. Es muss ja seinen Grund haben, dass man weder Schlachter noch Chirurg geworden ist.

Ich hebe den Diskus auf. Daran kleben kleine abgerissene Stückchen eines Badeschwamms. Ich gehe damit zur Tür und halte ihn ins Mondlicht, das ist kein Klebstoff, das ist Blut, und es ist auch kein Badeschwamm, sondern Hirn. In der geronnenen Masse finden sich auch einzelne Haarbüschelchen auf kleinen Fetzen, wahrscheinlich der Kopfhaut.

Meine Zeit in diesem Haus ist zu Ende. Ich lege den Diskus wieder auf den Boden, wo er gelegen hat, und nehme denselben Weg, auf dem ich gekommen bin. Ich setze die Thermoscheibe wieder ein und drücke die Stifte der Leiste in ihre Löcher. Ich hoffe nur, dass die Polizei keine Fingerabdrücke durch Alpakafäustlinge feststellen kann, und ich hoffe, dass mein Auto nicht gesehen wurde.

Ich gehe am Strand entlang zurück und setze mich ins Auto.

Da bleibe ich sitzen.

Irgendetwas fehlt.

Ich höre mir noch einmal ihre telefonische Mitteilung an. Ihre Stimme ist ganz ruhig.

»Susan Svendsen. Ich hab was für dich.«

Plötzlich weiß ich zwei Dinge.

Ich weiß jetzt, warum sie uns nach Dänemark zurückgeholt haben. Es war der einzige Weg, um an Magrethe Spliid heranzukommen. Ich spüre ihre Furchtlosigkeit, ich konnte sie in der Akademie für Verteidigung spüren. Ihre Integrität. Sie hatte keine schwachen Punkte. Keine Familie, der man etwas hätte antun können. Keinen Job, den man ihr nehmen konnte. Nicht mehr viel Leben, das zu verkürzen war.

Sie wusste etwas, was jemand wissen wollte. Und es war ihnen klar, dass sie es nie bekommen würden. Dann haben sie es mit uns versucht.

Das ist das eine, das ich weiß.

Das andere ist, dass sie es für mich deponiert hat.

Ich gehe zum Haus zurück.

Das erfordert eine starke physische Überwindung. Zu irgendwelchen Finessen habe ich jetzt keinen Nerv, ich gehe direkt zum Haupteingang, er ist nicht abgeschlossen. Gleich hinter der Tür bleiben meine Füße an irgendeinem Hindernis auf dem gefliesten Hallenboden hängen, ich bücke mich und befühle es, keine zehn Pferde brächten mich dazu, Licht anzuschalten, nur die Dunkelheit verspricht eine Art Schutz. Ich berühre ein dünnes, breitmaschiges Gumminetz, wie man es auf den Boden legt, um Teppiche rutschfest zu machen.

Ich steige noch einmal in den zweiten Stock hinauf, meine Zähne klappern wie zuletzt an der Jammerbucht, als ich mit den Kindern zu lange gebadet habe, weil sie seit Anfang Mai nicht mehr aus dem Wasser zu vertreiben waren und anscheinend niemals froren.

Diesmal setze ich mich nicht, ich bleibe stehen.

In Leibesvisitation bin ich nicht geübt, es ist auch keine Erfahrung, die mich sonderlich interessiert. Aber jetzt geht es nun mal nicht anders.

Unter der Wärme und Weichheit der Kaschmirwolle ist der Frost dabei, ihre rektanguläre Muskulatur von Holz in Stein zu verwandeln. Ich streiche sanft über ihren Körper. Es ist, als hätte ich sie liebgewonnen, besonders im Laufe der letzten halben Stunde. Ergibt das Sinn, können Sympathie und Einfühlung zunehmen, nachdem der andere tot ist?

Sie ist lange Zeit ihres Lebens allein gewesen, das kann ich fühlen. Was ist mit dem Verlangen nach Berührung, das es bei allen Menschen gibt, *the skin hunger*? Hat sie es nicht verdient, dass ich über ihren Körper streiche, als wäre es eine Liebkosung?

Ich finde nichts. Mein Impuls war falsch. Oder es würde zu lange dauern, ihn zu verifizieren. Selbst in einem so schlicht eingerichteten Raum gibt es eine unendliche Reihe möglicher Verstecke, allein schon zwischen und hinter den Büchern.

Ich werfe einen letzten Blick auf die Tischplatte. Es gibt die Hauptregel in der Physik, dass man unter mehreren möglichen Theorien, die alle erschöpfend und konsistent sind, die einfachste mögliche wählt. Und das ist nicht nur eine Regel in der Naturwissenschaft, das ist gesunder Menschenverstand. Wenn sie mir etwas hinterlassen hat, hat sie die einfachste Lösung gewählt, die möglich war.

Auf dem Schreibtisch liegt eine schwarze rechteckige Form, zwei mal sechs Zentimeter. Ich nehme sie in die Hand, es ist ein kleiner, massiver Bleibarren. Ich nehme ihren Trainingsdiskus vom Tisch und schraube die Kappe ab.

Der Hohlraum ist mit anderen Bleibarren gefüllt, die fest in gummigefütterten Vertiefungen sitzen.

Aber einer der Barren ist herausgenommen und auf den Tisch gelegt worden. In der Vertiefung liegt ein fest zusammengefaltetes Stück Papier.

16

Das einzige wirksame Mittel gegen angespannte Nerven ist das Kochen und Backen, das war schon immer so bei mir.

Als ich nach Hause komme, gehe ich nicht ins Bett, sondern fange an, Croissants zu backen. Nach einem leichten Frühstück, bestehend aus zwei 500-Milligramm Koffeintabletten, einem *Café au lait* auf der Basis von vier doppelten Espresso und einem halben Liter Cola mit Eis.

Croissants sind naturwidrig. Theoretisch ist es unmöglich, Blätterteig mit Hefeteig zu vereinen, die gehören verschiedenen Dimensionen an. Jedes Mal wenn man den Teig faltet, wird die Anzahl der Schichten aus Butter und Teig verdoppelt, die Dicke jeder Schicht nimmt mit der Anzahl der Faltungen und Ausrollungen exponentiell ab. Schließlich, nach anderthalb Stunden und vier Ruhezeiten im Kühlschrank, handelt es sich um eine Schichtdicke von einem Zehntel Millimeter. Rein physisch ist es auf diesem Niveau unmöglich, Teig und Butter getrennt zu halten.

Aber empirisch geht es, und an diesem Morgen klappt's.

Es ist erst halb fünf. Aber der Duft hat Laban und die Zwillinge nicht mehr schlafen lassen. Schlaftrunken tapsen sie ins Wohnzimmer, witternd wie Tiere.

Ich presse für sie Apfelsinensaft aus und gieße ihn in hohe schmale Gläser. Lege jedem ein Croissant hin, sie essen und trinken schweigend. Nicht weil es bei uns eine Regel ist oder gute Tischsitte, sondern weil Croissants, wenn sie gelingen, große Physik sind und von ganz allein ein feierliches Gefühl über den Frühstückstisch breiten.

»Du hast nicht geschlafen«, sagt Laban.

»Da war eine Nachricht von Magrethe Spliid auf meinem Telefon. Sie wollte mir etwas geben. Ich bin hin und hab's abgeholt.«

Sie schauen auf das auseinandergefaltete Stück Papier auf dem Küchentisch.

»Wenn wir gegessen haben, bringe ich es Thorkild Hegn. Er hält seinen Teil der Abmachung ein. Wir sind frei. Alles ist in Ordnung. Thit und Harald, ihr geht aufs Gymnasium. Ich fange mit der Arbeit an. Wir sind wieder gelandet.«

Sie sagen nichts. Sie sehen mich bloß an.

»Susan«, sagt Laban. »Das geht uns alle an.«

»Thit und Harald«, sage ich. »Geht auf eure Zimmer!«

Sie bleiben sitzen.

»Mama«, sagt Harald. »Es ist zu spät, uns irgendwo hinzuschicken. Und vor allem ist es zu spät, uns auf unsere Zimmer zu schicken. Wir ziehen gleich aus. Das sind nicht mehr unsere Zimmer.«

Ich setze mich ihnen gegenüber.

»Sie war tot, als ich kam. Sie wurde erstickt, vermutlich kurz nach Mitternacht, als sie mir die Nachricht aufs Telefon gesprochen hat. Die haben es mit ihrem Asthmainhalator gemacht, der hat ein Silikonmundstück, das Mund und Nase bedeckt. Man braucht ihn nur fest vors Gesicht zu pressen und das Ventil zu blockieren. Sie müssen es zu zweit gemacht haben, sie war stark wie ein Bär. Der eine hat ihre Arme festgehalten, der andere hat ihr den Inhalator vors Gesicht gedrückt. Sie haben es langsam getan, in mehreren Runden. Der Rand der Maske hinterlässt Spuren auf der Haut, wenn sie kräftig draufgedrückt wird, wie eine Tauchermaske. Sie hatte mehrere solcher Ringe im Gesicht, eng nebeneinander. Sie wollten etwas von ihr. Informationen oder einen Gegenstand oder was weiß ich. Also haben sie sich ihrer Schwachstelle angenommen. Dem Luftholen. Wer sie auch waren, sie haben sie falsch eingeschätzt. Es müssen mindestens drei Mann da gewesen sein. Einen hat sie erwischt. Mit einem Diskus. Sie hat ihn gleich an der Tür niedergestreckt. Harald und ich haben sie schon mal werfen sehen. Ihr dänischer Landesrekord gilt immer noch. Sie hat seinen Kopf zerplatzen lassen. Auf dem Boden war literweise Blut. Sie haben ihn in einem Teppich weggeschleppt.«

Sie starren vor sich hin.

»Sie hat ihnen etwas gegeben. Denn sonst hätten sie den Raum in seine Einzelteile zerlegt. Aber was sie mir geben wollte, hat sie in ihrem Übungsdiskus versteckt. Sie wusste ja, dass Harald und ich dabei waren, als sie ihn auseinandernahm. Sie wusste, dass ich es finden würde. Es ist eine Liste der Kommissionsmitglieder. Und Thorkild Hegns Privatadresse. Aus irgendeinem Grund hat sie an den letzten Kommissionssitzungen nicht teilgenommen. Sie hatte kein Protokoll vorliegen. Wir haben getan, was wir konnten. Ich fahre gleich zu Thorkild Hegn raus. Es ist zu Ende. Wir können mit der Geschichte hier abschließen.«

Ich stehe auf. Nehme meinen Mantel, das Papier und die Autoschlüssel.

»Susan«, sagt Thit. »Ich möchte dich bitten, dich wieder hinzusetzen.«

17

Ich habe alles Menschenmögliche getan, um die Kinder davon zu überzeugen, mich Susan zu nennen. Ich wollte nicht »Mama« genannt werden, ich wollte nicht wie eine Institution angesprochen werden. Ich wollte, dass die Zwillinge mich als Individuum und als Menschen wahrnahmen. Auf dem ersten Elternabend im Kindergarten hatten sich achtzehn Mütter und zwei Väter eingefunden, und der eine war Laban. Die andern Frauen stellten sich als »Victors Mama«, »Truntes Mama«, »Putteluttes Mama« vor, am Ende war ich ganz verzweifelt. Ich stand auf und sagte: »Jetzt nehmt euch mal zusammen, es ist schon schwer genug, Mutter zu sein, irgendwo sind Kinder auch schwarze Löcher, kennt ihr schwarze Löcher, Singularitäten, die alles Licht und alle Energie aufsaugen, ohne dafür etwas zurückzugeben? Wenn ihr noch auf den letzten Rest Individualität verzichtet, der euch noch bleibt, und jetzt nur noch Klein Pusselchens Mama seid, dann seid ihr Teil eines riesigen gemeinschaftlichen Verrats gegen euch selber!«

Weiter kam ich nicht, die Stimmung fiel weit, weit unter den Gefrierpunkt, Laban und ich sind in der Pause gegangen. Wir stritten uns den ganzen Weg nach Hause, bis wir am Kirkevej waren und ein Polizeiwagen hielt und ein höflicher Beamter uns darauf aufmerksam machte, dass eine Einrichtung namens »Dialog gegen Gewalt« aufgemacht habe, und ob wir eventuell daran interessiert seien, dass sie uns hinführen?

Daraufhin haben wir unsern liebreizenden Ton ein bisschen gemäßigt. Aber uneinig waren wir weiterhin. Bis die Wirklichkeit Laban recht gab. Als die Zwillinge fünf waren, hörten sie von einem auf den andern Tag damit auf, etwas anderes als Mama und Papa zu sagen. Alles, was von Susan und Laban noch übrig ist, erleben wir jetzt. Wenn sie ein wirklich ernstes Wort mit uns reden wollen, verwenden sie unsere Vornamen.

Ich setze mich also wieder hin.

»Kamal«, sagt Thit, »der Priester, hatte einen weißen Rolls Royce. Wir fuhren von Kalkutta nach Udaipur ins Lake Palace Hotel. Da haben wir zwei Wochen gewohnt. Da hab ich zum einzigen Mal gefühlt, dass ich nahe dran war, Indien zu verstehen. Nach einer Woche wusste ich, dass es mit uns keinen Sinn hatte. Als ich es ihm sagte, brach er zusammen. In Dänemark ist unglückliche Liebe gleichsam zeitbegrenzt. Indem man sich die Tränen trocknet oder sich zusammenreißt oder einen andern findet. Oder Selbstmord begeht. Oder zum Psychologen rennt. In Indien ist es eine Lebensform. Sie kann Jahre dauern. Plötzlich konnte er nichts mehr selbst. Er war wie ein Kind. Ich fuhr ihn nach Hause. Ohne Führerschein, den ganzen Weg, mit einem schreienden Mann auf dem Beifahrersitz. Nachts schlief er eigentlich nicht, er weinte nur. Nach drei Tagen konnte ich fast nicht mehr. Trotzdem fuhr ich ihn nach Hause.«

Sie sieht uns nacheinander an.

»Wenn man etwas in Gang gesetzt hat, dann muss man irgendwie hinter sich aufräumen. Wir haben eine Tote.«

Ich stehe auf.

»Ich muss euch was erzählen«, sage ich. »Wisst ihr, wonach ich im Dasein eigentlich gesucht habe? Nach einem normalen Leben. Das war stärker als der Wunsch, in die Physik einzutreten. Stärker als der Wunsch, den Effekt zu verstehen. Überhaupt irgendetwas zu verstehen. Im Innersten habe ich mir brennend ein normales Leben gewünscht. Mit einem

Haus und einem Job und einem Mann und Kindern und Gehalt und Essen auf dem Tisch und der Gewissheit, dass Entropie und Chaos in geschlossenen Systemen gelten, aber nicht bei mir. Und das habe ich bekommen. Nach siebzehn Jahren hatte ich es. Jetzt ist damit Schluss. Aber jetzt will ich eine normale Trennung, eine normale Scheidung und ein normales Alleinsein. Du, Thit, und du, Harald, ihr könnt bei Laban wohnen oder bei mir. Oder ihr könnt ins Studentenwohnheim ziehen oder ins Internat oder ins Jugendheim oder in einen Pappkarton. Ihr könnt machen, was ihr wollt. Aber weder ihr noch irgendein anderer wird mich daran hindern, meinen Weg zurück in die Normalität zu gehen. Und dieser Weg führt bei Thorkild Hegn vorbei. Wenn die Zeitungen Wind davon bekommen, was in Indien passiert ist, geht die Sache vor Gericht, ich werde von der Uni suspendiert, und mein normales Leben wird um zehn Jahre verschoben. Und in zehn Jahren kann ich schon Alzheimer oder Parkinson haben, auf jeden Fall bin ich dann auf der Zielgeraden in Richtung Pflegeheim und Betreutes Wohnen. Thorkild Hegn ist der einzige Mensch, dem ich zutraue, dass er die Presse in den Griff kriegt. Der unsern Fall so lange geheim halten kann, bis er verjährt und auf Eis gelegt werden kann. Der uns Polizeischutz geben kann, bis die Sache aufgeklärt ist. Und dazu muss er dieses Papier haben.«

Sie sind still. Das ist eine Besonderheit der Phänomenologie des Effekts, die ich empirisch abgeleitet, aber nie kapiert habe. Der Effekt bleibt nicht endlos bestehen. Am Ende fällt ein Wort oder eine Geste, was die Situation für diesmal beendet. Ich gehe davon aus, dass meine kleine Rede ein solches Schlusswort war.

Ich habe Thit unterschätzt. Ihr Buh ist doppelt. Der zweite Teil kommt jetzt.

Sie ist die Kleinste von uns. Noch schlanker als ich, mit sehr feinen Zügen, einer leisen, heiseren Stimme, die sie nie hebt, auch jetzt nicht.

»Noch eine letzte Sache. Für mich gibt es noch eine letzte Sache. Es gibt jemanden, der versucht hat, meine Mutter und meinen Bruder zu töten. Mit dem hab ich noch eine Rechnung offen, die bezahlt werden muss.«

Wir setzen uns alle vier wieder hin.

Sie schauen mich an. Sie wissen, ich habe aufgegeben.

Ich falte den DIN-A4-Bogen auseinander und lege ihn auf den Tisch.

Er enthält sechs Namen. Handgeschrieben. Magrethe Spliid gehörte noch einer Generation an, die mit der Hand schrieb, wenn es schnell gehen sollte.

Mir fällt ein, dass sie Kind und Jugendliche gewesen war, als die Computer auch noch in den Kinderschuhen steckten. Dass sie gemeinsam mit ihnen erwachsen wurde und miterlebt hat, wie sie sich in engem Zusammenhang mit der Wasserstoffbombe entwickelt haben.

Vier Namen stehen in einer Reihe, es sind die noch lebenden Mitglieder der Zukunftskommission. Darunter steht Thorkild Hegns Name und Adresse. Unter ihm ein einziges Wort oder ein Name: Geither. Ich habe im Netz nach ihm gesucht, keine dänischen Treffer.

Laban und die Zwillinge lehnen sich neben mir über den Tisch. Hinter den Namen steht ihre Stellung oder ihr Beruf: Landvermesser, Pfarrer, Nationalbankdirektor, Metallurgin.

Der einzige Name, den ich kenne, ist der von Kirsten Klaussen, der Metallurgin. Sie ist ein unvermeidliches Kleinod der Nation. Wie Bohr. Wie Tuborg. Wie dänischer Bacon.

Ich falte das Papier zusammen.

»Thit«, sagt Harald. »Woher wusstest du, dass es mit dir und diesem Priester nichts werden konnte?«

Sie schaut in die Winternacht hinaus. Das Wasser ist vom Evighedsvej aus nicht zu sehen. Aber man ahnt den Widerschein des Sunds, der das Mondlicht auf die tief hängenden Wolken wirft.

»Er war zu nett. Er hätte mich auf die Dauer nicht ertragen können.«

Da spricht ein sechzehnjähriges Mädchen. Über einen erwachsenen Mann mit Rolls-Royce und einer Million Jünger im Rücken.

Aber hier im Evighedsvej wissen wir doch allesamt, dass sie recht hat.

Ich schicke eine SMS an die Standheizung des Volvos. Die Zwillinge fanden es schon immer toll, in ein warmes Auto zu kommen. Die Heizung antwortet mit einem *Message executed*.

Es ist gerade mal fünf Uhr morgens. Andrea Fink erklärte die Stunde zwischen fünf und sechs einmal zur wichtigsten des Tages. Sie hatte tausendfünfhundert wissenschaftliche Publikationen zur Unterstützung dessen parat, was wir alle schon im Voraus wussten.

Sie nannte die Stunde stets die »Arsenikstunde«.

Es ist die Stunde, in welcher der Körper die tiefste Entspannung erreicht. In der das Verhältnis zwischen REM-Phase und tiefem, traumlosen Schlaf optimal ist. In der das lebenswichtige morgendliche Erlebnis, den Schlaf einer guten Nacht geschlafen zu haben, begründet liegt. In der eine Großstadt am stillsten ist. In der das Muster der Gehirnwellen einer Gruppe Probanden, die die Nacht im Schlaflabor verbringt, die größte Chance hat, sich der Gammakohärenz zu nähern.

Schlafmangel in dieser Stunde zermürbt die Eltern kleiner Kinder. Zermürbt Schichtarbeiter und Zeitungsboten. In dieser Stunde statten Amtspsychologen Eltern einen unangemeldeten Besuch ab, um einschätzen zu können, ob man ihnen das Sorgerecht für ihre Kinder entziehen sollte.

Selbstverständlich haben Andrea Fink und ich in dieser Stunde auch unsere Verhöre angesetzt. Und in dieser Stunde steigen wir nun alle vier in ein warmes Auto, um nach Frederiksberg zu fahren. Und Thorkild Hegn einen unangemeldeten Besuch abzustatten.

18

Wer als Kind zwei Tanten in Frederiksberg hat, ist der festen Überzeugung, dass dort nur alte Damen wohnen.

Dann wird man groß und kommt auf die Universität und wird Quantenphysiker und entdeckt, dass dort nicht nur alte Damen wohnen. Da wohnen auch eine Menge älterer Männer.

In Einklang mit dieser lebendigen Demographie haben die Villen zwischen Vesterbrogade und Frederiksberg Allé das Design eines Mausoleums und sind bepflanzt wie Friedhöfe.

Thorkild Hegns Villa auf dem Kochsvej ist da keine Ausnahme.

Und doch. Auf beiden Seiten der Haustür befindet sich in der Wand eine Halbkugel aus schwarzem Glas. Und das ist kein Zierrat, sie verdeckt mit Sicherheit eine eingemauerte Überwachungskamera.

Alle Fensterscheiben des Hauses haben flache graue Stromkreisbahnen, die mit fernen Wachzentralen verbunden sein dürften, vielleicht sowohl bei der Polizei als auch beim Polizeilichen Nachrichtendienst. Fünfzig Meter vom Haus entfernt, auf der anderen Straßenseite, hält ein Ford mit zwei Frühaufstehern, die, als wir parken und durch die Pforte gehen, aus dem Wagen steigen und uns versonnen nachschauen.

Thorkild Hegn ist ein Mann, der seine Vorsichtsmaßnahmen getroffen hat.

Ich lächle die Glaskugeln an und gebe die Nummern, die er mir gegeben hat, auf meinem Telefon ein. In der Hoffnung, das Klingeln möge ihn aus dem schutzlosesten traumlosen Schlaf reißen.

Tut es nicht. Er antwortet im selben Moment. Und ist hellwach.

»Ich habe die Namen«, sage ich.

»Wo?«

»Auf Ihrem Abtreter.«

Die Tür geht fünf Sekunden später auf. Obwohl er fünfzehn Meter davon entfernt steht, tief drinnen in der Zimmerflucht, in Schlafanzug und Hausmantel. Vielleicht hat er eine Fernbedienung, vielleicht hat seine Tür auch so viel Respekt vor ihm, dass sie sich auf Kommando öffnet.

In einer Aufmachung wie der seinen sähen wir alle wehrlos und halb nackt aus. Er nicht. Sowohl der Schlafanzug als auch der Hausmantel ist durch die Hände seines Schneiders gegangen. So, wie er da vor uns steht, könnte er auf dem Weg zum Hofball sein.

Ich übergebe ihm den Bogen, er faltet ihn auseinander, wirft einen Blick darauf, faltet ihn wieder zusammen.

»Das Protokoll hatte sie nicht«, sage ich. »Sie hat an den letzten Sitzungen nicht teilgenommen. Das ist wahr, ich weiß es. Wir haben unseren Teil der Abmachung erfüllt.«

Er nickt.

»Die indischen Anschuldigungen sind hiermit kassiert. Um Ihr Haus in Manipur kümmert man sich. Ihre persönlichen Sachen sind in einem Container auf dem Weg nach Dänemark, sie kommen nächste Woche an. Offiziell sind Sie wegen wichtiger Geschäfte vorzeitig nach Hause gerufen worden. Das wird von den indischen Behörden, dem Außenministerium und der Uni Kopenhagen unterstützt. Der Fall ist abgeschlossen.«

»Wenn's bloß so wäre«, sage ich.

Ich setze mich. Laban und die Zwillinge setzen sich. Thorkild Hegn bleibt stehen.

Es war nie vorgesehen, dass wir in sein Haus kommen. Deshalb ist jetzt, da wir dennoch da sind, auch nicht vorgesehen, dass wir uns hier niederlassen. Eigentlich sollen wir so schnell wie möglich wieder verschwinden.

»Magrethe Spliid ist tot«, sage ich. »Sie wurde heute Nacht in ihrem Haus erstickt. Harald und ich haben mit knapper Not einen Mordversuch überlebt. Mit einem Bagger. Das Auto ist nur noch eine Blechplatte. Wir brauchen Polizeischutz.«

Wer sich jetzt Tränen und Blumen versprochen hätte, wäre schrecklich enttäuscht worden. Aber wenigstens setzt er sich hin.

Und er ist erschüttert. Er sucht nach Worten. Dann kommen sie. Mit Mühe.

»Wer sagt, sie sei erstickt worden? Nur ein Spezialist kann die Todesursache feststellen.«

»Fahren Sie hin«, sage ich. »Wenn Sie die Leiche gesehen haben, reden wir weiter. Und die Reste von demjenigen, dem sie den Schädel zertrümmert hat.«

Seine Frau materialisiert sich. Sie hat gefühlt, dass er sie braucht. Die großen Männer haben immer eine großartige Frau. Die gewichtigen Nobelpreisträger hatten immer eine Amazone neben sich, Bohr, Fermi, Alvarez, Gorbatschow, Sacharow, Schrödinger. Und die auf der Zielgeraden zum Preis versagten, waren diejenigen, bei denen die Frau absprang, Oppenheimer, Szilard.

Man darf sich nicht davon täuschen lassen, dass die Frau, die auf einmal im Raum steht, einen halben Meter kleiner ist als ihr Mann. Walküren gibt es auch in kleinen Größen.

»Was ist los, Thorkild?«

Sie spricht mit Autorität. Sie weiß genauso viel wie er.

Er ist aufgestanden und geht an der Wand entlang, wie ein Tier im Käfig.

»Da ist was aus dem Ruder gelaufen.«

Dann fällt ihm ein, dass wir auch hier sind.

»Vielleicht könnte man die Kinder bitten, ein bisschen frische Luft zu schnappen und sich die Beine zu vertreten«, sagt er.

»Versuchen Sie's«, sage ich. »Dann werden Sie sehen, ob Sie mehr Erfolg haben als ich.«

Einen Augenblick lang kann er seine Überraschung nicht verbergen.

»Meine Enkel tun, was ihnen gesagt wird.«

»Sie haben Sie zum Opa. So viel Glück hatten Thit und Harald nicht.«

Der Mann hat viele außergewöhnliche Eigenschaften entwickelt. Leider hat er keine Gelegenheit gefunden, seinen Sinn für Humor zu schärfen.

Er sieht seine Frau an.

»Wir müssen sie hier wegschaffen. Bis die Sache wieder eingerenkt ist. Nach Italien, mit dem Zeugenschutzprogramm.«

Es vergeht ein Weilchen, ehe ich begreife, dass er uns meint.

Er hat einen Entschluss gefasst. Jetzt wendet er sich an uns.

»Sie fahren von hier direkt nach Hause und packen. In ein paar Stunden werden Sie abgeholt. Sie fliegen heute noch. Auf dem Weg zum Flughafen bekommen Sie neue Pässe und alle praktischen Details. Wir regeln das. Wir gehen davon aus, dass Sie in einigen Monaten zurückkehren können.«

Er weiß es nicht, aber der Effekt ist aktiv. Zu den ersten Dingen, die geschehen, gehört, dass wie jetzt die Höflichkeit schwindet. Die Höflichkeit der Menschen ist normalerweise nur die dünnste Oberfläche.

In diesem nun etwas größeren gegenseitigen Verständnis kann ich etwas von seiner physiochemischen Geschichte erkennen.

Manche glauben an die Psychologie, das tue ich nicht. Alles ist nur auf einem Substrat von quantenelektrischen Wirkungen beruhende Biochemie. Thorkild Hegn muss erschaffen worden sein, indem man lauter Ministerialdirektoren, Oberstleutnants und Generaldirektoren in einem Bottich voll stark ätzender Flüssigkeit aufgelöst hat. Danach hat man die Lösung zu dem Konzentrat eingedampft, das jetzt vor uns sitzt. Ich habe viele mächtige Männer gesehen, er übertrumpft alle.

Trotzdem hat er Angst. Das sagt etwas über die Größe des Problems aus, dem wir alle gegenüberstehen.

Laban und die Zwillinge sind wie gelähmt. Sie sind gekommen, um alles zu klären. Und dann werden sie außer Landes geschickt.

»Wir haben immer noch Jetlag«, sage ich. »Wäre schön, wenn wir das um ein paar Tage verschieben könnten.«

Er sammelt sich. Und dann macht er einen Fehler. Konzentriert und mit leiser Stimme, aus der die letzten Moleküle Höflichkeit verschwunden sind.

»Hier liegt keine Wahlsituation vor. Euch vier erwartet allesamt ein Führungszeugnis, das euch in Zukunft alle Wege versperrt. Außer Zeitungen auszutragen vielleicht. Ihr tut, was euch gesagt wird!«

Nur wenige Menschen können es ertragen, von einer wirklichen Kapazität ausgeschimpft zu werden. Die meisten werden klein angesichts großen Zorns. Der sechzigjährige und weltberühmte Bohr stand Churchill Rede und Antwort und ließ sich von ihm tadeln wie ein Schuljunge.

Auf uns hat ein Rüffel immer anders gewirkt. Wir werden nicht kleiner. Wir werden nur böser.

Aber man sieht es uns nicht an. Man nennt das gute Kinderstube. Wir stehen auf.

»Wir fahren im eigenen Wagen«, sage ich.

»Ausgeschlossen!«

»Es ist ein Volvo, Vierradantrieb. Kostet über eine Million. Die Summe müsstet ihr dann noch auf unsere monatlichen Spesen drauflegen.«

Er seufzt. Ich habe ihn in einer sehr schönen und sehr tiefen Eigenschaft getroffen: Wie alle großen Beamten ist er furchtbar knauserig mit dem Geld des Staates.

»In Gottes Namen. Aber ihr fahrt heute Abend! In anderthalb Stunden kommt ein Mann mit den provisorischen Pässen, Kreditkarten, den relevanten Adressen und Informationen, wie ihr euch allgemein zu verhalten habt. Gute Reise!«

Wir ziehen uns zur Tür zurück, ohne ihm den Rücken zuzuwenden. Und zwar nicht, weil wir glauben, er wolle uns vielleicht noch einen Abschiedskuss geben. Sondern weil man sich bei Hofe rückwärts zurückzieht.

Als ich in der Eingangstür stehe, sehen wir uns ein letztes Mal in die Augen.

In der Sekunde dämmert ihm etwas. In der Sekunde erinnert er sich an die Situation im Gefängnis. Er erinnert sich an den Effekt. Und dann sind wir weg.

Ich lasse den Motor nicht sofort an, ich bleibe einfach sitzen.

Harald packt den Haltegriff über der Tür und versucht ihn abzureißen. In der Schule gaben ihm seine Kameraden einmal, vermutlich nach einem vorübergehenden Anwesenheitsanfall in einer Geschichtsstunde, den Spitznamen Hårderåde. Nach einem norwegischen König, der weder Gefangene machte noch ein Nein als Antwort akzeptierte.

Ich drehe mich nicht um. Ich spreche zur Windschutzscheibe. Und ich spreche im Namen aller.

»Wir fahren«, sage ich, »selbstverständlich nicht nach Italien.«

19

Mit Freude und Interesse habe ich die im Laufe meines Lebens zunehmend größer werdende Rolle verfolgt, die die sexuellen Phantasien der Frauen in der Öffentlichkeit spielen.

Und es ist sonnenklar, dass wir weiterhin erst am Anfang dieser günstigen Entwicklung stehen.

Ich selber zum Beispiel bin der Meinung, noch eine saftige Ergänzung beitragen zu können, ich muss nur noch das entsprechende Forum finden, auf dem ich sie präsentieren kann. Ich denke da an die Wissenschaftliche Gesellschaft.

Meine heißen Phantasien betreffen die großen Physiker. Und es gibt wahrlich eine Menge, die direkt zum Fressen waren, auch die Frauen. Etliche Physikerinnen hatten einen pikanten Kontakt mit ihrer inneren Männlichkeit. Marie Curie, Irène Joliot, Cecilia Payne und Lise Meitner stehen ganz oben auf meiner Liste.

Aber meine Lieblinge sind und bleiben die großen männlichen Physiker des 19. Jahrhunderts. Die auch den Vorteil haben, dass sie tot sind. Es ist einfacher, die Toten zu begehren als die Lebenden. Es war mein Glück, dass Bohr nicht mehr da war, als ich geboren wurde, das habe ich immer gewusst. Sonst hätte ich ihm hinterherlaufen müssen. Was kompliziert geworden wäre.

Mein Favorit ist Thomas Young. Ein fescher Kerl, wie vom Dänischen Herrenmoderat eingekleidet. Tanzte wie ein musikalischer Puma, beherrschte sechzehn Sprachen, war Arzt, mit zwei konnte er lesen und schreiben, mit fünf komplexe Funktionen differenzieren und integrieren. Und am wichtigsten: Er ist der Erste, der das Interferenzphänomen versteht und beschreibt. Als Andrea Fink mich mit seinen Formalisierungen bekannt machte, wusste ich auf Anhieb, dass er der Erste gewesen sein musste, der die Wellenphänomene zwischen Menschen wirklich begriffen hatte.

Wenn Laban und ich und die Zwillinge richtig plaziert sind, wie es vor einigen Minuten in Thorkild Hegns Wohnzimmer der Fall war, und wenn in einem ganz kurzen Intervall kein Misston zwischen uns besteht, dann sind unsere Systeme kohärent, dann verstärken wir uns gegenseitig in dem Phänomen, das als Form der Interferenz erlebt wird. Das war der Gegenstand unserer Untersuchungen mit Andrea Fink, das haben wir unser ganzes Dasein hindurch gebraucht und missbraucht, das hat uns im Positiven wie im Negativen dahin gebracht, wo wir jetzt sind.

Und das bewirkte, dass Thorkild Hegn genau das sagte, was er sagte.

In dem Moment, als er akzeptierte, dass wir in unserm Volvo nach Italien fahren, in dem Moment entstand ein Wirbel in seinem System.

Der Prozess ging blitzschnell vor sich, kaum wahrnehmbar, vielleicht nicht einmal für ihn selbst. Aber für mich. Denn der Effekt ist auch eine Art von Röntgenlicht.

Es ist deutlich, dass er in dem Moment nein sagen will. Und dann sagt er trotzdem ja.

Dafür gibt es für mich nur eine Erklärung. Sie streift die Oberfläche seines Bewusstseins und pflanzt sich von da aus zu mir fort. Er erinnert sich, dass seine Leute eine Kamera in unserm Haus und einen Sender in unserer Garage angebracht, gleichzeitig aber auch eine Vorrichtung in unser Auto montiert haben, die uns orten kann.

Der Grund, warum man uns bis zum Flughafen begleiten

und in einen Flieger setzen will, liegt auf der Hand. Nur so kann man sicher sein, dass wir auch wirklich abreisen und nicht in der Abflughalle kehrtmachen. Diese Sicherheit ist weiterhin gewährleistet. Mit der Vorrichtung, die, ich wette eins zu zwanzig, in unserem Auto ist.

Die Frage ist nur, wo in dem Auto.

Die drei hinter mir sind still. Das ist einer der Gründe, dass wir es so lange miteinander ausgehalten haben. Wenn es drauf ankam, haben wir dem andern Raum gegeben.

Mit zwölf unternahm ich mein erstes Gedankenexperiment.

Ohne zu wissen, dass Einstein das Wort geprägt und die Technik verfeinert hatte. Ohne zu wissen, wer Einstein überhaupt war.

Ich war im Jugendheim Holmgangen in Vendsyssel, einem Hof mit vier Flügeln, der so weit weg auf dem Lande lag, wie es in einem übervölkerten Land wie Dänemark nur geht. Mehrere Kilometer bis zum nächsten Nachbarn, eine halbtägige Reise zum nächsten Handwerker, geringe Zuschüsse, wir heizten die Strohfeuerungsanlage mit alten Autoreifen, sämtliche Außenflächen waren mit einer klebrigen schwarzen Schicht geschmolzenen Gummis überzogen. Eine chemische Verbindung von bemerkenswerter Haltbarkeit, heute noch habe ich, wenn ich kräftig huste, den Geschmack vulkanisierter Reifenlaufflächen im Mund.

Der Ort lag meilenweit vom nächsten Wasserwerk entfernt und hatte deshalb seine eigene Wasserbohrung, eines Tages fiel die elektrische Pumpe aus, man rief keinen Handwerker, wenn man es vermeiden konnte. Die Erwachsenen versuchten, das Problem zu lösen, der Versuch misslang. Dann schlug jemand vor, mich zu fragen.

Ich saß auf dem Deckel und schaute in den Brunnenschacht.

Die Pumpe war geöffnet und befand sich einen halben Meter unter mir, es war eine Grundfos, Kinder und Erwachsene umringten mich, keiner sagte ein Wort.

Ich kann nicht sagen, was ich tat. Aber heute weiß ich jedenfalls, dass ich ein Gedankenexperiment anstellte. Ich hatte gesehen, wie die Erwachsenen bestimmte Möglichkeiten ausschlossen, sie hatten Sicherungen gewechselt, das Einlaufsieb gereinigt, das Steigrohr untersucht, die Differenz zwischen Ein- und Ausschaltdruck im Druckschalter vergrößert.

Vielleicht sollte es nicht Gedankenexperiment heißen, denn das Gefühl ist körperlich, damals wie jetzt. Ich ließ einfach das, was ich gesehen hatte, in meinen Körper sacken.

Ich saß auf dem Brunnendeckel und wurde gleichsam eins mit der Pumpe, rein physisch. Und dann kam ich drauf. Dass das Luftvolumen im Membranbehälter zu klein war. Also öffnete ich den Behälter. Und drehte an der Gegenmutter, die das Volumen regelte. Und das war's. Sie setzten die Pumpe zurück, und sie funktionierte. Ich sagte nichts, ich triumphierte nicht. Aber ich wusste, dass dieser Augenblick entscheidend war. Es war eine Art Kristallkugel, ich schaute in meine Zukunft.

Auch jetzt im Volvo, mitten auf dem Kochsvej.

Als ich vierzehn war, frisierte ich mein erstes Moped, eine hellrote Puch. Mit achtzehn reparierte ich meinen ersten 2CV, der Motor war einfach wie der eines Motorrollers.

In unserm Volvo hier finde ich gerade mal den Einfüllstutzen für die Kühlflüssigkeit.

Und ich bin's nicht, die sich verändert hat, es sind die Autos. Heute erfordert es ein Universitätsstudium und Elektronik und Werkzeug für eine Million, um die Blechkiste zu verstehen und zu reparieren, in der wir sitzen.

So dass ich gar nicht erst versuche herauszukriegen, wo sie die Ortungsvorrichtung untergebracht haben. Da muss es Tausende von Möglichkeiten geben. Ich versuche nicht zu grübeln, das wäre Zeitverschwendung. Ich versuche stattdessen, mit dem Auto und der Situation eins zu werden.

Nach zehn Minuten stillem Sitzen weiß ich es. Hinter mir hat keiner einen Mucks von sich gegeben.

Die Standheizung funktioniert. Das fällt mir ein. Oder daran erinnert sich mein Körper.

Die Sendereinheit in der Standheizung ist im Prinzip nichts anderes als ein Mobiltelefon. Sie funktioniert mit einer Simkarte, die ich bei meiner Telefongesellschaft gekauft habe. Sie hat einen monatlichen Mindestverbrauch von zwanzig Kronen. Wir sind ein Jahr in Indien gewesen. Und ich habe an vieles gedacht, aber nicht daran, die Simkarte in einem Auto in einer Garage auf dem Evighedsvej aufzuladen. Die Karte müsste leer sein.

Ist sie aber nicht. Was nicht an der barmherzigen Geduld der Telefonfirmen mit säumigen Kunden liegt. Sondern daran, dass jemand sie aufgeladen haben muss.

Ich öffne die kleine Klappe unter dem Armaturenbrett links des Lenkrads. Da liegt die Betriebsanleitung des Wagens, links davon ist der Schalter für die manuelle Bedienung der Standheizung. Darüber hängt, an zwei Klettschlaufen, die Sender-Empfänger-Einheit.

Ich hebe sie heraus. Immer größere Teile der Welt liegen irgendwo im Unbekannten verborgen, hinter Kappen und Schirmen und beschränkten Benutzeroberflächen, wo nur Spezialisten durchblicken. Wir haben den Wagen seit vier Jahren, ich habe den kleinen Kasten noch nie in der Hand gehalten.

Er ist etwas größer als ein Handy. Ich mache ihn auf.

Das Innere besteht aus einer aufladbaren Stromversorgung, doppelt so groß wie die eines Mobiltelefons und hoffentlich mindestens doppelt so haltbar. Sie wird durch ein Kabel aufgeladen, das mit der Autobatterie verbunden sein muss. Über der Stromversorgung sitzt eine kleine Platte, ich knipse sie ab und schaue auf eine Elektronik, die nicht größer ist als eine Armbanduhr, aber eine weitere Universitätsausbildung erfordern würde, über diejenige hinaus, die das Auto an sich schon verlangt.

Keine besondere Ausbildung verlangt hingegen die Fähigkeit zu erkennen, dass das Gerät offensichtlich manipuliert wurde. Menschen mit geschickten Händen haben auf der eigentlichen Elektronik der Einheit eine kleine Leiterplatte angebracht. Und obwohl sie höchstens zehn mal zehn Millimeter groß und einen Millimeter hoch ist, würde jedes Kind darin den Parasiten und das Kuckucksjunge erkennen, eingesetzt, um bei der Stromversorgung des Telefons und der übrigen Hardware in dunkler Absicht zu schmarotzen, nämlich kontinuierlich ein Positionssignal zu senden.

Die drei hinter mir sind vollkommen still. Ich hebe die Einheit heraus und lege sie auf den Beifahrersitz.

Dann setze ich den Blinker und fahre los.

20

Soweit ich weiß, hat Andrea Fink nie gesagt, dass im Leben einer jeden Frau auch ein Fernfahrer vorkommen müsse.

Über Fernfahrer verrät das wenig. Es verrät nur, dass auch Nobelpreisträger ihre Lücken haben.

Fernfahrer haben mich immer interessiert. Seit ich klein war. Es entspricht nicht ganz der Wahrheit, dass mit Hansi Hinterseer alles Maßgebliche über Musik gesagt ist. Sogar in der Country- und Westernmusik gibt es hier und da ein goldenes Korn. Und zwar, wenn es um Trucks geht und um die Männer, die sie fahren.

Wir kommen am Postterminal vorbei. Auf der andern Seite des Bahngeländes kann ich das Freizeit- und Konferenzzentrum *DGI-Byen* sehen und die Reste des alten Schlachthofs.

»Als ich klein war«, sage ich, »trieben sich Lastwagenfahrer vor dem Schlachthof und auf dem Halmtorvet herum. Die Wagen parkten in langen Reihen, hier gab es Cafés, in denen die Fahrer gefrühstückt haben. Meine Mutter hat mich hier im Kinderwagen vorbeigeschoben.«

»Wie kommt es, dass Omi dich hier im Kinderwagen lang geschoben hat?«

Thit hat die Frage gestellt, wie *en passant.* Hinter ihrer Lockerheit ist sie hellwach.

»Mein Vater saß eine Weile im Westgefängnis. Und meine Mutter fand es schön, ein bisschen zu gehen. Sie machte einen Spaziergang, um ihn zu besuchen.«

Wir sind schon auf dem Køge Bugt Motorvej und fahren am ersten Transportunternehmen vorbei. Das wäre ein möglicher Ort, um LKW-Fahrer zu treffen. Aber es ist nicht der beste.

Ich nehme die nächste Abfahrt. Zuerst sieht es aus wie ein Irrtum, der uns in trostlose Vorstädte führt. Aber dann öffnet sich die Wirklichkeit.

Auf einem Schild, das sich in Las Vegas wie zu Hause gefühlt hätte, steht *Odas Rastplatz*. In Reih und Glied halten an die hundert LKW in allen Größen, Farben und Nationalitäten, und als wir parken, kommt das Gebäude in Sicht.

Architektonisch ist es schwer zu beschreiben. Sein physiochemischer Ausgangspunkt war ein Imbisswagen, wie ich sie aus meiner Kindheit in Erinnerung habe und dem man ganz augenscheinlich einen Haufen Injektionen gegeben hat, wie man sie auch Würstchen verpasst, so dass er nun fünfzig Meter lang ist, zwei Stockwerke hat und erleuchtet ist wie ein Riesenrad.

»Kommst du mit rein, Thit?«

Vor dem Gebäude hält sie inne. Andächtig.

»Mama, woher kennst du das hier?«

»Mein Vater hat mich mitgenommen.«

»Das muss zu einer Zeit gewesen sein, als er auf freiem Fuß war.«

»Genau«, sage ich. »Das kam ab und zu vor. Und seitdem bin ich selber ab und zu hergekommen.«

»Warum hast du uns nicht mitgenommen?«

Ich bleibe stehen. Wir sehen uns in die Augen.

»Hin und wieder, vielleicht einmal im Jahr, hatte ich Lust, hier ganz allein unter diesen ganzen Männern zu sitzen.«

Ihr Blick bleibt fest. Dann nickt sie.

Wir treten ein, und obwohl nichts zu sehen ist, scheint der Raum ein kleines bisschen zu erstarren. Unter einem halben Hundert Männern sind wir die einzigen weiblichen Wesen. Wir – und Oda selbstverständlich.

Sie steht hinter dem Tresen, und natürlich erkennt sie mich nicht. Ich bin hier höchstens fünfzehnmal in einem Zeitraum von dreißig Jahren gewesen.

Zusammen mit ihrem Imbisswagen ist sie gewachsen und älter geworden. Aber manche Frauen altern in Würde statt in Auflösung. Sie werden nicht fetter, sondern bekommen bloß ein höheres spezifisches Gewicht und werden fester im Fleisch.

»Ich brauche einen Mann«, sage ich. »Der nach Süditalien fährt.«

Sie betrachtet mich sorgfältig. Und Thit. Oda hat Zeit.

»Du hast draußen einen Wagen stehen, der okay ist. Mit einem Mann drin. Und selbst wenn das nicht so wäre, das nötige Kleingeld für Flugtickets hättest du schon. Das heißt, du suchst keine Mitfahrgelegenheit.«

Ich warte. Sie wartet.

»Ich hab dies Ding hier seit vierzig Jahren«, sagt sie. »Ich bin damit zufrieden. Stolz auf das hausgemachte Schweinebratensandwich. Gegen Geld hab ich auch nichts. Aber das ist nicht das Wichtigste. Das Wichtigste sind die Kunden. Manche kommen schon seit dem Eröffnungstag her. Seit vierzig Jahren. Weißt du, was ich am allerwenigsten erleben möchte? Dass einer der Jungs bezirzt wird, dass er irgendwas Illegales über die Grenze schmuggelt, und südlich der Alpen erwischt wird und für acht Jahre im Knast landet. Und wofür? Für etwas, das ihm ein Paar blaue Augen und rote Lippen eingesäuselt haben.«

Sie weiß genauso viel über Ehrlichkeit wie ich. Wahrscheinlich mehr. Sie kennt alle möglichen Geschichten eines Menschenlebens und hat allen ihr Ohr und ihr Herz geliehen.

Ich lege ihr die Sender-Empfänger-Einheit der Standheizung hin. Komplett mit Extrabatterie.

»Wir sind ins Ausland geschickt worden. Im Rahmen eines Zeugenschutzprogramms. Über die Ortungseinheit in diesem Dings hier werden wir ständig verfolgt. Wir müssen ein bisschen Zeit gewinnen. Bloß zwei, drei Tage.«

»Und wozu brauchst du deine Extratage, Süße?«

Ich beuge mich zu ihr hin.

»Um einen Mann zu finden«, sage ich. »Der was richtig Schlimmes getan hat. Ich will nur, dass er Entschuldigung sagt.«

»Habt ihr auch Namen?«

»Susan. Und Thit.«

»Kommt mit«, sagt sie.

Sie kommt hinter ihrem Tresen hervor und geht an den Tischen entlang. Wir folgen ihr. Ich hätte geschworen, mit fünfundachtzig Kilo könnte man sich nicht mehr wie eine Meerjungfrau bewegen, durch eine Vinylwelt, schwerelos inmitten von Schlachtplatten und Frittenwannen. Sie schon.

Sie bleibt vor einem jungen Mann stehen, der allein am Tisch sitzt.

»Johnny«, sagt sie. »Das ist Susan.«

Dann dreht sie sich um und geht. Ich setze mich an den Tisch. Thit bleibt stehen. Ich lege den Kasten und die Batterie vor ihn hin. Daneben lege ich einen Stapel von sechs Tausendkronenscheinen.

»Das hier ist ein Ortungsgerät. Die Behörden sollen glauben, sie würden mir damit folgen. Ich möchte dich bitten, es nach Italien mitzunehmen. Irgendwo in Apulien ist eine Werkstatt. Riesenkuddelmuddel. Zuhinterst in dem Durcheinander steht ein Eimer. An einer trockenen und dunklen Stelle, wo die nächsten vierzehn Tage keiner hinguckt. Da sollst du das hier bitte verstauen.«

Er wiegt den Kasten in der Hand.

»Woher wusstest du das? Dass ich genau so einen Ort mit so einem Eimer kenne?«

Wir lächeln uns an. Er schaut Thit an. Schaut mich an. Gibt es auf, einen Zusammenhang verstehen zu wollen. Thit hat noch nie ausgesehen, als ob sie von mir abstammte. Als ob sie von irgendjemandem abstammte. Eher als hätte sie eben die Bühne betreten oder wäre aus dem Weltraum zu uns heruntergekommen, ohne belastende Vergangenheit im Gepäck.

»Ich könnte dir meine Handynummer geben«, sagt er. »Falls du in Schwierigkeiten kommst. Oder einfach mal was von der Welt sehen willst.«

Der Vorschlag kommt spontan, von irgendwo außerhalb seiner Kontrolle. Als ihm aufgeht, was er gesagt hat, wird er blutrot im Gesicht.

Er ist appetitlich wie eine einundzwanzigjährige Ausgabe von Kris Kristofferson in *Convoy*. Er leuchtet, aber rings um die Augen liegt Dunkelheit.

Sie rührt von einer Sehnsucht her, von der ich wette, dass er nicht einmal selber weiß, dass er sie in sich trägt. Die Sehnsucht, der weiblichen Sexualität in reifer Form zu begegnen, mit Blaulicht und allen Sirenen.

Thit steht reglos da wie eine Säule. Ich stehe auf.

»Das geht leider nicht«, sage ich. »Jedenfalls jetzt nicht.«

Das Dunkel um seine Augen wird etwas dunkler. Dann hellt sich seine Miene auf.

Er schiebt mir die Scheine hin.

»Die wirst du selber brauchen. Was man unter Zeugenschutz kriegt, entspricht der niedrigsten Sozialhilfestufe.«

Ich nehme das Geld zurück.

»Es war mir ein Vergnügen«, sagt er.

Ich drehe mich um. Thit und ich gehen zum Ausgang. Bei Oda bleibe ich stehen. Lege ihr einen Schein hin. Sie schüttelt den Kopf.

»Ich bin mehrfache Millionärin, Süße. Ich hab drei Lokale wie das hier auf der E48. Ich steh hier nur, weil ich's nicht lassen kann. Behalt das Geld.«

Ich stecke den Schein wieder ein. Zum zweiten Mal innerhalb von fünf Minuten bin ich mit Menschen konfrontiert, die bei vollem Verstand Geld ausschlagen. Ich muss schlafwandeln.

Sie sieht mich ein letztes Mal an, von Kopf bis Fuß.

»Ich weiß nicht warum«, sagt sie. »Aber ich bin froh, dass ich nicht der Mann bin, nach dem du suchst.«

Thit und ich bleiben vor der Tür stehen. Am Horizont kann man Brøndby Strand erkennen.

»Mama. Warst du Papa jemals untreu?«

Es gibt Leute, die meinen, manche Wahrheiten solle man seinen Kindern ersparen.

Wer das meint, kennt den Effekt nicht. Und er kennt Thit nicht.

»Ja«, sage ich. »Mehrmals.«

Sie ist still. Wir gehen zum Auto. Harald steigt aus und hält die Tür auf, erst mir, dann Thit.

»Laban fährt«, sage ich. »Ich bin hundemüde.«

Wir nehmen Platz. Laban startet den Motor nicht sofort.

»Warum«, sagt er, »ist es so wichtig, sich vor Hegn zu verstecken? Was für ein Interesse hat er eigentlich an uns?«

Aus der Brusttasche meiner Bluse ziehe ich ein kleines, fest zusammengefaltetes Stück Papier. Ein DIN-A4-Blatt.

»Was ich ihm gegeben habe«, sage ich, »waren nicht die Namen, die ich von Magrethe Spliid bekam. Sondern vier erfundene. Die richtigen sind hier. Wenn er das rauskriegt, kriegt er schlechte Laune. Dann haben wir ihn auf dem Hals.«

21

»Wir sind unsichtbar!«

Laban steht im Zimmer und streckt die Arme in die Luft. Und macht die ersten Rumbaschritte.

Ich halte mich an Harald fest. In den vergangenen zwei Tagen habe ich insgesamt sechs Stunden geschlafen.

»Hegn kann auf seinem Computer unsern Weg bis nach Italien verfolgen. Der Typ, der es auf dich und Harald abgesehen hat, denkt, wir seien außer Gefecht. Das heißt, wir sind unsichtbar, wir haben ein weißes Hölzchen im Mund, wie bei Andersen!«

Es ist Laban gegenüber ungerecht, ihn einen Renaissancemenschen zu nennen. Man wird ihm erst gerecht, wenn man hinzufügt, dass seine wirklichkeitsfabrizierende Begabung so beeindruckend ist, dass er die meiste Zeit tatsächlich in der Renaissance lebt. Lange vor den großen Speicherkapazitäten. Vor der digitalen Überwachung. Vor Big Data.

»Die können jeden Moment hier sein«, sage ich. »Wir können nicht sicher sein, dass sie nicht das Haus überwachen. Wir haben achtundvierzig Stunden, wenn wir Glück haben.«

»Vierundzwanzig«, sagt Thit. »Wir haben leider nur vierundzwanzig Stunden. Den Weihnachtsabend müssen wir natürlich abziehen.«

Laban friert mitten in seinem Rumba fest. Ich stütze mich erschöpft auf Harald.

Der Weihnachtsabend ist ein Dämon, den Laban und ich seit sechzehn Jahren auszutreiben versuchen. Und den die Kinder immer aufs Neue wiederbeleben.

Laban und ich konnten Weihnachten noch nie leiden. Der Konsumterror. Die Massenpsychose. Das Institut für Experimentalphysik liegt weniger als vierhundert Meter vom Gunnar-Teilum-Bau des Reichskrankenhauses und vom Rechtsmedizinischen Institut entfernt. Ab und zu halfen wir der Gerichtsmedizin mit einem Statistiker aus oder der Rechenleistung unserer Server oder etwas Laborausrüstung. Zu Weihnachten arbeiten die Gerichtsmediziner rund um die Uhr. Zu keiner andern Zeit des Jahres haben sie so viele Selbstmorde oder häusliche Gewalttaten. Wenn die Dänen etwas durchdrehen lässt, dann das Amalgam aus Alkohol, Ausgaben für Geschenke, die man sich nicht leisten kann, und der massiven kollektiven Erwartung, dass die Familiengefühle in einer Art und Weise erblühen mögen, die alles übertrifft, und zwar pronto und heute Abend!

Zu Weihnachten verreisten wir immer. An die Nordsee oder auf irgendein verbranntes Inselchen im Mittelmeer. Bis die Kinder kamen. Dann schnappte die Weihnachtsfalle zu. Und sie schnappt jedes Jahr aufs Neue zu. Was die Liebe zum Weihnachtsfest betrifft, stehen Thit und Harald in ihrem Nationalkonservatismus irgendwo weit rechts von Dschingis Khan.

»Und selbstverständlich«, sagt Thit, »darf auch der Obdachlose nicht fehlen.«

Thit fahndet konstant nach lebenden Wesen in Not, die sie nach Hause mitbringen kann, Tiere wie Menschen. Wir hatten schon mal sechs herrenlose Hunde gleichzeitig. Und nie unter acht Katzen. Jahrelang hatten wir eine Krähe namens Keld, die sie mit gebrochenem Flügel in Charlottenlund im Schlosspark fand und nach Hause mitbrachte, wo sie richtiggehend einzog und sich an die Spitze der Hierarchie setzte.

Mit neun kam Thit auf den glänzenden Einfall, dass der

Weihnachtsabend nicht echt sei, wenn man ihn nicht in Gesellschaft eines Obdachlosen verbrachte. Mit zehn war sie stark genug, um ihren Standpunkt durchzusetzen.

Seither hatten wir jedes Jahr ein bis drei von der Sorte am Weihnachtstisch sitzen. Beim letzten Fest, bevor wir nach Indien reisten, hatten wir eine Frau, zwei Meter groß, die nach Brennspiritus roch und fünf Minuten, nachdem wir mit meinem *Canard à l'orange* angefangen hatte, Laban zuzwinkerte und fragte: »Na, wie wär's mit uns beiden?«

»Es hätte nicht viel gefehlt und wir wären tot«, sage ich. »Wir haben höchstens achtundvierzig Stunden. Weihnachten fällt aus.«

Thit und Harald sehen sich an.

»Ihr könnt machen, was ihr wollt«, sagt Thit. »Harald und ich feiern Weihnachten. Mit Baum, Geschenken und einem Obdachlosen. Wenn ich morgen sterbe, dann im Schein der Weihnachtskerzen. Und im Bewusstsein, im tiefen Einklang mit mir selbst zu sein.«

Ich wanke in mein Zimmer. Ziehe die Tagesdecke vom Bett. Ich schaffe es nicht mehr, mich auszuziehen, nicht einmal die Schuhe. Ich falle einfach vornüber. Ich registriere auch nicht, wie ich auf dem Bett aufkomme. Ich muss schon im Fallen eingeschlafen sein.

22

Von dem Augenblick, in dem ich Andrea Fink und Laban im Ehrenwohnsitz der Carlsberg-Stiftung den Rücken kehrte, nachdem ich alle Zufahrtswege versperrt und jegliche Hoffnung seinerseits zunichtegemacht, den Ball also gestoppt hatte, bis zu dem Augenblick, in dem ich Laban wiedersah, vergingen drei Monate. Und es wäre eine Vorspiegelung falscher Tatsachen zu behaupten, ich hätte ihn in den drei Monaten vergessen. Aber ich habe es versucht.

Eines Tages stand er dann in der Vorhalle des H.C. Ørsted-Instituts und wartete auf mich.

Ich entdeckte ihn auf zwanzig Meter Abstand und machte auf der Stelle kehrt. Schon damals wusste ich: Wer vor seinem Schicksal davonrennen will, muss schnell rennen.

Er war direkt hinter mir.

»Ich habe hier drei Tage gewartet. Von morgens bis abends. In der Hoffnung, wenigstens einen Schatten von dir zu sehen. Der Hausmeister findet mich schon suspekt. Noch einen Tag länger und ich kriege eine polizeiliche Verwarnung.«

Wir betraten die Kantine. Ich füllte mein Tablett und setzte mich an einen Tisch. Er saß mir direkt gegenüber.

»Ich esse nicht. Ich habe aufgehört, Nahrung zu mir zu nehmen. Ich habe mir geschworen, keinen Bissen mehr anzurühren, bevor ich nicht mit dir in einem Drei-Sterne-Restaurant sitze, in das ich dich einladen darf.«

»Dann bist du in fünf Wochen tot«, sagte ich. »So lange kann man ohne feste Nahrung überleben.«

»Dann ist es eben so.«

Es war deutlich, dass er es in gewisser Weise ernst meinte. Hier in der Kantine des Ørsted-Instituts, umgeben von sechshundert Studenten und Dozenten, die alle mehr oder weniger nach unveränderlichen Gesetzmäßigkeiten suchten, saß ich einem Mann gegenüber, der alle strukturellen Rücksichten aufgegeben hatte.

»Du kennst mich nicht«, sagte ich.

»Aber ich arbeite dran.«

Leute, die mit ihren Tabletts vorbeikamen, blieben stehen. An den Nachbartischen hatte man sich umgedreht. Das hatte nichts mit uns zu tun. Ich war neunzehn, er war einundzwanzig, wir sahen aus wie alle andern. Das war der Effekt. Ich stand auf.

»Du darfst nicht gehen!«

»Ich habe Vorlesungen.«

»Ich bin hier, wenn sie vorbei sind.«

»Die dauern die ganze Nacht.«

»Ich bin trotzdem hier.«

Als ich vier Stunden später aus dem Gebäude kam, stand er draußen und wartete, der Hausmeister hatte ihn aus der Halle gewiesen. Seine Lippen waren blau vor Kälte.

Er ging mit zu meinem Fahrrad.

»Ich begleite dich nach Hause.«

»Du hast kein Rad.«

»Ich laufe nebenher.«

»Laban«, sagte ich. »Manchmal ist es die bittere, aber unumgängliche Wahrheit, dass eine Frau sich von einem Mann einfach nicht angezogen fühlt.«

»Ja«, sagte er. »Wie wunderbar, dass das nicht unser Problem ist.«

Wie er da auf der Nørre Allé stand, glich er einem Menschen, der von einem Felsrand gesprungen und dem es völlig egal ist, ob er jetzt schwebt oder fällt, weil der Sprung einfach unbedingt notwendig gewesen ist.

Dem konnte ich nicht widerstehen. Noch heute weiß ich nicht, ob es richtig oder falsch war, aber dem konnte ich nicht widerstehen.

Was mich zu Laban Svendsen hinzog, waren nicht seine beginnende Bekanntheit und nicht seine Talente. Auch nicht sein Aussehen, denn in diesem Augenblick auf der Nørre Allé bemerkte ich seine physische Form eigentlich gar nicht. Was ich spürte, war der wahnsinnige innerliche Felsrandspringer.

»Du begleitest mich bis zur nächsten Ampel«, sagte ich. »Still und ruhig. Und dann gibst du mir die Hand, und wir verabschieden uns für immer.«

»Drei Ampeln!«

»Zwei.«

Wir fingen an zu gehen.

Hinterher fragt man sich immer, ob man hätte anders reagieren können. Ob man hätte anders reagieren müssen.

Ich luge zu Laban hinüber. Wir sitzen alle vier am Frühstückstisch.

Die drei haben schlecht geschlafen, sie haben Ringe unter den Augen. Ich habe wie ein Kind geschlafen, zehn Stunden, tief und traumlos.

Schlaf schenkt Gnade. Es ist eine tiefe humanphysiologische Gesetzmäßigkeit, dass der Schlaf, wenn man nur müde genug ist, jede Angst vom Tisch wischt.

Bis man erwacht. Dann kommt sie wieder. Sie sitzt mit uns am Tisch.

Ich lege das DIN-A4-Blatt von Magrethe Spliid vor mich hin. Ich spreche zu Laban. Um zu versuchen, die Lage von Anfang an unter Kontrolle zu behalten.

»Wir werden alle vier Kommissionsmitglieder aufsuchen. Um herauszubekommen, was hier eigentlich Sache ist. Wenn wir das haben, besuchen wir Hegn. Und schließen einen Handel ab. Wir bekommen unser altes Leben wieder. Plus Polizeischutz. Zwei für jeden. Die Kinder bleiben hier.«

Harald dreht das Papier zu sich hin. Und fängt an, die Namen in sein Telefon einzugeben.

»Achtundvierzig Stunden«, sagt er. »Minus Weihnachtsabend. Thit und ich sind dabei.«

Ich gebe auf. Harald hat die Adressen bereits im Netz gefunden und schreibt sie auf. Keins der noch lebenden Mitglieder der Kommission hat irgendwelche Maßnahmen getroffen, sich zu verstecken.

Ich begleite sie zur Garage. Auf die Straße.

Als ich auf dem Bürgersteig stehe und sie den Wagen rückwärts heraussetzen, nimmt die Angst dramatisch zu. Ich weiß nicht, auf welche Weise andere Angst haben, bei mir beginnt es in der Brust und ergreift von dort aus den ganzen Parasympathikus.

Mehr als alles andere fürchte ich, dass die Kinder sterben. Die Furcht kommt regelmäßig auf, wenn ich mich von ihnen verabschiede. In den ersten Jahren habe ich jedes Mal geweint, wenn ich sie im Kindergarten abgeliefert hatte.

In diesem Moment, hier auf dem Bürgersteig, kommt mir das Risiko wirklicher vor denn je zuvor. Ich kann mich des Gefühls nicht erwehren, einer Gefahr ausgesetzt zu sein, wie unter einem Mikroskop, und nicht nur ich, sondern auch Laban und die Zwillinge. Vielleicht werden wir beobachtet, durch ein Fernglas, im Rückspiegel eines Autos, durch eine Hecke. Und wir kennen unsere Gegner nicht.

23

Auf dem Foto sieht Keld Keldsen, der Landvermesser, genauso alt aus, wie er ist, knapp fünfundsiebzig Jahre. Vielleicht mit Ausnahme der Haare. Sie sind weiß und struppig, das Schicksal hat sie ihm gelassen. Sein Gesicht besteht aus zwei klaren blauen Augen unter einem Haufen dänischem Heu.

Aus dem Netz erfährt man, dass er nicht nur Professor, sondern auch Rektor einer Einrichtung ist, die Akademie für Vermessungskunde heißt. Die leider am andern Ende des Landes liegt, in Hirtshals. Das heißt, ich muss versuchen, ihn davon zu überzeugen, mir am Telefon vertrauliche Informationen zu verraten.

Die Dame in der Zentrale, die ich am Hörer habe, wäre von der Akademie für Verteidigung sicher nicht angestellt worden. Sie stellt sich als Hilda vor, spricht ein mütterliches Jütländisch und klingt, als würde sie mich gern zu Kaffee und Zitronenkuchen einladen und an die Hand nehmen, um mich zu Keldsen zu führen. Wenn er nur zu Hause gewesen wäre in seiner jütländischen Heide.

»Leider«, sagt sie, »er ist nicht da. Er ist in Kopenhagen.«

»Ach, schau an. Und Sie wissen nicht zufällig, wo in Kopenhagen, von da rufe ich nämlich an. Ich hab wirklich nur eine klitzekleine Frage, die lässt sich eigentlich zwischen Tür und Angel beantworten.«

»Ganz bestimmt. Er ist die Zuvorkommenheit selber. Er ist im Experimentarium. Da ist gerade Vorstandssitzung.«

»Hilda«, sage ich. »Wenn ich Ihnen einen Rat geben darf:

Bewerben Sie sich nie auf einen Posten in der Zweiten Abteilung der Akademie für Verteidigung.«

Ich spüre ihr verlegenes Lächeln durchs Telefon.

»Ich will Hirtshals nicht verlassen.«

»So soll es sein«, sage ich.

Der Fußweg zum Experimentarium am Strandvej entlang hätte eine Dreiviertelstunde gedauert, unter anderen Voraussetzungen wäre ich ihn liebend gern gegangen, die Sonne zeigt sich, der Himmel ist fast schwarzblau.

Trotzdem werde ich mich lieber hinter Sonnenbrille und Kopftuch verstecken und in ein Taxi schlüpfen.

Dann fällt mir etwas ein. Vielleicht obwohl, vielleicht weil ich eben an mein Fahrrad und Laban und die Nørre Allé gedacht habe. Jedenfalls ziehe ich Anorak und Fausthandschuhe an und hole mein Raleigh-Rad aus der Garage.

Es hat ein Jahr lang in totaler Einsamkeit dahinvegetiert. Die Reifen sind platt, und nicht nur die Reifen. Es wirkt generell vernachlässigt.

Ich pumpe die Reifen auf, spraye die Kette ein und rede ihm gut zu. Es hebt gleichsam den Kopf. Man muss reden mit seinem Rad. Darüber werde ich einmal in relevanten Fachkreisen eine Bemerkung fallen lassen. Aber vielleicht nicht in der Wissenschaftlichen Gesellschaft. Mit den tieferen wissenschaftlichen Wahrheiten ist es wie mit der Ehrlichkeit: Sie müssen mit Maß dosiert werden.

Eines der wenigen Phänomene, für das noch keine wirklich widerspruchsfreie und erschöpfende Ursachenerklärung gefunden wurde, ist das spezielle Vorkommen von mehrmals Schwein und Massel hintereinander. Ich habe auf dem ganzen Weg am Strandvej entlang Rückenwind, alle Ampeln sind grün, und an der Kasse des Experimentariums sitzt eine meiner Studentinnen, ungefähr zwanzig, die erst einmal den Schock verdauen muss, dass ihre Dozentin, die sie im Übrigen seit einem Jahr nicht gesehen hat, außerhalb der Hörsäle auch in so etwas wie privater Gestalt existiert, und mich dann gratis eintreten lässt und mich darüber informiert, dass der Vorstand zufälligerweise gerade eine Pause mache, die Mitglieder aber in spätestens fünf Minuten wieder hier vorbeikämen.

Ich gehe in den ersten Stock und stelle mich ans Geländer, wo ich die Vorhalle und die Ausstellungsräume überblicken kann.

Man kann nicht über die großen Hallen des Experimentariums schauen, ohne einen Kloß im Hals zu haben. Alle bedeutenden Modelle sind hier: eine moderne Ausgabe von Guerickes Vakuumpumpe. Eine vereinfachte Wiederholung von Michelsons und Morleys Versuch von 1887, der den Äther abschaffte und mit dazu beitrug, Lord Kelvin ins Grab zu legen. Ein Arrangement zur Darstellung der Energieerhaltung durch den Zusammenstoß elastischer Stahlkugeln, das Newton entworfen haben könnte – und vielleicht hat. Mannshohe Poster, die Faradays magnetische Feldkräfte aus seinen *Experimental Researches in Electricity* visualisieren.

Physikalische Formen, die längst aus allen modernen Labors verschwunden sind. Doch ihre Tiefe und Schönheit lebt überall um uns herum weiter. Das ist bewegend.

»Das ist bewegend!«

Ich habe ihn nicht gesehen, obwohl er die ganze Zeit zwei Meter von mir entfernt gestanden hat. Das kommt von der Physik. Neben ihr werden die Menschen klein.

Zwei Türkise unter einer Strohgarbe, wie man sie im Advent in den Garten stellt, schauen mich an. Sie gehören Keld Keldsen, dem Rektor der Akademie für Vermessungskunde.

Er könnte Hildas Vater sein. Mit Kaffee und Zitronenkuchen und allem Drum und Dran.

Seine jütländische Geradlinigkeit erklärt zur Hälfte, warum er mich anspricht. Zur andern Hälfte liegt es am Effekt.

»Es gibt nur eine Sache, die ich hier immer vermisst habe«, sage ich. »Das sind Landvermessungsgeräte. Ein paar Dreifüße und einige Messlatten und Reliefkarten mit eingezeichneten Äquidistanzen.«

Seine Gesichtsfarbe verrät sowieso schon den Kontakt mit viel frischer Luft. Jetzt fängt sie an zu glühen.

»Das kommt noch, ich hab das schon veranlasst! Ich bin ja selber Landvermesser.«

»Wie aufregend! Aber dann müssen Sie versprechen, dass die Instrumente eine Art historische Erklärung bekommen. Damit wir Laien verstehen, warum die Landvermessung heutzutage so wichtig ist.«

Er wirft die Arme in die Höhe wie ein Hampelmann.

»Das ist die wichtigste wissenschaftliche Disziplin überhaupt, wenn man verstehen will, wie Dänemark heute aussieht. Von den ersten Agrargesetzen um 1760 bis zur Zonengesetzgebung in den 1970er Jahren waren bei allen topographischen Veränderungen von Bedeutung Landvermesser dabei. Manche denken, es sei Zufall, wie Dänemark aussieht. Es gibt verdammt noch mal nicht einen Quadratkilometer, der Zufall ist! Dänemark ist eine einzige Demonstration unserer Interpretation des Eigentumsrechts in Bezug auf den Boden. Von der Flurbereinigung über die Kleinbauerngesetze und die Lehnsabschaffung bis zur Verminderung der landwirtschaftlichen Flächen von den Fünfzigern bis heute ist Dänemark, vom Scheitel bis zum Allerwertesten, das Ergebnis minutiöser Planung. Das meiste davon diente einem sozialpolitischen Zweck. Und aus diesem Prozess sind die Landvermesser gar nicht wegzudenken!«

»Das war sicher auch der Grund, warum man Sie in die Zukunftskommission berufen hat, nicht wahr?«

Er verwelkt vor meinen Augen. Die Farbe weicht aus seinem Gesicht. Die jütländische Herzenswärme ist verdampft, an ihre Stelle ist etwas anderes getreten, das eigentlich nicht da sein sollte, das nicht zu ihm passt.

Es ist Angst.

Das ist der Preis dafür, das Vertrauen der Menschen zu gewinnen. Bei diesem Talent geht es nicht nur darum, eine Aufrichtigkeit hervorzurufen, die sich verdichtet und asymptotisch gegen Gemütlichkeit und Innerlichkeit konvergiert. Es geht auch darum, wann man die Verpackung durchstoßen hat und wann es Zeit ist, den Dosenöffner zu benutzen. Und falls der nicht reicht, auch einen Winkelschleifer im Gepäck zu haben.

Er dreht sich um, ich halte ihn fest.

Er schüttelt mich ab und fängt an zu laufen. Er erreicht den Fahrstuhl vor mir, er hat einen Schlüssel für die Schalttafel, die Türen schließen sich vor mir.

Ich sehe mich um. Keine Treppe, die nach unten führt.

Meine kleine Studentin steht hinter mir. Sie stellt keine Fragen. Sie schließt bloß eine Tür auf. Zum Treppenhaus.

Ich habe zweihundertfünfzig Studenten. Hatte zweihundertfünfzig Studenten.

Es war unmöglich, alle ihre Namen zu lernen. Und im Grunde war es auch nicht nötig. Wie bei uns allen ist ihre Identität eindeutig festgelegt, und zwar durch ihre Personennummer und das Zermelo-Fraenkel-Axiom, nach dem immer entschieden werden kann, ob ein Element einer Menge angehört oder nicht.

»Ich möchte Ihnen gerne etwas sagen. Ich möchte gern danke sagen für den Unterricht. Ich liebe Physik!«

Vor mir stehe ich selbst, fünfundzwanzig Jahre früher.

Ich umarme sie und drücke sie an mich. Sie ist genauso überrascht wie ich.

Dann drehe ich mich um und fliege die Treppe hinunter, indem ich jeweils einen Absatz nehme. Ich spüre, dass sie hinter mir stehen geblieben ist. Alle Beweglichkeit kristallisiert zu einer festen Gitterstruktur. Vielleicht wegen der Umarmung. Vielleicht weil sie eine Universitätsdozentin erlebt, die eine Etage mit zwei Gibbonsprüngen überwinden kann.

Keld Keldsens Auto biegt aus seinem Stellplatz. Es ist ein Jaguar, ich stelle mich ihm in den Weg, wenn er vorbei will, muss er mich umfahren.

Dazu ist er bereit. Er gibt Gas.

Ich springe in die Luft und lande auf der Motorhaube. Der Wagen hat noch nicht viel Tempo, dennoch werde ich gegen die Windschutzscheibe gedrückt. Ich mache mich flach, um seine Sicht zu blockieren. Direkt vor meinen Augen, auf der Innenseite der Scheibe, klebt eine Parkerlaubnis für die Akademie für Vermessungskunde. Mit einem goldenen Zirkel über einem goldenen Winkelmesser.

Er steigt auf die Bremse. Sein Gesicht ist weniger als einen halben Meter von meinem entfernt, aber mich schaut er nicht an. Ich drehe mich um. Halb auf der Treppe steht meine Studentin. Ruhig, aber auch versonnen. Damit beschäftigt, ihre Auffassung über Universitätslehrer zu nuancieren. Und über Vorstandsmitglieder des Experimentariums.

Ich bin runter von der Motorhaube, habe die Autotür aufgerissen und sitze neben ihm, bevor er reagieren kann. Die Anwesenheit des Mädchens hat seine Reaktion verlangsamt.

Als Landvermesser kennt er von Grenzbegehungen her das Risiko, wenn es Zeugen bei Gesetzesübertretungen gibt. Wie zum Beispiel, eine unbeteiligte Fußgängerin in einer Tiefgarage umzunieten.

Aus der Tasche seiner Tweedhose fummelt er Tabak und Zigarettenpapier. Normalerweise würde er vermutlich mit einer Hand rollen können, in der Hosentasche, zum Schutz vor den heimischen Tornados in Vendsyssel. Aber jetzt zittern seine Hände. Er verliert das Papier, findet es wieder, dreht, schaut durch die Windschutzscheibe hinaus und entdeckt die Rauchmelder an der Decke.

»Teufel und Tobak!«

Ich nehme ihm das Streichholz ab und zünde es an.

»Heizen Sie los«, sage ich. »Wir sitzen in einer Wilson-Kammer.«

»Was ist eine Wilson-Kammer?«

»Die wichtigste Apparatur der experimentellen Quantenphysik. Neben dem Geigerzähler.«

Er saugt an seiner Kippe.

»Magrethe Spliid ist tot«, sage ich. »Sie wurde gestern Nacht in ihrem Haus erstickt.«

Er lässt das Fenster herunter, um frische Luft hereinzulassen. Der Rauchalarm legt mit grellem Heulen los. Meine Studentin steht noch auf der Treppe. Ihr Bild von der naturwissenschaftlichen Intelligenzija wird mit immer neuen Überraschungen angereichert.

»Sie sollten lieber rausrollen«, sage ich.

Er fährt wie blind, ich dirigiere ihn in Richtung Wasser. Er stoppt, als wir nicht mehr weiterfahren können. Hinter uns haben wir eine Hausmauer, rechts ein Gittertor, das zu einem abgeschlossenen Hafengebiet führt, an der Mauer ist ein Mahagonischild befestigt, das mit Goldbuchstaben verkündet, dass das Areal dem Kronholme-Yachtclub gehört. Vor uns führt eine kurze Granittreppe zu einem Bootssteg hinunter.

»Was war die Zukunftskommission?«

Neben dem Gittertor, in einem Glashäuschen, sitzt ein junges Mädchen und lackiert sich die Nägel. Mit einer Miene, als hätte sie, kaum zwanzig, das Leben schon satt. Und als machte sie der Anblick von uns im Jaguar noch satter.

Ein kleines Fischerboot liegt mit dem Steven am Bootssteg. Es ist etwas rostig und badewannenmäßig. Dieser Teil des Hafens ist zum Venedig Dänemarks umgebaut worden, eigentlich dient der Steg dazu, dass die Bewohner aus ihren vier Salons hintereinander unmittelbar an Bord ihrer Teakholzgondel gehen können. Aber womöglich haben sie noch einem letzten Fischer einen Ankerplatz zugestanden – von wegen der Folklore. Er steht auf seinem Boot und reinigt Netze.

Keld Keldsen kommt langsam wieder zur Besinnung. Er hat eine halbe Kippe geraucht. Seine Nerven haben sich beruhigt. Er beugt sich über mich und macht meine Tür auf.

»Raus!«

»Ich habe zwei Kinder, die auch in der Scheiße sitzen. Mein Sohn und ich haben nur knapp einen Mordversuch überlebt.«

Er schaut mich an. Die gute Stimmung von eben und die Hoffnung auf Kaffee und Zitronenkuchen ist wie weggeblasen, dafür hat er jetzt etwas anderes zu bieten: physische Drohung. In weniger als einem Augenblick werde ich auf dem Asphalt landen.

»Wenn ich mich mal eben auf Ihren Schoß setzen darf«, sage ich.

Ich rutsche auf seinen Schoß. Für uns beide unerwartet.

Ich lege den Rückwärtsgang ein und drück aufs Gaspedal.

Die Mauer hinter uns ist keine zwanzig Meter weg, wir sind höchstens dreißig Stundenkilometer schnell, als wir dagegenkrachen. Trotzdem ist der Aufprall beträchtlich. Die Heckscheibe zerbirst in einer Wolke aus Glas, der Kofferraum springt auf, wir stehen.

In dem Glashäuschen des Yachtklubs sitzt das Mädchen wie erstarrt, der kleine Lackpinsel ist auf halbem Wege zwischen Fläschchen und Fingernagel hängen geblieben. Der Fischer steht auf seinem Boot, festgefroren wie das Wasser am Bootssteg. Die Normalwirklichkeit ist suspendiert.

»Was war die Zukunftskommission?«

Er versucht, seine Hände um meinen Hals zu legen. Ich drücke ihn in den Sitz, lege den Gang ein und trete wieder aufs Gaspedal. Die Reifen quietschen auf dem Pflaster, der Jaguar schießt vorwärts.

Äußerste Gefahr ist der Prüfstein, wie gut ein Mensch sich eigentlich beherrschen kann. Als wir die Treppe erreichen und sie im Sturzflug hinuntersausen, fängt der Mann unter mir an zu schreien. Wir setzen auf dem Bootssteg auf, die harte englische Federung lässt den Wagen wie ein Känguru hopsen, ich gebe Gas, lasse das Pedal los und bremse.

Der Steg besteht aus gehobelten Brettern, sie sind glatt wie Seife, wir kommen am äußersten Ende zum Stehen, der Kühlergrill schwebt überm Eis.

Keld Keldsen unter mir ist ein einziges Muskelbündel. Ich setze mich seitlich auf seinen Schoß.

»Keld«, sage ich. »Sehen Sie mir in die Augen.«

Er hat den Kontakt mit der Wirklichkeit ein wenig verloren. Ich beuge mich vor sein Gesicht und zeige auf meine Augen.

»Keld«, sage ich, »was sehen Sie hier?«

Er sieht mich an.

»Die Geschichte einer Mutter«, sage ich. »Hans Christian Andersen. Sie kennen die Erzählung, Keld. Die Mutter, die alles geben will, um ihr Kind zurückzubekommen. Ihre Augen, ihr Haar, ihren Rentenanspruch. Das ist die eine Hälfte dessen, was Sie sehen. Die andere Hälfte ist der wahnsinnige Wissenschaftler. Frankenstein, Mabuse, Dr. Strangelove. Ich bin eine Kreuzung aus alledem. Und weißt du was? Das ist eine verflucht giftige Mischung. Siehst du das, Keld? Ich steh kurz vor der Geschlossenen!«

Er nickt.

»Ich muss wissen, was die Kommission war. Und wenn du mir das nicht erzählst, trete ich das Gaspedal durch. Und wir tauchen mit der Schnauze voran ins Eis. Hier ist es mindestens sieben Meter tief. Mit 'ner offenen Tür sinken wir wie ein Stein. Für mich ist das in Ordnung. Ich bin Winterbader. Jeden Morgen zehn Minuten Planschen um den Gefrierpunkt in der Badeanstalt Charlottenlund. Ich kenne nichts Besseres. Aber du schaffst das wahrscheinlich nicht. Verstehst du, Keld?«

Er nickt.

»Okay. Schieß los!«

Er muss sich mehrmals räuspern. Ich bleibe auf seinem Schoß sitzen. Das dürfte seine Atmung nicht behindern. Ich bin immer noch weit von den sechzig Kilo entfernt. Und in dieser Position habe ich schnellen Zugang zum Lenkrad und zum Gaspedal.

»'72«, haucht er. »Sie wurde '72 gegründet.«

»Sprich deutlich, Mann!«

»Keiner hat das besonders ernst genommen. Wir waren sechs Leute, frisch von der Uni. Dazu noch Sarah, die Künstlerin, Malerin. Seitdem haben wir noch sechs weitere aufgenommen.«

»Warum 1972?«

Sein Bewusstsein flackert. Ich muss ihn unbedingt bei der Stange halten.

»Das war die Zeit, als es plötzlich Mode wurde, die Meinung junger Leute einzuholen. Damit ist jetzt Schluss. Aber damals war das total in. Studenten in Verwaltungsgremien. Kinderrat. Schülerrat. Kinderparlament im Folketing. Jugendvollversammlung der Vereinten Nationen. Damals kamen diese Thinktanks auf, diese Denkfabriken. Irgendeiner kam auf den Einfall, die Regierung müsse einen Jugendthinktank haben. Es waren nur noch sechs Monate bis zur bevorstehenden Erdrutschwahl. Also hat man uns zusammengetrommelt. Sechs junge Leute unter Magrethes Vorsitz. Kurz darauf zwölf. Zwei Jahre lang haben wir uns alle zwei Monate getroffen. Das war's. Länger ist die Geschichte nicht.«

»Keld«, sage ich vorwurfsvoll. »Sie ist viel länger!«

Ich spüre, wie er die Muskeln anspannt. Er bereitet eine verzweifelte Konterattacke vor.

Ich drehe mich um, lege den Rückwärtsgang ein und trete das Gaspedal bis zum Anschlag durch. Die Räder drehen durch, dann greifen sie, und der Jaguar springt rückwärts. Wir sind schön schnell, als wir gegen die Treppe prallen. Die Kofferraumklappe fällt ab, die Windschutzscheibe zersplittert und regnet auf uns herab, mit jeder Stufe, die wir hinaufgelangen, bumst es mit infernalischem Lärm, dann sind wir wieder auf dem Kai, wir knallen wieder gegen die Mauer und stehen still.

Der Fischer und das Mädchen verfolgen uns mit den Augen.

»Was war das Besondere an euch, Keld?«

Er räuspert sich noch einmal. Doppelt so oft wie beim ersten Mal. Langsam versteht er, wie ernst ich es meine.

»Die ersten Jahre hat keiner was gemerkt. Nicht mal wir selber. Wir haben uns getroffen und über die Zukunft geredet. Haben Themen angeregt. Zweimal im Jahr einen Bericht geschrieben. Nur für uns selber, nicht für andere. Falls jemand im Parlament sie gelesen hat, hat er jedenfalls keinen Laut von sich gegeben. Nach zwei Jahren hatte einer von uns die Idee, eine Art Zusammenfassung zu schreiben. Zu der Zeit lagen fünf Berichte vor. Die Zusammenfassung listete alle unsere Vorhersagen auf. Und verglich sie mit der Wirklichkeit. Sie nannte vierundzwanzig zentrale Ereignisse, dänische und internationale. Wir hatten diese Ereignisse nicht nur vorhergesagt, wir hatten auch ihren Zeitpunkt mit einer Abweichung von höchstens drei Wochen bestimmt!«

Sogar hier im Auto, mit dem Wind vom Sund, der durch die leere Fensteröffnung weht, ist er stolz.

»Zu der Zeit entstanden die ersten amerikanischen Untersuchungen zur prognostischen Genauigkeit von Denkfabriken. Unsere sprengte jeden Rahmen! Es gab, so das Resümee, kein einziges Beispiel, das sich auch nur aus der Ferne mit uns vergleichen ließe. Wir konnten die Zukunft lesen. Wie man in einer Tabelle nachschaut.«

»Ihr müsst es doch gewusst haben.«

»Teufel noch mal, klar wussten wir es! Aber wir waren alle in den Zwanzigern. Wir nahmen es einfach hin, Weltmeister zu sein. Und gleichzeitig ist man unsicher. In dem Alter. Irgendwo im tiefsten Innern, wo es richtig schwarz ist, kann man's selber nicht glauben, dass es stimmt. Es musste schon unser Resümee dazukommen, ehe wir es selbst merkten. Und nicht mal das war genug.«

Er stockt. Ich umklammere das Lenkrad, um ihn daran zu erinnern, wie schnell wir wieder Tempo aufnehmen können.

»Wir haben es gelesen und unsere nächste Sitzung geplant

wie gewöhnlich. Wo, war relativ zufällig. Manchmal waren es Räume im Folketing, manchmal in der Uni, oft privat. Einmal mussten wir zufällig alle zu einem Flug, da fand das Treffen in einem Restaurant in der Abfertigungshalle in Kastrup statt. An einem Tag mitten in der Woche, der Bericht war am Freitag gekommen, konnten wir für unsere Sitzung keinen Raum finden. Es war Mitte Februar, die Regierung Hartling war am Tag vorher zurückgetreten, das Folketing war komplett ausgebucht. Wir mieteten einen Loft im Gammel Dok in Christianshavn. Ich war dran, Tee und Kaffee zu machen und Kuchen zu besorgen, ich war ein bisschen früher da. Als ich die Tür aufmache, sitzen da vier Männer und zwei Frauen. Vom Polizeilichen Nachrichtendienst und vom Militärischen Abschirmdienst. Und ein Minister. Diesmal also keine Sitzung. Als alle da sind, tun sie uns kund, dass unsere Sitzungen ab sofort auf dem Slotsholmen stattzufinden hätten, mit zwei Beisitzern, Wachmann vor der Tür, alles werde gefilmt und auf Band aufgenommen, und ob wir so freundlich wären, diese Vertraulichkeitserklärungen zu unterschreiben, die sie vorbereitet hätten? Und bitte Namen, Adresse und Telefonnummer auf diese Liste hier. Nach diesen Eröffnungen wurde es still. Wir sehen uns an. Dann ersuchen wir sie, uns am Arsch zu lecken. Sie werden aschgrau im Gesicht, aber was sollen sie tun? Sie verziehen sich. Wir verschrotten die Tagesordnung und gehen runter ins Frokostcafé *Rabes Have* und bestellen dick belegtes Smörrebröd und Bier und Schnaps und entwerfen einen Schlachtplan. Am späten Nachmittag schreibe ich im Namen der Kommission ans Folketing, sie sollten sich einen feuchten Kehricht um uns kümmern, niemand solle uns kontrollieren, wir würden kündigen und in privater Form weitermachen, das gehe keinen etwas an. Nachdem der Brief im Kasten gelandet ist, vergehen keine vierundzwanzig Stunden, bis Magrethe und ich abgeholt werden. Wir waren die Einzigen, deren Identität sie sicher wussten. Ich war im Kartenverkauf des Geodätischen Instituts im Materialgården, sie fanden mich trotzdem, von dort werde ich zum Slotsholmen gebracht und in einen Sitzungsraum ganz oben geführt, wo Magrethe schon wartet, und jetzt ertönen plötzlich Harfenklänge. Keine Polizei, keine Forderungen nach sonst was, nur ein Mann ist anwesend.«

»Thorkild Hegn?«

Er nickt.

»Er entschuldigt sich für den Vortag, unsere Freiheit sei unantastbar, das sei auch nie in Zweifel gezogen worden und blablabla. Aber er bittet uns weiterzumachen. Aber nicht mehr unter der Regie des Parlaments, man halte es für das Beste, dass unsere Arbeit in aller Ruhe und Diskretion vor sich gehe, das heißt, man wolle einen kleinen Schirm über uns aufspannen. Lediglich ein Büro mit einer Sekretärin, damit wir uns nicht mehr mit der Reinschrift abmühen und die Berichte archivieren müssten. Was wir denn dazu sagten? Nun hatten wir ja den Nachmittag im *Rabes Have* dazu genutzt, eine Stimmung aufzubauen, die sich gehalten hatte, so dass wir sagen, das sei so weit alles in Ordnung, aber wir wollten alle weiteren Mitglieder selbst auswählen, die Namen der anderen würden nicht weitergegeben, über den halbjährlichen Bericht hinaus wollten wir niemandem rapportieren. Und wir wollten Geld. Wir haben alles bekommen. Erst hier haben wir ernsthaft kapiert, an was für einer Sache wir eigentlich dran waren. Denn obwohl wir Hegn nie gesehen hatten, haben wir doch gespürt, dass man todsicher sein kann, dass Dinge, die er verändert haben will, wirklich und wahrhaftig anfangen, sich zu bewegen.«

Ich hebe den Rest seiner Zigarette auf, stecke sie ihm zwischen die Lippen, suche die Streichhölzer und gebe ihm Feuer. Ich muss die Flamme mit den Händen vor dem Wind schützen. Von irgendwo hinter den Apartmenthäusern fällt das Sonnenlicht über die schmale Eisverbrämung am Steg und zeichnet einen Streifen aufs Wasser.

Plötzlich merke ich, warum er Landvermesser geworden ist. Er liebt klar definierte Grenzen. Und nun ist die Welt um ihn herum in Auflösung begriffen.

»Keld«, sage ich. »Du hast eine Erektion.«

Er erstarrt. Und errötet. Eine Röte, die ihn ziert. Sie nimmt ihm etwas von seiner Blässe.

»Ich nehme es nicht persönlich«, sage ich. »Es liegt vermutlich an den kleinen Schocks, die du gehabt hast. Es ist eine allgemein bekannte physiologische Gesetzmäßigkeit, dass Männer bei Todesangst oft eine Erektion bekommen. Das heißt aber auch, dass ich dein Angebot, mich zum Experimentarium zurückzufahren, nicht annehmen kann. Für eine Frau kann ein steifer Schwanz auch etwas Einschüchterndes haben.«

Ich steige aus dem Wagen. Der Fischer und das Mädchen im Glashäuschen sehen mich an. Ich würde gern etwas für sie tun. Auf jemandem, der eine Situation sozusagen eröffnet hat, lastet die Verpflichtung, sie auch wieder zu beenden. Ich hebe die Stimme.

»Keld«, sage ich. »Ich glaube, ich brauche keine Fahrstunden mehr. Ich fühle mich fit für die Prüfung.«

Dann drehe ich mich um und gehe.

24

Ich radle zur Hellerup Station. Ein kleiner schneller Umweg führt mich am Bahngrabenviadukt und an der Einfahrt zur Ersten und Zweiten Abteilung der Akademie für Verteidigung vorbei.

Jenseits der Gleise sieht man den Parkplatz vor der Akademie. Er ist fast leer. Der Bagger ist weg. Der Graben ist zugeschüttet.

Ich kreuze die Fahrbahn.

In Andrea Finks Feldtheorie spielt der Begriff »verifizierte Intuitionen« eine wichtige Rolle.

Wenn man zum Beispiel eines Tages Lust auf gebackene Seeteufelbäckchen in einer Sauce aus Messer- und Herzmuscheln hat und sich aufs Rad setzt und zum Hafen in Taarbæk rausfährt, und wenn genau in dem Moment, in dem man auf die Mole biegt, das gute Schiff Betty landet, und Fischers Fritz just einen Eimer mit fünf Seeteufeln und einen anderen mit Muscheln neben sich stehen hat, und man das Ganze für zweihundert Kronen kriegt, da Fritz immer ein Freund der Damen war und selber erkennt, dass etwas Besonderes an diesem Zusammentreffen ist, obwohl er nie Quantenphysik studiert hat, wenn man also einen derartigen Verlauf der Ereignisse erlebt, dann liegt möglicherweise der Anfang einer verifizierten Intuition vor.

Die meisten würden das als Einfall bezeichnen, der sich zufälligerweise als erfolgreich erweist. Allerdings war, wie Andrea Fink mir erzählte, eine ihrer ersten Entdeckungen, dass innerhalb bestimmter Menschenformationen die Frequenz verifizierbarer Intuitionen als eine Funktion der Zeit zu steigen beginnt, erst linear, dann exponentiell. Und schließlich treten Singularitäten ein, Begebenheiten, die herkömmliche Beschreibungsmodelle überschreiten.

Und es war meine Frequenz verifizierter Intuitionen, die sie veranlasste, mich unter Zeugen beim zuständigen Amt eine Erklärung unterschreiben zu lassen, laut der ich mich niemals mit Glücksspielen beschäftigen würde.

Den Hellerupvej zu überqueren erweist sich wieder einmal als Intuition dieser Sorte.

In dem Wachhäuschen an der Schranke sitzt der junge Mann vom letzten Mal. Als er sieht, wie ich mein Fahrrad abstelle, wird er rot und kommt heraus.

»Ich wollte noch etwas fragen«, sage ich, »führt ihr eine Liste über ein- und ausfahrende Autos?«

Er schüttelt den Kopf.

»Nur über Namen. Und die ist nicht vollständig.«

»Vorgestern, als ich hier vorbeigefahren bin, kannst du dich da an einen dunklen Lieferwagen erinnern? Er muss gleich hinter mir gekommen sein.«

»Er war der nächste. Der war vom Tiefbauunternehmen. Das den Graben ausgehoben hat. Für die Kommune.«

»Hat er sich ausgewiesen?«

Er schüttelt wieder mit dem Kopf.

»Wir sitzen hier nur, um klarzustellen, dass das hier kein öffentlicher Zugang ist. Die Kontrolle ist locker. Aber er kam später wieder. Am selben Tag.«

Ich habe Anorak und Schal und Mütze und Fausthandschuhe an und bin noch warm vom Radfahren. Trotzdem friert mich.

»Er hat nach Ihnen gefragt. Und dem Jungen. Ich sagte, ich hätte Sie reingelassen.«

Wir sehen uns an. Mir wird schwindlig.

»Aber ich habe nicht gesagt, dass ich Sie auch wieder rausfahren sah.«

»Und warum nicht?«

Zum dritten Mal schüttelt er den Kopf. Wie die meisten von uns ist er im Grunde außerstande, seine Handlungen zu erklären.

»Er hatte irgendwas … Und der neben ihm auch. Ich fand nicht … Hab ich was falsch gemacht?«

»Du hast es unfassbar richtig gemacht«, sage ich. »Hatten sie einen Lastwagen mit Kran?«

Er nickt.

In dem hatten sie die Reste des Passats. Weil es ordentliche Leute sind. Sie räumen hinter sich auf.

Und zur Sicherheit haben sie nach mir gefragt. Und aus einer unbegreiflichen verifizierbaren Intuition heraus hat dieser junge Gott meine Existenz geleugnet. Und uns damit vielleicht noch ein wenig Sand ins Stundenglas gegeben.

»Ich heiße Lars. Das, was Sie gesagt haben – dass ich auf Ihre Ballkarte kommen kann –, gilt das noch?«

»Ich bin mitten in einer Scheidung.«

»Ich warte, bis sie überstanden ist.«

Ich habe ein weiches Herz für Männer, die, nachdem sie einen Korb bekommen haben, immer noch die Energie aufbringen, sich einfach hinten anzustellen und zu warten.

»In der Quantenphysik sagt man, die Scheidung von zweien, die ein tiefes Liebesverhältnis verband, dauere durchschnittlich sieben Jahre.«

Er sieht traurig einer S-Bahn nach, die vorbeifährt.

»Das heißt, selbst wenn man sieben Jahre wartet, kann man nicht ganz sicher sein?«

»Leider. Das nennt man die Heisenberg'sche Unschärferelation. Das Beste, mit dem die Quantenphysik aufwarten kann, ist die statistische Wahrscheinlichkeit dafür, dass etwas eintritt.«

Ich sehe mich um, erst nach rechts, dann nach links. Dann beuge ich mich vor und küsse ihn auf den Mund.

Als ich die Ryvangs Allé überquere, steht er immer noch regungslos am selben Ort.

Angeblich gibt es Unmengen von Geschichten, aus Kunst und Religion und anderen unzuverlässigen Quellen, von Leuten, die das eine oder andere erlebt haben und zu irgendeinem Phänomen aus der Festkörperphysik erstarren. Ginge man der Empirie nach, würde man vermutlich entdecken, dass die Wirklichkeit hinter diesen Übertreibungen so aussieht, dass die Betreffenden einen Kuss bekommen haben. Einen von der unerwarteten und paralysierenden Sorte.

25

Die erste Ampel auf der Nørre Allé nach dem H.-C.-Ørsted-Institut steht vor der Zweiten Abteilung der Universitätsbibliothek. Dort gelingt es mir an jenem kalten Mittwoch im April vor dreiundzwanzig Jahren, Laban endlich abzuschütteln.

Dort glaube ich, dass es mir gelingt.

Ich bitte ihn, mein Rad zu halten, während ich ein bestelltes Buch abhole. Dann gehe ich an der Statue von Niels Steensen mit seinem Zaubererhut vorbei, der prahlerisch vor einer nackten Toten steht, die er obduzieren soll, dann durch die Vorhalle, ich öffne die Schranke und gehe weiter ins Allerheiligste.

Ich bin nie zuvor auf dieser Seite des Tresens gewesen, ich habe dazu absolut kein Recht, aber wenn man bloß Entschlossenheit ausstrahlt, springen die meisten Türen auf. Und ich bin entschlossen. Ich bin entschlossen, nicht so zu enden wie die Frau vor dem Gebäude, als Opfer irgendeines mächtigen Mannes, und obgleich Laban Svendsen zu diesem Zeitpunkt erst Anfang zwanzig ist und Student am Konservatorium – den Zaubererhut und das Skalpell habe ich schon längst an ihm wahrgenommen.

Ich eile also durch die Ausgabe und durch Magazine mit Büchern und Zeitschriften in fünf Etagen und durch einen Notausgang und komme in einen Garten irgendwo hinter dem Institut für Leibesübungen, und von dort husche ich auf den Tagensvej und hoch zum Jagtvej, wo ich in einen Bus nach Frederiksberg springe, um zwanzig Minuten später Andrea Fink in ihrem Ehrenwohnsitz gegenübersitzen zu können, in der felsenfesten Überzeugung, dass selbst Laban diese klare Ansage verstanden haben muss.

Der Preis war ein auf einer Polizeiauktion erstandenes gebrauchtes Raleigh-Fahrrad mit geblümtem Sattel.

Aber persönliche Freiheit kann gar nicht teuer genug erkauft werden.

In Andrea Finks Anwesenheit vergesse ich Laban, vergesse ich wie immer das meiste der Außenwelt und diesmal schneller denn je. Denn ich kann ihr sofort ansehen, dass sie eine Entdeckung gemacht hat.

Dann wird sie still und gleichsam verdichtet, als ob ihr spezifisches Gewicht zu- und ihr Stoffwechsel abnähme. Mit kleinen vorsichtigen Schritten geht sie vor mir ins Labor.

Es befindet sich im Keller. Zwischen den ausrangierten Skiern und Schlitten der Enkel stehen Monitore und Rechner und Zahnarztstühle.

Und ein Projektor vor einer Leinwand.

Auf der Leinwand stehen zwei Figuren. Sie drückt eine Taste, die beiden Figuren geben sich die Hand.

»Bevor wir uns kennenlernten, Susan, hatten wir bereits eintausendfünfhundert Messtage verteilt auf dreihundert Personen hinter uns. Personen, die wir von außen bis innen mit Elektronik ausgekleidet hatten. Pulsmesser, Blutdruckmesser, Aufzeichnung der Spannungen an der Hautoberfläche, des Sauerstoffgehaltes im Blut. Herzkardiogramm, Messungen des elektromagnetischen Feldes im Umkreis des Herzens, EEG. Und ein langes phänomenologisches Interview mit jeder einzelnen Versuchsperson nach dem Tag der Messung. Diese Daten haben wir nun mit deinen Situationen verglichen. Gestern bekam ich die Ergebnisse.«

Die beiden Figuren auf der Leinwand bewegen sich wieder. Vor ihren Herzen erscheint eine kugelförmige Grafik. Zwischen ihren Augen eine andere.

»Die Menge an Information ist natürlich umfassend. Allein das mobile EEG ergibt dreißigtausend Querschnittfotos des Gehirns pro Sekunde. Wir konzentrierten uns deshalb auf die konventionellen Treffen. Die Art der Menschen, sich zu begrüßen. Wir isolierten die Situationen, in denen die Versuchspersonen anderen die Hand gedrückt hatten. Der Händedruck ist ein weltweiter Gestus. Er findet jeden Tag milliardenfach statt. Trotzdem hat noch nie jemand untersucht, was da eigentlich vor sich geht.«

Während sie spricht, geht mir ein Gedanke durch den Kopf, der mich kurz ablenkt. Zu jener Zeit bin ich erst neunzehn. Über die Finanzierung von Forschung habe ich keine Ahnung. Aber ich bekomme plötzlich einen Begriff davon, was es kosten muss, dreihundert Leute zu engagieren, sie mit Elektronik zuzupflastern, sie einen Tag lang zu begleiten und hinterher die Ergebnisse auszuwerten.

Ich stelle keine Fragen. Aber dies ist einer der Augenblicke, in dem mir der Umfang der Ressourcen klar wird, die diese zarte Frau mir gegenüber für sich gewonnen hat.

Ihre Stimme wird langsam.

»Offenbar passieren drei Dinge. Auf der ganzen Welt passieren drei Dinge, wenn Menschen Kontakt miteinander aufnehmen. Und das wurde noch nie systematisch beschrieben: Man etabliert eine physische Verbindung, nämlich die gegenseitige Berührung der Hände. Fast gleichzeitig erweitert sich das elektromagnetische Feld des Herzens, und eine subtil vermehrte Aktivität in der *medulla oblongata* fängt an; wir können das eine Aktivierung des Herzens nennen. Und dann setzt eine bewusstseinsmäßige Veränderung ein, eine Aktivierung der Herzkranzgefäße, die Wachheit und Aufmerksamkeit regulieren. Das physische Korrelat zum Blickkontakt der Beteiligten. Das entscheidend Neue ist die Herzaktivität. Die empathischen Gefühle werden im Umkreis des physischen Herzens reflektiert. Vertrauen, Dankbarkeit, Mitgefühl. Diese Daten verweisen darauf, dass menschlicher Kontakt, selbst unter Fremden, durch eine Steigerung der herzmäßigen Interferenz stattfindet. Unterstützt vom physischen Kontakt. Und getragen von einer Fokussierung und Steigerung der Aufmerksamkeit.«

Sie macht eine kurze Pause. Wir denken beide an ihre Söhne. Und ihren Mann. Und mich. An alles, worauf Menschen herumtrampeln müssen, um einander zu erreichen.

»Das ist anscheinend ein Gesetz. Für jeden menschlichen Umgang. Bei jeder Begegnung, wie kurz und oberflächlich sie sein mag, versuchen Menschen einander zu erreichen. Primär durch den Körper, die Herzgefühle und das Bewusstsein. Das ist anscheinend jedes Mal der gleiche Prozess. Die Frage ist nun: Was bestimmt die Grenzen für die Tiefe dieser Begegnungen? Das wissen wir noch nicht. Betrachten wir diese zweitausendsiebenhundert Handschlagsituationen, die wir gemessen haben, scheinen es tiefe, primär unbewusste, aber genau festgelegte Konventionen zu sein, die über die Qualität jedes Kontaktes entscheiden. Konventionen, die bestimmen, wie lange eine Berührung dauert, wie lange der Blickkontakt dauert, wie weit sich die empathischen Gefühle öffnen. Eine Theorie könnte lauten, dass diese Konventionen die Menschen vor Ereignissen schützen, die eintreten würden, wenn eine Begegnung tiefer ginge als das, worauf die Situation eigentlich vorbereitet war. Mit dieser Annahme haben wir deine Verhöre untersucht. Sie zeigen dieselbe Berührungszeit wie die, die wir bei den Verhörexperten der Polizei gemessen haben. Dieselbe Frequenz der Augenkontakte.

Aber das Herzmuster ist völlig anders. Sowohl du als auch die Verhörten weisen eine stark vermehrte Aktivität im Umkreis des *pons* auf. Und im elektromagnetischen Feld des Herzens. In deinem System, Susan, gibt es etwas, das an der normalen Grenze für empathischen Kontakt nicht haltmacht. Ohne auffälligen oder bloß sichtbaren oder zumindest messbaren Unterschied im physischen, kognitiven Kontakt wird die empathische Öffnung zwischen dir und anderen Menschen immer tiefer. Unter bestimmten Bedingungen. Und offenbar verpflanzt sich der Effekt von dir auf deinen Gesprächspartner.«

Vor dem Fenster befindet sich ein Karpfenteich. Die langsamen, graziösen Fische durchbrechen die Wasseroberfläche, die Aprilsonne erzeugt eine golden leuchtende chemische Verbindung aus Wasser, Fisch und Licht.

Der Teich ist von einem kaum wahrnehmbaren Netz aus Angelleinen überzogen. Die Lösung eines Koans. Wie stellt man sicher, dass der Teich tief genug ist, um den Fischen in einem harten Winter unter einer dreißig Zentimeter dicken Eisschicht das Überleben zu ermöglichen, und dass gleichzeitig verhindert wird, dass die Enkelkinder ertrinken. Und beides, ohne die Aussicht zu versperren.

Sie legt ihre Hand auf meinen Arm.

»Die zweitausendsiebenhundert Händedrücke sind nichts. Nur der äußerste Rand von etwas. Wir stehen ganz am Anfang des Beweises, dass, egal wo Menschen zusammen sind, sich ein tieferer Kontakt durchzusetzen versucht. Wir fahren jetzt mit der Untersuchung mehrerer Typen von Begegnungen fort. Ich glaube, wir werden das Gleiche finden. Die Feldeffekte, die wir bis jetzt entdeckt haben – und zu denen dein eigener gehört –, könnten ein sehr zarter Beginn sein, nämlich etwas zu beschreiben, das immer existiert hat, aber nie gesehen wurde: die Gesetze der bewusstseinsmäßigen Interferenz zwischen Menschen.«

Ich schiebe ihre Hand von meinem Arm.

»Es gibt kein Bewusstsein«, sage ich. »Es sei denn als Derivat physischer Prozesse. Der Effekt hat nichts mit dem Herzen zu tun. Die Beziehung zwischen Menschen ist Chemie.«

Sie schaut auf den Teich. Sie braucht ihn, um ihre Gefühle zu steuern, irgendwie muss er ihrem Gemüt Frieden schenken. Es war Bohr, der ihn anlegen ließ. Die Karpfenrassen sind in den taoistischen Tempeln veredelt worden.

»Und die Liebe, Susan, ist die auch Chemie?«

»Die ganz besonders.«

Auf ihren Wangen sind zwei fiebrige Flecke entstanden. Ich stehe auf.

»Andrea, du suchst nach etwas, das es nicht gibt. Das Bewusstsein ist kein selbständiges Phänomen. In zehn Jahren werden wir jegliches Bewusstsein zu Psychologie reduziert haben. Alle Psychologie zu Biologie, alle Biologie zu Chemie, alle Chemie zu Physik, alle Physik zu Mathematik, die wir in ein logisches Kalkül entleert haben. Bis dahin haben wir eine Algebra, die erschöpfend und konsistent die Gesetzmäßigkeiten hinter jedem menschlichen Beisammensein beschreibt.«

Der Anblick des Teichs regt mich auf. Vielleicht ist es seine Sentimentalität. Der Versuch zu verhindern, dass jemand zu Schaden kommt. Ihr verbissener Glaube, dass sich alles machen lässt.

»Susan, du willst gehen. Im Zorn. Weißt du, dass du jedes zweite Mal im Zorn gegangen bist? Es handelt sich um Kontrolle. Indem du dir das Recht vorbehältst, in jedem beliebigen Augenblick auf dem Absatz kehrtzumachen, lässt du nie die Notbremse los!«

Sie ist von ihrem Stuhl aufgestanden.

»Du müsstest dich sehen«, sage ich. »Du bist giftig wie ein Troll!«

Sie zittert. Wir kennen uns erst seit anderthalb Jahren, sie will sich immer noch nicht recht an den Gegenwind gewöhnen, den ich in ihr Leben gebracht habe.

»Und heute«, sage ich, »bin ich definitiv deinen kleinen Komponisten losgeworden.«

Sie macht einen Schritt auf mich zu. Wir stehen kurz vor unserem allerersten *Catfight*. Nase an Nase holen wir nur mit Mühe Atem.

»Und wenn ich jetzt gehe, auf diese Art«, sage ich, »hat das nichts mit Kontrolle zu tun. Absolut gar nichts. Der wirkliche Grund ist physisch. Ich war immer darauf versessen, Türen zu knallen, dass das Haus zittert.«

Dann gehe ich. Und ich knalle die Tür, dass das Haus zittert und der Lack rieselt. Und Bohrs Karpfen in der Tiefe des Teichs verschwinden.

Ich nehme den Bus zum P.-Carl-Petersen-Kollegium, wo ich wohne. Als ich mein Zimmer betrete, steht das Raleigh-Rad da.

Es ist mein Fahrrad und doch wieder nicht. Gestell, Lenker und Räder sind meine. Aber der Sattel ist neu.

Mein alter geblümter Sattel war ein zerschlissener Plastiksattel mit zerrissenem Bezug, der mir ein Jahr lang in den Hintern gezwickt hat. Aber was soll man machen? Ich lebe von der Staatlichen Ausbildungsförderung, und ich lebe karg. Man kann sich nicht in die Boole'sche Algebra vergraben und gleichzeitig am Wochenende Backwaren verkaufen.

An der Stelle des geblümten Sattels prangt ein kostbarer dunkelbrauner Brooks-Ledersattel. Und darauf liegt eine rote Rose.

Ich gehe um das Fahrrad herum und setze mich aufs Bett.

Was mich am meisten erschüttert, sind nicht der Sattel und die Rose. Sondern dass das Rad geputzt ist. Und nicht nur geputzt, es ist auf Hochglanz poliert, selbst Nabe und Speichen. Und der grüne Lack wurde mit irgendeinem Wachs gewienert.

Es ist einfach, Experimentalphysiker von Theoretikern zu unterscheiden.

Die Theoretiker möchten keine Säure aufs Hemd kriegen. Den Geruch von Labors können sie nicht verknusen, und Kittel und Gummihandschuhe mögen sie auch nicht. Praktische Physik erinnert sie einfach zu sehr an Handarbeit. Wovor sie sich an der Uni stets gedrückt haben.

Laban Svendsen ist hundertprozentig einer, der innerhalb der Musik dem theoretischen Physiker entspricht, das habe ich sofort gesehen. Ich konnte das schon an der Art ablesen, wie er mit den Kartoffeln in Andrea Finks Küche umging.

Deshalb finde ich's nun wirklich bewegend, dass er sich trotzdem vom seinem Notenpapier und seinen Elfenbein- und Bakelittasten, oder was auch immer das ist, erhoben und die Ärmel aufgekrempelt und mein Rad geputzt hat.

Er hat keinen Gruß hinterlassen. Keine Adresse, keine Telefonnummer. Nur das blitzende Fahrrad und den eingefetteten, matten Sattel und die rote Rose.

Man konnte natürlich auch der Meinung sein, dass das an und für sich auch schon genug war.

26

Laut Adressbuch liegt Vor Frue Kloster in der Kratrenden in Vaserne.

Um hinzukommen, nehme ich mein Rad mit in die S-Bahn von Hellerup bis Holte und folge dann den Gleisen in Richtung Norden bis zu dem Punkt, wo die Kratrenden abgeht.

Ich stehe kurz davor, mir einzugestehen, dass ich falsch gefahren sein muss, da ein Liebfrauenkloster doch unmöglich in einem Millionärsviertel liegen kann. Dann komme ich an ein weißes Schild mit der Abbildung eines Glasmosaiks der Jungfrau Maria und der Angabe »Nr. 7« und »Vor Frue Kloster«, und von da folge ich einer Allee durch eine Landschaft, die für einen Wald zu sorgfältig gehegt und gepflegt und für einen Park zu naturverbunden ist, bis die Allee an einer Gruppe von Gebäuden endet, die so viel sagen wie: Nein, das ist nun doch kein Viertel für Millionäre, das ist ein Viertel für vielfache Millionäre, denn die Gebäude plus Wald liegen auf mindestens zwölf Morgen Land, das bis an den Furesee reicht, und die Häuser sind so gebaut, wie Laban und ich es gemacht hätten, wenn wir die Mittel gehabt hätten, alle mit norwegischem Schiefer verkleidet, aufgestapelt zu massiven Trockenmauern und unterbrochen von großen Flächen aus Spiegelglas, damit die Mönche die Aussicht richtig genießen können.

Ich stelle das Rad an eine der Fassaden. Hier gibt es keine Klostermauer und kein Klostertor; wenn nicht das Schild am Weg gewesen wäre und eine große Bronzeglocke in einer offenen Holzkonstruktion gehangen hätte, könnten die Gebäude alles Mögliche beherbergen. Alles Mögliche mit einer Kapazität, eine siebenstellige Miete zu generieren.

»Willkommen!«

Ich habe ihn nicht kommen hören. Er ist in meinem Alter und steckt in etwas Ähnlichem wie einer Kutte. Aber fern ist die Vergangenheit, in der die Mönche in einer Art gestricktem Stacheldraht, der direkt auf der Haut auflag, zu gehen pflegten, dieses Kleidungsstück ist aus weichem Stoff mit elegantem Fall und modernem Schnitt.

»Ich würde gerne mit Henrik Kornelius sprechen.«

Worauf achtet ein Mönch bei einer Frau, wenn er vor der Entscheidung steht, ob er sie ins Kloster lassen soll?

»Mögen Sie Bier?«

Irgendwie muss ich doch zusammengezuckt sein, denn er lächelt.

»Wir gehen durch die Brauerei.«

Ich folge ihm in das längste Gebäude. Es ist so lang und hoch wie eine Sporthalle, die Wände sind weiß gescheuert, auf gegossenen Plattformen stehen dreißig bis vierzig 1500-Liter-Tanks aus rostfreiem Stahl.

»Wir brauen in offenen Pfannen. Das macht jeden Sud unvorhersehbar. Und unmöglich in den drei Sommermonaten, in denen das Infektionsrisiko durch Mikrobenbefall und Wildgärung zu groß ist. Aber es verleiht jedem Sud auch eine einzigartige Individualität.«

Die Stirnwand ist mit Regalen bedeckt, auf denen Tausende von verkorkten Champagnerflaschen stehen. Er nimmt eine heraus und zeigt mir das Etikett. Es ist handgeschrieben, unter dem Bildnis der Heiligen Jungfrau und dem Namen des Klosters ist das Braudatum vermerkt, die Angabe, dass ein Hopfen namens Kaskade verwendet wurde, und schließlich eine Nummer.

»Jeder Sud ist einzigartig und deshalb mit seiner besonderen Nummer versehen.«

Er reicht mir die Flasche.

»Die schenke ich Ihnen. Hier wurde schon vor der Reformation gebraut. Die Trappisten gehörten zu den wenigen Orden, die der Absolutismus zuließ. Wegen des Biers. Aber erst seit den 1940er Jahren fing man an zu nummerieren. Und erst nach dem großen Umbau 2010 haben wir diese Halle bekommen.«

Wir gehen durch eine Glaspassage, die die Gärhalle mit einem anderen Gebäude verbindet, und weiter durch stille, geflieste Gänge mit Backsteinwänden. Hier gibt es keine Verzierungen, das ist auch nicht nötig. Vor den Fenstern erstrecken sich sonnenbeschienene und schneebedeckte Rasenflächen bis zum Furesee hinunter, besser kann es gar nicht sein. Und dazu kommt die Atmosphäre des Gebäudes selbst, eine nach innen gerichtete Stille.

Wir biegen um eine Ecke, und der Gang endet vor einer Art Tresorraumtür, an der zwei prall gepolsterte Sofas stehen, auf denen man warten kann, bis die Bank öffnet.

Mein Begleiter klopft nicht an, das hätte auch nicht geholfen, auf der andern Seite dieser Tür würde man nicht einmal mitkriegen, wenn die Welt um uns herum in Trümmer sinken würde. Aber es gibt einen Knopf, auf den er drückt, und dann harren wir auf Vater Kornelius.

Er lässt auf sich warten.

»Wie ist denn das so, Mönch zu sein?«

»Das ist eine Berufung.«

»Und die Sexualität, geht die weg?«

Der Effekt hat Elemente der Zügellosigkeit. Man muss darauf vertrauen, dass die Intuitionen, die man hat, verifizierbar sind, und sich im Übrigen fallen lassen. Und darauf hoffen, dass man auf den Füßen landet.

Wir landen auf den Füßen, er lächelt, mit blendend weißen Zähnen.

»Im Erdenleben geht sie niemals weg. Aber man hat die freie Wahl in der Frage, wozu man sie gebrauchen will.«

Es ist das erste Mal in meinem Leben, dass ich mit einem Mönch spreche. Ich weiß nicht, was ich erwartet hatte, aber jedenfalls keine Offenheit.

Er öffnet die Tresorraumtür und ruft. Keine Antwort.

»Ich werde ihn suchen gehen. Wir sind gleich da.«

Er verschwindet den Gang hinunter. Ich setze mich auf ein Sofa. Auf dem Tisch liegen etliche von Henrik Kornelius verfasste Bücher. Eines von ihnen heißt *Zirkuläres Gebet.*

Die Tür ist offen geblieben. Dahinter läuft irgendwo eine Waschmaschine.

Laban könnte auf Anhieb die Töne und Obertöne des Elektromotors erkennen. Ich kann sie dafür als Industriemaschine mit digitalem Wechselrichter identifizieren.

Die Maschine ist zu voll gestopft, die Trommel schlägt nicht rhythmisch, obwohl die Ummantelung festgebolzt sein muss, denn es gibt kein Geräusch von Füßen, die gegen den Boden schlagen.

Ich stehe auf und stecke meinen Kopf durch die Tür. Höflich ist das nicht. Aber die Zeit rast, der Countdown läuft, wir haben von den achtundvierzig Stunden minus Weihnachtsabend schon einiges verbraucht.

Die Tür führt in ein kleines Entree. Dahinter befindet sich eine Bibliothek, die ein Wohnzimmer ist, oder ein Wohnzimmer, das eine Bibliothek ist. Die Wände sind vom Boden bis zur Decke mit Büchern bedeckt, die Deckenhöhe beträgt über vier Meter. Durch eine halb offen stehende Tür sieht man in ein Schlafzimmer mit einem Einzelbett. Von dort kommt das Geräusch der Waschmaschine.

Dann hört das Geräusch auf, eine Sicherung muss herausgesprungen sein.

Um sich einen Begriff vom Verhältnis der Menschen zu ihrer Umwelt zu machen, kann man einen Blick auf ihren Schreibtisch werfen. Labans Schreibtisch zum Beispiel gleicht einer Explosion. Aus Notenpapier und Kaffeetassen und CDs und Geigen und Flöten und inspirativem Firlefanz aus versunkenen Städten und Fotos von den Kindern und bis vor einigen Monaten auch von mir, alles zusammen geprägt von dem Vertrauen, die Vorsehung oder eine andere verantwortliche Instanz werde schon jemanden vorbeischicken, um sauberzumachen und aufzuräumen.

So sieht es hier nicht aus. Hier ist nicht nur aufgeräumt, hier ist alles wie leergefegt, und die gespitzten Bleistifte und der Stapel Kopierpapier, die auf das nächste Buch über die Bedeutung des Betens warten, sind penibel genau an der Tischkante ausgerichtet.

Ein Mann mit einem derartigen Sinn für die Bedeutung physischer Struktur füllt eine Waschmaschine nicht so schludrig, dass sie von selber ausgeht. Ich betrete das Schlafzimmer.

Mit dem unmissverständlichen Gefühl, auf Abwegen zu sein. Dass man hier Bier braut und von der Leber weg redet, ist das eine. Eine Frau in seinem Schlafzimmer zu haben, wenn man die heiligen Schwüre geleistet hat, ist das andere.

Auch die Wände des Schlafzimmers sind vor Büchern nicht zu sehen. Die Tür zum Badezimmer steht offen, in dem es eine weitere Tür gibt, die in einen Wirtschaftsraum zu führen scheint. Da haben wir auch die Waschmaschine.

Henrik Kornelius hat offenbar sein eigenes separates Apartment. Wieder verblüfft mich die Auserlesenheit der Materialien. Boden und Wände des Bades sind aus Marmor. Auch die des Wirtschaftsraums. Wenn die Bierproduktion das finanzieren soll, muss es versteckte Brauereien geben, die ich noch nicht gesehen habe. Fünfunddreißig offene Pfannen – das kann es doch nicht sein.

Ich suche den Schalter im Wirtschaftsraum und mache Licht. Durch die Tür der Waschmaschine starrt mich Vater Kornelius an.

Obwohl ich ihm nie begegnet bin, weiß ich, dass er es ist. Sein Gesicht ist teilweise im Wasser versunken, das in der Maschine steht und das Bullauge halbiert.

Die Zeit bleibt stehen. Die Gedanken werden sachlich, ruhig, eigentümlich genau. Und entziehen sich vollkommen meiner Kontrolle.

Mir wird die Kraft bewusst, die es gekostet haben muss, um einen erwachsenen Mann in die Trommel einer Waschmaschine zu quetschen. Der Durchmesser der Luke beträgt nicht viel mehr als vierzig Zentimeter, sie müssen ihm Hüftbein und Brustkorb gebrochen haben. Ich spüre auch die notwendige Wut, die sie gehabt haben müssen, um hinterher noch die Maschine zu starten.

An diesem Punkt findet sich die normale Zeit wieder ein. Und die normalen Gedanken, die sich nur um eines drehen: Wie komme ich hier weg.

Ich bin gerade wieder an den Sofas angelangt, als der Mönch lächelnd um die Ecke biegt.

Er ist ein wenig verwirrt. Aber ruhig – vermutlich ein Ergebnis der Stille und des zirkulären Gebets und der Aussicht über den Furesee und des Biers in Champagnerflaschen.

Diese Ruhe wird sicher in nächster Zukunft auf die Probe gestellt werden.

»Wir sind dabei, ihn ausfindig zu machen. Er kann nicht weit sein.«

»Ich komme ein andermal wieder.«

Er bittet mich nicht zu warten. Das hätte auch nichts genützt.

Er begleitet mich hinaus. Ich muss meine ganze Beherrschung aufbieten, um nicht wegzurennen.

»Darf ich Vater Kornelius etwas ausrichten?«

Ich blicke ihm in die Augen.

»Wünschen Sie ihm eine gute Reise.«

Er stutzt.

»Er hat in nächster Zeit keine Reise geplant.«

»Trotzdem.«

Ich trete in die Pedale. Einmal drehe ich mich um. Er steht noch da und schaut mir gedankenverloren nach.

27

Das *Tropical Copenhagen* liegt auf Amager und besteht aus acht Bauten aus Stahl und Glas, die alle so hoch sind, dass die Regenwaldpalmen dreißig Meter in die Höhe schießen können und trotzdem noch Hängebrücken aus Polypropylen darüber passen, von denen aus die Besucher alles bewundern können.

Das Beste, was ich über den Ort sagen kann, ist, dass er wie acht regelmäßige Polyeder mit Fünfecken als Seitenflächen konstruiert ist und deshalb jeden Mathematiker an Euklids echt eleganten Beweis denken lässt, dass genau diese Form das letzte der fünf Polyeder ist, die es gibt.

Abgesehen davon versetzt mich das Etablissement in leichtes Unwohlsein. Man bezahlt dreihundert Kronen Eintritt, um sich durch ein zentralafrikanisches Dampfbad bewegen zu dürfen, in dem die Papageien lärmen wie eine ganze Baustelle, und wo man sich ständig ducken muss, um nicht von kokosnussgroßen fliegenden Insekten gerammt zu werden, und seine Augen überall haben muss, damit die verwöhnten Affen einem nicht die Kreditkarte oder den Lippenstift direkt aus der Tasche ziehen. Und währenddessen muss man ständig zu verdrängen versuchen, dass die moderne Technologie mit der modernen Physik im Rücken – zu der ich ja nun mal auch gehöre – 1200 Quadratkilometer Regenwald am Tag abholzt, von dem wir uns also hier auf der Allmende von Amager ein Häppchen gesichert haben – eine Allmende, die man nie geschafft hat, unter Naturschutz zu stellen, und die jetzt also auch allmählich verschwindet. Und wenn man das Restaurant erreicht hat, dann heißt es *Das blaue Okapi*, etwas, an dem man sich vermutlich bald auch nur noch ausgestopft erfreuen wird.

Aber da ist nichts zu machen, den Treffpunkt haben Laban und die Zwillinge bestimmt. Sie lieben diesen Ort.

Laban steht auf Tropen, er hat den Papageienlärm aufgenommen und unter Verwendung dieser Laute ein Stück komponiert, das er dann für die Fernsehwerbung des Unternehmens verkauft hat. Und Thit liebt Tiere sowieso.

Sie warten schon auf mich, vor gefüllten Tellern, ghanaischer Fufu, so ein Brei aus Mais und Maniok mit einer leuchtend roten Sauce aus Palmöl. Normalerweise mag ich das, aber heute rühre ich es lieber nicht an. Der Anblick von Henrik Kornelius' Gesicht, zur Hälfte in kochendem Seifenwasser, schwimmt konstant einen Meter vor mir in der Luft.

»Wir haben Kirsten Klaussen besucht«, sagt Harald mit Grabesstimme. »Sie hat die Kirche in Bagsværd gekauft!«

Sie sehen mich erwartungsvoll an. Als erwarteten sie von mir, ich müsse genauso entrüstet sein wie sie.

»Ja, und?«

Seit 2013 veräußert das Kirchenministerium leere Gotteshäuser im Rahmen jener öffentlich verordneten Kostendeckung, zu der wir alle greifen müssen, wenn die Kunden ausbleiben. Wenn ich vom Institut für Experimentalphysik nach Hause radle, mache ich in der Regel einen Umweg über Bispebjerg, dabei habe ich mit ansehen müssen, wie sogar die Grundtvigskirche verkauft und in ein fünfstöckiges Discountcenter verwandelt worden ist. Also warum Tränen vergießen wegen der Kirche in Bagsværd?

»Sie wurde von Utzon entworfen«, sagt Laban. »Und hat die wunderbarste Orgel überhaupt.«

Harald umklammert die Tischplatte und versucht, sie aus der Zarge zu ziehen.

»Sie hat Raketenteile an die Wand gehängt! An die Kirchenwand! Und ein Maschinengewehr!«

Die Religion ist eines der zahllosen Themen, über das wir uns in unserer Familie nie einigen werden.

Ich glaube an die Gesetze der Physik, und das ist kein Glaube, das ist experimentell verifiziertes, grundsolides Wissen. Laban glaubt an alles Mögliche, das ihn inspirieren kann, Buddhismus, Kabbala, die Lehre von der Sphärenmusik, das ändert sich alle halbe Jahre.

Da wir keine gemeinsame Grundlage finden konnten, haben wir uns entschlossen, das delikate Thema gegenüber den Kindern so wenig wie möglich zu berühren, die dementsprechend auch nicht getauft sind. Und deshalb ihre natürliche Sicht auf die Welt spontan entstehen lassen konnten.

Thit hat sich als geborene Heidin erwiesen. Irgendwann in der sechsten Klasse ging der Lehrer, wie um den Ball an den Konfirmationsunterricht weiterzureichen, mit ihr und ihren Klassenkameraden in eine der offenbar noch nicht verscherbelten Kirchen, wo ihnen der Pfarrer die Grundlagen des Christentums erklärte. Ich parkte draußen vor der Kirche und wartete auf sie, erstens weil Thit es schon immer mochte, von einem Chauffeur abgeholt zu werden, und zweitens, weil ich den Eindruck hatte, dass sie an diesem Tag jemanden benötigte, mit dem sie sich aussprechen konnte.

Sie setzte sich auf den Beifahrersitz und knallte die Tür zu. In der Erfassung des menschlichen Erbguts kann man genau den DNA-Strang finden, auf dem das Gen für die Liebe zum Türknallen sitzt, und dieses Gen hat Thit ganz offensichtlich von mir geerbt.

Schweigend saßen wir nebeneinander.

»Mama«, sagte sie dann. »Das stimmt hinten und vorne nicht!«

Seitdem hat sie keine Kirche mehr von innen gesehen.

In senkrechter, binärer Opposition zu diesem Standpunkt haben wir Harald, der immer für das Christentum geschwärmt hat. Wenn es überhaupt sinnvoll ist, Harald einen Schwärmer zu nennen. Er liebt Jesus am Kreuz, er liebt kirchliche Bauten, er liebt die Bibelgeschichte.

Als er als Vierjähriger bei der Taufe des Neugeborenen seiner Tante dabei war, senkte sich am Abend eine unheimliche Stille über das Haus am Evighedsvej. Für eine Mutter ist Stille das Schlimmste. Wenn die Kinder klein sind, fürchtet man, sie seien dem plötzlichen Kindstod erlegen. Wenn sie älter sind, fürchtet man, sie seien mit irgendetwas beschäftigt, das ihnen gleich um die Ohren fliegt. An dem Abend fand ich ihn auf der Toilette. Harald hatte den Einrichtungsgegenstand im Hause ausfindig gemacht, der seiner Meinung nach einem Taufbecken am nächsten kam, nun war er dabei, die neueste Riege von Thits obdachlosen Kätzchen zu taufen. Eins nach dem anderen hielt er sie ins Klobecken, und während ich ungläubig zusah, leierte er herunter, was er von der Taufhandlung im Gedächtnis behalten hatte: »Dieses hier«, sagte er, »taufen wir auf den Namen Heiliger Geist.«

Von da an hieß das Kätzchen Heiliger Geist, keiner konnte Harald davon abbringen, nicht einmal Thit.

Das heißt, sein Unmut über die Besudelung der Kirche in Bagsværd hat eine lange Geschichte.

»Wie seid ihr reingekommen?«

Laban und die Zwillinge sehen sich an.

»Wir sind links abgebogen«, sagt Thit.

Zwischen Laban und mir herrscht völlige Klarheit über die numerische Seite der Arbeitsverteilung in Bezug auf Thit und Harald. Ich habe fünfundachtzig Prozent der Arbeit übernommen.

Das hat seine Ordnung, so ist es immer gewesen. Ich habe auch fünfundachtzig Prozent der Zeit mit ihnen verbracht, das heißt, durch diese Einteilung habe ich mich zugleich selbst belohnt. Was mich fuchst, ist nicht die reine Stundenaufteilung, es ist der inhaltliche Unterschied.

Laban nahm sich die Sonn- und Feiertage. Mir überließ er die Werktage.

Ich habe die Stullen geschmiert und alles getan, um die Zwillinge einigermaßen pünktlich in der Schule abzuliefern, und habe dafür gesorgt, dass sie zumindest vom Äußeren her der Familie nicht schon beim bloßen Passieren des Schultors Schande machten. Und Laban war derjenige, der an einem beliebigen Tag in der Woche plötzlich sagte »Jetzt bin ich fertig mit meiner Symphonie« oder »Ich hab mein Streichquartett beendet, heute fahr ich die Kinder«. Und sehr häufig sind sie an solch einem Tag nicht in den Kindergarten oder in die Schule gefahren, sondern links abgebogen.

Links abzubiegen, darauf sind Laban und die Zwillinge vor etlichen Jahren gekommen, und das Spiel bestand darin, dass sie sich im Auto ansahen, kicherten und gleichzeitig sagten: »Nach links!« Worauf Laban eine tollkühne Kehrtwendung machte, und danach standen ihnen alle Wege offen.

Was zweierlei bedeutete: Dass sie ins Tivoli oder ins Restaurant gingen oder Spielsachen kauften oder sonst wie Geld ausgaben, das wir nicht hatten. Aber erst, wenn sie den eigentlichen Zweck dessen erledigt hatten, was sie »Links abbiegen« nannten. Und zwar sich Zugang zu irgendeinem Ort zu verschaffen, zu dem der Zutritt verboten war.

»Wir hatten keinen Plan im Vorhinein«, sagt Laban, »aber als wir ihre beiden Hunde sahen, wahre Zerberusse, groß wie schwarze Drachen, und den Umbau der Kirche, den Pool, den sie draußen angelegt und durch die Sakristei geführt hat, konnte ich ihr Selbstbewusstsein spüren.«

»Wie eine Königin«, sagt Thit.

Und Thit erkennt eine Königin, wenn sie eine sieht.

»Ich habe mich vorgestellt«, sagt Laban. »Aber sie hatte mich bereits erkannt. Ich erzählte ihr, ich hätte immer davon geträumt, den Kindern die Kirche in Bagsværd zu zeigen. Den phantastischen Lichteinfall. Als ob das Göttliche im Begriff stünde, sichtbar zu werden. Und davon geträumt, sie die Orgel hören zu lassen.«

»Sie hat ihr Wohnzimmer und eine Werkstatt im Kirchenschiff«, sagt Harald. »Sie hat damit angegeben. Sie hat Teile einer Atombombe aufgehängt!«

»Teile der Ummantelung«, erklärt Laban. »Sie erzählte, sie habe die Ummantelung für die amerikanische Atomenergieagentur entwickelt. Als Teil ihrer Wartungsprogramme. Sie sagte, sie sei Mitglied der wissenschaftlichen Beratungskommission des *US Department of Defense* während des Vietnamkriegs gewesen. Eine Dame, die damit kein Problem hat. Aber sie taut auf. Sie zeigt uns die Kirche. Sie muss ein Vermögen ausgegeben haben. Sie hat ineinander verschobene Etagen einziehen lassen. Von außen führt ein Wasserbecken herein, wie in der Alhambra. Die Stimmung wird verbindlich.«

»Bis wir nach der Zukunftskommission fragen«, sagt Thit. »Da ist das Fest plötzlich vorbei.«

»Sie wollte uns rausschmeißen«, sagt Harald.

Er ergreift sein Messer und versucht, es umzubiegen.

»Ich musste ein wenig aus mir herausgehen«, sagt Laban. »Und sie an meinen Traum erinnern, den Kindern etwas auf der Orgel vorzuspielen. Und dass sie ein Trauma davontragen könnten, wenn das Versprechen nicht erfüllt würde. Widerstrebend gab sie nach. Dann spielte ich die ›Fünffünfundsechzig‹.«

Laban hat von Johann Sebastian Bach immer gesprochen, als wären sie zusammen aufgewachsen und hätten gemeinsam onaniert und wären seit Kindergartentagen unzertrennlich. Er redet von Bachs Werken, als hätte er sie zu einem großen Teil selber geschrieben, und geht wie selbstverständlich davon aus, dass jeder weiß, dass es sich bei der »Fünffünfundsechzig« um die Toccata und Fuge in d-Moll und die Nummer 565 im offiziellen Bach-Werke-Verzeichnis handelt.

»Während ich spiele, rede ich ein wenig mit ihr.«

Laban ist nämlich imstande, irgendein hypnotisierendes Musikstück zu spielen und gleichzeitig *voice over* zu sprechen. Das wirkt wie Sirenengesang; menschliche Verteidigungsbereitschaft und Immunabwehr und gesunde Vernunft und Skepsis werden eingestellt, und man ist seinen düstren Umtrieben schutzlos ausgeliefert.

»Ich überlege: Die Frau ist siebzig. Weltberühmt. Mit einem Selbstwertgefühl, das in den Raum ragt wie eine Stoßstange. Worum geht es einem Menschen wie ihr? Um ihren Nachruhm. Während ich also spiele, erzähle ich ihr, dass ich an einer Oper für die Universität Kopenhagen säße. Über die großen wissenschaftlichen Entdeckungen der letzten fünfzig Jahre. Und dass ich gehofft hätte, den Einsatz der Zukunftskommission mit einbeziehen zu können. Ich fühle schon, dass ich sie fast habe. Sie macht den Mund auf. Aber dann macht sie ihn doch wieder zu. Das geht jetzt nicht, sagt sie, aber die Informationen sind für die Nachwelt aufbewahrt. Ich sage ihr, dass ich als Komponist wisse, wie vergänglich Informationen seien, vor allem in digitalisierter Form. CDs verdampfen, Computerspeicher halten nur eine Reihe von Jahren, wie sich gezeigt hat. Da setzt sie eine listige Miene auf und sagt, die Information sei nicht digital, sie sei auf Papier festgehalten. Papier, sage ich, wird feucht, schimmelt, brennt, die Tinte verblasst. Unsere nicht, sagt sie. Denn wir haben mit Tusche auf Konzeptpapier geschrieben. Und das liegt in einem temperierten und feuchtigkeitskontrollierten Safe. Sie sind Metallexpertin, sage ich, Sie wissen, dass sogar Metall brennen kann, wenn die Temperaturen hoch genug sind. Das ist kein Metall, sagt sie, das ist ein Betongewölbe. Elf Meter unter der Erde. Zu dem niemand Zutritt hat. Aber wenn die Sache freigegeben wird, in neunzig Jahren, werden dicke Bücher darüber geschrieben, und so mancher wird überrascht sein. Daraufhin gehen wir.«

Laban kann kein Geheimnis für sich behalten. Weihnachts- und Geburtstagsgeschenke muss er uns immer drei Wochen vorher geben.

»Nun sag schon«, sage ich.

»Als Komponist bin ich ein Teil des dänischen Kulturerbes. Ich habe eine Vereinbarung mit der Königlichen Bibliothek. Dass sie alle meine Kladden kriegen. Und mit dem Reichsarchiv. Dass sie meine Briefe bekommen.«

Für einen Moment hat er mich aus dem Konzept gebracht. Bei dem Gedanken, was wir uns gegenseitig geschrieben haben und dass dies alles nicht verbrannt wurde, wie es sich gehört, sondern den Weg ins Reichsarchiv gefunden hat und dort liegt und brodelt und schäumt und darauf wartet, eine kritische Masse zu erreichen.

»Selbstredend nicht deine Briefe«, sagt er. »Oder überhaupt Briefe von Frauen.«

»Das beruhigt mich«, sage ich. »Und freut mich für das Reichsarchiv. Dadurch ersparen sie sich nämlich eine ernstzunehmende Erweiterung ihrer Lagerkapazität.«

Das kann ihn nicht stoppen. Er ist dabei, einen Stich zu ziehen.

»Das bedeutet, dass mich das Schicksal darüber informiert hat, auf wie viele Jahre der Dokumentenschutz in Dänemark begrenzt ist. Es gibt nur ein Archiv mit neunzig Jahren Schutz. Der Annexbau des Reichsarchivs. Der irgendwo unter dem Folketing liegt.«

Ich sehe mich um. Das Essen auf den Tischen duftet nach Gewürzen aus Ländern, in denen erhebliche Bevölkerungsgruppen eine Diät von weniger als tausend Kalorien am Tag leben. An den Wänden hängen Diplome, die das *Blaue Okapi* vom Klub der Nimmersatte erhalten hat, und vergrößerte Fotokopien von Restaurantkritiken, die das Lokal mit fünf Bierwürsten oder sechs Klistierspritzen ausgezeichnet haben oder was Zeitungen sonst noch so verteilen. Dänemark ist ein buntes Land.

»Ich habe Henrik Kornelius gefunden«, sage ich. »Jemand hat ihn in eine Waschmaschine gestopft. Und den Kochwaschgang angestellt.«

Thit und Harald sind erst sechzehn. Ich muss den Traum gehabt haben, sie zu beschützen, ihnen ein besseres Leben als mein eigenes zu geben.

Der Traum ist eine Illusion. Wer geradezu unverschämtes Glück hat, kann seine Kinder vielleicht vor direktem Missbrauch oder Übergriffen bewahren. Aber niemals vor dem eigentlichen Problem. Denn das eigentliche Problem ist das Dasein selber.

Vielleicht haben Laban und ich sie zu lange und zu weit von der Wirklichkeit ferngehalten. Wir – oder jedenfalls ich – hatten nie Zeit für sie. Sorgfältig suchten wir ihren Kindergarten aus. Wir entschieden uns für die beste Freie Schule, wir gaben ihnen ausreichend Taschengeld, um ihre Begegnung mit dem unheimlichen Faktum namens Lohnarbeit ein wenig aufzuschieben.

Hier und jetzt, im *Blauen Okapi*, frage ich mich, ob wir ihnen nicht einen Bärendienst erwiesen haben. Denn früher oder später werden die Realitäten des Daseins sie erreichen. Und nun, da wir den hässlicheren Seiten der Realität gegenüberstehen, kann ich mich des Gedankens nicht erwehren, dass wir sie vielleicht daran gehindert haben, Widerstandskraft zu entwickeln.

Laban hat es die Sprache verschlagen. Die Gegend um seinen Mund ist kreidebleich.

Aber Thit sagt etwas.

»Wie kriegt man einen Mann in eine Waschmaschine?«

Ich blicke ihr in die Augen.

»Mit hinreichend Druck pro Quadratzentimeter.«

Vorsichtig legt sie Messer und Gabel hin. Ich bin froh, dass ich mit der Geschichte ein bisschen gewartet habe. Bis sie fast aufgegessen hatten.

28

Es ist Nachmittag, draußen hat sich die Winterdunkelheit breitgemacht. Die Zwillinge sind in die Jægersborg Allé gefahren, um die letzten Geschenke zu kaufen und Weihnachtsenten aufzutreiben. Laban und ich sitzen uns am runden Tisch gegenüber.

»Wir müssen in dieses Archiv«, sagt er. »Und zwar noch heute Abend.«

Dänemark ist einmal ein offenes Land gewesen. In dem ein Zahnarzt vom Amager Torv dem Premierminister Stauning persönlich sagen wollte, dass er ein Bewunderer von ihm sei, und auf dem Heimweg von der Praxis einen kleinen Abstecher zum Staatsministerium machte, wo er zum Kaffee eingeladen wurde und dem Landesvater schließlich einen Zahn zog, einfach so, in dessen Büro im Ministerium und ohne es ihm in Rechnung zu stellen.

Die Zeiten sind vorbei. Der Hof des Reichstags ist für den motorisierten Verkehr nicht zugelassen.

»Und wie stellst du dir das vor?«

»Wir biegen links ab, Susan, du und ich.«

Innerhalb der letzten zwölf Jahre sind Laban und die Zwillinge links abgebogen und haben sich direkt zu den Kronjuwelen in Amalienborg, in die Kanalisation Kopenhagens, zum Militärischen Abschirmdienst im Kastell durchgemogelt. In der pathologischen Abteilung des Panum-Instituts sind sie in der unappetitlichen Ausstellung von Geschwülsten und Geschlechtskrankheiten in Formalin gewesen. Sie waren im Nationalen Laboratorium für erneuerbare Energie auf Risø, in der Kriminaltechnischen Sammlung der Reichspolizei und – auf ihrer, wie ich bis jetzt dachte, letzten Tour – in den Kellern der Nationalbank.

Dort wurden sie geschnappt, dort zeigte ihre vereinte Überredungsgabe keine Wirkung, sie wurden festgehalten, die Polizei wurde geholt, und ich bekam einen Anruf. Sie hatten es geschafft, Dänemarks Goldreserven sehen zu dürfen, Gott weiß mit welcher Erklärung, aber damit war ihr Glück auch aufgebraucht. Nur indem ich meine Kontakte zur Polizei nutzte und auf meine Verhöre von damals hinwies, die zu jener Zeit mehr als zehn Jahre zurücklagen, durfte ich sie nach Hause mitnehmen.

An jenem Abend nahm ich sie mir einzeln vor. Bei diesem Verhör knickte Harald ein und erzählte zum ersten Mal vom Linksabbiegen.

»Gab es denn keine Grenzen«, fragte ich, »keine Regeln?«

»Nur eine«, sagte er, »es gab immer nur eine Regel für das, was wir mit Papa unternommen haben: Mama wird nichts verraten.«

An dem Abend standen Laban und ich kurz vor der Scheidung, wir überstanden den Sturm nur deswegen, weil er Stein und Bein schwor, nie wieder links abzubiegen. Und jetzt wollte er mich dabeihaben.

»Es gibt eine Sicherheitskontrolle«, sage ich, »ich hab's im Fernsehen gesehen. Am Eingang zum Folketing. Tore mit Metalldetektoren, wie im Flughafen. Feste Beamte.«

Wir sehen uns an. Dann stehen wir auf.

Wir sind auf dem Weg zur Garage, ich habe meinen Werkzeugkasten dabei, mir ist unwohl.

Dann bleiben wir vor dem Loch in der Hecke der Villa Landruhe stehen, Dortheas und Ingemans Haus.

»Dorthea hat den Tag der offenen Tür der Stadt Kopenhagen organisiert.«

Laban schaut mich verständnislos an. Er ist in Kreisen aufgewachsen, in denen man darauf Wert legte, den Tag der offenen Tür zu ignorieren.

Das war ein Volksfest. Das dazugehörige Scheckheft wurde am Kiosk verkauft, zugunsten armer oder kränklicher Kinder, damit sie sich Schuhe kaufen oder Ferien machen konnten oder solche Sachen. Mit dem Heft konnte man an einem Tag im Jahr Orte besuchen, die man sonst nicht mal von weitem zu sehen bekam: das Heizkraftwerk Svanemøllen, die Magazine des Zeughausmuseums, die Versuchsstation Risø, den Holmen, das Flackfort, das Winterquartier des Zirkus Benneweis. Und die Kopenhagener Unterwelt. Die Kanalisation, die Kasematten, die Keller der Börse.

Wir gehen durch das Loch in der Hecke.

Ich läute, Dorthea macht auf.

»Dorthea«, sage ich, »wir haben ein Problem.«

Ohne ein Wort tritt sie zur Seite, wir gehen in den Flur, sie schließt die Tür hinter uns.

Weder sie noch Ingeman hat eine Ausbildung.

Er war den größten Teil seines Lebens Fischer, damit war erst Schluss, als er einen Engel sah. Er fuhr auf dem Nordatlantik. Vor Grönland, eine neblige Nacht, in einem kleinen Dreißig-Fuß-Kutter aus verkupfertem Holz. Bei voller Fahrt saß plötzlich ein Engel am Steven und zeigte nach vorn. Ingeman drosselte sofort die Geschwindigkeit, im nächsten Augenblick tauchte vor ihnen ein Eisberg senkrecht aus dem Meer auf, siebzig Meter hoch, wie der Kreidefelsen von Møn. Fünf Sekunden später, und der Kutter wäre mit voller Wucht ins Eis gerauscht, der Steven wäre zerquetscht worden und sie wären sofort gesunken.

Er hat es uns ein einziges Mal erzählt, sehr sachlich, die Zwillinge waren dabei, sie sollten die Geschichte offenkundig auch hören. Später ist er nie wieder darauf zurückgekommen.

Danach hörte er auf. Und wurde Straßenarbeiter. Dorthea ging nach sieben Schuljahren in die Kopenhagener Stadtverwaltung, wo sie sich zur Bürovorsteherin hochdiente, damals ging so was noch. Als man in der Verwaltung noch darauf achtete, wer die Menschen tatsächlich waren und was sie konnten, und nicht bloß ihren Lebenslauf sehen wollte.

Was mich an ihnen erschreckt, ist, dass sie selber so etwas wie Engel sind. All die Jahre, in denen Laban und ich uns regelmäßig beinahe den Kopf abgerissen hätten, habe ich zwischen ihnen nie ein böses Wort gehört. Sie lieben Thit und Harald, als wären sie ihre Eltern. Und ihr Garten ist bepflanzt wie ein unorganisiertes Paradies mit dem stillgelegten Kutter in der Mitte und einem Meer von Blumen drum herum. Ehe Ingeman die Gicht so sehr erwischte, dass er seine Kajüte, wie er sein Zimmer ganz oben im Haus nennt, nicht mehr verlässt, pflanzte er einen sogenannten Liebespfad – was er wahrhaftig ist –, auf dem man mit dem geliebten Menschen eng umschlungen unter Rosen wandeln und sich in eine bessere Welt versetzt fühlen kann.

Das heißt, ich verstehe sie nicht. Sie sind zu gut, um wahr zu sein.

»Wir haben uns in die Nesseln gesetzt«, sage ich, »in Indien, alle vier, jeder auf seine Weise. Aber wir bekommen ein unschlagbares Angebot vom dänischen Staat, wir müssen bloß eine klitzekleine Info besorgen. Dafür wird unser Verfahren eingestellt und wir kriegen alle bürgerlichen Rechte zurück. Wir sagen ja. Und beschaffen die Information. Aber dann gibt es Schwierigkeiten. Menschen werden ermordet.

Jemand versucht, Harald und mich zu töten. Also entschließen wir uns unterzutauchen.«

Dorthea schaut in die Richtung unseres Hauses.

»In eurer eigenen Hütte?«

Sie hat's erfasst.

»Man denkt, wir sind nach Italien gereist. Im Rahmen eines Zeugenschutzprogramms. Und einige andere glauben, wir seien tot. Hoffen wir jedenfalls. Das heißt, wir sind frei schwebende Wesen. Unserer Meinung nach haben wir zwei Tage. Wir versuchen zu verstehen, worum es hier eigentlich geht. Ehe wir die Information aus der Hand geben. Wir versuchen, mit der Situation auf Augenhöhe zu kommen. Wir brauchen ein kleines Papier. Einen Bericht. Er müsste irgendwo unter dem Folketing liegen. In einem gut bewachten Magazin.«

Sie legt den Kopf auf die Seite und blinzelt mit den Augen.

»Das kann nur der Annexbau des Reichsarchivs sein. Das ist das einzige Archiv neben dem des Folketings. Es liegt unter den Kellern. Tief unten. Im Grunde ist es ein Teil der sogenannten Unterkeller. Unter dem pädagogischen Hilfsdienst. Unter der Druckerei der Gesetzesvorlagen. Der Parlamentspost. Die Unterkeller sind Tunnel. Sie gehen bis auf das Mittelalter zurück. Man kann unter der ganzen Schlossinsel hindurchgehen. Wenn man sich traut.«

»Dorthea. Gibt es nur den Hauch einer Möglichkeit, da reinzukommen?«

Sie neigt den Kopf zur anderen Seite. Vom Flur, wo wir stehen, windet sich eine schmale Treppe in den ersten Stock und führt von dort weiter nach oben zu Ingemans Kajüte. An jeder dritten Stufe hängt ein gerahmter und kolorierter Stich von einem Mädchen in Tracht, wenn man bei Ingeman angekommen ist, hat man ganz Dänemark in Volkstracht passiert. Die Treppe ist mit einem roten Läufer belegt, der von Messingstangen gehalten wird. Das Messing ist blank geputzt und glänzt. Die Klinke der Eingangstür ist geputzt. Die Fenster sind geputzt. Alles bei Dorthea ist proper, das trifft es genau, es ist proper.

»Alles ist abgesperrt. Seit der Sprengung des Staatsministeriums in Oslo, gleich neben dem Storting. Und seit den Demonstrationen 2015. Sämtliche Türen sind an ein Alarmsystem angeschlossen, das bei der Kopenhagener Polizei, der Wachstube des Folketings und bei Securitas gleichzeitig klingelt.«

Sie blinzelt wieder.

»Aber natürlich können wir da reinkommen.«

29

Die Kurve, die unser Verhältnis zu anderen Menschen als Funktion der Zeit abbildet, nähert sich einer Geraden an. Das bedeutet, dass in unseren Beziehungen zueinander ein Tag dem anderen gleicht. An manchen Tagen geht's bergab, in der Regel bleibt alles beim Alten. Die Augenblicke, in denen man an einem Punkt differenziert und entdeckt, dass die Tangente einen positiven Neigungskoeffizienten hat, dass wir uns also annähern, sind rar.

Und sehr selten sind die Augenblicke, in denen die Funktion unterbrochen wird und plötzlich springt.

Einem derartigen Augenblick scheinen wir uns gerade mit Dorthea Skousen zu nähern.

Sie sitzt auf dem Beifahrersitz neben Laban, auf ihrem Schoß liegt ein auseinandergefalteter Plan des Gangsystems unter Christiansborg, dem Sitz des Parlaments.

Es ist eine Fotokopie, die aus der Kinderzeit der Kopiermaschine in den sechziger Jahren stammen muss. Das Papier ist vergilbt, die Linien sind körnig, die Maschine schaffte nur DIN-A4-Formate, so dass der Plan aus fünf oder sechs Blättern dieser Größe zusammengeklebt ist. Wo der Klebstoff nicht mehr haftete, sind die Teile mit Tesafilm verbunden.

Jeder Bogen trägt den Stempel »Vertraulich«, mit vermutlich roter Stempelfarbe, die auf der Kopie als verwischtes Grau erscheint.

Dorthea hatte immer etwas Kommunal-Verantwortliches an sich. Damit ist nicht nur ihre Sauberkeit gemeint, sondern auch die Sorgfalt, mit der sie und Ingeman den Bürgersteig vor ihrem Haus vom Schnee geräumt und gestreut haben. Und vor unserem, weil wir es vergessen hatten. Und die Korrektheit, mit der sie ihren alten Volvo fahren, ein Fahrzeug aus den Sechzigern, eigentlich ein Oldtimer, aber am Leben gehalten mit süßen Worten und einer geheizten Garage und vierzig Jahren unfallfreiem Fahren und der generellen Atmosphäre, die seine Halter umgibt.

Diese Seite von Dorthea verstehe ich sehr gut. Ich bin selber kommunal. Fünfundneunzig Prozent der Wissenschaft sind es. Ein umfassendes Regelwerk, verwaltet von Buchhaltern mit Universitätsausbildung.

Aber was jetzt bei Dorthea sichtbar wird, ist etwas anderes. Sie ist ganz ruhig, aber sie und wir wissen, was der verwischte Schatten des Vertraulich-Stempels auf den Bögen bedeutet. Sie steht im Begriff, ihre kommunale Schweigepflicht zu brechen, zu der sie sich einst per Unterschrift verpflichtet hatte.

»Das Gangsystem unter Christiansborg war im Tag-der-offenen-Tür-Scheckheft achtmal hintereinander vertreten. In den ersten Jahren habe ich die Führung selber geleitet. Ich hatte eine Vollmacht. Wer hätte es auch sonst machen sollen? Nur die Hausmeister kannten die Tunnel und hatten da unten überhaupt etwas zu tun. Mehrere Gänge waren wegen Einsturzgefahr gesperrt. Aber die Hausmeister konnten wir schlecht bitten, die Leute herumzuführen. Das mussten wir selber tun. Die Gänge fangen unter dem Thorvaldsen Museum an. Führen durch die Krypta unter der Schlosskirche. Ein Teil verzweigt sich dann unter den königlichen Ställen. Ein anderer Teil führt durch die Kopenhagener Kasematten, die Keller mit der Ausstellung dessen, was noch von Absalons Hof übrig ist. Danach setzen sie sich unter dem Folketing fort und gehen bis zur Königlichen Bibliothek hinüber.

Enge Tunnel, mit der Hand gegraben. Gefüllt mit Fernheizungsrohren und Kabeln. In den siebziger Jahren sind ein paar Jugendliche in ein Wachlokal eingebrochen und haben Uniformen gestohlen, daraufhin wurden die Gänge gesichert. Kartiert und abgeschlossen. Bei der Gelegenheit zogen sie einen Strang zum Archiv ein. Einen Blinddarm unter dem Sitzungssaal des alten Landstings. Dort bewahrten sie die Perlen der Arnamagnäanischen Handschriftensammlung auf, worüber erregt gestritten wurde. Nach der Rückgabe an Island. Unter anderem der Njals Saga. Man hatte Angst vor Vandalismus. Auch das älteste Exemplar von Saxo lag dort. Und das Jütische Recht. Die wertvollsten Inkunabeln. Und dann die Dokumente, die den in der Verwaltung so genannten Ewigkeitsschutz genossen. Das heißt, neunzig Jahre. Mit möglicher Verlängerung. Zum Beispiel Dokumente, die die Sicherheit des Staates berühren.«

Laban nimmt die Nørre Voldgade und den H.C. Andersen Boulevard und biegt in die Stormgade. Hinter dem Nationalmuseum macht Dorthea ein Zeichen, und wir fahren zum Prins Jørgens Gård. Hier sollen wir halten. Im Dezemberdunkel erscheint das Thorvaldsen Museum wie ein grauer massiver, alles erdrückender Felsblock.

Sie steigt aus, verschwindet, kommt wieder und winkt uns über die Fahrbahn zu einer schmalen Einfahrt. Sie hat das Tor geöffnet, wir rollen in eine kleine Tiefgarage unter dem Museum, das Licht geht automatisch an, hinter uns schließt sich das Tor.

Wir verlassen das Auto, ich nehme meinen Kuhfuß und eine kleine Stirnlampe mit. Hier sind so um die zwanzig Parkplätze, der Rest des Platzes ist von Kisten und Marmorstatuen okkupiert. Dorthea gibt an der Tür eine Zahlenkombination ein, langsam, damit ich sie mir einprägen kann.

»Ich sitze noch im Vorstand«, sagt sie. »Der Freunde des Museums.«

Die Tür geht auf. Ich habe Museen immer gemieden. Sogar das Technische Museum in Helsingør. Ich hab genug damit zu tun, mit meiner eigenen Vergangenheit ins Reine zu kommen. Ich will mich nicht auch noch mit der gesellschaftlichen Vergangenheit belasten.

Dorthea lässt mich den Kode eingeben, eine weitere Tür öffnet sich, wir steigen in tiefere Keller, ältere, hier hat man sich nicht die Mühe gemacht, die Wände zu verputzen, sie bestehen aus rohem Beton und später aus mittelalterlichem Backstein. Ich schalte die Stirnlampe an. Dorthea hat eine kleine Taschenlampe, ein Kleinod aus Metall, aus der Zeit, als die Elektromechanik der Taschenlampen noch jung und unschuldig war. Der Strom wird von einem Dynamo geliefert, den sie durch rhythmisches Drücken eines federbelasteten schwarzen Bügels am Ende aktiviert. Das dabei entstehende Geräusch erinnert an ein freundliches, leises, automatisiertes Liebesstöhnen. Wir kommen wieder an eine Tür, sie bleibt stehen.

»Ich bin schon zu lange weg. Ich muss nach Hause zu Ingeman.«

Ich öffne die Tür, sie zeigt durch den Tunnel.

»Fünfundsiebzig Meter weiter vorne kommt ihr durch die Ausstellung. Der Tunnel geht auf der andern Seite weiter. Nach hundertfünfzig Metern seht ihr linker Hand drei Stufen aufwärts und eine Tür. Sie hat denselben Kode. Wenn sie euch entdecken, kriegt ihr mindestens drei Jahre Knast. Dann sind wir für Thit und Harald da.«

Ich möchte ihr gerne etwas sagen. Etwas wie danke und dass man seine Nachbarn erst richtig kennt, wenn sie einem bei einem Einbruch geholfen haben, der einem mindestens drei Jahre einbringt. Ich kriege es nicht über die Lippen. Sie blinzelt mit den Augen.

»Susan. Du hast ein Problem: Du kannst dir nicht vorstellen, dass die Leute dich gern haben könnten.«

Dann dreht sie sich um und geht.

Laban will etwas sagen. Ich schüttele den Kopf. Das Thema ist ausdiskutiert.

Wir gehen durch eine Tür und durch die Ausstellung, ich war hier zuletzt als Kind, beim Tag der offenen Tür. Vielleicht hat Dorthea uns damals herumgeführt, ich kann mich nicht erinnern. Was ich wiedererkenne, ist die Düsternis, die die Reste des alten Kopenhagens einhüllt. Schon möglich, dass die heutige Zeit nicht sehr vergnüglich ist. Aber die Vergangenheit war schlimmer. Die Backsteinfundamente wispern mir nichts von Gemütlichkeit, Romantik und munterem Mittelalter zu. Sie wispern von Verliesen und Notzucht und einer durchschnittlichen Lebenserwartung, nach der ich zum jetzigen Zeitpunkt schon fünf Jahre tot wäre. Und einer Gastronomie, die mit Salzhering und Mehlbrei ihren Höhepunkt erreicht hatte.

Neben den Toiletten der Ausstellung befindet sich eine Tür, die mit demselben Kode aufgeht, dahinter eine Treppe, am Ende der Treppe fangen die sogenannten Ingenieursgänge an. Ab hier müssen wir uns an die Wände drücken, der Tunnel ist voll mit großen Ventilationsrohren und Fernheizungsleitungen und zusammengebundenen Kabeln, die in offenen rostfreien Stahlbehältern angebracht sind.

Ich zähle die Schritte. Nach hundertfünfundzwanzig Metern kommen die Stufen und die Tür.

Das heißt, eine Tür ist es eigentlich nicht. Es ist eine Stahlplatte ohne Klinke und Schloss. Sie haben die Öffnung schlichtweg verblendet.

Wir gehen fünfzig Meter weiter und fünfzig zurück. Es gibt nur diese eine Öffnung.

Laban klopft gegen die Platte. Sie klingt massiv wie eine Eisenbahnschwelle.

»Der Raum dahinter wird mit Sensoren ausgestattet sein«, sage ich. »Überwacht. Und die Wächter werden nur so herbeigeströmt kommen.«

»Wir sind am Anus«, sagt Laban.

»Und sie werden uns nach dem Terroristenparagrafen verurteilen. Statt drei kriegen wir zehn Jahre. Wenn wir rauskommen, sind die Zwillinge siebenundzwanzig.«

»Wir geben auf.«

»Und stellen uns«, sage ich.

Dann klemme ich das Meißelende des Kuhfußes zwischen Stahlplatte und Mauer, Laban fasst mit an, wir ziehen. Die Platte wird aus dem Falz gerissen und stürzt mit Donnergepolter nach innen.

Wie vermutet ist sie mit einer Alarmanlage verbunden, sie sitzt gleich innerhalb der Öffnung und blinkt rot, ein Heulton erklingt.

Alarm und Sirene sitzen in einem Kästchen aus zweifellos gehärtetem Stahl. Ich hebe den Kuhfuß wie eine Axt und schlage mit aller Kraft auf das Kästchen ein.

Es bricht auseinander, das rote Licht erlischt, alles wird still.

Wir warten. Auf Sirenen und Wachpersonal und Hinterhalt im Dunkel. Nichts geschieht. Der Raum hinter der Türöffnung ist schwarz und schweigsam wie ein Grab.

Wir treten ein.

Das ist erkennbar ein Gang oder Tunnel, der vergrößert wurde, der Raum ist langgezogen, vielleicht vier mal siebzehn Meter, und die Hälfte der Decke bildet eine um zwei Meter erweiterte und aufpolierte Backsteinwölbung.

Knapp siebzig Quadratmeter sind nicht viel. Aber der Raum ist vollgestopft mit einer kompakten Masse an Papier. An den Wänden stehen vom Boden bis zur Decke Regale in der ganzen Länge, zwischen den Brettern sind höchstens fünfzig Zentimeter Zwischenraum, und sie sind voll belegt. Die Luft ist schwer und brennt im Hals. Das Papier und vielleicht eine Klimaanlage hat ihr alle Feuchtigkeit entzogen.

Wir sprechen nicht miteinander, aber wir wissen, was der andere denkt: Wir haben uns nicht überlegt, wie wir in diesem Chaos ein bestimmtes Dokument ausfindig machen sollen. Wir schreiten die Regale ab. Mappen, Kassetten und Buchrücken sind nach einem Dezimalsystem nummeriert, das ich nicht kenne und das wahrscheinlich ausschließlich für das Reichsarchiv verwendet wird. Hinter mir verläuft ein Regalabschnitt mit länglichen blauen Plastikbehältern, verschlossen und verriegelt mit Schellen, das müssen die Dokumentenkassetten sein. Auch sie tragen keine andere Aufschrift als eine Nummer mit sechs Ziffern.

Ich fühle Verzweiflung in mir aufsteigen. Ich überlege, damit anzufangen, die Kassetten an einem Ende mit dem Kuhfuß aufzustemmen, ich versuche, ihre Anzahl zu überschlagen. Auf jeden Fall sind drei Regalabschnitte belegt, siebzehn mal zehn Meter, sieben Kassetten per laufendem Meter, mindestens dreitausend Kassetten, das ist unmöglich.

Wir gehen an der Wand entlang. Wir stoßen auf ein Schreibpult, darauf steht ein Monitor. Ich schalte ihn ein, das Startbild erscheint augenblicklich, der Text bittet um ein Passwort.

Ich hole mein Handy aus der Tasche, Laban verhält sich still, ich rufe Thit an. Ich weiß nicht, ob ein Mobilsignal durch elf Meter dicken Beton dringen kann.

Sie antwortet postwendend.

»Thit! Den Kode! Für das Sicherheitssystem des Folketings!«

»Was willst du denn damit, das sind ein paar Zahlen, ich hab sie hier, wo seid ihr denn?«

Sie gibt mir die Zahlen.

»Wir haben sieben Enten gefunden, Mama. Bio! Was stopft man da noch mal rein? Außer Äpfeln und Backpflaumen?«

Mir wird schwindlig.

»TNT«, sage ich. »Außer Äpfeln und Backpflaumen kommt TNT rein.«

»Ist das Kühlware?«

»Ja«, sage ich. »Und versuch auch, Detonatoren zu bekommen.«

»Wie schreibt man das, Mama? Was hast du gesagt, wo seid ihr?«

Ich lege auf.

Ich gebe die erste Zahlenkombination ein. Auf dem Schirm erscheint »Frohe Weihnachten. Willkommen im Annexbau des Reichsarchivs«. Die zweite Kombination. Die dritte. »Zukunftskommission«. Eine Nummer erscheint auf dem Schirm. Und eine Karte des Archivs, die den Aufbewahrungsort der Kassette angibt.

Sie liegt unten, auf den letzten Regalmetern, am weitesten entfernt vom Eingang.

Wir finden sie sofort. Wir legen sie auf den Boden. Sie ist schwer wie ein Unglück.

Der Verschluss ist ein Kodeschloss. Ich praktiziere das Meißelende des Kuhfußes hinein und hebele mit Druck. Die Kassette springt auf.

In diesem Moment geht das Licht an.

Die eigentliche Eingangstür des Raums geht langsam auf. Ich lösche die Stirnlampe.

Dann handelt Laban. Er zeigt auf das Regal, von dem ich die Kassette gehievt habe, da sind zwei Regalmeter frei. Ich lege mich in die Lücke.

Laban würde normalerweise keine Befehle geben. Und ich würde sie normalerweise nicht annehmen.

Aber Laban ist auch Dirigent. In der Rolle hat er eine Autorität, die man sonst in seiner linkischen und etwas weitschweifigen Fasson, wie seine Bewunderer es nennen, nicht sofort erkennt. Ich nenne es die Fähigkeit, die Welt zum Narren zu halten, indem er sich selbst herunterspielt, bis er so fest zugepackt hat, dass die Leute nicht mehr entkommen können.

Er richtet sich auf und geht auf die nun offene Tür zu.

Eine Frau tritt ein, die ich aufgrund ihrer Eleganz und Selbstsicherheit auf Anhieb als Chefbibliothekarin des Folketings identifiziere. Ihr folgt ein Mann, von dem ich weiß, dass ich ihn kenne und gleichzeitig nie getroffen habe. In der nächsten Sekunde verstehe ich das Paradox, das ist natürlich Falck-Hansen, Dänemarks Außenminister. Menschen, die unzählige Male in Presse und Fernsehen interviewt wurden, hinterlassen dieses Gefühl. Und rufen diese Verblüffung hervor, wenn man sie mit einem Mal *in natura* sieht.

Er und die Frau treten zur Seite und lassen eine Gruppe von zehn, zwölf Menschen herein. Die ersten drei sind Chinesen.

Mehrere Gesichter erkenne ich in der gleichen unwirklichen Weise wie Falck-Hansens. Es sind Regierungsmitglieder. Aus Europa. Asien.

Es ist überraschend, wie spürbar ihre Power ist, sogar hier auf dem untersten Regalbrett. Ihr Outfit trägt zu ihrer Ausstrahlung bei. Ihre Anzüge und Kostüme hätte Anna Wintour für die Vorderseite der *American Vogue* für sie ausgesucht haben können. Vielleicht hat sie es.

Darüber hinaus umgibt sie eine Atmosphäre der Gemeinschaft. Ohne den Schatten eines Zweifels ist mir klar, dass sie an irgendeinem Gipfeltreffen teilnehmen. Aber wer würde solch ein Treffen auf den Tag vor Weihnachten legen?

Alle Eintretenden halten inne, als sie Laban erblicken. Die Bibliothekarin steht unmittelbar vor ihm.

Man wird nicht Chefbibliothekar des dänischen Parlaments, wenn man nicht, auch angesichts extremen Verhaltens, Ruhe bewahren kann. Sie verzieht keine Miene, als säße sie am Kartentisch. Aber selbst von da unten, wo ich liege, spüre ich, wie sich ihr die Fragen geradezu aufdrängen.

Die erste Frage lautet, wieso Laban sich hier aufhält. Die zweite, warum er, wo er nun schon mal da ist, kein Licht gemacht hat.

Sie schafft es nicht, sie zu stellen. Denn Laban hat das Podium übernommen.

»Es freut mich, Sie zu sehen. *I am delighted!*«

Ich verspüre einen Stich von Verärgerung und Faszination zugleich. Laban braucht den Leuten bloß zu versichern, er freue sich, sie zu sehen, schon strahlen sie vor Glück, als hätten sie im Lotto gewonnen und er überreichte ihnen den Gewinn. Es ist unmöglich, das rational zu erklären, das liegt an ihm selbst, an seiner Version des Effekts.

»Man hat mich gebeten, eine Festkantate zum Jubiläum des Folketings zu komponieren.«

Er legt seine Hände auf die Schultern der Bibliothekarin und des Außenministers und schiebt sie behutsam rückwärts.

»Sie müssen das unbedingt hören. *That you must hear. Distinguished ladies and gentlemen. The acoustics out here are much better.*«

Die Tür wird hinter ihm zugezogen.

Ich will mich gerade aus meinem Versteck rollen, da erstarre ich. Langsame Schritte lassen den Boden vibrieren, direkt vor meinen Augen bleiben ein Paar auf Hochglanz polierte Lederschuhe stehen.

Er entdeckt meine Kleidung. Kniet sich hin. Stützt sich mit einem Arm auf dem Boden ab. Beugt sich nieder. Sein Gesicht erscheint vor meinem. Wir schauen uns an.

Alle haben von der chinesischen Höflichkeit gehört. Für die meisten Dänen ist das nur eine Hypothese. Für diese Hypothese erhalte ich nun den performativen Beweis.

Die ersten Sekunden regt er sich nicht. Und man kann ihn verstehen. Wie soll man den Vorfall deuten, dass sich kurz vor Weihnachten auf einem der letzten Regalbretter im Annexbau des Reichsarchivs, elf Meter unter der Erde, eine Frau ausgestreckt hat?

Dann beugt er sich noch die letzten Zentimeter hinunter, bis sein Gesicht fast den Boden berührt, und führt damit das scheinbar unmögliche körperliche Kunststück durch, sich in liegender Stellung zu verneigen.

Ich lege den Finger auf die Lippen. Und dann beide Hände unter die Wange, das internationale Zeichen für Schlafen.

Damit kriege ich ihn. Ein großes verständnisvolles Lächeln erhellt sein Gesicht. Ohne ein Wort haben wir einen Moment lang internationale Gegenseitigkeit etabliert. Er weiß, wie es ist, nach einem langen Tag im Zentralkomitee des Politbüros ins Archiv zu schleichen und sich auf einem der untersten Regale für ein Stündchen aufs Ohr zu legen.

Er richtet sich auf, ich kann seinen Schuhen bis zur Tür folgen. Die er sorgfältig hinter sich zuzieht.

30

Das Licht geht aus, als die Tür zufällt, ich mache die Stirnlampe an und wende mich wieder der Kassette zu. Auf der andern Seite der Tür erklingt Gesang. Erst eine, dann mehrere Stimmen. Falck-Hansen singt. Zwei dänische Stimmen, vielleicht zwei Wachleute. Die Chefbibliothekarin des Folketings fällt mit einem tiefen Alt ein. Und nun die ersten chinesischen Stimmen. Die Italiener. Die Spanier. Eine Engländerin.

Ich habe das schon oft erlebt. Laban kann jeden zum Singen bringen, Trauergeleite, lebenslänglich Eingesperrte. Jeden.

Die Kassette ist mit Papier gefüllt. Ich verteile die Mappen fächerförmig auf dem Boden, die Papiere sehen wie Entwürfe oder Skizzen aus, lose beschriebene Bögen, die man aktenweise in gelbes oder grünes Konzeptpapier eingeschlagen hat. Das müssen Kirsten Klaussens eigene Notizen sein. Aufbewahrt für die Zukunft als Kalorien für ihren Nachruhm.

Die unterste Mappe ist anders. Sorgfältiger, zusammengehalten von zwei Klammern. Auf der Vorderseite steht: Protokoll, Kommission, 12. Sept. 1972.

Das muss die Zusammenfassung sein.

Ich löse die Klammern und lasse die Finger über die Seiten laufen. Sie sind mit einer elektrischen Schreibmaschine geschrieben, die einzelnen Buchstaben haben sich einen Zehntel Millimeter ins Papier eingedrückt. Ich blättere bis zur letzten Seite.

Und lese die beiden Unterschriften.

Sie gehören Andrea Fink und Magrethe Spliid.

Mehrere Wirklichkeitsebenen schieben sich übereinander.

Die eine ist die Wirklichkeit des Foyers, wo Menschen singen, wider alle Vernunft. Die andere ist die Wirklichkeit des Stadtzentrums und der Supermärkte. Mit Nikolausbärten und gefüllten Enten und fünfhunderttausend Kreditkarten.

Die dritte ist ein Herbst vor vierundvierzig Jahren. Als die Welt und die Physik noch jünger und unschuldiger waren als jetzt. Aber im Begriff zu erwachen. Als eine Gruppe begabter junger Menschen gebildet wurde und sich informell traf, und keiner hat sie ernst genommen. Bis zwei Menschen einen Bericht schreiben.

Ich rolle den Papierstapel fest zusammen und stecke die Rolle in die Innentasche. Dann wuchte ich die Kassette an ihren Platz und ziehe die Stahlplatte in ihren Falz. Und mache, dass ich wegkomme.

Zurück in der Tiefgarage des Thorvaldsen Museums öffne ich das Ausfahrtstor. Insgeheim erwarte ich ungefähr fünfzehn Zivilbeamte, die mich empfangen, aber der Prins Jørgens Gård ist menschenleer.

Ich fahre das Auto hinaus und schließe das Tor. Ich bin draußen.

Ich denke an Laban. Wie lange sie wohl brauchen werden, um ihn weichzukochen. Bei all seiner Lockerheit kann er ungemein starrköpfig sein. Was man nur aus nächster Nähe erkennt. Aber dann nie wieder vergisst.

Er hat mir Zeit verschafft, ich muss jetzt Thit und Harald finden und schauen, dass ich mich jeder Bewachung entziehe. In einem Hotel. Oder vielleicht im Norden von Kopenhagen in ein Sommerhaus einbrechen und die Papiere lesen und die Situation dort noch einmal gründlich durchgehen.

Ich müsste links abbiegen, die Vindebrogade entlang, aber irgendeine unerklärliche Macht lässt mich rechts abbiegen, auf den Platz vor Christiansborg.

Ich fahre auf das Kopfsteinpflaster. Steige aus und gehe zum Kontrollposten unter dem Torbogen zum Rigsdagsgården. Zeige meinen Universitätsausweis vor.

Der Rigsdagsgården ist dünn bevölkert. Auch die Volksvertretung ist vom Vorweihnachtsabend betroffen. Kein Polizeiwagen, kein Taxi, in vielen Fenstern ist nicht einmal Licht. Am Bordstein halten vier, fünf Limousinen, einige dunkle Begleitwagen und zwei Beamte auf Motorrädern.

Die Tür zum Folketing geht auf. Laban kommt rückwärts heraus. Seine Hände sind erhoben, mein erster Gedanke: Er verteidigt sich.

Das ist falsch, er dirigiert. Hinter ihm kommen der Außenminister, die Chinesen, die Bibliothekarin und alle übrigen. Dahinter etliche Parlamentsangestellte. Alle singen.

Er beendet den Satz. Alle klatschen. Laban verbeugt sich. Gibt die Ehre an seine Sänger zurück. Nun verbeugen sich alle. Ich registriere ein seekrankheitsartiges Schwindelgefühl.

Jetzt fängt Labans Umarmungszeremonie an. Er umarmt immer alle, mit denen er aufgetreten ist. Selbst die absolut Unberührbaren, Individuen, die lieber einen Mord begehen würden, als andere Leute an sich ranzulassen, Herbert von Karajan, Dick Cheney, den ehemaligen KGB-Chef Wladimir Krjutschkow, sie alle hat Laban in den Arm genommen, ich hab's selbst gesehen.

Die Vorgehensweise ist immer die gleiche. Er neigt kokett den Kopf zur Seite und lächelt flehentlich. Als wollte er fragen, ob sein Traum wirklich wahr werde, nämlich sie einmal feste drücken zu dürfen. Und als wollte er gleichzeitig sagen, dass er ritterlich genug sei, um einen abschlägigen Bescheid erhobenen Hauptes annehmen zu können.

Ich habe noch nie jemanden erlebt, der dem widerstehen konnte.

Auch jetzt nicht. Ein Chinese nach dem andern liegt in seinen Armen, dann kommen die Übrigen. Zum Schluss die Wachleute. Sie werden steif wie Zinnsoldaten, lachen aber dämlich und happy. Und dann kommt Laban die Treppe herab auf mich zu, als hätte er mich hier die ganze Zeit erwartet.

Wir gehen durch die Sperre zum Auto. Ich lasse den Motor an und fahre los, er lehnt sich in seinem Sitz zurück und seufzt zufrieden.

»Feine Stimmen! Feine Musikalität! Großartige Menschen! Gib mir drei Tage mit ihnen, und wir könnten zusammen auftreten.«

Ich umklammere das Lenkrad. Vor fünf Minuten bin ich mir noch sicher gewesen, ihn zum letzten Mal gesehen zu haben.

»Warum waren die da, Laban? Sie kamen gerade aus einer Sitzung. Und bei diesen Teilnehmern muss es ein Treffen auf Regierungsebene gewesen sein. Am Abend vor Weihnachten. Das ergibt keinen Sinn.«

Laban war ganz woanders, im Reich seiner frohen Erinnerungen. An seine Chorleitung im Foyer vor dem Annexbau des Reichsarchivs. Widerstrebend kehrt er in die Wirklichkeit zurück. Widerstrebend und hilflos.

»Du hast nicht zufällig ein Memorandum gesehen? Die Vorderseite einer Zusammenfassung?«

Er schüttelt den Kopf.

Dann klärt sich sein Gesicht auf.

»Sie hatte einen Streckenplan. Klara. Die Bibliothekarin. Es fehlte ihnen noch ein Punkt. Ich hab's gesehen, weil sie darauf schielte. Ich fühlte, wie sich ihre Aufmerksamkeit vom Singen abwandte. Der bin ich gefolgt. Sie hat auf den letzten Punkt gesehen. Das alte Rundfunkhaus. An der Rosenørns Allé. Du erinnerst dich …«

Ich erinnere mich ganz gut. Labans zweite und seine vierte Symphonie wurden im Konzertsaal des Rundfunkhauses aufgeführt.

»Was ist da jetzt drin?«, frage ich.

Er schüttelt den Kopf.

»Das Haus wird vermietet. An Kosmetikfirmen. Anwaltskanzleien. Der Konzertsaal ist bestimmt ein Lager. Die Graphische Hochschule nutzt das Hintergebäude. Nichts, was erklären könnte, warum das Gipfeltreffen dort enden soll.«

»Es sei denn«, sage ich, »es ist eine Art Pilgerreise. An die Stätten, an denen Laban Svendsen seine großen Momente erlebte.«

Er schüttelt den Kopf. Um meine Worte als Witz abzutun. Aber im tiefsten Innern findet er das gar nicht witzig. Im tiefsten Innern findet er eine solche Pilgerreise ausgesprochen angemessen.

31

Es ist Heiligabend. Leider.

Vor Jahren versuchte ich einmal, in die todgleiche Trägheit, die Weihnachten einhüllt, ein wenig Freiheit einzuschleusen. Ich schlug ein vegetarisches Weihnachtsessen vor.

Ich war Vegetarierin, bis die Zwillinge kamen. Ich konnte in kein Stück Fleisch beißen, ohne gleichzeitig den Tötungsakt zu schmecken, der vorausgegangen war.

Ich wurde überstimmt. Laban und die Zwillinge sind Kannibalen. Sie wollen ihre Tournedos bluttriefend. Sie wollen rosa Lammkoteletts mit Handgriff und dickem Fettrand. Sie wollen Suppenknochen, die sie mit dem Fleischhammer zertrümmern und denen sie säuberlich das Mark aussaugen.

Einmal bin ich zum Lammefjord gefahren und habe zwei lebende Enten besorgt. Und habe Laban und die Zwillinge gezwungen, in der ersten Reihe zu sitzen, während ich den Enten mit einer Holzaxt den Kopf abschlug und die kopflosen Körper in einem reflexhaften Halbkreis um den Hackblock watschelten, bis sie kollabierten.

Es zeigte keine Wirkung. Schon, Laban musste auf die Toilette und sich übergeben. Thit und Harald hingegen rupften und sengten die Vögel und nahmen sie aus und aßen am Abend die dreifache Portion, als würde der Genuss nur noch intensiver, weil es nun Bekannte waren, die sie verdrückten.

Dann gab ich auf. Und das Essen ist nur ein unbedeutender Teil meiner gesammelten Niederlagen.

Ein anderer Teil ist meine Mutter. Seit der Geburt der

Zwillinge habe ich Gäste am Heiligen Abend möglichst vermieden. Aber meine Mutter und ihre Entourage habe ich immer am Hals gehabt.

Andrea Fink und ich bewiesen Mitte der neunziger Jahre in einer Reihe von Versuchen, dass eine Gruppe, in der über längere Zeit ein gleichmäßig verteilter und ungestörter Kontakt gemessen werden soll, aus maximal fünf Personen bestehen darf.

Diese Ergebnisse stimmten mit meinen eigenen Erfahrungen überein. In privaten Zusammenhängen fühle ich mich in Gruppen, die mehr als fünf Personen zählen, unwohl. Aber meine Mutter hat eine große Familie, jedes Jahr an Weihnachten bringt sie eine umfangreiche Auswahl davon mit. Wir sind nie unter fünfzehn am Tisch gewesen, es ist mir unerklärlich.

Unerklärlich, wie man dreiundvierzig Jahre alt geworden sein kann und nach wie vor in entscheidenden Punkten seiner Mutter unterlegen ist.

Diese Weihnachten hat sie ihre sogenannten feinen Kusinen mitgebracht, drei Frauen mit Männern und Kindern in Thits und Haralds Alter.

Und selbstverständlich ihren eigenen Mann, Fabius.

Fabius ist ein erfolgreicher und homosexueller Designer, dessen Alter nicht publik gemacht wird, es steht aber außer Zweifel, dass er jünger ist als ich. Vor sieben Jahren heiratete meine Mutter ihn von heute auf morgen. Auf der Hochzeitsfeier zog ich sie beiseite, zwang sie in eine Ecke und fragte: »Warum, Mutter?«

Es wurde still zwischen uns. Der Augenblick nahm eine Tiefe an und verriet Daten in einem derartigen Umfang, dass ich noch heute, sieben Jahre später, daran zu knabbern habe. Zum Beispiel sagte sie: »Weißt du, Susan, der liebe Gott hat uns ein Rätsel aufgegeben, das lautet so: Wir möchten alle gerne einen Mann. Und wir möchten alle gerne von einem Mann verschont bleiben. Fabius ist die Lösung des Rätsels.«

Ich nickte. So weit konnte ich ihr folgen.

»Und dann ist da das Geld. Fabius schaufelt es regelrecht ins Haus. Und hält es nicht fest.«

Ich nickte. Ich konnte ihr weiterhin folgen. Aber dann kam das, was ich immer noch nicht geschluckt habe.

»Und dann ist da die Liebe, Susan.«

Man muss versuchen, sich mit seinen Niederlagen und hinter den feindlichen Linien bestmöglich einzurichten. Zumindest habe ich eine Methode gefunden, die karamellisierten Weihnachtskartoffeln zu überleben. Ich koche sie in akkurat so viel gesüßter Kalbsbouillon, dass exakt in dem Augenblick, in dem sie vom Fleischsaft durchzogen sind, die Flüssigkeit verdampft ist, so dass Proteine und Glykogen zu einer perfekt golden schimmernden Haut glasieren.

An diesem Weihnachtsabend sitzen neunzehn Personen am Tisch.

Dafür braucht man sieben Enten. Laban und die Zwillinge haben ein Axiom: Eine Ente ist für zwei zu viel, aber zu wenig für drei. Das war nur zu schaffen, indem ich den Pizzaofen anschmiss und zudem Dortheas mit Holz befeuerten gusseisernen Herd benutzen durfte, der in ihrem Wirtschaftsraum eingemauert war.

Eine Ente, zur Not zwei, ist das eine. Etwas anderes sind sieben Enten. Angerichtet auf der Tafel ähneln sie einem Völkermord. Den ersten Lichtblick des heutigen Tages erhoffe ich mir am Ende des Abends, wenn wir um den Baum gegangen sind, was auch unvermeidlich ist, und die Menschen ihre Smartphones und iPads bekommen haben, ja warum nicht gleich ein Bündel Fünfhundertkronenscheine in Geschenkpapier, in Wirklichkeit wollen wir doch nichts anderes!

Wenn ich das alles hinter mir habe, werde ich in den Garten gehen und im Dunkeln stehen, mit dem weißen Schnee unter mir, und den unerklärlichen Frieden spüren, der sich am Heiligen Abend eben doch auf die Erde niedersenkt.

Die Stimmung am Tisch ist erträglich. Meine Mutter nennt ihre Kusinen fein, weil sie etwas von der Normalität haben, nach der wir uns sehnen. Sie haben seit Jahren denselben Arbeitsplatz. Sie sind wohlgelitten und geachtet. Sie sind nicht geschieden, die Kinder sind begabt und gut erzogen. Mit strategischer Intelligenz und vielen Kompromissen haben sie sich so eingerichtet, dass alles gerade so eben auszuhalten ist.

Sie sind bei Laban und den Zwillingen und mir natürlich immer ein wenig nervös gewesen. Aber sie haben sich bestimmt mit der existentiellen Geometrie beruhigt, nach der es notwendigerweise eine unsicherere Peripherie geben muss, sobald es ein einigermaßen sicheres Zentrum gibt, in dem man sich eingenistet hat. Aber wenn der Radius bloß groß genug ist und nur zu Weihnachten und den Geburtstagen verkleinert wird, dann lässt sich das schon ertragen.

Thits Obdachlose sind wie schon gesagt ein schwieriges Detail. Vor ein paar Jahren hatten wir einen gefeuerten Gymnasiallehrer dabei, der zu Hause rausgeschmissen worden war und auf den sie gestoßen war, als er in der Metro bettelte; er trat mit französischen Gedichten auf, als er betrunken war. Weihnachten davor leistete uns ein Graf aus dem verarmten dänischen Landadel Gesellschaft, den ich einer Leibesvisitation unterziehen musste, um mein Besteck wieder in die Schubladen zu bekommen.

Aber heute, scheint es, haben wir die echte Ware. Hinter dem ungepflegten Haar und dem Rauschebart ist der Mann vermutlich in den Fünfzigern, sieht aber zwanzig Jahre älter aus. Er heißt Oskar und hat tabakgelbe Finger und riecht nicht gut, und als ich ihm den kühlen Grenache einschenke, eine der wenigen Trauben, die sich vor sieben Enten nicht gleich ins Hemd machen, schaut er nervös das Glas an, beugt sich zu mir herüber und sagt: »Junge Frau, da könnte sich nicht vielleicht, ganz unten im Vorratskeller, eine einsame Flasche bayerisches Bier verstecken, hmm?«

Wir hätten also durchaus mit heiler Haut bis zum *Ris à l'amande* vorstoßen können.

Aber das können wir nicht. Das liegt am Effekt.

Laban, die Zwillinge und ich, wir haben uns übrigens nebeneinander gesetzt. So bilden wir quasi einen geschlossenen Behälter, in dem der Effekt wie eine stehende Welle arbeitet, die die anderen normalerweise nicht bemerken.

Auf der Liste der vielen Intelligenzarten hat die moderne Psychologie eine vergessen, die Partyintelligenz. Die besitzt Laban. Er kann eine ganze Tafel so unterhalten, dass die jungen Leute sich respektiert fühlen, die Männer bewundert und die Frauen von einer unsichtbaren Hand an den Ohrläppchen gestreichelt.

Gleichzeitig scheint er ein Geländer vor jenem Abgrund aufzustellen, den es, wie wir wissen, bei jeder Gesellschaft gibt, so dass sich alle, ohne ein Wort darüber zu verlieren, einigen können, dass es bis hierhin geht und nicht weiter.

Innerhalb dieses rechtwinkligen und sorgsam markierten Spielfelds wird heute Abend über Wirtschaft und schicke Autos und die gute Entwicklung der Kinder im Gymnasium parliert, es wird gefragt und höflich und ausweichend geantwortet, wie es uns in Indien ergangen sei, und ich wollte gerade anfangen mich zu entspannen, als Harald Messer und Gabel aus der Hand legt.

»Omi. Warum musste Mama ins Kinderheim?«

Meine Mutter tupft sich sorgfältig die Mundwinkel mit der Serviette ab. Sie ist Solotänzerin. Seit ihrem achtzehnten Geburtstag bis zu ihrem vierzigsten, als sie allmählich dazu überging, Unterricht zu erteilen, hat sie über hundert Vorstellungen im Jahr getanzt. Sie hat Übung und Energie genug, um zu improvisieren, auch wenn das Orchester mitten in *Schwanensee* irrtümlich einige Takte aus einer Totenmesse spielt.

Das Problem ist nur, dass Haralds Frage kein Irrtum ist.

»Das war ein Jugendheim. Ich kam mit ihr nicht zurecht. Die Schule auch nicht.«

»Wie lange war sie da?«

Er fragt nicht mich. Er weiß, ich hätte das Thema beenden können.

»Ich weiß nicht mehr genau wie lange.«

Am Tisch ist es totenstill. In allen Familien gibt es kontaminierte Bereiche mit altem Unrat, radioaktiven Isotopen oder vergrabenen Skeletten mit Geweberesten. Die wir alle umgehen, aus Höflichkeit oder Angst oder weil es nicht machbar ist, ein ganzes Leben zu reinigen und auseinanderzunehmen und die Einzelteile durch einen Autoklaven zu leiten.

In einem dieser Bereiche sind wir jetzt gelandet.

Harald wendet sich an mich.

»Wie alt warst du, Mama? Als es anfing?«

Ich schaue ihm in die Augen. Ich will versuchen, ihn zu bremsen.

»Zwölf.«

»Und wann bist du wieder nach Hause gekommen?«

»Ich bin nicht nach Hause gekommen. Sie haben mich ins Studentenwohnheim gebracht, als ich sechzehn war.«

»Warum?«

Aufrichtigkeit folgt einem Zeitplan. Ich weiß nicht, wer ihn timt, aber wenn er erst einmal in Bewegung gesetzt ist und einen bestimmten Punkt erreicht hat, ist er meistens schwer zu stoppen.

Und dann ist da der Druck. Von zu vielen Weihnachtsabenden und zu vielen Familientreffen mit oberflächlichem Smalltalk. Von zu vielen Jahren, in denen etwas verschwiegen wurde.

»Das Jugendheim«, sage ich, »hieß Holmgangen. Es gab da einen diensthabenden Stationsleiter, der sich ab und zu ein Mädchen ins Bett holte. Die meisten machten freiwillig mit, um ein bisschen Liebe zu erleben. Aber ich nicht. Ich konnte ihm vier Jahre lang aus dem Weg gehen. Ich habe mich um Reparaturen gekümmert. Ich kannte mich damit aus, er wollte mich nicht verlieren. Aber eines Tages war ich dran. Er erteilte mir den Auftrag, vor seiner Dienstwohnung Terrassenbretter zu verlegen. Sie lag ein paar hundert Meter vom Heim entfernt. Wir waren allein. Die andern haben gleichsam weggeguckt. Sie wussten, was passieren würde.«

Ich sehe Thit und Harald in die Augen.

»Er warf mich auf den Boden und riss mir den Schlüpfer runter und drang in mich ein. Ich hab mich völlig entspannt. Ich konnte mich weinen hören, aber körperlich entspannte ich mich, und tief drinnen war ich ganz ruhig. Dann legte ich die Beine um seinen Rücken und drückte zu. So dass er nicht frei kam. Neben mir hatte ich einen Akkubohrer liegen. Einen DeWalt, 24 Volt, ganz neu auf dem Markt. Ich hatte dafür gesorgt, ihn zur Hand zu haben, wenn's nötig sein sollte. Auf der anderen Seite stand die Schachtel mit den Terrassenschrauben, rostfrei, schon damals haben sie fast eine Krone das Stück gekostet. Sie sind achtzig Millimeter lang. Mit einer kreuzförmigen Spitze, die verhindert, dass das Holz reißt.

Danach kommen fünfzig Millimeter steiles Gewinde, um die Schraube hineinzutreiben. Sie schließt mit fünfundzwanzig Millimeter flachwinkligem Gewinde ab, wodurch sie, wenn sie einmal richtig sitzt, sitzen bleibt, bis das Holz verrottet ist. Ich nahm die Maschine mit der einen Hand. Und eine Terrassenschraube mit der andern. Und während er in mir arbeitete, fühlte ich mich an seinem Rückgrat entlang bis zu einer Stelle auf Höhe der Nieren. Da setzte ich die Schraubenspitze an und schaltete den Motor auf die höchste Stufe. Und drehte die Schraube rein. Es gab keinen Widerstand. Sie ging nicht durch den Knochen. Heute weiß ich, wie die Dornfortsätze gekrümmt sind, da braucht es einen Chirurgen, um sie zu durchbohren. Sie ging durch den *Musculus erector spinae*, den doppelten Rückenstrecker, wie durch Butter. Er versuchte wegzukommen, aber ich hielt ihn fest. Und nahm die nächste Schraube.«

Laban sieht weg. Meine Mutter sieht weg. Die anderen würden gern wegsehen, aber sie können sich nicht lösen.

»Wieder versuchte ich, die Wirbelsäule zu treffen. Wieder rutschte die Schraube ab. Und ging durch den Muskel auf der andern Seite. Damals wusste ich nicht, wo die Organe saßen, heute würde ich die Bohrung einige Zentimeter tiefer ansetzen. Aber ich war ja erst sechzehn. Und von Physik fasziniert. Er war jetzt fast gelähmt. Ich arbeitete mich unter ihm hervor. Er versuchte, sich hochzudrücken. Also habe ich ihm eine Schraube durch den Handrücken gedreht bis in den Boden. Und durch den anderen Handrücken bis in den Boden. Und dann habe ich mich rittlings auf seinen Rücken gesetzt. Jetzt hatte ich Zeit. Ich nahm eine Schraube. Und tastete nach der *Medulla*. Dort wollte ich die letzte Schraube platzieren. Und dann wär' Schluss. Ich drückte sie ihm an den Schädel. Und setzte die Maschine auf. Aber dann konnte ich es nicht.«

Ich blicke Fabius in die Augen. Er blinzelt nicht mal.

»Am nächsten Tag war das Sozialamt da. Ich sagte, entweder würden sie mir eine Unterkunft im Studentenwohnheim besorgen und Physikbücher geben oder ich würde alles ans Licht bringen und die andern davon überzeugen, als Zeugen auszusagen, und sie müssten verstehen, dass das nicht als Drohung gemeint war, sondern als Versprechen. Am nächsten Tag kam ein einstweilig beigeordneter Vormund im Taxi und fuhr mit mir nach Kopenhagen.«

Keiner sagt ein Wort.

Nach einer Weile steht meine Mutter auf, geht in die Diele und zieht sich ihren Pelz an, Fabius huscht ihr nach. Nach einigen weiteren Minuten erhebt sich die eine der feinen Kusinen und meint, man müsse jetzt wohl besser nach Hause gehen, worauf auch die beiden anderen Kusinen aufstehen, samt Kindern und Gatten.

Laban, die Zwillinge und Oskar bleiben sitzen, ich begleite die Gäste hinaus. Ihre ungeöffneten Geschenke unter dem Baum stecke ich in Plastiktüten und bestehe darauf, ihnen ein Doggy Bag mit der Ente zu machen und einen Extrabeutel mit frisch geraspeltem Rotkohl und Äpfeln und Walnüssen in Creme fraîche, ein Rezept, mit dem es mir gelungen ist, mit der dänischen Rotkohltradition Waffenruhe zu schließen.

Ich gebe jedem auch einen doppelten, gut verschlossenen Tiefkühlbeutel mit Entenfett mit, den sie mechanisch und mit leblosem Ausdruck entgegennehmen. Aber sie werden es in den Weihnachtstagen zu schätzen wissen. Aus fein gewiegten Zwiebeln, Kartoffeln und Roter Bete lässt sich eine festliche Mahlzeit zubereiten, indem man alles in Entenfett schmort. Dann sehe ich nach, dass sie auch nichts vergessen haben, begleite sie zu ihren Autos und winke zum Abschied.

Als ich wieder ins Haus komme, ist abgeräumt, das Wohnzimmer ist leer, abgesehen von Oskar, ich hole das Vor Frue Kloster-Trappistenbräu aus dem Kühlschrank und gieße uns beiden ein Glas ein.

Meine Zeit, den Weihnachtsfrieden zu genießen, ist gekommen, etwas früher als erwartet. Ich gehe in den Garten. Mit meinem Bierglas.

32

Laban sitzt draußen auf der Bank. Er hat eine Wolldecke daraufgelegt und macht mir Platz, ich setze mich neben ihn, er breitet eine zweite Decke über uns. So haben wir schon oft dort gesessen.

Er zeigt zum Mond hinauf, er ist fast voll, rund um die leuchtende Scheibe sieht man ein opalenes Regenbogenphänomen, die Korona.

»Susan, was siehst du?«

»Refraktion, den überzähligen Bogen.«

Er nickt nachdenklich. Das ist ein altes Spiel von uns, das bis in die Zeit zurückgeht, als wir uns kennenlernten. Laban zeigt auf ein physikalisches Phänomen. Dann beschreiben wir, was wir sehen.

Wir haben noch nie das Gleiche gesehen.

»Ich sehe ein Gefühl. Des Schicksals. Der Unausweichlichkeit. In der Unausweichlichkeit steckt gleichzeitig Harmonie.«

Das kommentiere ich nicht. Was soll ich auch sagen? Schicksal und Harmonie mit einem Refraktionsphänomen zu korrelieren ist keine Vorgehensweise, die am Institut für Experimentalphysik Unterstützung erfahren würde.

»Wo war dein Vater eigentlich in der Zeit, von der du erzählt hast, Susan?«

»Er ist verreist, als ich acht war.«

»Und nie zurückgekommen?«

Ich nicke. Er nimmt sich Zeit, um das zu verdauen.

»Wieso hast du nie davon erzählt?«

Ich versuche, mich zu erinnern. Ich finde nicht, dass ich es direkt verheimlicht hätte. Ich habe nur vermieden, genau zu sein.

»Du würdest das nicht verstehen.«

»Gib mir die Chance, es wenigstens zu versuchen.«

Ich suche nach einer Erklärung, es kommt keine. Was kommt, ist ein Bild, eine Erinnerung.

»Zum letzten Mal habe ich ihn an einem Tag im Sommer gesehen. Er hatte eine Jagdhütte am Rand des Walds bei Rude, er liebte die Jagd, er hatte mehrere Hütten in Dänemark. Durch den Garten floss ein Bach, ich spielte mit Steinen, ich baute einen Kanal, um mit den Strömungsverhältnissen zu experimentieren. Da kam er zu mir. Er wollte mir was sagen, irgendwie ahnte ich, dass ich ihn jetzt zum letzten Mal sah. Er setzte sich. Ich konnte mich nicht überwinden, ihn anzusehen, also schaute ich auf die Wirbel im Wasser. Dann sagte er: »Susan, du musst versuchen, dass dein Biss genauso scharf wird wie dein Bellen.« Dann hat er mich ein letztes Mal umarmt. Ich spürte seine Verzweiflung, ich umarmte ihn, wie ein Erwachsener ein Kind umarmt. Dann stand er auf und ging.«

Laban hatte die Augen geschlossen, während ich sprach. Wie immer, wenn er intensiv zuhört. Dann macht er sie auf. Wir sehen zu den zweiundvierzig Bogengraden hinauf, von denen er nichts weiß, ja, nicht einmal gehört hat, dem Regenbogenwinkel und Alexanders dunklem Band, dem Feld zwischen den hellen Halbkreisen. Das Phänomen beginnt sich aufzulösen, in weniger als einer Minute ist es verschwunden.

Regenbogen sind flüchtig.

Wir sind wieder hineingegangen, ich habe Holz nachgelegt, wir haben uns aufs Sofa gesetzt.

Oskar sitzt drüben am Weihnachtsbaum und schaut träumend in sein Glas Bier, kleine Bläschen steigen an die Oberfläche, sie steigen in Fäden auf wie bei Champagner. Ich sehe ihn, und mir ist, als vergäße ich ihn gleich wieder. So ist es mit den Schiffbrüchigen. Wir haben alle ein lebenslanges Training darin, sie mit der Wandfarbe verschmelzen zu lassen.

Laban legt meinen einen Fuß auf seinen Schoß und streichelt ihn. Ich lasse es geschehen. Wenn die Welt ohnehin eine trügerische Konvention ist, worauf die ganze moderne Quantenphysik hindeutet, was nützt es dann, auf irgendwelchen Grenzen bestehen zu wollen?

Hundert-, vielleicht tausendmal hat er meine Füße und Waden auf diese Weise massiert. Wenn ich von Konsistoriumsitzungen zurückkehrte, wenn ich im Morgengrauen von einer Nacht mit Andrea Fink im Labor nach Hause kam, selbst wenn ich auf Zehenspitzen in mein Zimmer schlich, hörte er mich, kam im Bademantel und machte Tee, und wir setzten uns aufs Sofa wie jetzt, und er massierte meine Füße.

Ich wusste nie im Voraus, wie sehr ich das brauchte. Aber nach einigen Minuten registrierte ich, stets mit der gleichen Überraschung, dass meine Hautoberfläche taub und verschlossen war. Es war, als machten seine Fingerspitzen eine Leblosigkeit ausfindig, die langsam ins Leben zurückfand. In der Regel sprach ich dann, leise, ein Wörterstrom, von unseren Versuchen, er kann nicht viel davon verstanden haben, aber er protestierte nicht und ließ mich einfach reden.

Auch nun fühle ich, wie meine Haut gleichsam auftaut.

»Susan«, sagt er plötzlich. »Wann fing das an mit den Problemen? Zwischen uns?«

Wir blicken zurück. Auf all die Jahre.

33

Nachdem ich das Raleigh-Rad in meinem Zimmer im Studentenwohnheim gefunden hatte, ließ ich eine Woche verstreichen. Dann fand ein Konzert im Konservatorium statt, bei dem Kompositionsstudenten eigene Werke aufführten, Laban war dabei, ich ging hin und setzte mich in die erste Reihe.

Als er am Klavier Platz nahm, wusste ich, ich hätte nicht kommen sollen. Ich hätte nicht aufgeben dürfen, kein großer Physiker hat mit Sentimentalität je etwas erreicht.

In der Pause erhob ich mich und eilte den Gang hinunter. Er musste eine Abkürzung genommen haben, denn plötzlich stand er vor mir auf der Treppe und versperrte mir den Weg.

»Deine Bewunderer warten oben«, sagte ich.

»Ich verlasse sie alle zu deinen Gunsten.«

»Das könnte sich als richtig schlechter Tausch erweisen. Ich bin schlimmer, als du denkst.«

Ich hörte Schritte, auf dem Absatz über uns kamen Leute. Laban breitete die Arme aus. Er hob die Stimme, so dass er die Akustik des Treppenhauses voll ausnutzte.

»Du und ich, Susan, wir sind Verdammte! Aber zumindest werden wir der Verdammnis gemeinsam entgegengehen.«

Er brachte mich nach Hause, wir schoben unsere Räder und gingen zu Fuß. Es war Frühling, das Tivoli war voller Menschen, die Kastanienbäume auf dem H. C. Andersen Boulevard waren auf dem besten Wege auszuschlagen.

»Ich habe einen Vorschlag, sagte ich, – das ist *das* eine Angebot, das du bekommst: Wir mieten uns ein abseits gelegenes Sommerhaus und verbringen da einen Monat. Keiner berührt den andern, wenn es nicht strikt notwendig ist, wir haben kein Handy, keinen PC, alles was wir machen, ist zu schauen, was passiert.«

Wir sagten sämtliche Verabredungen ab und fuhren am nächsten Tag los. Wir hatten ein Haus am Limfjord gefunden, das nichts kostete, mit Außenklo, aber ohne Strom, das an einem Steilhang lag, zwanzig Meter über dem Wasser, man konnte bis zum Skive Fjord hinüberschauen, die Wasserfläche war groß wie ein Meer.

Wir schliefen nebeneinander auf einer Strohmatratze in einem schmalen Anderthalb-Mann-Bett, wir haben uns drei Wochen lang nicht angefasst. Als wir damit anfingen, war er die ersten zwei Nächte impotent, das hat mich endgültig überzeugt. Dass etwas in ihm derart berührt war, dass die normalen Funktionen auf Stand-by gestellt waren.

Wir sprachen von Kindern, als wüssten wir, dass sie kommen würden, und schlossen die Vereinbarung, dass wir nicht in ihnen ertrinken wollten. Wir erzählten uns von früheren Beziehungen. Es tat mir weh, wie schwer es ihm fiel, mir zuzuhören, und wie er es trotzdem aushielt. Nur um ein kleines bisschen aus meinem Leben zu erfahren, aus der Zeit, bevor wir uns trafen.

Wir hatten kein Geld, ich kochte Nudeln und schmorte Gemüse, und wir erzählten einander von unseren Zukunftsträumen. Er hatte sich immer ein Haus auf dem Land vorgestellt, mit einem Pavillon, in den er sich zurückziehen konnte und aus dem er dann wieder hervorkam und zu seiner Frau ging, die Essen machte und vier Kinder an ihren Rockzipfeln hängen hatte. Ich erzählte, ich hätte mir immer eine Wohnung in der Stadt vorgestellt, zu der ich spät am Abend aus den Labors heimkehren konnte und wo ein Mann wartete, der sich um die Kinder gekümmert hatte.

In den letzten Tagen trat der Effekt in Aktion, oder vielleicht war es schlicht die Nähe, in dieser Woche sahen wir uns, wie wir wirklich waren. Und wir sahen, dass es Mühe und Arbeit sein würde.

Er erzählte mir, dass neunzig Prozent aller Musik die Liebe thematisiere, aber nur in zwei Formen. Entweder hätten die Geliebten sich eben kennengelernt und gingen Hand in Hand einer verheißungsvollen Zukunft entgegen. Oder sie hätten sich für immer getrennt, und die Geigen weinten. Aber die eigentliche Liebe, sagte er, die zwischen den beiden Extremen liegt, die werde nicht behandelt.

Ich erzählte ihm von Wheelers Gebrauch der Schrödingergleichung, um ein Universum zu beschreiben, in dem alles zusammenhängt.

Am vorletzten Tag war der Limfjord kälter als die Luft. Er zeigte auf den dadurch entstandenen Nebel und fragte mich, was ich sähe. Ich sagte, einen Strahlungsnebel, über dem Land habe er wegen der Bodeninversion eine scharfe obere Kante. Er lachte und sagte, er sehe eine Welt, in der wir die einzigen lebendigen Wesen seien, die in einer zeitlosen Unverwundbarkeit schwebten.

Wir hatten unsere letzte Krone ausgegeben, irgendwann hatten wir eine Idee, sie kam zeitgleich und wurde nicht ausgesprochen, wir setzten uns einfach aufs Rad und fuhren zum Kaufmann.

Das Geschäft lag der Kirche gegenüber an dem kleinen Marktplatz, es hatte eine Terrasse mit weißen Tischen, drum herum stand ein weißer Lattenzaun. Es war mitten am Tag, es waren kaum Menschen zu sehen. Äußerlich gab es nichts Auffälliges, außer dass uns die Beziehung, die uns verband, zum Leuchten brachte, die paar Leute, denen wir begegneten, drehten sich nach uns um.

Wir warteten, bis wir mit dem Kaufmann im Laden allein waren. Es war ein gut sortiertes Geschäft, geprägt von Sorgfalt und Sinn für Qualität, vielleicht belieferte er im Sommerhalbjahr die Wohlhabenden aus den Sommerhausgegenden. Der Ladentisch bildete einen Winkel, wir stellten uns so, dass von Laban aus eine gerade Linie durch den Kaufmann zu mir verlief. Die Position, in der der Effekt am intensivsten ist und die wir später bei den Verhören einnehmen sollten.

»Wir haben kein Geld mehr«, sagte ich, »und wir sind jung und frisch verliebt, ist das in Ordnung, dass wir hier im Laden einen Zettel aufhängen und einen Sponsor suchen?«

Der Kaufmann war ein freundlicher Mann, er lächelte uns an, wir lächelten ihn an, bis zu diesem Augenblick war noch alles im Rahmen des Normalen.

Dann setzte der Effekt ein. Ohne dass er davon ahnte, ohne dass er eine Möglichkeit hatte zu verstehen, was hier vor sich ging, zwang der Effekt ihn über eine Grenze, die er in diesem Moment gar nicht mehr spürte.

Er griff zum Weinregal. »Das können wir nicht annehmen«, sagte Laban, »aber wenn es sein muss, wäre Champagner natürlich großartig.«

»Ich bin Vegetarierin«, sagte ich, »aber Laban kann ohne Fleisch nicht leben. Das heißt, zum Abendessen, das gewissermaßen auch ein Verlobungsessen ist, würde ich wahnsinnig gern Fleisch für ihn zubereiten. Ist das tatsächlich Wildschweinfilet, was da in der Kühltruhe liegt?«

Es herrschte dänisches Maiwetter, im Garten hinter dem Geschäft stand die weiße Fahnenstange mit dem Wimpel, alles war still, gedämpft, dänisch und normal. Aber irgendwo im

Raum zwischen uns dreien herrschte ein Gefühl von Schicksal, von Unausweichlichkeit.

Wir radelten mit einem vollen Korb nach Hause. Ich kochte. Wir aßen und tranken Champagner. Einmal im Verlauf des Abends hatten wir den Eindruck, eine Kältefront streife uns, wir fröstelten.

»Vielleicht«, sagte Laban, »war es ein bisschen viel.«

Ich schlug es in den Wind. Ich erzählte von Rutherford. Trotz des Nobelpreises, trotz einer stolzen Liste physischer Entdeckungen, an die keiner heranreichte, fuhr er sein Labor letztendlich gegen die Wand. Verlor die besten Schüler, verpasste die Entdeckung der Kernspaltung. Alles nur, weil er zu kurz dachte und sich immer für zu fein hielt, sich sponsern zu lassen.

Erinnerungen kommen oft bündelweise, wie ein Erinnerungsquant. Das alles hier geht mir durch den Kopf, als Laban meine Beine streichelt und fragt, wann unsere Probleme angefangen haben. Und ich weiß, dass ihm die Erinnerungen zur gleichen Zeit kommen, auf die gleiche Weise. Er fragt nicht, um eine Antwort zu erhalten. Er fragt, um Unterstützung zu bekommen, um zu ertragen, was wir beide wissen.

Dass seit jenem Abend unter unserer Beziehung immer ein Flüstern existierte. So schwach, dass wir es fast nicht hörten: Welchen Preis hat es, ein besonderes Talent zu missbrauchen?

34

Wir sitzen am runden Tisch.

Ich lege den Bericht aus dem Reichsarchiv hin. Er umfasst etwa zwanzig Seiten. Die Zwillinge haben mir seit dem Essen nicht mehr in die Augen geschaut.

Ich blättere im Text. Aber nur, um meine Hände zu beschäftigen. Ich kann ihn so gut wie auswendig.

»Zwölf hochbegabte Menschen. Zwischen fünfundzwanzig und dreißig Jahre alt. Erst sechs, aber nach weniger als zehn Monaten sind sie zwölf. Ein Wirtschaftswissenschaftler, ein Chemieingenieur, ein Theologe, ein Landvermesser, ein Pfarrer, ein Psychiater, ein Kunstmaler, ein Geologe, ein Historiker, ein Physiker und zwei Statistiker. Ihr erstes Treffen findet im Sommer 1972 statt. Die Zusammenfassung baut auf diesem und den neun folgenden Treffen auf. Sie ist im Dezember '74 geschrieben. Anfangs haben sie sich halbjährlich getroffen, aber dann ließen sie sich von dem ganzen Prozess mitreißen, und sie haben sich öfter gesehen. Der Beginn wird als ›locker‹ bezeichnet. Junge Menschen eben, die zusammensitzen und sich unterhalten. Beim Abendessen. Einem Glas Wein. Und die Wichtigen spielen. Es sind künftige Fachleute auf ihrem Gebiet. Aber das hier war nicht fachspezifisch, das war anfangs ungezwungen und entspannt. ›Amateurhaft‹, haben sie es selbst genannt. Sie haben kaum Notizen gemacht. Sie haben wohl kaum daran geglaubt, dass über ihr Projekt wirklich einmal ein Bericht geschrieben werden müsste. Der Ausgangspunkt ist: Sie sollen ein Gutachten über die Zukunft erstellen. ›Fachlich begründete Prognosen‹, darum hat man sie gebeten. Aber am Anfang lassen die Begründungen eher zu wünschen übrig. Was sie einbringen, könnte im besten Fall einfallsreiche Skizzen genannt werden, schreiben die Autoren des Berichts. Aber dann geschieht etwas. Sie registrieren es zuerst als eine Art besondere Stimmung. Im Bericht wird das detailliert geschildert. Es entsteht ein Gefühl des gegenseitigen Verstehens, die Situation erscheint ihnen tiefer als gewöhnlich. Da tritt eine Form von Konsens ein. Der übers Jahr tiefer wird als alles, was sie bislang erlebt haben. Als käme die Zukunft zum Vorschein. In dieser Zeit fangen sie an, sorgfältigere Mitschriften anzufertigen. Der Bericht enthält anfangs die Notizen der Kommission der ersten anderthalb Jahre, das heißt fünf Treffen. Und teilt sie in drei Klassen: Vorhersagen einzelner Ereignisse; Vorhersagen größerer abgegrenzter Phänomene von kollektiver Bedeutung; Vorhersagen von Trends. Für alle drei Kategorien ist dann vermerkt, wie präzis die Zeitangaben waren. Und sie werden verglichen mit ihren Irrtümern, den Prognosen, die nicht zutrafen. Sie haben oft danebengetroffen. Und die Information kam in Stolperschritten, es sind unverkennbar Intuitionen gewesen, sie konnten sie nur selten umfassender begründen. Und schon gar nicht angeben, woher sie sie hatten. Und trotzdem sind sie unfassbar genau. Selbst heute noch, mit unserem Wissen, ist es nicht zu verstehen. Und sie sind unorganisiert. Eine Mischung aus vagen Andeutungen. Wie die erdrutschartige Folketingswahl 1973. Ihr erstes Treffen findet im August '72 statt. Bereits in dem Protokoll, zu einer Zeit, als sie sich als Gruppe noch gar nicht offiziell konstituiert haben, ist vermerkt, dass ihrer Meinung nach eine politische Umwälzung ins Haus stehe. Die Kräfte zum Ausdruck bringen werde, die seit dem Zweiten Weltkrieg in der Bevölkerung gearbeitet hätten, aber bislang nicht entschieden zu Wort gekommen seien. Und dass diese Wende ein internationales Echo hervorrufen werde. Und es werde innerhalb der nächsten anderthalb Jahre passieren. Es sei schwierig, so schließt der Bericht, darin nicht eine vollkommen präzise Vorhersage der Wahl vom 4. Dezember 1973 zu sehen. Auf der nächsten Sitzung richten sie ihre Antennen auf das Ausland. Sie schreiben, es sei mehr als wahrscheinlich, dass die Spannungen im Nahen Osten sich in Kriegshandlungen entlüden, in die etliche Nationen involviert würden und die weitreichende Folgen für die Energieversorgung nach sich zögen. Das ist die Vorhersage von Ägyptens und Syriens Angriff auf Israel im Oktober '73! Der auf längere Sicht die erste Ölkrise auslöst. Sie schreiben, die Welt habe die Entwicklung des Kalten Kriegs missverstanden. Es finde keine reelle Entspannung statt, im Gegenteil, unter Kissingers Diplomatie werde aufgerüstet, sowohl in der Sowjetunion als auch in den USA. Alles in vagen Wendungen. Aber plötzlich kommt etwas ganz Präzises. Der Bericht zitiert vom Jahreswechsel 1973/74: ›Im August '74 wird ein gedemütigter und abgesetzter amerikanischer Präsident nach Kalifornien heimfliegen.‹ Das steht da. Als wär's ein Horoskop oder das Wort einer Wahrsagerin. Das ist Nixon! Das kommt wie aus heiterem Himmel. Dafür gibt es zu der Zeit überhaupt keine Grundlage! Und es kommt noch viel mehr. Kleine und große Ereignisse durcheinander, nationale und internationale. Das Urteil des Obersten Gerichts zur Antibabypille. Die Spaltung der Konservativen Volkspartei. Die Kulmination der russischen Bestände von Interkontinentalraketen. Hier treffen sie sogar die exakte Anzahl: eintausendsechshundert!«

»Es gab immer Propheten, die Glück hatten«, sagt Harald. »Meteorologen, die bekannt wurden, weil sie einen trockenen Sommer vorhergesagt hatten. Ökonomen, die eine Rezession voraussehen konnten.«

»Das hier ist etwas anderes. Als ihnen allmählich klar wird, wie oft sie ins Schwarze treffen, bekommen sie Selbstvertrauen. Und sind davon erfüllt, ihre Treffer zu dokumentieren. Die Berichte listen sie tabellarisch auf. Die Zahlen sprechen für sich. In den ersten beiden Jahren haben sie bei vierundzwanzig großen und mehr als vierzig kleineren Prognosen den Nagel auf den Kopf getroffen. Diese Zahlen, schreiben die Autoren des Berichts, habe ihnen keine andere Denkfabrik je nachgemacht.«

»Wer hat den Bericht geschrieben?«, fragt Harald.

Jetzt kommt's. Sie müssen es erfahren.

»Er ist unterschrieben von Andrea Fink. Und Magrethe Spliid. Sie haben ihn zusammen verfasst.«

Sie sehen mich versteinert an.

»Andreas Nobelpreis war zu der Zeit nur wenige Jahre alt«, sage ich. »Sie war eine von Dänemarks berühmtesten Gestalten. Ihr Wort hatte ungeheures Gewicht. Und zwar bis heute. Sie wusste, wenn eine solche Sache von ihrer Seite genehmigt würde, hätte das weitreichende Folgen.«

»Wie ist sie auf die Gruppe gestoßen?«

Das war Haralds Frage.

Ich stehe auf. Ich habe Hunger. Wir haben alle Hunger. Wer unter Stress steht und von seinem Selbst abgedrängt wird, braucht etwas zu essen. Und zu den Weihnachtsenten sind wir nie gekommen.

»Sie ist nicht darauf gestoßen. Sie kannte sie von Anfang an. Sie und Magrethe Spliid haben die Zukunftskommission gegründet. Sie war ihr Werk.«

Eine der Enten ist wieder im Pizzaofen gelandet. Ich bin in den Garten gegangen. Ich erlaube mir, kurz die Kälte zu genießen. Das vom Schnee reflektierte Mondlicht zu genießen.

In Kürze werden wir hier ausgezogen sein. Das Haus wird verkauft und von anderen bewohnt sein. Ich lege meine Hand an die Mauer, ich empfinde etwas für das Gebäude, als wäre es ein Mensch.

Stille und Frieden sind wie eine Berührung, sie sind taktil.

Natürlich gibt es genau jetzt auf diesen Villenstraßen, an diesem Abend, Menschen, die nach Hause kommen und entdecken, dass sie Besuch von ungebetenen Gästen hatten. Die das Haus geleert und die Stereokabel aus der Wand gerissen und nicht einmal einen Fingerabdruck hinterlassen haben. Und genau jetzt wird das Wartezimmer im Krankenhaus Gentofte zum Platzen gefüllt sein. Von Ehemännern, die in ihrem doppelten Weihnachtssuff ihre Frauen getreten haben, worauf die Frauen sich mit einer Bratpfanne wehrten, die sie vorher auf der keramischen Kochplatte auf 280 Grad erhitzt hatten.

Und wenige Kilometer von hier, in Vangede, haben ganze Wohnblöcke alleinerziehender Mütter den Heiligen Abend mit einem Nothilfe-Korb der Heilsarmee gefeiert.

Trotzdem wird es doch in Ordnung sein, hier einen Moment lang allein zu stehen und den Frieden zu genießen.

Laban muss sich an den Flügel gesetzt haben. Aber die Musik ist so schwach und fern, dass sie die Stille noch hervorhebt.

Dann steht Oskar neben mir.

Ich weiß nicht, ob es biomechanische Untersuchungen über die Fortbewegung von Obdachlosen gibt. Jedenfalls stellt man sich nicht vor, dass sie auf Zehenspitzen übers Pflaster schweben. Aber so muss er gekommen sein, ich habe ihn nicht gehört.

»Ihr werdet morgen abgeholt«, sagt er. »Und in Sicherheit gebracht.«

Was mich erschüttert, ist nicht, dass er nicht mehr wie ein Obdachloser aussieht. Und auf einmal auch anders zu riechen scheint. Was mich erschüttert, ist die Ohnmacht. Das Gefühl, nie entkommen zu können.

Wir gehen um das Haus herum. An der Gartenpforte bleibt er stehen.

»Ihr versucht nicht zu fliehen?«

Ich trete nah an ihn heran.

»Angenommen, ich würde Hegn etwas sagen wollen, etwas Persönliches. Bevor wir weggefahren werden. Wo könnte ich ihn dann finden?«

Ich rechne nicht mit einer Antwort.

Er blickt zum Vollmond hinauf.

»Morgen spielt er Golf.«

»Das Grün wird weiß vor Schnee sein.«

»Wo er spielt, haben sie eine Rasenheizung. Der Platz liegt auf den Kronholmen.«

Er ist weg. Ich gehe ins Wohnzimmer zurück.

»Thit«, sage ich, »übrigens, wo hast du eigentlich diesen Oskar aufgesammelt?«

»Vor der Reitschule.«

»Mattssons Reitschule«, sage ich, »ist nicht gerade der ideale Ort, um auf einen Obdachlosen zu stoßen.«

»Ich hab das sofort gespürt. Dass er notleidend war.«

Ich lasse es darauf beruhen.

35

Thit und Harald sind ins Bett gegangen. Sie haben sich in Haralds Zimmer gelegt.

Sie tun das manchmal. Seit sie klein sind. Ich mache die Tür auf und betrachte sie. Ihr Anblick, ihr gemeinsamer Schlaf im selben Raum hat mich immer mit Freude und Kummer zugleich erfüllt. Freude über ihre gegenseitige Solidarität. Kummer darüber, dass es immer auch ein äußerer Druck war, der sie zusammenrücken ließ.

Das Mondlicht macht ihre Haut beinahe durchsichtig. Ohne dass ich etwas dagegen unternehmen kann, kommen mir Grossetestes Lichtkosmologie in *On Light* in den Sinn, Newtons Porträt des Lichts als Stoff in *Optics*, Euler, Young, Maxwell und weiter über Planck und Einstein bis hin zu Andrea Finks quantenoptischen Versuchen in Zusammenarbeit mit Grangier. Fünfhundert Jahre Forschung, aus der man folgern kann, dass immer noch keiner weiß, was Licht eigentlich ist.

Und dann weiß ich es plötzlich. Ich hole mir die Antwort direkt vom Mondlicht auf den Gesichtern der Zwillinge.

Licht ist in Wirklichkeit eine Liebkosung.

Ich ziehe meine Jacke an, nehme die Autoschlüssel, hole den Kuhfuß aus dem Werkzeugkasten. Lösche das Licht im Wohnzimmer und lasse die Jalousie herunter. Weiter unten auf dem Evighedsvej steht ein BMW, im Wagen sitzt Oskar.

Ich gehe durch das Haus zum Wirtschaftsraum und öffne die Hintertür, plötzlich steht Laban hinter mir, barfuß, im Kimono.

»Ich muss Andrea sehen«, sage ich.

Ich gehe durch den Garten und das Loch in der Hecke, durch Dortheas und Ingemans Garten, an dem stillgelegten Kutter vorbei, durch die Hecke am Ende ihres Grundstücks und durch den kleinen Park und komme am Hyldegårdsvej heraus. Von dort gehe ich zum Kystvej.

Innerhalb einer Minute erwische ich ein Taxi. Lasse mich vom Fahrer am Gamle Carlsberg Vej absetzen, von dort spaziere ich an der Stelle vorbei, wo in den sechziger Jahren Carlsbergs physiologische und chemische Labors lagen. Als Andrea Fink dort Professorin war, und Wissenschaftler aus aller Welt herbeiströmten, so dass man Gerüchten zufolge keinen Tanzschritt machen konnte, ohne seinen Unterleib an einem Nobelpreisträger zu reiben. Andrea erzählte mir einmal, wie sie dabei war, als Bohr hier seinen Führerschein einweihte, er fuhr eine Ehrenrunde, in den Fenstern hing voller Erwartung das Laborpersonal, und dann rollte er, mit sieben Kilometern in der Stunde, frontal gegen eine der Granitsäulen, welche die Ausfahrt flankierten, eine Ausfahrt übrigens, die acht Meter breit war.

Sie erzählte es mir ohne ein Lächeln. Und hinterher sagte sie: »Susan, denk bitte daran, dass sich die Naturwissenschaft nur mit einem unendlich schmalen Ausschnitt der gesamten menschlichen Erfahrung beschäftigt.«

Carlsberg hat hier mehrere Apartmenthäuser, ich passiere die hohen Tore mit Gegensprechanlage, gehe am Bahngraben entlang und komme zum Ehrenwohnsitz. Hier kommen wieder ein Zaun und ein Tor und eine Gegensprechanlage und ein Wachmann, der alle zwanzig Minuten vorbeischaut, ich spare mir das ganze Brimborium wie schon Hunderte Male vorher, indem ich einen Schlüssel aus einem hohlen Baumstumpf ziehe und eine kleine Drahtpforte im Zaun aufschließe.

Das Gebäude ist dunkel. Ich nehme die Haustür, die nie verschlossen ist, auch jetzt nicht.

Der Saal ist vom Mond hell erleuchtet. Das Krankenhausbett ist eine rechteckige Silhouette an der Glaswand vor dem schneebedeckten Garten. Die Luft ist ozonartig frisch und gleichzeitig von einer schweren Süße, von Tannennadeln und abgebrannten Kerzen. Ein großer Weihnachtsbaum ist an die Wand geschoben, sie hat mit den Kindern und Enkeln Heiligabend gefeiert.

Nun ist sie allein. Ich trete ans Bett. Mein Stuhl steht noch da, wo er vor drei Tagen gestanden hat. Als wäre alles festgefroren.

Ich setze mich, sie dreht nicht einmal den Kopf. Aber sie streckt mir ihre Hand entgegen, ich lege meine in ihre.

»Und die Krücke, Susan?«

»Es geht schon viel besser.«

Man kann die Nähe des Todes spüren.

Unsere gemeinsamen Jahre wandern vorbei, eine Situation ist besonders deutlich, vielleicht weil Weihnachten ist. Im ersten Jahr unserer Zusammenarbeit nahm sie mich erstmals auf eine Reise mit, ich begleitete sie in die damalige Sowjetunion. Wir flogen von Moskau zur Militärbasis Belbek bei Sewastopol an der südwestlichen Küste der Halbinsel Krim. Dort trafen wir Gorbatschow in einer Datscha namens »Sarja«, das heiße Morgengrauen, erklärte man uns, die sowjetische Regierung hatte das Haus für fünfundzwanzig Millionen Dollar auf einer Klippe über dem Schwarzen Meer erbaut. Zu dieser Zeit war er der erste und letzte Präsident der Union, auf sein Geheiß hin hatte Andrea zwei Jahre zuvor sechs Personen in den Prozess von Gruppenentscheidungen eingewiesen; die sechs waren jene, deren Befehle im sowjetischen Warnsystem koordiniert werden mussten, um den Gebrauch von Atomwaffen zu autorisieren.

Außer Gorbatschow, Andrea und mir befanden sich im Raum noch seine Frau Raissa, ihre Tochter Irina und zwei Enkelkinder. An der Wand stand ein Leutnant in Uniform neben einem kleinen Metallkasten. Andrea erzählte mir später, das sei *Chegal* gewesen, die Entsprechung zum *Football* des amerikanischen Präsidenten, die Vorrichtung für den Jüngsten Tag, die einen atomaren Vergeltungsschlag in Gang setzen konnte.

Ich hatte nie einen so müden Mann wie Gorbatschow gesehen. Er sah tatsächlich aus wie ein Mensch, der die Geschicke einer Nation und eines Volkes auf seine Schultern genommen hatte und dessen Zeit nun, sechs Jahre später, gerade erst auf halbem Wege, schon vorbei zu sein schien.

Er und Andrea Fink sprachen wie alte Freunde miteinander, er wollte ihre Hilfe bei der Zusammensetzung einer Gruppe, die die Richtlinien für die Gründung einer föderalen Sowjetunion mit weitgehender Selbständigkeit der Teilstaaten ausarbeiten sollte.

Schon in der ersten Minute wurde mir klar, dass sie das Projekt für undurchführbar hielt. Nach zehn Minuten sagte sie es ihm.

Ich spürte seine globale Rolle rein körperlich. Er bebte wie ein gigantischer Elektromotor. Ich merkte seine Ratlosigkeit.

Also stand ich auf, umfasste seinen Kopf und drückte ihn an meine Brust. Alle wurden still. Der Wachmann erstarrte, die Kinder verstummten. Auch Andrea Fink. Ich hätte ihm so gern etwas geschenkt, *sexual healing* zum Beispiel. Ich drehte seinen Kopf zu meinem Gesicht empor.

»Mischa«, sagte ich. »Ich wünschte, wir beide wären unter uns.«

Das öffnete den Raum. Sie wussten, ich meinte es ernst. Seine Frau wusste es, seine Tochter, der Leutnant mit dem Bombenkoffer, selbst die Enkelkinder wussten es. Wenn man den richtigen Augenblick erwischt, können sogar Kinder es verkraften, alles zu hören.

»Susan«, sagte er.

Er sprach es Soosan aus.

»Ich bin es nicht gewohnt, von meinen Beratern gestreichelt zu werden.«

»Weil Sie *The Copenhagen School of Quantum Physics* noch nicht richtig kennen.«

Wir standen auf und verabschiedeten uns. Alle wussten, es war vorbei. Wir gingen hinaus, an einem Fünfzig-Meter-Becken vorbei und einen Privatstrand entlang, der sich kilometerlang bis zum Resort-Dorf Foros erstreckte, und dann zu unserem Auto. Vierzehn Tage später, am ersten Weihnachtstag 1991, sahen wir ihn in diesem Raum, in dem ich gestanden hatte, wie er im nationalen Fernsehen seinen Rücktritt erklärte. Und sahen, wie er die Kontrolle zusammen mit dem kleinen Koffer an Boris Jelzin übergab. Das ist jetzt fünfundzwanzig Jahre her.

Es ist Gorbatschows Müdigkeit bei diesem Treffen und in der Fernsehübertragung, die ich in Andrea Finks Gesicht wiedererkenne. Die Müdigkeit eines Menschen, der nicht wie wir andern nur von heute auf morgen plante, sondern eine Vision hatte. Und nun miterleben musste, wie sie dahinschmolz.

»Magrethe Spliid und du, ihr habt die Zukunftskommission ins Leben gerufen. Spliid ist jetzt tot.«

Sie weiß es.

»Henrik Kornelius ist tot.«

Ihre Hand ist kalt. Wenn der Tod sich nähert, entzieht er

der Hautoberfläche die bioelektrische Energie und sammelt sie im Zentrum des Körpers. Vielleicht stirbt sie heute Nacht. Vielleicht ist es aber auch nur eine weitere Methode, die Regeln zu umgehen, die für alle anderen gelten.

»Magrethe und ich hatten damals keine Ahnung, wozu die Gruppe imstande war, Susan. Aber wir waren dem auf der Spur. Ich kannte Magrethe seit zwanzig Jahren. Ihre Position war ungewöhnlich. Eine Pazifistin innerhalb des Militärs. Sie nahmen sie zunächst wegen der Legitimität. Frau, Zivilistin, deutsche Verbindungen, aber keine Kriegsmakel. Nach einigen Jahren war sie dann nicht mehr zu entbehren. 1964 bekam sie eine Festanstellung. Im selben Jahr, in dem die erste Frau auf der Offiziersschule angenommen wurde. Aber schon Anfang der fünfziger Jahre sind mir ihre Artikel aufgefallen. Ich kontaktierte sie. Sie war daran interessiert, Menschen um sich sammeln. Sie in einen Zusammenhang zu bringen, der das Beste aus ihnen herausholen würde. Bohr zum Beispiel konnte so etwas. Wir sorgten uns um die gesellschaftliche Entwicklung. Optimismus hatte eine dünne Grundlage. Wir strebten nach Realismus. Nach realistischen Prognosen. Die Kubakrise wurde entscheidend. Für Magrethe und für mich. Sie war mit der Luftwaffe auf Inspektion. Zum amerikanischen Luftstützpunkt Ramstein in Deutschland. Im Oktober 62. Sie war noch nicht mal zwanzig. Aber man hatte sie ausgewählt. Die erste Woche verlief ohne Vorkommnisse, dann ging's los. Magrethe mochte Männer, ungefähr so wie du. Sie hatte was mit dem stellvertretenden Befehlshaber der Air Force Europe. Ein Teil seiner Verantwortung war die sogenannte *forward-based air*. Die Flugzeuge, die im Falle eines Atomkriegs die ersten Bomben über der UdSSR abwerfen sollten. Er sagte ihr, er habe anderthalb Minuten, um die Flugzeuge in die Luft zu bekommen. Weil ihr Stützpunkt im

Falle eines sowjetischen Angriffs eines der allerersten Ziele wäre. Die Piloten saßen abwechselnd vierundzwanzig Stunden am Tag in den Maschinen. Und sie wussten, ihre Mission wäre *one way*. Weil es kein Deutschland mehr gäbe, zu dem man zurückkehren konnte. Diese Wochen haben Magrethe erschüttert. Als sie zurückkehrte, hatte sie hier und da weiße Haare bekommen. Wie Christmas Møller, als er nach dem Krieg aus London zurückkam. Von da an fingen wir an, nach Themen zu suchen. Für eine Gruppe. Aber es dauerte noch zehn weitere Jahre.«

»Was habt ihr dem Folketing erzählt?«

»Dass sie Spezialisten seien. Was die Wahrheit war.«

»Ihr wusstest, dass sie die Zukunft voraussagen können.«

»Keiner kann die Zukunft voraussagen. Sie liegt nicht fest, ehe sie eintritt. Das ist ein multidimensionales Feld aus Virtualitäten. Wir wussten, sie waren herausragende Prognostiker. Das war eines der Kriterien, nach denen wir sie auswählten. Wir haben geprüft, wie viele ihrer Vorhersagen sich erfüllt hatten. Aber erst nach zwei Jahren, als wir die Berichte durchgingen, entdeckten wir, wie unfassbar genau das Material war. Dass die Fähigkeit der Gruppe, über den Ereignishorizont hinauszuschauen, außergewöhnlich war.«

»Und Thorkild Hegn?«

»Magrethe und ich legten den Bericht nicht dem Folketing vor. Das hätte zu Panikhandlungen geführt. Die Politiker waren ohnehin schon nervös. Sie hatten Angst, dass Medien und Öffentlichkeit ihnen vorwerfen könnten, sie würden Wahrsagerinnen beschäftigen. Und dass andere Experten das niedrige Durchschnittsalter der Kommission bemängeln könnten. Aber wir wussten, dass wir mit einem Phänomen konfrontiert waren, das weit mächtiger war, als wir uns je vorgestellt hatten. Wir wandten uns an den Militärischen Abschirmdienst und den Polizeilichen Nachrichtendienst. Sie versuchten, die Kommission unter Kontrolle zu bekommen. Mussten aber aufgeben. Dann beschlossen wir, eine Gruppe einzusetzen. Die die Arbeit der Kommission begleiten und bewerten sollte. Hegn war damals Staatssekretär im Justizministerium. Der jüngste aller Zeiten. Er wurde Leiter der Gruppe.«

»Und irgendwann hast du die Kontrolle über ihn verloren.«

Eine Woge des Kummers gleitet über ihr Gesicht.

»Die Kommission verlangte Anonymität. Neue Mitglieder wurden selbst hinzugewählt. Sie distanzierten sich von mir. Und dann übernahm Hegn. Ich bin kein Politiker, Susan. Von Machtspielen habe ich nie etwas verstanden. Er hat mich abgekoppelt. Vom erfolgreichsten Experiment meiner Laufbahn.«

»Und Magrethe Spliid?«

»Sie hielt mich auf dem Laufenden. Aber wir mussten verdammt vorsichtig sein. Am Schluss wurde der Kontakt fast unmöglich. Und sie hat eine seltsame Entwicklung genommen …«

Ich beuge mich über sie.

»Sie wurden gierig, Andrea. Und du wusstest das. Sogar Magrethe. Ich habe ein paar ihrer bescheidenen Hütten gesehen. Sie sind reich geworden. So reich, dass es sich nicht durch ihre bürgerliche Tätigkeit erklären lässt. Sie haben einen Weg gefunden, aus ihrem Talent Kapital zu schlagen.«

»Wie du, Susan.«

Einen Moment lang tut mir der ganze Körper weh.

»Leider war ich nicht so clever. Ich bin nie reich geworden.«

Für die Ehrlichkeit gilt eine Form von Lorentzkontraktion. Wenn man sich der vollkommenen Klarheit nähert, ist es, als würde alles gestaucht, und alles weigert sich fortzufahren. Genau da muss man weitermachen, genau da liegt die Chance.

»Wie hat Hegn es angepackt?«

»Er verließ das Ministerium. Nach Rücksprache mit der Regierung, die sich wiederum den Rückhalt zentraler Politiker des restlichen Folketings gesichert hatte. Er bekam Unterstützung für die Geheimhaltung. Wurde der Pflicht zur Verwaltungsöffentlichkeit entbunden. Die Gruppe bekam einen Decknamen: Institut für Zukunftsstudien. Treffpunkte an verschiedenen Orten, die letzten Jahre im alten Rundfunkhaus. Die Kommission hasste ihn, aber sie brauchte ihn auch. Sie wussten, was sie da in Händen hielten, war mit Los Alamos zu vergleichen. Dass es eine Form informationstechnologischer Radioaktivität war. Magrethe gab zu, dass sie Angst hatten. Sie wussten, dass sie staatlichen Schutz benötigten. Hilfe bei der Geheimhaltung. Um einzuschätzen, welche Voraussagen eigentlich stichhaltig waren. Viele davon waren Empfindungen. Sie mussten diese Empfindungen verifiziert bekommen. Sie brauchten Hilfe, um einschätzen zu können, was veröffentlicht werden konnte. Auf mich konnten sie verzichten, als sie erst einmal losgelegt hatten. Aber nicht auf Thorkild.«

Jetzt kann ich ihre Müdigkeit identifizieren. Es ist nicht nur ihre persönliche. Es ist auch die Desillusion der Naturwissenschaft. Über die Tatsache, dass sie die großen Entdeckungen, die großen Fortschrittsmöglichkeiten, die großen Waffen geschaffen hatte. Und hinterher mit ansehen musste, vom Staatsapparat, von der Polizei, von Geschäftsleuten ausmanövriert zu werden.

»Du und Magrethe, ihr habt ein kleines Monster erschaffen. Und dann die Kontrolle darüber verloren.«

Um uns herum ist es still. Andere an ihrer Stelle hätten Leibärzte um sich versammelt, Krankenschwestern, Pfarrer, Claqueure, die ihr versicherten, welch ein phantastisches Lebenswerk sie geschaffen hatte. Aber nicht sie.

»Thorkild kam vor einem Monat zu mir. Ich hatte ihn seit zwanzig Jahren nicht gesehen. Er brauchte eine Info, die für ihn entscheidend war. Ein Sitzungsprotokoll. Er fragte mich um Rat. Ich erzählte ihm von dir. War das falsch, Susan?«

Meine Gefühle für sie überwältigen mich.

»Sie wurden ermordet! Harald und ich sind dem Tod gerade noch so entkommen! Hat Hegn damit zu tun?«

Sie kann meine Worte nicht ertragen. Sie, die ihr ganzes Leben lang der Wirklichkeit ins Auge geblickt hat.

»Ich weiß nicht, Susan, ich bin außen vor. Aber er verwandelte das Institut für Zukunftsstudien in eine selbständige Institution. Er kappte die Verbindung zum Justizministerium. Bis Ende der siebziger Jahre referierte er direkt der amtierenden Regierung. Damit ist längst Schluss. Dadurch ist es schwierig geworden, ihn zu kontrollieren. Regierungen kommen und gehen. Es sind die Beamten, die die Kontinuität garantieren. Es gab immer die großen Anständigen. Erik Ib Schmidt. Seierup von der Sozialverwaltung. Und es gab die gefährlichen Ausnahmen.«

Sie will noch etwas anderes sagen. Was sie verschweigt.

»Du und ich«, sage ich, »wir fingen wie Mutter und Tochter an. Aber wir haben uns weiterbewegt. Davon habe ich immer geträumt. In der Physik und mit Menschen. Bis an die Grenze zu gehen, an der jedes Wissen aufhört. Und dann in den leeren Raum zu treten. Dahin können wir jetzt gehen, Andrea.«

Sie dreht sich von mir weg. Ich stehe auf.

Der Mond ist weg. Der Weihnachtsabend zu Ende.

Auf der Pile Allé finde ich ein Taxi. Es herrscht reger Verkehr, Weihnachtsgäste auf dem Weg nach Haus.

Als wir unter der Bahnbrücke am Maglemosevej entlangfahren, wird das Innere des Taxis vom Blinklicht eines Polizeiwagens wie von blauem Wasser erfüllt. Ein Beamter auf dem Motorrad dirigiert uns auf die Überholspur, auf der andern Seite der Brücke ist ein Auto verunglückt.

Es klemmt zwischen zwei Bäumen, das Dach wurde abgeschnitten, um Verletzte herausholen zu können. Innerhalb einer Absperrung messen Polizisten die Länge der Bremsspur.

Das Auto ist ein Jaguar. Die Fenster sind zersplittert. Aber unten, auf den Resten der Windschutzscheibe, klebt eine charakteristische Parkerlaubnis. Den Text kann ich nicht lesen. Aber ich kann das Emblem erkennen, einen goldenen Zirkel über einem goldenen Winkelmesser.

Das Haus im Evighedsvej ist dunkel und still, ich ziehe mich aus und stelle mich unter die Dusche. Im Jugendheim Holmgangen mussten wir in kaltem Wasser baden, das ist ein lebenslanges Trauma, eines von vielen. Lange unter der warmen Dusche zu stehen ist ein Luxus, auf den ich am schwersten verzichten könnte.

In der Duschkabine gibt es zwei Duschköpfe. Angeschlossen an zwei Fernwärmetauscher, beide mit *Boostern*, eine nicht erlaubte Installation, die ich selbst angebracht habe. An den Abenden, an denen mich die Laborarbeit nicht allzu lange festgehalten hatte, duschten Laban und ich zusammen. Wir standen jeder unter seinem Duschkopf und sprachen gedämpft, die Tür war nur angelehnt, falls eines der Kinder aufgewacht wäre. Es war wie eine rituelle Reinigung. Zuerst erzählten wir uns vom Tage, vom heute gewesenen Tage, als müssten wir eine leichte Verunreinigung abspülen. Und langsam bekamen wir Kontakt zueinander. Langsam spülten das heiße Wasser und der Effekt den Schutz ab, so dass wir uns schließlich ganz nackt gegenüberstanden.

Es klopft an die Tür, ich weiß, dass er es ist, ich kenne sein Klopfen. Er klopft so, wie er sich vorstellt, entschuldigend, vorsichtig und trotzdem unabweisbar.

Ich schlinge ein Handtuch um mich und öffne die Tür, sein Haar ist verwuschelt, er ist schlaftrunken, trotzdem hat er mich kommen hören und ist aufgestanden.

»Die Zukunftskommission war ihr Werk«, sage ich. »Als sie erst einmal gegründet war, wurde Andrea entmachtet. Von den Morden weiß sie nichts. Sie hat mich Hegn gegenüber erwähnt. Irgendetwas will sie mir nicht erzählen. Auf dem Heimweg hab ich Keldsens Auto gesehen. Unfall.«

Er nickt. Ich streichle ihm die Wange. Er wirft einen forschenden Blick hinter mich.

»Was ist?«, frage ich.

Er zieht sich rückwärts in Richtung Tür zurück.

»Ich wollte mich nur kurz vergewissern, Susan. Ob du die Bohrmaschine und die Terrassenschrauben in Reichweite hast.«

36

Es ist der Morgen des ersten Weihnachtsfeiertags, 4.45 Uhr, noch eine Viertelstunde, bis die Arsenikstunde ihren Anfang nimmt.

Ich bin durch die Hecke gekrochen, habe in der Kälte gewartet und mich vergewissert, dass der Evighedsvej kein Lebenszeichen von sich gibt. Dann bin ich losgefahren. In Dortheas Volvo. Nach Holte.

Andreas Baumgarten, ehemaliger Direktor der Nationalbank, hat eine Adresse, die auf Rudersdal Hovedgård lautet. Ich biege vom Kongevej auf einen Schotterweg ab, der sich durch schneebedeckte Felder und kleinere Waldungen schlängelt, dann komme ich an eine Mauer und ein hohes Gittertor. Es steht offen. Am Weg steht ein Schild »Zu verkaufen«.

Ich fahre durch eine dunkle, schier endlose Allee, die schließlich doch noch endet, vor einem Hauptgebäude, das einem befestigten Schloss gleicht.

Alle Lichter brennen, eine Treppe führt zu einer breiten Tür in einem Turm, vor der Treppe hält ein Bentley, ein schwarzgekleideter Mann ist dabei, Koffer einzupacken. An der Fassade stehen Umzugskisten, die Fenster sind ohne Gardinen, hier zieht jemand aus.

Eine Frau in schwarzer Hose, schwarzem Pullover und Reitstiefeln kommt auf mich zu, sie ist abweisend und unverrückbar wie eine Straßensperre.

»Ich muss Andreas sprechen«, sage ich. »Sag ihm, die Susan von Fanø ist da. Ich bin eben beim Arzt gewesen. Ich bin im vierten Monat. Ich will wissen, was wir machen, sollen wir heiraten oder was?«

Sie macht auf dem Absatz kehrt. Ich folge ihr durch eine Halle und in einen Salon, der groß ist wie ein Ballsaal. Auf der Treppe vom ersten Stock kommt mir Andreas Baumgarten entgegen.

Sein dichtes graues Haar ist eine Löwenmähne. Und er selbst ist der König der Löwen.

»Ich komme mit einer Weihnachtskarte«, sage ich. »Von Magrethe Spliid. Das ist das Letzte, was sie geschrieben hat. Bevor sie erstickt wurde.«

Er hatte keine Ahnung. Er hält inne. Aber nicht sehr lange.

»Ich bin auf dem Weg zum Flughafen. Haben Sie die Möglichkeit mitzukommen?«

Wir gehen auf die Treppe hinaus. Er bekommt meine Autoschlüssel. Reicht sie dem Mann in Schwarz. Wir setzen uns in den Bentley. Die Frau mit den Reitstiefeln setzt sich ans Lenkrad. Das Cockpit eines Autos ist eine Art Laboratorium, sie ist Spezialistin. Sparsame und ökonomische Bewegungen, der Wagen fährt, als schwebte er.

»Henrik Kornelius ist tot«, sage ich. »Vielleicht auch Keldsen, ich habe seinen Jaguar gesehen. Totalschaden.«

Die schneebedeckten Felder leuchten im Dunkeln. Hinter uns fährt der schwarzgekleidete Kofferträger. In meinem Auto.

»Und wer sind Sie?«

»Susan Svendsen. Physikerin an der Uni Kopenhagen. Ich habe Routine darin, Menschen zu befragen. Thorkild Hegn bat mich, Magrethe Spliid zu befragen. Zu den letzten beiden Sitzungen der Zukunftskommission.«

Er verzieht keine Miene. Aber ich höre, wie es in seinem Kopf rattert. Und er rechnet nicht mit dem Abakus.

»Ich habe Andrea Finks Resümee gelesen«, sage ich. »Der Kommissionsarbeit. Kirsten Klaussen hat es im Reichsarchiv aufbewahren lassen. Ich habe es von dort. Ich soll Hegn anrufen. Innerhalb der nächsten Viertelstunde. Sonst erwartet Sie ein ganzes Regiment am Flughafen in Kastrup.«

Er sagt nichts.

»Über meinem Kopf schwebt eine Gefängnisstrafe. Mir wurde Straffreiheit angeboten. Wenn ich das Protokoll von der letzten Sitzung beschaffe.«

»Und worin bestand die Gesetzesübertretung?«

Ich versuche, in sein Innerstes zu sehen. Und gehe nach Gefühl.

»Tätlichkeit. Gegen einen Liebhaber.«

Das öffnet ihn. Aus irgendeinem Grund ist es das.

»Es wurde nichts niedergeschrieben. Bei den letzten Treffen. Die Prognosen waren zu düster. Unser Ausgangspunkt waren Hunderte weltweiter Risiken, verteilt auf sechs Risikokategorien: Wirtschaft, Umwelt, Geopolitik, Gesellschaft, Technologie und globale Ressourcen. Wir benannten fünf Hauptprobleme: chronisches finanzielles Ungleichgewicht, Ausstoß von Treibhausgasen, unhaltbarer Bevölkerungszuwachs, extreme Ungleichheit der Einkommen. Und Ressourcenknappheit, die sich in extrem volatilen Energie- und Landwirtschaftspreisen manifestieren wird.«

Wir fahren auf die Autobahn, an Lyngby vorbei. Genau hinter uns liegt die Technische Universität Dänemarks.

»Wir entwarfen ein Bild der Erde, wo die zarten Versuche globaler Führung, die es gegeben hat, fehlgeschlagen sind. Wo das westliche Wohlfahrtsmodell als Folge staatlicher Schuldenlast teilweise zusammengebrochen ist. Wo junge Menschen bei extrem hoher Arbeitslosigkeit die älteste Erdbevölkerung der Geschichte versorgen müssen, anderthalb

Milliarden Menschen über sechzig im Jahre 2020. Wo sich unkontrollierbare soziale Unruhen massiv ausbreiten. Wo sich das Unterrichtssystem durch Fehlausbildung auszeichnet, weil die Menschen nach wie vor auf Jobs und Wirtschaftssysteme des 20. Jahrhunderts getrimmt werden, die es nicht mehr gibt. Wo der Alltag durch Metaunfälle geprägt ist wie die großen Öl- und Chemikalienlecks im 20. Jahrhundert, aber nun ergänzt durch das Austreten modifizierter Mikroorganismen und nanotechnologischen Materials. Das nicht in Container gepackt werden kann, weil die Aufnahmekapazitäten nicht reichen und veraltet sind. Wo die Ressourcenknappheit zu Neotribalismus und Krieg führt. Die Welt hat noch immer eine Atomkapazität von tausend Tonnen TNT pro Person auf Erden, Mann, Frau und Kind. Selbst der kleinste taktische Atomkrieg, zum Beispiel ein Grenzkrieg zwischen Indien und Pakistan, wird mindestens die tausendfache Sprengkraft von Hiroshima haben. Die Asche der brennenden Städte wird über der nördlichen Erdhalbkugel eine kleinere Eiszeit auslösen.«

Wir fahren an Herlev vorbei.

»Die Gruppe war nicht unfehlbar«, sage ich. »Sie haben falsch gerechnet.«

Er lächelt. Ein Lächeln, das auf die Gesichtsmuskeln begrenzt ist.

»Europa ist eine Komfortzone. Wir leben in einem Kino, in dem auf allen vier Wänden Familienfilme gezeigt werden. Der Zusammenbruch gehört nicht der Zukunft an. Er hat schon angefangen.«

»Das Ungleichgewicht wird korrigiert.«

»Das Ungleichgewicht ist noch nicht einmal anerkannt worden. Sehen Sie sich die dänische Normalwirklichkeit an. Politiker, die sich positionieren. Interessengruppen, die sich um ihr Stück vom Kuchen balgen. Medien, die die Wahrheit kennen, sie aber nicht sagen können. Weil es kein Publikum dafür gibt. Weil das Problem nicht außerhalb von uns liegt. Das Problem sind wir selbst. Unser Überkonsum und unsere Verschuldung.«

Wir nähern uns dem Flughafen. Allmählich spüre ich seinen Zorn unter dem Lächeln und der Eleganz.

»Wir prophezeien es seit fünfundvierzig Jahren! Keiner hat uns zugehört. Es gibt keinen einzigen europäischen Politiker, der nicht von Wachstum faselt. Aber das Wachstum in seiner jetzigen Form ist seit Langem überholt. Es war nie ewig haltbar.«

»Und was wird passieren?«

Das Auto fährt durch ein Tor in einen Flughafenbereich, den ich nicht kenne, und hält vor einem niedrigen Zaun. Auf der anderen Seite steht ein Learjet. Zwei Stewardessen und zwei uniformierte Piloten stehen stramm und warten.

Sie warten auf Andreas Baumgarten. Als er aus dem Bentley steigt, grüßen sie mit der Hand an der Mütze.

»Wir entwarfen sechs verschiedene Zusammenbruchsszenarien.«

Zwei Flughafenangestellte öffnen eine Tür für ihn. Hier wird kein Flugschein vorgezeigt und keine Bordkarte, und einen Nacktscanner gibt es auch nicht.

Er geht durch die Tür, dreht sich noch einmal um und kommt an den Zaun.

»Eine Kleinigkeit sollten Sie noch wissen, Susan. In jedem der sechs Szenarien gab es mehr Opfer als in beiden Weltkriegen zusammen.«

In seinem Tonfall verbirgt sich eine Freude, die ich nicht verstehe.

»Sie haben geraten.«

Er lächelt wieder.

»Das ist einfach. Unsere Fähigkeiten sind gar nicht nötig. Man muss sich bloß folgende Frage stellen: Welche Folgen hatten die beiden Weltkriege für die globale Führung? Mit den sechzig Millionen Toten. Eine kleine Spur haben sie hinterlassen: die Vereinten Nationen. Die kleine, verkühlte, ohnmächtige, amerikadominierte UNO. Das war's. Sonst ist die Menschheit auf einem Stand, als wäre nichts geschehen. Also selbstverständlich wird es schiefgehen.«

Er schaut zum Flugzeug. Seine Koffer werden gerade eingepackt.

»Ich hatte einen Kollegen in der Nationalbank. Mitglied im Vorsitz des Wirtschaftsrats. Einer der klügsten Köpfe Skandinaviens. Wir hatten ihn für die Kommission in Erwägung gezogen. Aber er trank. Eines Nachts im November stellt er sich an den Kai am Nyhavn, um zu pissen. Und segelt ins Wasser. Zufällig kommt im selben Moment ein Polizeiwagen über die Nyhavnsbro. Die Beamten fischen ihn raus. Er liegt zwei Tage im Koma. Aber er schafft es, ein Wunder. Zwei Monate später hängt er wieder an der Flasche. Zwei Jahre später, wieder im November, stellt er sich an den Kai. Genau an derselben Stelle, um zu pissen, und segelt noch mal ins Wasser. Aber diesmal kommt kein Polizeiwagen. Man findet ihn am nächsten Morgen. Auf dem Grund. Die westliche Welt ist dieser Mann. Die Zukunft besteht nicht darin, dass wir aus unseren Irrtümern lernen. Sie besteht darin, dass wir nicht wahrhaben wollen, dass sie überhaupt stattgefunden haben.«

Ich sehe Thit und Harald vor mir. Millionen anderer Kinder.

»Es gibt eine Wahl«, sage ich. »Es gibt immer eine Wahl.«

»Haben Sie nicht gesagt, Sie seien Physikerin? Die freie Wahl ist eine Illusion. Wir sind biologische Wesen. Wir sind in Konkurrenz zueinander entstanden. Unser Nervensystem ist darauf programmiert, möglichst viel an sich zu raffen. Egal was.«

Er dreht sich um und geht auf die Maschine zu.

»Ja«, sage ich. »Sie haben jedenfalls gut eingesackt.«

Er bleibt stehen. Dreht sich langsam um. Kommt zurück.

»Fünfundvierzig Jahre lang haben wir versucht, die Menschheit aufzurütteln! Wir haben zweitausend exakte Voraussagen von Hauptströmungen und Einzelereignissen von nationaler und internationaler Bedeutung getroffen. Dänemark hatte in uns ein Instrument, das keine andere Regierung und keine Nation jemals hatte! Und wir wurden ignoriert. Eingekapselt von Thorkild Hegn und den Nachrichtendiensten. Und ignoriert. Mit Diäten abgespeist!«

Die verletzte Eitelkeit hat einen besonderen Klang. Der mir bekannt vorkommt. Von den Verhören. Von der Uni. Von allen Spitzen der Gesellschaft. Und am meisten von mir selbst.

»Sie haben alles ausverkauft«, sage ich. »Und Sie persönlich, was haben Sie gekriegt?«

Er tritt nahe an mich heran, nur der Zaun ist zwischen uns. Die Königswürde ist abgeplatzt.

»Das Schloss«, sage ich. »Den Bentley, die Privatmaschine. Kirsten Klaussen hat die Kirche in Bagsværd gekauft. Henrik Kornelius hat für hundert Millionen Kronen ein Kloster gebaut. Ihr habt alle mehr eingesackt, als ihr je wert gewesen seid. Wenn hier jemand was schuldig ist, dann ihr!«

Auf kurze Distanz hat er die Schnelligkeit der großen Katzen. Er hat mich am Nacken gepackt und zum Zaun hinübergezogen, ohne dass ich überhaupt reagieren kann.

»Kriech nach Hause«, sagt er leise. »In das Madenloch, aus dem du kommst, Susan. Kriech nach Hause. Und guck einen Familienfilm auf DVD. Und dann warte mal ab.«

Ich bewege mich ruhig. Das habe ich früh gelernt. Und im Labor verfeinert, zwischen Pipetten und Radiumsalzen und Schmedtler-Waagen. Still und ruhig, aber in einer zusammenhängenden Bewegung, knöpfe ich seine Jacke auf, lasse meine flache Hand in seine Hose gleiten, in seine Unterhose, und umfasse seine Hoden. Sie sind dicht behaart, wie ein Löwenfell.

Dann drücke ich zu.

Er geht in die Knie. Lockert den Griff um meinen Nacken. Die Dame mit den Reitstiefeln kommt auf uns zu. Ebenso der Mann, der mein Auto gefahren hat.

Ich drücke fester.

»Sag ihnen, sie sollen stehen bleiben«, sage ich.

Er kann nicht sprechen. Aber er hebt die Hand. Die beiden bleiben stehen. Ich beuge mich vor, unsere Stirnen berühren sich.

»Wo kam das Geld her, Andreas?«

Er sagt nichts. Ich drücke zu.

»Nein, *please*, nicht noch mal!«

»Das Geld, Andreas?«

Er kann nur im Flüsterton sprechen.

»Gold.«

»Wie, Gold?«

»Wir haben die Preissteigerungen für Gold vorausgesehen. Die Folgen des 15. August.«

»Kannst du das bitte mal näher erklären, Andreas? Ich hab noch nie Gold besessen außer meinem Ehering.«

»Am 15. August 1971 kündigte Nixon die Goldbindung des Dollars auf. Seit '44 ist Gold internationaler Standard gewesen. Das Bretton-Woods-System. Wir wussten, dass das die Goldpreise in die Höhe treiben würde. Das und die Krisen. Also kauften wir. Warteten. Liehen uns Geld und kauften noch mehr.«

Jetzt verstand ich.

»Das muss die einfachste Methode gewesen sein«, sage ich. »Wenn ihr mit Aktien gehandelt oder mit Immobilien spekuliert hättet, hätte man die Spur bis zu euch verfolgen können. Aber das hier war total einfach. Wie viel habt ihr bekommen, Andreas? Eine Milliarde? Zehn?«

In dem Augenblick geschehen zwei Dinge, die nur er und ich registrieren. Erstens werden seine Augen glasig. Wie die karamellisierten Kartoffeln, wenn die Flüssigkeit verdampft. Zweitens bekommt er an meinem Unterarm eine steinharte Erektion, wie ein Zylinder aus Granit, der über einem Bunsenbrenner erhitzt wurde.

»Komm mit«, sagt er.

Erst kann ich nicht hören, was er sagt, und als er es wiederholt, kann ich es nicht begreifen. Die Umgebung ist zu irrealer Unbeweglichkeit erstarrt. Die Frau mit den Reitstiefeln, die Angestellten, der Jet, der Flughafen Kopenhagen-Kastrup.

»Mit wohin?«

»Nach Brasilien.«

Ich sehe ihm ins Gesicht.

»Verstehe. Du möchtest gerne, dass ich jetzt mitkomme, Andreas. Und dich einmal am Tag zwischen zwei Palmen festbinde, deine Eier stramm mit Sisalgarn umwickle und es dir mit der Nilpferdpeitsche besorge? Ist es das?«

Er nickt. Er atmet schwer.

Ich habe mein ganzes Leben lang mit der Aufrichtigkeit gearbeitet. Dennoch gibt es stets aufs Neue Überraschungen.

»Andreas«, sage ich, »leider hab ich persönlich keine Zeit. Aber nachdem ich dich kennengelernt habe, würde ich sagen, dass es überall auf der Erde, ganz bestimmt auch in Bahia, Frauen gibt, die das ganz umsonst tun.«

Das Glasige seiner Augen vergeht. Er kehrt in die Wirklichkeit zurück.

Ich lasse ihn los. Er weicht zurück. Aber er bleibt stehen, er kann nicht weg.

Dann lässt der Effekt nach. Ich halte seinen Blick fest. Wie wird er von mir weggehen, wie reagieren Menschen auf Demütigungen? Mit Wut, mit Scham, mit Verdrängung?

Er streicht sich durch seine Löwenmähne. Dann lächelt er. Diesmal geht das Lächeln tiefer. Gleichsam erleichtert. Vielleicht beinah dankbar.

»Auf Wiedersehen, Susan Svendsen.«

Dann dreht er sich um.

Ich gehe zu dem Schwarzgekleideten und strecke ihm die offene Hand entgegen. Er legt meine Autoschlüssel hinein.

Ich wende mich an die Frau mit den Reitstiefeln. Zwei Frauen, die innerhalb der letzten zwölf Stunden dieselben felligen Klöten gehalten haben, schulden einander zum mindesten eine schwesterliche Anerkennung.

»Was ist eigentlich aus der Schwangerschaft geworden?«, sagt sie.

»Kennst du dich in der Quantenphysik aus?«

Sie schüttelt den Kopf.

»Man arbeitet mit einer Funktion, psi, die ein Phänomen bezeichnet, das eigentlich keine physikalische Existenz hat. Sie figuriert in Berechnungen und verschwindet, wenn sie wundersamerweise das geleistet hat, was sie sollte.«

Ich setze mich ins Auto.

Hinter mir rollt der kleine Jet auf die Startbahn.

37

Ich habe Laban und die Zwillinge am Evighedsvej abgeholt und ihnen im Auto von meinem Treffen mit Andreas Baumgarten erzählt. Sie sind dabei sehr still geworden.

Jetzt halten wir vor dem Gittertor zum abgesperrten Bereich zwischen Svanemøllehafen und Tuborg Hafen, wo ich vor weniger als vierundzwanzig Stunden mit Keld Keldsen konversierte.

In dem Glashäuschen sitzt das Mädchen von gestern.

Man kann nicht umhin zu bemerken, dass die Lebendigkeit, die Keldsen und ich in ihr erwecken konnten, sich nicht gehalten hat. Die Todesmüdigkeit ist wieder da.

Ich steige aus dem Auto. Durch das Gittertor sehe ich flüchtig vier Rolls-Royce und so viele Mercedes, wie ich sie noch nie an einem Ort versammelt gesehen habe, außerdem einen Ferrari, einen Lamborghini, zwei Lotus sowie einen dreirädrigen Morgan mit Holzkarosserie.

»Wir halten Ausschau nach einer Mitfährgelegenheit auf die Holme«, sage ich.

Sie blickt auf. Sie erkennt mich. Die tiefe Müdigkeit weicht wilder Panik. Die sicher unangenehm ist, ihrem Alter aber mehr entspricht.

Sie wirft einen schnellen Blick auf den Volvo. Wahrscheinlich um zu sehen, ob ich im Fahrschulwagen gekommen bin.

Laban und die Zwillinge sind ausgestiegen. Sie lächeln das Mädchen an. Und Labans Lächeln ist am breitesten. Er lehnt sich gegen die Scheibe. Als hätte er sie eben gekauft und bezahlt und den Parkplatz und die aufgeschütteten Sandbänke da draußen noch dazu und liefe nun vor berechtigtem Besitzerstolz über.

»Ich heiße Laban Hegn«, sagt er. »Der Sohn von Thorkild Hegn. Freut mich, Sie kennenzulernen.«

Langsam weicht die Lähmung aus ihrem Körper. Sie erwidert sein Lächeln.

»Das hier sind Thit und Harald. Thorkilds Enkelkinder. Er wird heute fünfundsiebzig. Es soll eine Überraschungsparty werden.«

Thit und Harald drücken ihre Nase ans Glas. Das Mädchen ist eingeklemmt. Zwischen drei freundlichen Gesichtern mit einem Lächeln breit wie ein Scheunentor.

Sie zeigt auf mich. Ihr Finger zittert ein wenig.

»Und was ist mit ihr? Ich muss über alle Bescheid wissen, die ich reinlasse.«

»Susan«, sagt Laban. »Unsere Fahrerin. Und unser Caddy.«

»Sie hat keinen Führerschein.«

Die Aussage verwirrt Laban. Aber er nickt beruhigend.

»Danke für die Auskunft«, sagt er. »Wir werden sie nicht mehr ans Lenkrad lassen.«

Das Tor geht auf. Wir setzen uns ins Auto, Laban hinterm Steuer. Der Volvo kriecht beschämt zwischen die ganzen Vollblüter und versteckt sich in einer Ecke. Hinter einem Bentley, der ein Volumen hat, dass man ihn auf Sockel stellen und als Zweifamilienbungalow gebrauchen könnte.

»Euer Caddy!«, schnaube ich.

»Wir leben in Scheidung«, sagt Laban. »Ich übe mich darin, der Welt als Single gegenüberzutreten. Warum meinte sie, du hättest keinen Führerschein?«

Ich antworte nicht. Wir steigen aus. Ein kleines, flaches grünes Schnellboot erwartet uns. An der Gangway steht ein uniformierter Steuermann in entspannter Grundstellung.

Mir fällt noch etwas ein, ich drehe mich um und gehe noch einmal zu dem Mädchen. Sie nickt mir zu, wachsam, aber freundlich. Laban hat die Verantwortung auf seine breiten Schultern genommen. Und versprochen, dass wir in der besten aller Welten leben.

»Welches Auto gehört Hegn?«

»Er ist heute geflogen.«

»Im Hubschrauber?«

»Ich glaube, ich habe den kleinen Jet gesehen.«

»Er hatte bestimmt viel zu tun«, sage ich. »Hat sich auf die Geschenke gefreut.«

Sie schaut verträumt zu Laban hinüber.

»Es muss cool sein, für ihn zu arbeiten.«

»Das ist gar kein Ausdruck«, sage ich.

Die Kronholme liegen im Sund zwischen dem Middelgrundsfort und der Insel Ven. Der Name war mir geläufig. Aber ich hatte sie noch nie gesehen.

Was zuerst ins Auge fällt, sind die vielen Windräder und davor das sogenannte Schneckenhaus. Vier gewundene Etagen, die daliegen, als wären sie an den Strand gespült worden. Dahinter sieht man Hangars, Lagerhäuser und einen kleinen Kontrollturm. Zwei große Kräne über einem Terrain, das aussieht, als sollte es aufgefüllt werden.

Ich stelle keine Fragen, wer sollte mir auch antworten? Laban meint, die Werke der großen Komponisten versehen den Gang der Geschichte mit Brennstoff. Ich meine, es ist die Naturwissenschaft, alle andern gesellschaftlichen Ereignisse sind nur Ableitungen.

Aber irgendwie muss die Frage doch in der Luft hängen. Und wer beantwortet sie? Harald natürlich.

»Ich hab die Inselchen im Netz gesucht. Sie wurden an ein

Konsortium verkauft, als die dänische Naturschutzgesetzgebung geändert und im letzten Jahr der Strandschutz aufgehoben wurde. Seitdem wurden die Vögel gebeten umzuziehen, es wurden riesige Auffüllungen und Bauarbeiten vorgenommen, unter anderem ein kleiner Flugplatz, die Windräder, die Gebäude, die wir da sehen, und eine Golfanlage. Die ganze Geschichte fing 1988 an. Als das Umweltministerium einen Ausschuss einsetzte, der die Zerstückelung des Kopenhagener Hafens kontrollieren sollte. Unter anderem wollten sie den Verkauf der Inseln im Öresund verhindern. Der Ausschuss kam Anfang Mai '89 mit einem Gutachten, das einen souveränen Vorschlag enthielt. Einen der durchdachtesten in der dänischen Geschichte. Laut Wikipedia. Wie zweiundvierzig Kilometer Hafenkai und vierzig Kilometer Küstenlinie über einen Zeitraum von dreißig Jahren verwaltet werden sollten. Bei gleichzeitiger Schaffung von sechzehntausend Wohneinheiten, fünfundzwanzigtausend Arbeitsplätzen und der Sicherung des Hafenzugangs für die Kopenhagener. Der Vorschlag wurde abgelehnt. Die Stadtverwaltung machte mit ihrer Parzellierung weiter. Ein Prozess, der mit der Aufhebung des Küstenschutzes und dem Verkauf der Kronholme seinen Höhepunkt erreichte. Die richtig Reichen sind in Dänemark rar. Sie brauchen Reservate. Dafür sind die Kronholme gedacht. Der Preis betrug vier Milliarden. Der höchste Quadratmeterpreis in der dänischen Geschichte.«

Wir starren ihn an. Irgendwas in den Eltern kommt nie darüber hinweg, dass die Kinder gelernt haben, zu gehen und mehrere verständliche Sätze hintereinander zu formulieren.

Ein Golfmobil wartet auf uns, es ist grün wie die Uniformen des Fahrers und seines Begleiters. Vom Hafen steigt der Weg steil an. Die Holme sind von Natur aus eben, die Hügel müssen künstlich angelegt worden sein. Der Weg macht eine Biegung, wir haben das Schneckenhaus erreicht.

Von Nahem wirkt es überhaupt nicht mehr wie angespült, von Nahem ist es eine gigantische Konstruktion aus Stahl und Glas mit einer annähernden Superellipse als Grundriss, die sich über fünf Etagen erstreckt.

Der Golfplatz beginnt gleich neben dem Gebäude. Er nimmt einen der Holme ein. Seine Bäume sind so hoch, dass sie schon in ausgewachsenem Zustand gepflanzt worden sein müssen. Das Gelände zieren kilometerlange Blumenbeete und gewölbte japanische Brückchen über flachen Kanälen. Von unserem Standpunkt aus kann ich zwei tempelartige Pavillons sehen, wo man garantiert ein Tässchen Tee gereicht bekommt, wenn sich vom Heben des Golfschlägers ein Herzinfarkt ankündigt, serviert in zarten Gefäßen aus der Ming-Dynastie, auf denen ein weises Wort steht wie »Der wirkliche Reichtum liegt in deinem Herzen« oder so was in dem Stil.

Und dann sind die kleinen Inseln und der Golfplatz von Unmengen grüner Männchen bevölkert. Auf der schmalen asphaltierten Straße, die vor dem Strand verläuft, patrouillieren drei Jeeps, zwei Mann in jedem, sehr langsam, als wollten sie die Aussicht genießen. Am Eingang zum Schneckenhaus stehen zwei Männer, die Hände auf dem Rücken. Am Horizont, wo die Golfanlage endet, erkennt man einen kleinen Hafen und einen kurzen Damm zum Flugplatz hinüber, und überall, auf den Molen, dem Damm und vor den Flugplatzgebäuden, stehen diese grünen Männchen.

Ihre Uniformen haben die gleiche Farbe wie das Gras der Anlage. Vielleicht sollen sie ja bloß Bonbonpapier aufsammeln und die Gäste bedienen und verhindern, dass die Vögel zurückkommen und das Schneckenhaus bekleckern. Glaub ich aber nicht. Bei all ihrer eleganten Gelassenheit wirken die Kronholme massiv überwacht.

Thorkild Hegn steht fünfzig Meter entfernt und kehrt uns den Rücken zu, das elektrisch angetriebene Golfmobil rollt lautlos, er hat uns noch nicht bemerkt. Er bildet den Mittelpunkt einer kleinen Gruppe. Aber er wäre in jeder Gruppe der Mittelpunkt, ungeachtet ihrer Größe.

Er hebt in dem Moment den Schläger, in dem wir ihn erreichen, in der Anspannung erkenne ich zum ersten Mal seine körperliche Kraft.

Er muss gespürt haben, dass wir da sind. Denn er hält in der Bewegung inne, lässt langsam den Schläger sinken und dreht sich um.

Die fünf Personen, die ihn umringen, drei Frauen, zwei Männer, sind in physiologischem und juristischem Sinne Mitmenschen. Aber sie betrachten uns wie von einem anderen und fremden Universum aus.

Ihre locker sitzende Sportkleidung ist dem Wetter entsprechend gedacht und designt und von einer Qualität, die niemals in den Handel kommt, sondern von Coco Chanel speziell für sie hätte entworfen sein können, wenn sie noch vierzig Jahre durchgehalten hätte.

Es sind Menschen, die sich von uns anderen sozusagen freikaufen können. Sie haben es getan. Und nun, da wir doch durch das feinmaschige Netz geschlüpft sind, immerhin die Klasse besitzen, sich ihre Enttäuschung nicht anmerken zu lassen.

Ich gehe auf Thorkild Hegn zu und gebe ihm einen Kuss auf die Wange.

»Herzlichen Glückwunsch zum Geburtstag«, sage ich. »Und innige Grüße von den Kommissionsmitgliedern, die noch am Leben sind. Viele sind's nicht mehr. Zwei sind in den letzten vierundzwanzig Stunden draufgegangen.«

Er blickt zu den grünen Männern, die am Wagen warten.

»Wir haben ein Geburtstagsständchen vorbereitet«, sage ich. »Laban hat sich eine Melodie ausgedacht. Zu einem Auszug aus Andrea Finks Zusammenfassung der Prognosen. Sollen wir gleich hier singen? Oder lieber beiseitegehen?«

Er reicht seinen Schläger einer jungen Frau. Ihre Haut glüht in warmem Ocker. Aber in den Augen ist keine Wärme. Sie ist eine attraktive Hardlinerin, eine dänisch-westindische Version von Condoleezza Rice, hart wie eine Kokosnuss.

Er dreht sich um und geht, wir folgen ihm.

Im Schneckenhaus fahren wir mit einem Aufzug aus Glas in die Höhe. Die beiden unteren Etagen sind leer und anscheinend noch nicht möbliert. Aber in den beiden obersten meine ich etwa dreißig bis vierzig Menschen zu sehen, die in offenen Büros arbeiten.

Das ist guter Stil. Ich bin selber an so manchem Weihnachtsfeiertag arbeiten gewesen. Die Experimentalphysik schert sich nicht um Feiertage. Aber die vierzig Leute, an denen wir jetzt vorbeischweben, sind sicher keine Physiker. So dass man nicht umhinkann, ein wenig über ihre Motivation zu spekulieren.

Der Aufzug hält über der vierten Etage, in der obersten Windung des Schneckenhauses. Wir betreten einen Raum von etwa acht mal acht Metern, ganz aus Glas, die gewölbten Wände treffen sich in einem Punkt, der sich ungefähr sechs Meter über unseren Köpfen befindet.

Von hier hat man eine Panoramaaussicht von dreihundertsechzig Grad auf den Kopenhagener Hafen, die Insel Ven, Malmö und die Halbinsel Falsterbo. Der Sund ist windstill und das Licht messerscharf, man hat den Eindruck, dass man mit dem Fernrohr, das auf einem Dreifuß im Raum steht, bis nach Polen und Oslo schauen kann.

In der Mitte des Saals steht so etwas wie ein riesiger Tropfen aus durchsichtigem Kunststoff. Laban und die Zwillinge sind von seinem Anblick überrascht, aber ich kenne diese Konstruktion von Dutzenden von Treffen mit Andrea Fink. Das Monstrum ist Standard in sämtlichen amerikanischen Botschaften und hat sich mit zunehmendem globalem Zusammenhalt und Verständnis zwischen den Völkern auf Labors der ganzen Welt ausgebreitet. Es ist eine Sicherheitskammer aus Plexiglas und mit einer Beschichtung, die Elektromagnetismus reflektiert, und auf Blöcke montiert, die 99,9 Prozent der akustischen Transmission dämpfen. Es ist eine Vorrichtung für Leute, die ihre Gespräche in großer Diskretion führen wollen.

Die Frau öffnet die Tür, wir treten ein und nehmen Platz. Die Blase ist mit Wegner-Stühlen, einem Konferenztisch, drei Rechnern und einer fast lautlosen Klimaanlage ausgestattet.

Diesmal kommt Thorkild Hegn nicht auf die Idee, den Zwillingen vorzuschlagen, ein bisschen frische Luft zu schnappen. Vielleicht hat er die Hoffnung fahrenlassen, dass dies eine Hilfe wäre. Vielleicht weil er nicht will, dass sie den Golfplatz verdrecken. Vielleicht weil wir an einem Punkt angelangt sind, an dem es zu spät ist, Frauen und Kinder beschützen zu wollen.

»Ich habe mit Baumgarten gesprochen«, sage ich. »Er hat von den letzten Sitzungen erzählt. Sie haben den Untergang der Welt vorausgesehen. Es wurde nichts notiert.«

Er sagt nichts.

»Sie spekulierten in Gold. Ich weiß nicht, wann es anfing, vielleicht erst in den letzten Jahren. Aber du hast die Kontrolle über sie verloren. Du hast das Parlament außen vor gelassen. Worauf sie sich von dir losgesagt haben. So, Thorkild, mit diesem Wissen, finde ich, können wir in Dänemark bleiben. Ich nehme meine Arbeit am Institut wieder auf. Die Kinder bekommen einen Platz in einem guten Gymnasium. Der Passat wird uns ersetzt. Der Alltag geht weiter, als wäre nichts geschehen. Mit zwei Ausnahmen: Wir brauchen Schutz. Einen Mann, der vor dem Haus im Auto steht. Und die Kinder in den ersten Monaten in die Schule fährt. So was wie diesen Oskar. Wer hat sie getötet, Thorkild? Du warst das nicht, oder?«

Er umklammert den Tischrand. Die Frau lehnt sich mit der Schulter an ihn. Hier zeigt sich, was ihre wichtigste dienstliche Aufgabe ist. Nicht auf seinem Schoß sitzend sein Diktat mitzustenografieren. Sondern ihn zu mäßigen, bevor er in zu hohe Umdrehungen gerät.

Es gelingt. Er atmet aus.

»Ich verwalte bei uns zu Hause das Haushaltsbudget«, sage ich. »Das schärft den Blick für ökonomische Anomalien. Zum Beispiel denke ich oft daran, wie du das hier alles finanzieren konntest, es muss dich was gekostet haben, König der Kronholme zu werden. Mit Jet und Hubschrauber.«

Sie umklammert seinen Arm. Mit übermenschlicher Kraft zügelt er sich. Aber er ist weiß um den Mund.

»Natürlich habe ich das Ganze aufgeschrieben, Thorkild. Und bei einem Anwalt hinterlegt. Das wird selbstverständlich an die Presse geschickt. Falls uns wider Erwarten etwas zustoßen sollte. Der Typ, der Harald und mich plattmachen wollte. Gehört der zu deinen Leuten? Über den du auch die Kontrolle verloren hast? Die demokratischen Prozesse waren schon immer langsam. Aber sie zu umgehen, war stets riskant. Schau nur, wie's uns in Indien ergangen ist. Ist dir das auch passiert, Thorkild? Geht die Sache gerade den Bach runter?«

Ich stehe auf. Hinter seiner Hitzigkeit scheint trotz allem Selbstbeherrschung zu stecken. Das gefällt mir nicht. Es ist, als wüsste er, dass er in der Hinterhand sitzt.

Laban räuspert sich.

»Noch eine letzte Sache. Könnten die Kronholme, dieser phantastische Ort – also hättet ihr nicht eventuell daran Interesse, ein Musikstück bei mir in Auftrag zu geben? Etwas Geschmackvolles, zum Beispiel ein Chorwerk? Oder auch etwas Grandioseres, zur Einweihung? Mir schwebt der Klang eines Golfschlägers vor, wenn er den Ball trifft. Mit dem Brausen des Meeres in einer Muschel. Dem Schrei der Möwen.«

Es gehört schon was dazu, am Rande des Abgrunds das Auftragsbuch hervorzukramen. Aber mich überrascht gar nichts mehr. Ich habe schon erlebt, wie Laban während eines Festessens an dem Abend, an dem er mit dem Musikpreis der Universität Kopenhagen ausgezeichnet wurde, der Uni-Leitung Kompositionen andrehen wollte, die bei ihm auf Halde lagen.

Thorkild Hegn starrt vor sich hin.

»Ich werde es auf der nächsten Vorstandssitzung vorschlagen.«

»Ich mach Ihnen einen guten Preis.«

Thorkild Hegn nickt. Laban und die Zwillinge erheben sich.

38

Wir sind wieder auf dem grünen Boot, auf dem Weg nach Kopenhagen. Laban und ich sitzen nebeneinander.

»Hegn«, sagt er, »Baumgarten, Kirsten Klaussen. Sie sind über siebzig. Auch Magrethe Spliid. Und Kornelius.«

»Andrea Fink hat mal zu mir gesagt, die größte Gefahr für die Demokratie sei, dass die Menschen nicht von der Macht lassen können, ehe es zu spät ist.«

Ich mache ein Zeichen in Richtung Anlegestelle. Laban und die Zwillinge folgen meinem Zeichen mit den Augen, erst sehen sie nichts, dann sehen sie die anonymen Autos, die nicht ins Bild passen.

Zunächst ist keiner da. Aber kaum haben wir den Kai betreten, sind sie überall, Männer wie Frauen. Manche von ihnen haben die diskrete Unverrückbarkeit, die Zivilbeamte immer an sich haben. Sie umzingeln uns stumm, ein Auto setzt rückwärts auf uns zu, der Typ Auto, der zum Transport von Wertsachen eingesetzt wird. Die hintere Tür geht auf.

Da steht ein Mann direkt hinter mir. Wo die anderen autoritativ, aber anonym wirken, ist er energisch. Und grau, seine Kleidung ist grau. Er ist kein Polizist. In diesem Augenblick bin ich sicher, dass wir es mit zwei Kräften zu tun haben, dem Staatsapparat und etwas anderem.

»Ich will einen Anwalt sprechen«, sage ich.

Dann tritt er zu.

Er trifft mein Hinterteil mit gestrecktem Spann, der Tritt schleudert mich in den Wagen. Ich schlage mit dem Gesicht auf den Boden, aber ich spüre nichts. Ich sehe klar, aber der Körper ist gefühllos, das Nervensystem gelähmt.

Laban landet neben mir, er bleibt auf dem Rücken liegen und sieht an die Decke, außerstande, sich zu bewegen.

Es gelingt mir, auf alle Viere zu kommen und den Kopf zu drehen.

Der graue Mann hat Thit und Harald hochgehoben. Er hat sie im Nacken gepackt und hält sie am ausgestreckten Arm, ihre Füße schweben dreißig Zentimeter über der Erde.

Harald dürfte um die siebzig Kilo wiegen, Thit liegt bei etwa fünfundfünfzig. Und der Mann ist nicht besonders groß. Trotzdem trägt er sie mühelos. Sein Gesicht leuchtet, wie aus Interesse.

Harald tritt nach ihm. Der Mann schlägt seinen Kopf gegen die Autotür. Sein Blick ist starr auf Haralds Gesicht gerichtet. Als suchte er nach irgendetwas. Und dann weiß ich, was es ist. Er sucht nach Angst. Wie eine Biene nach Nektar sucht.

Eine Sekunde lang hat er nicht auf Thit geachtet. Sie windet sich und beißt ihm in die Hand, in die Haut zwischen Zeigefinger und Daumen.

Er dreht den Kopf und sieht sie an. Schaut auf die Hand. Ihre Zähne sinken ein, Blut kommt, es läuft nicht, es spritzt über ihr Gesicht.

Er zeigt keinerlei Schmerz. Nur eine lebhafte Neugier. Er lässt Harald fallen und legt die freie Hand an Thits Hals. Ich weiß, er wird sie jetzt töten. Und ich kann mich immer noch nicht bewegen.

Ich sehe seine Schuhe. Mokassins, aus grauem Wildleder. Er war es, der den Bagger gefahren hat.

Dann sind vier Männer um ihn. Sie können ihn gerade noch von seinem Tun abbringen, obwohl er sich nicht einmal wehrt. Er konzentriert sich nur auf Thit, das ist alles.

In diesem Moment weiß ich, dass er Magrethe Spliid getötet hat.

Thit und Harald werden in den Wagen gehoben. Die Tür wird geschlossen, wir fahren los. Ich bleibe liegen, ich kann meine Beine nicht rühren. Aber irgendwie kann ich eine Papierserviette aus der Tasche ziehen und reiche sie Thit. Langsam und gründlich wischt sie sich das Blut um den Mund herum ab.

Sie fahren uns zum Evighedsvej. Helfen uns beim Aufstehen und begleiten uns ins Haus, mich müssen sie tragen. Das Haus wurde durchsucht. Die Fenster sind mit Plastik abgedeckt, es sind Arbeitslampen aufgestellt worden, und alles ist durch den Reißwolf gejagt worden. Sie haben sich von außen nach innen durchgearbeitet, bis zu unsern Schreibtischen und Arbeitszimmern, und sie haben alles auseinandergenommen. Die Lichtschalter wurden aus der Wand gepult, die Abzugshaube steht zerlegt auf dem Boden, die Sofapolster sind aufgeschnitten und zerkleinert, und zwar mit chirurgischer Präzision, nirgendwo liegen Fussel herum.

Als sie sich den Naturgasherd vornahmen, fanden sie, was sie suchten, den Bericht und das Blatt mit den Namen, hinter der Platte, die das Warmluftgebläse im Ofen schützt.

Am runden Tisch sitzt Oskar, hinter ihm steht Thorkild Hegns Sekretärin, sie muss den Hubschrauber genommen haben. Sie gibt jedem von uns einen Aluminiumkoffer, etwas größer als die Dinger, die man als Handgepäck mit ins Flugzeug nehmen darf. Ich schaue mich nach dem grauen Mann um. Ich kann ihn nirgends entdecken.

»Ihr habt eine Viertelstunde, um das Wichtigste einzupacken.«

»Oskar«, sage ich. »Kopien von allen Dokumenten sind bei

meinem Anwalt hinterlegt. Morgen früh bist du auf den Titelseiten aller Zeitungen.«

Er sieht mich traurig an.

»Du bist rund um die Uhr überwacht worden, du warst bei keinem Anwalt. Und es hätte deine finanziellen Möglichkeiten überstiegen. Schon einem Anwalt eine Weihnachtskarte zu schicken kostet fünftausend Kronen.«

»Ich hab das online gemacht.«

Er legt seine Hand auf meinen Rechner, der auf dem Tisch steht.

»Den hier haben wir durchgecheckt bis zu der Zeit, bevor wir euch aus Indien rausgeholt haben.«

»Was soll jetzt passieren?«

Er wendet sich ab, ohne zu antworten. Ich werde von zwei Frauen in meine Zimmer begleitet, sie schauen mir beim Einpacken zu, Handy und Reserve-PC behalten sie ein. Sie wollen mir auch den Kuhfuß nehmen.

»Das ist mein Talisman«, sage ich.

Ich darf ihn mitnehmen.

Nur die eine Frau ist Beamtin. Daraus extrapoliere ich die Zusammensetzung der ganzen Horde. Wir sind weiterhin von zwei Sorten Menschen umgeben. Und zwischen den beiden Gruppen herrscht nicht eitel Sonnenschein.

Wir werden zum Auto geführt. Die Tür wird aufgemacht. In diesem Augenblick erklingt eine Stimme.

»Ach, Susan, also wirklich!«

Das ist Dorthea. Meine beiden Begleiterinnen erstarren.

»Und ihr seid schon wieder auf Achse, so kurz nach Weihnachten, danke für die Geschenke, wo geht's denn hin?«

Sie legt den Kopf auf die Seite und blinzelt mit den Augen. Wir haben ihr nichts geschenkt. Sie will uns irgendwas sagen.

Die Frau, die sich bei mir eingehakt hat, verstärkt ihren Griff.

»Ein kleiner Weihnachtsurlaub«, sage ich.

»Oh, wie schön! Und so viele gute Freunde dabei! Ich wünsche euch eine wunderschöne Fahrt!«

Sie breitet die Arme aus und drückt mich an sich. Ihre Finger nesteln mein Hemd am Rücken auf, etwas Kaltes und Flaches gleitet mir übers Kreuz, über den Po und in meinen Schlüpfer. Danach ein Kabel. Ohne eine Bestätigung zu brauchen weiß ich, dass es sich um ein Mobiltelefon und ein Ladegerät handelt.

»Schick uns eine Karte!«

Sie wirft Thit und Harald eine Kusshand zu. Dann geht sie den Evighedsvej hinunter.

ZWEITER TEIL

1

Wir sind seit anderthalb Stunden auf der Autobahn, nehmen eine Ausfahrt, fahren noch eine halbe Stunde, biegen auf einen Schotterweg, erreichen eine Art Zufahrt, wir bleiben stehen, kurzes Gespräch, wir rollen auf Schotter noch eine halbe Stunde weiter. Dann fühlt es sich an, als wären wir auf einem Weg mit Spurrillen, dann hält der Wagen, und die Hintertür wird geöffnet.

Im Mondschein liegt ein kleines schwarzes Holzhaus, daneben eine verfallene Scheune. Die Gebäude liegen an einer Art Bodden, ein kleiner Badesteg führt ins Wasser, auf der anderen Seite erkennt man die Umrisse einer Schlossruine. Neben der Ruine öffnet sich der Bodden zum Meer.

Der Mann, der neben dem Fahrer gesessen hat, schließt auf. Das Haus ist eiskalt. Es hat vier kleine Räume, dazu Wohnzimmer, Küche und ein Badezimmer. Als ich den Hahn öffne, geschieht nichts. Die Hauptleitung ist eingefroren. Der Fahrer holt einen Heizbläser und taut die Plastikrohre auf, ich mache den Kaminofen an.

»Wo sind wir?«

Er antwortet nicht.

Laban und die Kinder haben Federbetten und Bettwäsche gefunden, durchs Fenster zeigt der Fahrer auf einen Pfad.

»Einen Kilometer in dieser Richtung steht ein Haus. Dort holt ihr eure Lebensmittel ab und bestellt neue.«

Dann setzt er sich ins Auto, er verschwindet in der Nacht, wir sind allein.

Wir suchen uns jeder ein Zimmer aus und schlafen wie bewusstlos. Als wir aufwachen, hat es geschneit.

Wir verbringen vier Monate in dem Haus.

Am ersten Morgen gehen wir den Pfad entlang, um Lebensmittel zu holen, nach einem Kilometer kommen wir an einen Hof mit vier Flügeln, neben dem Hof liegt ein weitläufiger Komplex von Treibhäusern. Manche haben getöntes Glas, andere sind von Wachstumslampen erhellt. In dem Treibhaus, das mir am nächsten liegt, erkenne ich subtropische Gewächse, Zitrusbäumchen und Blumen, deren Leuchten bei dem Schnee absurd erscheint. An einem der Bäume hängen reife Apfelsinen. In einem anderen Treibhaus, unter Gewächslampen, stehen niedrige Bananenpalmen mit tonnenförmigen Stauden grüner Bananen.

Ein Mann kommt uns entgegen, Oskar. Er steckt in einem grünen Kittel, wie Chirurgen sie tragen, auf dem Kopf sitzt eine grüne Haube, die verhindern soll, dass ihm Mikroben aus den Haaren fallen, um den Hals hängt eine Art OP-Maske. Er führt uns in einen Haushaltsraum mit Kühlschrank und Milchkästen und Bestellformularen zum Ausfüllen.

Als wir wieder gehen, fällt mein Blick in einen angrenzenden Raum, ein pflanzenphysiologisches Labor. Weiße Fliesen überall, Mikroskope, Petrischalen, Wachstumsschränke, eine Million Reagenzgläser, Chemikalien. Durch ein Fenster sehen wir in einen weiteren Raum, auf niedrigen Tischen mit Ablaufbecken aus Stahl stehen Hunderte von offenbar tropischen oder subtropischen Pflanzen. Die Fliesen triefen vor Feuchtigkeit.

Am nächsten Tag sind die Schmerzen fast weg, ich ziehe Mantel, Mütze und Fausthandschuhe an und gehe genau nach Westen. Ich gehe anderthalb Stunden, ohne etwas anderes zu sehen als Wald und offene Strecken, ich will schon aufgeben, da sehe ich einen Stacheldrahtzaun. Hundert Meter bevor ich ihn erreiche, taucht ein Mann auf, gekleidet wie ein Jäger, freundlich, aber bestimmt fragt er mich, ob er mir irgendwie zu Diensten sein könne, und es wäre reizend, wenn ich mich an die markierten Pfade halten würde, um das Wild nicht zu stören.

Am nächsten Tag wandere ich nach Süden, ich gehe eine Stunde, bis ich den Zaun sehe, eine Minute später taucht der Zwillingsbruder des Jägers aus dem Nichts auf.

Zwei Tage später gehe ich Richtung Norden, um das Pflanzenlabor und die Treibhäuser herum, durch tiefen Schnee, überquere zwei Asphaltstraßen ohne Verkehr, nach einer Dreiviertelstunde stoße ich auf den Zaun und einen Wachmann.

In der folgenden Woche, als ich unsere Nahrungsmittel hole, steht Oskar in der Tür. Ich habe ihn nicht kommen hören.

»Susan, ich höre, du untersuchst die Grenzen.«

Ich sage nichts. Lege weiter die Sachen in den Rucksack.

»Ihr seid im Augenblick Gäste unter unserem Schutz. Zu eurer eigenen Sicherheit. Während etwas wissenschaftlich aufgeklärt werden muss. Damit ihr wieder nach Haus könnt.«

Er kommt näher, er steht unmittelbar hinter mir.

»Ein kleiner Fehltritt und wir besorgen euch einen Container mit vier Etagenbetten, einem transportablen Klo und achtzig Quadratmetern Auslauf innerhalb eines Starkstromzauns.«

Um mir die Zeit zu vertreiben, stürze ich mich aufs Brotbacken. Ich bestelle Hefe und mache einen Sauerteig und wende mich einem ungelösten wissenschaftlichen Haupträtsel des 21. Jahrhunderts zu, der Frage, wie man die elastischen Proteinketten des feuchten, gerührten Teigs mit dem niedrigen pH-Wert der Milchsäure ausbalanciert, die die Proteine auflöst.

Harald versucht, Bücher zu bestellen, das wird ihm verweigert. Auf dem Dachboden findet er einen halben Meter fünfzig Jahre alte Nummern von *Reader's Digest*. Thit entdeckt, dass am Labor Pferde herumlaufen, vermutlich wegen des Düngers. Sie darf sich einen Apfelschimmel-Wallach und eine hellbraune Alphastute und einen Sattel ausleihen, von da an ist sie jeden Tag für Stunden ausgeflogen.

Laban fängt an, in der ausrangierten Scheune ein Musikinstrument aus Stahldraht und Holzkisten zu basteln. Zu meiner Verwunderung finden sie sich zurecht, als hätten sie ihre Lage akzeptiert.

Es wird kälter, der Winter, der Frost versiegelt die Landschaft, der Bodden friert zu, dann auch das Meer. In einer Nacht warte ich, bis die anderen schlafen, dann schmiere ich mir ein Butterbrot, schreibe einen Abschiedsbrief, nehme eine Plastikflasche mit Wasser mit und gehe aufs Eis. Nach einer Stunde erreiche ich die zugefrorene See. Ich gehe etwa dreihundert Meter weiter, dann komme ich an offenes Wasser. Ich folge der Eiskante gen Norden, gehe an dem vierflügeligen Hof vorbei, nach weiteren anderthalb Stunden stehen vor mir auf dem Eis zwei Männer.

Ich fange gar nicht erst ein Gespräch an. Ich drehe mich schlicht um und gehe zurück, zwei Stunden später liege ich in meinem Bett und schlafe. Als ich Laban und den Zwillingen am nächsten Morgen von meinem nächtlichen Ausflug berichte, sehen sie mich an, als ob sie irgendetwas nicht verstünden.

Es wird immer kälter, eines Morgens ist die Erde von zehn Zentimeter Pulverschnee bedeckt, schwere- und widerstandslos wie Nebel, der ganze Weg bis zum Hof fühlt sich an, als ginge man durch Daunen.

Als ich ankomme, ist Oskar nirgendwo zu entdecken. Ich schaue durch die Fenster ins Labor, es ist leer. Ich gehe um den einen Flügel, an einem der Treibhäuser entlang, und plötzlich bin ich nur fünfzig Zentimeter von ihm entfernt. Er sitzt mit dem Rücken zu mir auf einem Stuhl, auf der anderen Seite der Scheibe, er hat mich nicht bemerkt.

Vor ihm und teilweise über ihm steht ein Pfirsichbaum mit grünen Pfirsichen. Einer der Zweige neigt sich durch das Gewicht einer unbestimmbaren schwarz-roten Masse zum Boden hinunter, sie hat die Form und die Größe eines amerikanischen Footballs. Unter der Masse, zwischen seinen Knien, steht ein offener weißer Bienenstock. Der Football ist ein Bienenschwarm aus Tausenden und Abertausenden von Bienen, die träge übereinanderkriechen, sie sind klein, schwarz und rot gestreift, eine Art, die ich nie zuvor gesehen habe, vielleicht eine tropische Art, das Treibhaus ist von Wachstumslampen erleuchtet, auf den Scheiben liegt ein feiner Feuchtigkeitsfilm.

Die Bienen müssen in einem künstlichen Sommer ausgeschwärmt sein, das Thermometer an der Außenwand unseres Holzhauses zeigte vierzehn Grad Frost, als ich losging.

In der Linken hält Oskar eine kleine netzartige Schachtel, die höchstens zwei, drei Kubikzentimeter misst. Behutsam dringt er mit dem rechten Arm in den Schwarm vor, bis er fast bis zum Ellbogen bedeckt ist. Dann zieht er ihn heraus, zwischen Daumen und Zeigefinger hält er eine Biene, die mehr als doppelt so groß ist wie die anderen, die Königin. Er legt sie in die Schachtel, führt die Schachtel in den Mund und hält sein Gesicht nahe an den Schwarm. Wie ein geschlossener Organismus scheint er zunächst feine Scheinfüßchen gegen ihn auszustrecken, dann fließt die ganze lebende Masse hinterdrein und bedeckt das Gesicht vom Haaransatz über die Stirn, die Augenhöhlen, Nase, Mund und hängt dann vom Kinn herunter wie ein schwarz-roter Vollbart.

Er sitzt vollkommen still. Selbst an meinem Standort, auf der andern Seite des Doppelfensters, höre ich das tiefe Summen der Myriaden von Insekten, wie von Turbinen. Ich kann sogar die überwältigende Energie des Schwarms spüren.

So sitzt er vielleicht drei Minuten, regungslos, vertieft in den Kontakt mit dem Schwarmbewusstsein an seinem Gesicht. An der Grenze zwischen intensivem Leben und qualvollem Tod.

Dann hebt er langsam die rechte Hand, fegt sanft seinen Mund frei, nimmt die Schachtel heraus, holt, ohne etwas sehen zu können, die Königin heraus und setzt sie in den Bienenstock.

Wie angezogen von einem biologischen Magnetismus folgt der Schwarm nach, erst einige Bienen, dann mehrere, bis schließlich die ganze lebende Masse in den Holzkasten schwebt. Vereinzelte Bienen schwirren einen Augenblick lang über der Öffnung, Oskar wartet, immer noch regungslos, dann landen auch sie im Stock, und behutsam bringt er den Deckel an.

Er richtet sich auf, entzückt, und kehrt aus einer anderen Welt in die unsrige zurück. Dann bemerkt er mich. Aus einem halben Meter Entfernung sehen wir uns durch das Thermoglas an.

2

Eines der ersten Brote, das mir gelingt, bringe ich ihm mit. Ich weiß nicht, warum. Als ich komme, steht er im Labor und wetzt ein Messer. Die Schneide ist gekrümmt, konkav, der Wetzstein ist ein Zylinder aus keramischem Material, den er mit der Hand hält, das Material ist matt wie unpoliertes Elfenbein. Ich habe das Brot in ein Geschirrtuch gewickelt und lege es neben ihn auf den Tisch.

Ich bleibe einige Minuten stehen und schaue zu, er macht das virtuos. Die Bewegungen sind wohlüberlegt, aber schnell, ökonomisch, zwischendurch prüft er die Schneide, indem er sie über den Daumen führt. Abschließend stellt er die Klinge im rechten Winkel auf den Daumennagel und drückt vorsichtig. Sie schiebt einen Wall aus Horn vor sich her. Sie ist schärfer als eine Rasierklinge.

»Ein Pfropfmesser«, sagt er. »Die Reinheit des Schnitts ist entscheidend.«

In den folgenden Wochen sehe ich ihm beim systematischen Pfropfen zu. Manchmal arbeitet er im Labor, manchmal an den Arbeitstischen in einem der Treibhäuser. Er pfropft tropisch aussehende Stämme, die bisweilen schuppig oder haarig sind wie Palmenstämme, und stets bei hoher Temperatur und einer Luftfeuchtigkeit von nahezu hundert Prozent. Abgesehen vom Austausch irgendwelcher Bemerkungen zu den bestellten Waren sprechen wir nicht miteinander.

Wir erhalten die Sachen, die wir wollen. Nach zwei Monaten kommen ohne weitere Erklärung auch Bücher für Harald.

Am ersten März bekommen wir zehn Tage lang einen trügerischen Frühling. Plötzlich wärmt die Sonne, nach drei Tagen ist der Schnee geschmolzen außer den Wehen im Schatten, nach fünf Tagen ist das Meer eisfrei, nach einer Woche bricht das Eis im Bodden.

An einem Morgen wate ich hinaus, bis mir das Wasser an die Oberschenkel reicht, dann ducke ich mich, kraule bis zum Badesteg vor unserm Haus, rubbele mich ab und sitze nackt in der Sonne und merke, wie gierig die Haut das Licht trinkt.

Am nächsten Tag sehe ich Oskar schwimmen.

Ich bin früher als gewöhnlich gekommen, es ist ein Versuch, meine Umgebung innerhalb des engen gegebenen Rahmens zu erforschen. Der Hof liegt zum Bodden hinunter, und als ich ankomme, sehe ich ihn.

Er befindet sich mindestens hundert Meter vom Ufer entfernt, das Wasser muss um die null Grad haben, erst denke ich, es handelt sich um einen Seehund.

Er schwimmt Schmetterling. Ich habe ihn auf Ende fünfzig geschätzt, aber er schwimmt mit einer gleitenden und explosiven Kraft.

Fasziniert von der Eleganz seiner Bewegungen bleibe ich stehen. Ungläubig, weil er es so lange im eisigen Wasser aushält. Erst als er das Land erreicht, drehe ich mich um und gehe.

Ich stehe mit unseren Waren in der Hand im Haushaltsraum, da tritt er ein. Er hält mir ein Foto hin. Es ist schwarzweiß, von oben aufgenommen, vielleicht aus zwanzig Metern Höhe, aus einem kleinen Flugzeug, sein Schatten zeichnet sich deutlich auf dem Boden darunter ab. Man ahnt die Ecke eines Gebäudes. Neben dem Schatten stehen drei Menschen, zwei Männer und eine Frau. Sie schauen nach oben, die Frau ist alarmiert. Der eine Mann hat eine weiße Melone auf, er ist der älteste der drei. Der andere Mann trägt einen grauen Anzug mit Weste. Bei seinem Anblick fängt mein Körper an zu schmerzen. Er hatte mich mit seinem Fußtritt in den Wagen befördert. Aber auf dem Bild ist er viel jünger, er sieht aus wie ein großer Junge.

Oskar sagt nichts. Er wartet nur.

Ich gebe ihm das Bild zurück.

»Du bist Physikerin«, sagt er. »Was ist das da zu ihren Füßen?«

Ich schüttele den Kopf.

»Und die Personen?«

Ich schüttele wieder den Kopf.

»Wo ist das aufgenommen?«, frage ich.

Er legt das Bild in ein abgegriffenes Notizbuch.

»In der Wüste Kalahari.«

»Wann?«

»1977.«

Er dreht sich um und geht.

In den vergangenen Wochen war Harald in seine Lektüre vertieft. Wenn er nicht liest, wirkt er abwesend. Eines Abends nach dem Essen holt er einen Stapel Bücher und legt sie vor uns auf den Tisch.

Es sind gebundene Zeitschriften, ein paar Titel heißen *Army News*, *Journal of Strategic Studies*, *Tidskrift for militære Studier*, *Foreign Affairs*.

»Das sind Artikel von Magrethe Spliid. Zwanzig insgesamt. Sie handeln von Massentoden. Sie hat einen Begriff geprägt, der lautet *man-made violence*. Also die Gewalt, die Menschen sich gegenseitig zufügen. Im 20. Jahrhundert sind zwischen hundert und hundertfünfzig Millionen Menschen von anderen getötet worden. Vielleicht fünfzig Millionen im Zweiten Weltkrieg. Fünfzehn Millionen im ersten. Zehn bis fünfzehn Millionen unter Stalins Terror. Sie schreibt, so etwas sei nie zuvor geschehen. Nur die großen Infektionskrankheiten und Naturkatastrophen hätten Opfer in diesem Ausmaß gefordert. Alle Artikel handeln davon, die Ursachen verstehen zu wollen. Für die offizielle Geschichtsschreibung, sagt sie, sind die Verluste gleich der Anzahl im Kampf gefallener Soldaten. Das sei aber nur ein Viertel der tatsächlich Umgekommenen. Drei Viertel sind Alte, Kranke, Frauen und Kinder, die vor Hunger, Kälte und aufgrund von Infektionen in der Folge des Krieges sterben. Sie führt den Begriff ›Volkssicherheit‹ ein, *public security*. Wie ›Volksgesundheit‹. Sie schreibt, wenn man die Volksgesundheit von 1880 bis 1950 drastisch verbessern konnte, vor allem indem man die Hygiene verbesserte und etliche große Infektionskrankheiten verstehen und ausrotten konnte, wenn man also die Volksgesundheit fördern konnte, indem man die Vernunft auf die Ursache richtete, warum könne man dann mit der *man-made violence* nicht das Gleiche tun? Weil, wie sie sagt, die Gewalt an einem Punkt entspringe, zu dem die Vernunft nicht hinabsteigen könne. Sie entspringe der menschlichen Wut. Alle Artikel handeln im großen Ganzen davon. Und alle enden mit derselben Frage: Was ist die Ursache der Wut? Das wollte sie verstehen.«

»Und was schlägt sie vor?«, fragt Thit.

Er schüttelt den Kopf.

»Ich hab erst weniger als ein Drittel gelesen.«

»Harald«, sage ich, »was passierte 1977 in der Kalahari, das interessant genug gewesen sein könnte, um fotografiert zu werden? Was mit hochexplosiven Stoffen zu tun hatte?«

Er kramt in seinem eigentümlichen Gedächtnis. Vergeblich. Er schüttelt den Kopf.

»Wieso hochexplosive Stoffe, Mama?«

»Ich habe ein Foto gesehen. Darauf waren gegossene Kabelgräben zu erkennen.«

Eine Woche später beginnt ein Lernprozess. Ich sehe zu, wie Oskar Erde austauscht. Dann reicht er mir den Wetzstein und eins der krummen Messer.

Ich arbeite täglich eine Stunde in dem Raum, den er für das Umpflanzen benutzt. Ich brauche eine Woche, bis ich gelernt habe, wie die Schneide ausreichend geschärft wird, die Technik unterscheidet sich signifikant von der für ein Küchenmesser, bei der die Klinge im Winkel von zwanzig Grad angesetzt wird, oder von der für den steilen Schliff eines Stemmeisens.

In der folgenden Woche unterweist er mich in der Auswahl des Grundstamms, er arbeitet jetzt mit dänischen Obstbäumen. Er lehrt mich, die scheinbar gleichen Stücke Holz wiederzuerkennen, die trockenen, in die Erde gesteckten Stöckchen ähneln. Als Pädagoge ist er langsam und geduldig, er lässt mich ihre Klassifizierungsnummern und Eigenschaften auswendig lernen. Die Veredlungsunterlage MM 106 zum Beispiel gibt siebzig Prozent größere Äpfel als der Durchschnitt, erfordert aber einen guten Boden. Die M 7 ist ein extrem widerstandsfähiger Stamm wie der eines Wildapfels. Die M 26 entwickelt ein so kleines Wurzelwerk, dass sie sich am besten für Spalierobst eignet; dafür hat sie eine besondere Gesundheit. Die M 9 ergibt einen kleinen Apfelbaum mit kurzer Lebensdauer, aber schnellem Ertrag.

Schon beim ersten Mal, als ich ihn eine Pflanze berühren sah, erkannte ich, wie sorgfältig er vorgeht.

Er zeigt mir den doppelten schrägen Pfropfschnitt. Wie man gleich anschließend, um Oxidation zu verhindern, die grünen, wasserführenden Schichten im Stamm und den Zweig aneinanderdrückt, beides mit elastischem Band stramm umwickelt und luftdicht mit Pfropfwachs verschließt. So wie er ihn ausführt, hat der Prozess eine chirurgische Präzision. Als ich eine meiner eigenen Pfropfungen zum ersten Mal sprießen sehe, habe ich die Empfindung eines kleinen Geburtswunders.

Eines Tages, als ich gerade nach Hause gekommen bin und mir die Hände wasche, hebt Harald den Blick von seinen Recherchen.

»Ich hab's gefunden, Mama, das mit der Kalahari. In einem von Magrethe Spliids Artikeln. Im August '77 wurden dort von einem sowjetischen Satelliten Bilder gemacht, die enthüllten, dass Südafrika ein Atomwaffenprogramm hatte.«

Ich mache mit dem Händewaschen weiter. Die harten Borsten der Nagelbürste entfernen das empfindliche Hautepithel unter den Nägeln.

»Gibt es noch andere Fotos? Die aus kürzerer Distanz aufgenommen wurden, wie aus einem Flugzeug?«

Er schüttelt den Kopf.

Ich lege vorsichtig die Nagelbürste hin. Unter den Nägeln blutet es hier und da. Aber sie sind sauber.

Ich setze mich an den Tisch. Laban kommt herein und nimmt Platz.

»1972 stellen Andrea und Magrethe Spliid eine Gruppe zusammen«, sage ich. »Sie haben das zehn Jahre lang vorbereitet, wir wissen nicht genau, warum. Sie werden vom Folketing unterstützt, ihr Vorschlag kommt zu einem Zeitpunkt, als Denkfabriken in Mode sind. Die Gruppe erhält den offiziellen Namen Zukunftskommission. Offiziell, aber geheim gehalten. Sie soll Zukunftsszenarien entwerfen. Zum ersten Mal ist der Wohlfahrtsstaat in Sorge, wohin das Ganze sich entwickelt. Zunächst besteht die Kommission aus sechs jungen Spezialisten aus zentralen Fachgebieten, im Laufe der folgenden Jahre wird sie auf zwölf Mitglieder erweitert. Alle sechs Monate wird ein Bericht angefertigt. Von dem keiner Notiz nimmt. Im Lauf der ersten zwei Jahre entdecken Andrea und Spliid, dass sie auf die stärkste prognostische Ader aller Zeiten gestoßen sind. Vielleicht zufällig, vielleicht aufgrund von Andreas Wissen, wie man kollektive Intelligenz strukturiert. Vielleicht beides. Sie schreibt eine Zusammenfassung ihrer Ergebnisse. Sie lässt eine Voraussagegenauigkeit erkennen, die es in der Geschichte noch nie gab. Wir wissen nicht, wem das Resümee gezeigt wurde. Jedenfalls werden die Nachrichtendienste von Polizei und Verteidigung informiert. Die versuchen, die Gruppe unter ihre Kontrolle zu kriegen. Das misslingt. Man fürchtet, sie zu verlieren. Also wird eine Führungsgruppe unter Hegns Leitung gebildet. Im Laufe der nächsten vierzig Jahre reißt sich die Gruppe bis zu einem bestimmten Grad vom parlamentarischen System los. Das hat man in Dänemark schon erlebt. Gleichzeitig bewahrt die Kommission eine gewisse Selbständigkeit. Bestimmt weil alle Mitglieder Fachleute mit großem Selbstbewusstsein sind. Vermutlich verfügen sie auch über die Einsicht, dass die Fähigkeit, in die Zukunft zu sehen, gefährlich sein kann. Hegn kennt zu keiner Zeit die Identität sämtlicher Gruppenmitglieder. Und über den Austausch von Mitgliedern – wegen eines Todesfalls oder aus anderen Gründen – wird er nicht informiert. Zu irgendeinem Zeitpunkt bekommt die Kommission Lust, Geld zu verdienen. Viel Geld. So weit, so gut. Aber jetzt kommen die Rätsel. Die Kommission ist der Meinung, dass ein umfassender globaler Zusammenbruch bevorsteht. Sie beschließt, sich aufzulösen. Und gibt Hegn keinerlei Protokoll der letzten Sitzungen. Das findet er nicht gut. Also versucht er es mit mir. Der Hinweis auf mich kam von Andrea. Wir werden nach Hause geholt. Aber es geht etwas schief. Der Mord an Magrethe Spliid, Kornelius und eventuell Keldsen ist nicht auf Hegns Initiative zurückzuführen. Genauso wenig wie der Mordversuch an Harald und mir. Das heißt, es ist noch ein anderer Faktor im Spiel. Die Leute, die uns hierhergebracht haben, sind nicht die Polizei. Auch nicht der graue Serienmörder am Hafen. Das ist eine andere Sorte Mensch. Der graue Mann. Er war auf dem Foto, das Oskar mir gezeigt hat. Von der Kalahariwüste.«

Thit schaut mich an.

»Mama. Könnte man sagen, dass die Kommission, in Verbindung mit der Geldmacherei, auf eine Frage stieß? Nämlich wo die Grenze zwischen dem Gebrauch und dem Missbrauch eines besonderen Talents verläuft?«

3

Mitte März zeigt mir Oskar den etwas komplizierteren Zungenschnitt. Er eignet sich für empfindlichere Edelreiser, Bøghs Zitronenapfel, Säulenapfel, roter Astrachan.

»Oskar, was ist das hier eigentlich für eine Veranstaltung?«

»Eine pflanzenphysiologische Versuchsstation.«

»Warum so groß? Zehn mal zehn Kilometer, und der größte Teil liegt brach.«

»Es gibt Mindestanforderungen für die Veredlung. Um Fremdbestäubung zu verhindern.«

»Wir sind also im südlichen Seeland«, sage ich. »Um so etwas zu machen wie hier, wäre der Norden zu dicht besiedelt.«

Er antwortet nicht.

»Wem untersteht das Ganze?«

Er antwortet nicht.

Als am nächsten Tag die Post kommt, wie immer in einem kleinen Transporter, bin ich allein im Labor. Sie liefert auch die Bestellungen und Haralds Bücher. Die Briefe werden in einen Korb innen neben der Tür gelegt, dann fährt die Post weiter.

Oskar ist nirgendwo zu sehen. Ich gehe die Sendungen durch. Die meisten sind anscheinend Kataloge, adressiert an die »Pflanzenphysiologische Versuchsstation«, Postleitzahl 4720 Præstø. Der letzte Umschlag ist an Oskar Larsen adressiert. Absender sind die »Spezialkräfte der Verteidigung«.

Es hat eine Reihe von frostfreien Nächten gegeben, Oskar erzählt mir, dass wir uns dem Knospenpfropfen nähern. Bei dem man einzelne Knospen besonders attraktiver Sorten unmittelbar auf bereits tragende Bäume aufpfropft.

Er steht neben mir, in der Linken hält er die grüne Knospe, mit der Rechten legt er den Schnitt, ganz exakt, in einer fließenden Bewegung.

»Oskar«, sage ich, »wieso gibt es keine Frau?«

Er legt das Messer hin, dreht sich um und geht.

Anfang April helfe ich beim Spinatpflanzen.

Nach einer Stunde unterbreche ich meine Arbeit und sage, ich müsse aufs Klo. Vom Feld zum Labor sind es vierhundert Meter. Vom Gebäude aus kann ich seinen gebeugten Rücken sehen. An der Stirnwand des Labors ist eine Tür, die ich noch nie offen gesehen habe. Jetzt mache ich sie auf. Es ist eine Doppeltür, die innere ruht in einem zehn Zentimeter breiten Gummiflansch, wie die Tür in einer Luftschleuse.

Der Raum ist fensterlos und finster, aber eine rote Dunkelkammerlampe geht automatisch an, an den Wänden stehen Schränke, ich öffne eine Tür, auch sie hat einen Gummiflansch, im Schrank stehen kleine Gläser, die wie Marmeladengläschen aussehen, hundertfach, dicht an dicht.

Alle sind zu drei Vierteln mit Getreide gefüllt. Jedes Glas hat ein Etikett. Ich lese »Gerste. Landsorte. Skandinavische Genbank Nr. 3071. Gerste. Landsorte. Skandinavische Genbank Nr. 12.440. Roggen. Landsorte …«

Auf dem Boden steht eine Holzkiste von ein mal anderthalb Metern, ich nehme den Deckel ab. Darin sind kleine Abteilungen aus dünnem Sperrholz, in jeder steht so ein Marmeladengläschen. Die Kiste enthält über tausend Gläser, jedes sorgsam mit Holzwolle umwickelt.

»Was sind ›Landsorten‹?«

Harald ist in seiner Lektüre versunken, er blickt nicht einmal auf, als er mir antwortet.

»Getreidesorten, die auf herkömmliche Weise ausgewählt wurden, indem man die besten Samen aussortiert hat. Der Ertrag ist geringer als bei modernen Sorten. Aber sie sind robuster. Wie du, Mama.«

»Harald«, sage ich, »du bist nicht zufällig etwas altklug, was? Und hast nicht etwa die Flucht in die Bücher angetreten, um den Mädchen aus dem Weg zu gehen, oder?«

Es dauert ein bisschen, dann schaut er doch auf. Mit resigniertem Blick.

Am folgenden Tag werde ich von der Arbeit mit dem Spinat gepackt. Ich finde einen Rhythmus wie an einem guten Tag im Physikalischen Labor, ich spüre ein inneres Metronom, ich arbeite mich voran, Reihe um Reihe, getragen von einem raumgreifenden Puls, der keinen Moment nachlässt.

Als ich wieder in der Wirklichkeit ankomme, habe ich vier Stunden ununterbrochen gearbeitet.

Ich gehe zum Labor zurück. Oskar sitzt mit einer Art Pinzette an einem Mikroskop. Er blickt nicht auf. Ich bleibe neben ihm stehen.

»Von einem Keim entfernt man die äußerste Zellgruppe, Susan. Und verwendet sie zur Zucht. Um die krankheitstragenden Organismen zu umgehen, die tiefer drinnen sitzen.«

»Das Bild«, sage ich, »aus der Kalahari, war das von der südafrikanischen nuklearen *test site*?«

»*Vastrap Weapon Range*. So hieß das.«

Er blickt noch immer nicht auf.

Als ich ins Holzhaus zurückkehre, höre ich Musik von Labans Instrument. Ich gehe in den Stall. Da sitzt er und schaut zu mir hoch.

»Ich weiß, dass du was mit ihm hast!«

Wenn er wirklich betroffen ist, verändert sich nicht seine Miene. Sondern sein Gesicht wechselt die Farbe. Er steht auf.

»Oskar ist der alte Gärtner«, sage ich, »der Mann ist achtzig.«

»Er ist im besten Alter. Ich habe das sofort gemerkt, als ich euch das erste Mal zusammen gesehen habe. Und jetzt ist es unverkennbar, dass du aus einer sexuellen Situation kommst!«

Eifersucht ist eine interessante chemische Verbindung. In dem einen Augenblick sind wir große und freigebige Menschen, im nächsten haben wir 0,25 Milligramm eingeatmet und sind in niederträchtige Gnome verwandelt.

»Und das quasi vor meinen Augen! Und denen der Kinder!«

»Laban«, sage ich. »Komm zur Besinnung!«

Dann schlägt er zu.

Er hat keine dünnen Klavierfinger. Er hat eine breite und kräftige Hand.

Und er hat auch nicht sein Leben lang hinter dem Klavier zugebracht. Seine Mutter erzählte mir, er sei als Junge gewalttätig gewesen und habe sich größere Jungs gesucht, die für sein Temperament herhalten mussten. Im Garten am Evighedsvej hatte ich für Thit und Harald ein Tau aufgehängt. Nach ein paar Jahren waren sie zu alt dafür, aber Laban muss immer noch mindestens einmal am Tag raus und daran schwingen wie ein Affe.

Er hat mich noch nie geschlagen, er trifft mich hart und unerwartet, obwohl ich mit der Bewegung mitgehe, wirft mich der Schlag zu Boden.

Aber ich kann den Sturz etwas abfangen und rolle in einem Halbkreis über den Boden.

Um mich zu kriegen, muss er jetzt auf die Holzkisten seines Instruments steigen.

»Ich weiß, dass ihr miteinander geschlafen habt!«

»Stimmt«, sage ich. »Eine ordentliche Tour im Heuhaufen unter den Apfelbäumen. Das einzige, was gestört hat, war der da.«

Auf dem Boden liegend zeige ich auf eine Stelle hinter ihm. Er dreht sich um und guckt. Wie 99,9 Prozent der Weltbevölkerung es getan hätten.

Dann trete ich die Kiste unter ihm weg.

Sie ist mindestens dreißig Zentimeter hoch, sein Schwerpunkt befindet sich, als sein Fall beginnt, anderthalb Meter über dem Erdboden. Er landet flach auf dem Rücken, eine Nanosekunde später knallt sein Hinterkopf auf den Beton.

Einen Moment lang ist er bewusstlos, vielleicht nur wenige Sekunden. Aber genug für mich, um auf die Beine zu kommen, eine Forke von einem Haken an der Wand zu reißen und ihre Zinken gegen seinen Hals zu drücken.

Wir sehen uns in die Augen. Ich erhöhe leicht den Druck auf die Forke. In seinem Blick sehe ich, wie ihm eine Erkenntnis dämmert, eine Einsicht, zu der zu kommen im gewöhnlichen dänischen Familienidyll außerordentlich schwer ist: der Erkenntnis, dass nicht immer nur die anderen sterben müssen, sondern tatsächlich auch man selber. Und zwar in jedem beliebigen Augenblick.

Dann stehen Thit und Harald im Raum.

Wir sind ins Haus gegangen und haben uns in die Küche gesetzt. Die linke Gesichtshälfte ist geschwollen, das Auge teilweise geschlossen. Thit hat Labans Wunde am Hinterkopf gewaschen und ihn mit Geschirrtüchern verbunden. Er gleicht einem sterbenden Wüstenscheich.

Ihm zittern die Hände. Mir auch.

»Wir haben uns noch nie geprügelt«, sagt er, »Gewalt gab's nicht, das war mein Fehler, das wird nie wieder passieren.«

»Es gibt andere Arten von Gewalt als die physische«, sagt Thit. »Harald und ich, wir erinnern uns an Spannungen zwischen euch schon aus der Zeit vor dem Kindergarten. Wir haben so oft darüber geredet, dass wir uns an das Gefühl erinnern können, wenn wir ins Wohnzimmer kamen: dass wir erst einmal kontrollierten, ob etwas in der Luft lag. Kinder sind wie kleine Tiere. Man lauscht, ob alles sicher ist. Erwachsene haben vielleicht einen Draht für direkte Ohrfeigen. Oder Streitereien. Aber nicht für Spannungen. Obwohl sie die Beziehung vergiften. Diese Spannungen habt ihr nie gelöst.«

Wir rühren uns nicht. In der ohnmächtigen Erkenntnis, dass sie recht hat.

»Ich hatte ein Bild«, sagt Laban, »einen Wunsch, einen Traum, als eure Mutter mit euch schwanger war. Es war die einzige Vorstellung, die ich hatte. Das war nichts, was ich euch beibringen wollte, das hatte nichts mit Musik zu tun, es war etwas anderes. Ich hatte den Wunsch, dass ihr nie einsam sein solltet. Wie ich es als Kind war.«

Laban hat zwei Brüder und eine Schwester. Er ist in einem reichen Familienleben aufgewachsen, mit verständnisvollen Eltern, in Watte und Baumwolle gepackt. Kein Mensch hat je gedacht, er könne einsam gewesen sein.

»In einem Kind kann etwas stecken. Das zu bemerken kann sehr schwer sein. Etwas, das nach irgendeinem Widerhall sucht. Und das Kind selbst kann es nicht sagen. Und obwohl es von wohlmeinenden Erwachsenen umgeben ist, gibt es etwas, das nicht gesehen wird. Aber ehe es nicht gesehen wird, kann es nicht frei werden und zu wachsen anfangen.«

Zum ersten Mal sehe ich, gleichsam in Laban drinnen, einen kleinen Jungen, der sich schrecklich allein gefühlt hat.

»Das hörte erst auf, als ich eure Mutter traf. Aber es kostet etwas, gesehen zu werden. Wenn ein anderer Mensch einen wirklich sieht, wenn man sich ernsthaft von einer Frau gesehen fühlt, entfacht das eine Art Wahnsinn. Man will immer wieder gesehen werden. Sich vollständig verstanden fühlen. Sie soll all die Jahre, die sie nicht da war, wiedergutmachen. Und noch etwas. Wenn man sich erst einmal geöffnet hat, hat man sehr viel Angst, zu verlieren.«

Ich bin aufgestanden. Ich stehe am Küchentisch und drehe ihnen meinen Rücken zu.

»Als mein Vater verschwand«, sage ich, »ging die Welt entzwei. Bis dahin hatte ich mitten in einer Kugel gelebt, so hatte ich das erlebt, ich empfand das Universum als kugelförmig. Am Tag seines Verschwindens änderte es die Form. Von da an lebte ich auf einer Fläche. Ohne irgendeinen Schutz über mir. Und wo man jederzeit vom Rand hinabstürzen konnte. Genauso war es für meine Mutter. Sie hatte andere Männer, als sie noch zusammen waren, sie hatte andere hinterher, aber sie kam nie darüber hinweg. Eine bestimmte Ganzheit war verloren gegangen. Von da an verloren sie und ich die Orientierung. Von da an irrten wir in der Welt umher. Obwohl sie es schaffte, die Wohnung zu behalten, obwohl sie am Theater blieb und den Tanz hatte, war sie von dem Tag an eine Herumtreiberin. Sie war dreißig Jahre alt. Aber sie trieb sich in sich selbst herum. So dass ich, als ich mit euch schwanger war, ein Bild hatte. Das Bild einer gemeinsamen Mahlzeit. Ich sah mich für euch kochen. Und hinter diesem Bild lag ein Projekt, das habe ich jetzt verstanden. Ich wollte so lange mit Laban zusammenbleiben, bis ihr euch selber durchschlagen könntet.«

Ich spüle die Teekanne mit heißem Wasser aus. Gebe Teeblätter hinein. Gieße heißes Wasser auf. Dann drehe ich mich um und schaue sie an.

»Wir haben unser Bestes getan, Laban und ich. Und ziemlich oft war es nicht gut genug.«

Wir essen wortlos. Dann schiebt Harald den Teller von sich.

»Die Geschichten«, sagt er, »die ich erzählt habe, als ich klein war, die hatten nichts mit euch zu tun.«

Harald hat jahrelang gelogen. Er log in der Schule, er log uns gegenüber, er log gegenüber seinen Kameraden. Wir redeten mit ihm, wir redeten mit der Schule, er kam zum Schulpsychologen, half alles nichts.

Wir gaben auf, als wir von Eltern seiner Klassenkameraden angerufen wurden. Harald hatte seine Freunde davon überzeugt, dass unsere ganze Familie von einer fernen Galaxis stamme und ihr Raumschiff im Schlosspark Charlottenlund verborgen habe.

Als ich nach dem letzten dieser Anrufe den Hörer aufgelegt hatte, sahen Laban und ich uns an. Es war Laban, der das Erforderliche sagte.

»Jungen erzählen Geschichten von dem Hund, den sie nicht haben. Von dem Luftgewehr, das sie nie bekommen, und von den Küssen, die die Mädchen ihnen nie gegeben haben. Aber sich selbst und die ganze Familie zu Außerirdischen zu machen! Das ist eine andere Gewichtsklasse. Davor empfindet man fast eine Art Respekt.«

Eines Tages war Schluss mit der Flunkerei. Wir erhielten nie eine Erklärung. Bis jetzt.

»Egal, was ihr damals getan habt, es war nie gut genug. Ich wollte die Welt größer haben. Größer, als sie ist. Ich wollte sie zwingen, größer zu sein. Das habe ich in Almoeda begriffen. Ich hätte Gas geben können. Ich hätte über die Grenze schlüpfen können. Aber ich tat's nicht. Als ob etwas in mir mich zurückgehalten hätte. Und dann merkte ich, dass der Wunsch okay ist. Aber die Art und Weise war verkehrt.«

In der Nacht fällt das Einschlafen schwer. Ich denke an die Kindheit der Zwillinge. Um zu versuchen, die Kindheit und die Kinder zu verstehen.

Sie schliefen bei mir und manchmal bei Laban, bis sie mit acht oder neun recht plötzlich, innerhalb weniger Wochen, anfingen in ihren eigenen Zimmern zu schlafen. Aber bis dahin sah ich sie morgens aufwachen, tausende Male.

Bis sie sieben waren, lächelten sie, wenn sie die Augen aufschlugen. Sie erwachten, machten die Augen auf und waren einige Sekunden lang ohne jede Vorstellung, in welchem Universum sie gelandet waren. Dann erkannten sie das Bett, sie erkannten einander und den Erwachsenen. Und dann lächelten sie. Wie aus einem tiefen Vertrauen zum und einem Trost durch das Dasein.

Das hörte auf, als sie sieben waren. Innerhalb weniger Monate veränderte sich ihr Morgenblick. Als hätte eine neue Instanz angefangen mitzuschauen, durch ihre Augen. Eine Instanz, die allmählich ahnte, dass man, um erwachsen zu werden, einen Preis bezahlen musste.

Ich denke an Laban. Ich habe immer gedacht, er erwache wie ein Weltbürger, ein Renaissancemensch. Jetzt sehe ich ihn anders. Als würfen seine Worte am Tisch eine andere Deutung in die Zeit zurück. Als könnte das Jetzt die Vergangenheit verändern.

4

Ich erwache um fünf, ich kann nur mit einem Auge sehen, das andere pocht. Ich gehe nach draußen, Laban kauert auf der Terrasse und singt leise. Fünfundsiebzig Zentimeter vor ihm sitzen zwei Häschen und lauschen. Während ich mucksmäuschenstill in der Tür stehen bleibe, streckt er die Hand aus und streichelt dem einen Häschen den Rücken. Das Tier lässt es regungslos geschehen. Dann bemerkt es mich, und die beiden hoppeln um ihr Leben.

Laban blickt auf, sieht mein Auge, er verzieht sein Gesicht.

»Tiere reagieren auf das Tier in uns Menschen. Auf unsere Aggression, unsere Furcht. Ein Mensch, der singt oder spielt, verändert seinen Bewusstseinszustand. Das muss es gewesen sein, was Franz von Assisi entdeckt hat.«

»Ja«, sage ich. »Und der Rattenfänger von Hameln.«

Die Sonne färbt den unteren Rand der Wolken dunkelpurpurn, sie selbst ist am Horizont noch nicht zu sehen.

»Thit hat meine Schätzungen bestätigt«, sage ich, »nach ihren Ausritten. Das Gebiet ist quadratisch, zehn mal zehn Kilometer. Der Zaun muss überall mit Sensoren oder etwas Ähnlichem versehen sein, egal von welcher Seite du dich näherst, sofort taucht eine Wache auf. Wir befinden uns in einem Hochsicherheitsgefängnis.«

Er sagt nichts.

»Der Hof ist eine Genbank für Getreidesorten. Auf den Feldern stehen mehrere hundert Apfelsorten. Oskar experimentiert mit gepfropften tropischen und subtropischen Pflanzen. Mit einer Bienenart, die von Dänemark noch nie was gehört hat. Oskar ist Soldat. Wo sind wir hier?«

Die Häschen sind näher gekommen, als ich die Stimme hebe, laufen sie wieder weg.

»Es ist eine Untersuchung im Gange, Susan. Unterdessen sind wir in Sicherheit. Wir haben alles, was wir brauchen. Thit hat Pferde, Harald Bücher, wir kommen klar. Es wird sich alles finden.«

Die Sonne erreicht den Horizont.

»Vom dreizehnten bis zum siebzehnten Lebensjahr war ich eingesperrt«, sage ich. »Als sie mich aus Holmgangen herausholten, habe ich mir geschworen, dass das nie wieder der Fall sein würde. Und wenn doch, würde ich es ändern. Ich will nicht gefangen sein.«

Er sagt nichts.

»Es gibt so eine Art von Hintergrundgedudel, Laban. Und nicht nur hier, sondern überall in Dänemark, ich habe das immer gehört. Es ist ein Lied, das davon handelt, dass alles in bester Ordnung ist, keine Sorge, wir haben alles, was wir brauchen. Man kümmert sich um uns, der Herrlichkeiten ist kein Ende, wir brauchen uns nur zurückzulehnen und das Leben zu genießen. Ein Sirenengesang. Er soll uns vergessen lassen, dass wir in einem Zeitfenster leben, das nur ganz kurz offen steht. Er soll uns einen tieferen Hunger vergessen lassen. Aber nicht mit mir, Laban. Verstehst du, ich hab ewig Hunger.«

»Du hast von allem gekostet, Susan. Und nichts macht dich satt.«

Am selben Morgen sehe ich Thit in den Wald reiten und folge ihr. Ich finde sie an einem kleinen See. Das Wasser ist glasklar, auf dem Grund entspringen mehrere Quellen, man erkennt sie wie zylindrische Gebilde aus Schlamm, die bis an die Oberfläche reichen.

Langsam gehen wir zum Haus zurück. Die Stute folgt ihr wie ein Hund. Thit hat immer von Tieren gesprochen, als wären es Menschen. Sie bekam ihre erste Menstruation, als sie reiten war, sie war zwölf, wir hatten im Frühjahr ein Sommerhaus an der Jammerbucht gekauft, aber wir konnten die Raten nicht bezahlen, im Herbst wurde es zwangsversteigert. Doch wir verbrachten dort einen wunderbaren Sommer in Erwartung nachträglicher finanzieller Bewilligungen. Gleich nebenan lag ein Hof mit Pferden, jeden Tag ritt Thit auf einem schwarzen Hengst aus, groß wie ein Elefant. Als die Blutung anfing, ritt sie zu mir und erzählte es strahlend vor Stolz, während sie dem Hengst den Hals klopfte.

»Er hat's gewusst«, sagte sie. »Er hat's schon gewusst, bevor es losging.«

Tiere antworten auf ihr Vertrauen, indem sie sich aufführen wie Menschen. Die Stute geht hinter uns her wie ein respektvolles Familienmitglied.

»Mama, die Sache mit den Gutenachtgeschichten, die ich nie hören wollte.«

Ich gehe weiter, aber ich stelle den Autopiloten an, wir sind wieder bei einem Familienrätsel und einem schmerzhaften Thema angelangt.

Ich wollte den Kindern eine Geschichte erzählen, wenn ich sie zu Bett brachte.

Ich tat es, wie ich sie zum Kindergarten und in die Schule brachte, wie ich versuchte, sie ins Erwachsenenleben zu begleiten. Ich tat es, um den Übergang zu dem Punkt, an dem man sie loslassen muss und nicht mehr begleiten kann, erträglicher zu machen. Ich versuchte, sie mit einer Erzählung in den Schlaf zu begleiten.

Als ich selber klein war, hatte ich Angst, wenn der Schlaf sich näherte. Ich lag im Dunkeln und wartete, und dann kam eine Angst. Konturenlos, unbegreiflich, allumfassend. Durch diese Angst bewegte ich mich. Obwohl ich ganz still dalag, war ich auf Reisen. Alles wurde dunkler und dunkler, und dann war da schließlich der Schlaf.

Die Angst hörte auf, als ich das periodische System verstand. Mehr ist dazu nicht zu sagen. Ich sah die Tafel mit den Grundstoffen und begriff sie unmittelbar. Sie war eine Garantie. Die Karte einer höheren Ordnung.

Das war es, was ich den Kindern zu geben versuchte. Zuerst las ich aus einem Kinderbuch vor, sie saßen rechts und links an meiner Seite. Dann löschte ich das Licht. Im Dunkeln erzählte ich eine letzte Geschichte.

Sie handelte immer von Physik. Von Arthur Zajoncs Kasten voll unsichtbaren Lichts. Von Faradays blind intuitiver Genialität. Vom Beweis für die gewöhnliche Relativitätstheorie in der Royal Astronomical Society im Burlington House im November 1919, zu dem die ganze Welt Schlange stand.

Ich wollte ihnen eine Brücke aus Ordnung und Regelmäßigkeit bauen, die in den Schlaf führt, ein Diagramm über das Einzige, auf das man sich verlassen kann. Ich wollte ihnen zeigen, dass man mit einem Erwachsenen an der Hand eine Lichtspur entlanggehen kann, bis zu der Stelle, wo einen der Schlaf gleichsam in die Arme nimmt.

Es gelang nicht.

Oder richtiger: Es gelang mit Harald, seine Augen waren im Dunkeln auf mein Gesicht gerichtet, er lag ganz still. Während ich erzählte, spürte ich seine lauschende Aufmerksamkeit und die immer tiefer gehende Entspannung seines Körpers. Und schließlich, wenn ich aufhörte, vergingen einige Sekunden, dann hatte der Schlaf ihn mit sich genommen.

Mit Thit war es anders. Sie protestierte nicht. Aber als ich aufstand, um das Licht zu löschen, und sie wusste, ich würde jetzt erzählen, kletterte sie in ihr eignes Bett.

Ich versuchte, nach dem Grund zu fragen, sie antwortete nie. Ohne ein Wort wandte sie sich ab, ließ mich und Harald allein im Dunkeln zurück, zog sich in sich selbst zurück und schlief ein.

Ich habe nie verstanden, warum. Es tat mir weh. Ein Kind zu sehen, das so klein war, nur drei Jahre alt, wie es seine Hand wegzog und allein an einen Ort ging, wo es schutzlos war.

Seitdem habe ich sie einige Male wegen damals gefragt. Sie hat nie geantwortet.

Jetzt bleibt sie stehen. Das Pferd bleibt stehen. Die Welt bleibt stehen. Der Wald hält inne.

»Als du erzähltest, hast du versucht, für Harald und mich ein Zimmer zu bauen. Das konnte ich hören, nicht nur an den Worten. Du hast versucht, ein Zimmer zu bauen, das ganz hell war. Ein perfektes Zimmer. Die Physik versucht, perfekte Räume zu erschaffen, das hast du erzählt. Perfekt lichtdichte Räume, luftdichte Räume, schwerelose Räume, sterile Räume. Du und Papa, ihr wolltet beide so einen Raum um Harald und mich errichten. Und das konnte ich am deutlichsten vernehmen, wenn du erzählt hast. Und du konntest das, du kannst es fast. In das Zimmer wollte ich nicht hinein. Denn wenn ich hineingegangen wäre, wäre es sehr schwer gewesen, wieder herauszukommen. Das ist das Problem. Wenn ein Mensch einen Ort bauen kann, an dem es kein Leiden mehr gibt, dann … wird es gefährlich. Dann könnte man nämlich Lust bekommen dazubleiben.«

Ich höre, was sie sagt, und gleichzeitig fühlt es sich an, als fiele ich. Als wäre dem Waldweg der Boden abhandengekommen.

»Du wolltest die Welt korrigieren, Mama. So wie man eine Physikarbeit korrigiert.«

Wir gehen zum Haus zurück.

Ich fülle auf, Harald legt Messer und Gabel beiseite.

»1960 hatten die Vereinigten Staaten und die Sowjetunion zusammen Atomwaffen mit einer Gesamtsprengkraft, die dreitausend Kilo TNT für jeden einzelnen Menschen der Erde entsprach.«

Ich schließe die Augen und hoffe, er hört auf, aber er fährt fort.

»Magrethe Spliid beschreibt, wie einflussreiche Kräfte aus der unmittelbaren Umgebung des Präsidenten darauf drängten, einen nuklearen Überraschungsangriff in Gang setzen zu dürfen. Und als sie die Erlaubnis nicht bekamen, umgingen sie den Präsidenten und die Regierung und unternahmen selber eine Reihe von Provokationen, um die Russen zum Krieg zu zwingen. In einem Artikel untersucht sie jeden einzelnen lokalen Krieg, in den die Supermächte seit dem Zweiten Weltkrieg involviert waren. Nicht einer endete mit einem klaren Sieg. Der Koreakrieg ist ein Musterbeispiel. Millionen starben, die ganze nordkoreanische Gesellschaft lag in Ruinen. Man stand kurz vor einem Atomkrieg. Und das Ganze endet mit dem Status quo. Sie fasst die Forschung zu den Entscheidungsprozessen des Kalten Kriegs zusammen. Keine einzige Ausweitung der Atomwaffenarsenale hatte im Grunde militärstrategische oder außenpolitische Ursachen. Sie waren von den Waffenherstellern und den aggressivsten Teilen in Militär und Verwaltung durchgedrückt worden. Sowohl in der UdSSR als auch in den USA. Und Dänemark war die ganze Zeit darin verwickelt, als kleine, wankelmütige, aber trotz allem deutliche Stütze der NATO.«

Plötzlich wird mir klar, dass er Laban und mich anklagt.

»Laban und ich waren damals noch nicht auf der Welt«, sage ich. »Und das Essen wird kalt.«

Er schweigt und fängt an zu essen. Ich sehe zu ihm hinüber, ich habe den Appetit verloren.

Wieder legt er Messer und Gabel beiseite.

»Sie schreibt, sämtliche Forschung deute darauf hin, dass Wut sich kollektiv aufbaue, und zwar recht langsam. Als gäbe es ein Reservoir der Wut, ein Giftdepot, und wenn es voll ist und überläuft, bricht Krieg aus. Sie meint, dieses Depot enthalte die gesammelte Wut der einzelnen Menschen, von uns allen. Man könne sie sogar messen. Nicht mechanisch, nicht mit einem Maß oder Gewicht. Aber sie schreibt, manche Menschen spürten, wenn das Depot sich fülle. Und wüssten, wenn es sich kurz vorm Überlaufen befinde. Indem man es vorhersieht, indem man darauf hinweist, dass es gleich geschehen wird, und indem man recht behält, werden die Gesellschaften den Blick von den äußeren Feindbildern abwenden und auf ihre innere Wut lenken. Dann wird es sich langsam verändern.«

Es wird still am Tisch. Dann spricht Thit. Mit süßer Stimme.

»Das ist schön. Ein schöner Gedanke. Aber er ist naiv, Harald. Guck doch bloß mal uns vier an!«

Laban starrt in den Raum, als hätte er etwas bemerkt.

»Die Zukunftskommission«, sagt er. »Das wollte sie damit. Sie und Spliid. Das war's, was sie von Anfang an vor sich gesehen haben. Sie dachten, wenn sie korrekte Vorhersagen treffen, zu Kriegen und Gewalttaten, würden die Menschen auf die tiefer liegenden Mechanismen aufmerksam werden.«

Er steht auf, wir folgen ihm mit den Augen. Er fängt an, um den Tisch zu wandern. Wir kennen das, er macht das immer, wenn er einen schöpferischen Einfall hat. Seine Augen fixieren etwas, das sehr weit entfernt liegt.

»Einerseits ist das schön. Humanistisch. Aber mit dem Komplott läuft etwas schief. Mit der Geheimhaltung. Mit dem Wunsch, Macht auszuüben. Auch wenn sie gutartig ist. Sie wollten die Öffentlichkeit quasi überlisten. Mit einem Wunder.«

Er bleibt stehen und starrt uns an. Mit einem Mal verstehe ich ihn. Und ich verstehe, wieso er Andrea und Magrethe Spliid versteht. Im Grunde ist es dasselbe, was er sein ganzes Leben lang versucht hat. Mit der Musik. Er hat versucht, die Öffentlichkeit mit einem Wunder zu überlisten.

»Das geht nicht«, sagt er langsam. »Es reicht nicht, dass der Plan gut ist. Die Motive sind auch noch da. Und wenn die nicht – anständig sind. Wenn man andere auf irgendeine Weise zwingen will. Die Öffentlichkeit zwingen will. Oder Politiker. Dann – geht es unweigerlich schief.«

Er sieht mich an. Ich schaue weg.

5

Am nächsten Morgen sehe ich Oskar wieder schwimmen.

Eine dünne Schicht Advektionsnebel treibt vom Meer über den Bodden, er liegt über der stillen Wasserfläche wie eine zehn Zentimeter dicke Wolkendecke, der Männerkörper ist nur für Momente sichtbar, wenn die Sinuskurve der Schmetterlingsbewegungen den Höhepunkt erreicht.

In dem Augenblick, in dem ich an seinen Sachen vorbeigehe, die am Strand liegen, platzt ein Blutgefäß im Hirn des Schwimmers.

Was ich sehe, sind die Schultermuskeln und die Oberarme, die sich kurz über dem Nebel zeigen und dann verschwinden. Ich warte, um die Bewegung noch einmal zu sehen, aber sie bleibt aus. Ich trete an den Rand des Wassers. Advektionsnebel bewegt sich stets seitwärts, da entsteht ein Loch im Wasserdampf, ich kann den Körper an der Oberfläche sehen. Nicht mehr flach ausgestreckt, sondern schräg, während ich starre, schaukelt er hoch und geht erstmals unter.

Ich reiße mir die Sachen vom Leib. Ich denke nicht. Ich überschaue den Bodden, die Temperatur und den Abstand bis zu dem Ertrinkenden nur mit dem Körper. Tausende von Stunden war ich mit den Zwillingen in Schwimmhallen und an Stränden. Nachdem man dieses Training absolviert hat, schätzt man die Sicherheitsverhältnisse am Wasser nicht mehr mit dem Kopf ab. Man projiziert sein physisches Vermögen auf die Wasserfläche und spürt direkt, muskulär, wie weit man die Kinder hinausgehen lässt, wie schnell man sie erreichen würde.

Als ich springe, weiß ich, dass ich die Grenze überschreite, bei weitem. Ich springe trotzdem.

Man schafft so verblüffend viel in den Sequenzen komprimierter Zeit, die bei Lebensgefahr eintreten. Ich schaffe es gerade noch zu denken, dass die Zwillinge mittlerweile groß genug sind, um sich auch ohne mich behaupten zu können. Und dass ich mich trotzdem darauf verlasse, dass Laban alles Erforderliche im Griff hat. Sobald sich das Wasser um mich schließt, ist meine Haut gefühllos. Und ich merke, wie sich die Strahlungskälte des Wassers ins Zentrum des Körpers vorarbeitet. Ich weiß, ich habe nur wenige Minuten.

Er ist ungefähr hundert Meter draußen. Ich erreiche ihn in unter zwei Minuten. Auf halbem Wege geht er unter und taucht nicht wieder auf.

Ich suche einen Fokuspunkt für eine Zielachse auf der anderen Seite des Boddens, folge ihm und zähle die Sekunden. Als ich glaube, da zu sein, tauche ich.

Das Wasser ist überraschend klar, blaugrün, noch zu kalt für die Chemie der Zersetzungsprozesse, die in einem Monat das Brackwasser braun färben wird.

Auf dem Weg nach unten treffe ich auf eine Wolke von Blasen.

Das wird das letzte Ausatmen des Ertrinkenden sein. Danach werden in einigen Sekunden eine Reihe heftiger Atemzüge folgen, die seine Lungen mit Wasser füllen und in Mund und Rachen Schaumpilz bilden werden, weißliche Proteine, wie geschlagenes Eiweiß.

In Holmgangen musste ich zweimal Ertrinkende aus einer Mergelgrube bergen. Nur der eine überlebte.

Ich erreiche ihn in fünf bis sechs Metern Tiefe. Fasse unter seine Arme und suche mit den Füßen nach festem Boden. Erst finden meine Fußsohlen nur Seegras und Schlick. Dann spüre ich einen flachen Stein.

Ich stoße mich ab. Wir steigen in Zeitlupe empor und durchbrechen die Wasseroberfläche.

Seine Augen sind offen, es sieht aus, als könnte er sehen, aber sein Körper ist gelähmt. Ich drehe ihn um und lege seinen Körper auf meine Brust, so dass nur unsere Nasen und Lippen über Wasser sind, um das Gewicht so weit wie möglich zu vermindern.

So schwimme ich an Land.

Ich weiß, ich werde es nicht schaffen. Das wird schon nach den ersten Zügen klar. Das Wasser ist zu kalt, die Kälte schon zu tief in die Muskeln eingedrungen, die Leitungsbahnen der Nerven werden bald unterbrochen sein, der Körper gehorcht teilweise schon nicht mehr.

Ich spüre die matte Müdigkeit, von der ich so viel gehört habe, ein sanfter Drang, aufzugeben und zu schlafen.

Dann ist meine Angst vor dem Schlaf plötzlich wieder da. Nach dreißig Jahren Funkstille. Sofort ergreift mich wieder panische Angst vor der kommenden Dunkelheit. Eine Panik, die uns fünfzig Meter schenkt.

Das ist nicht genug. Es sind immer noch fünfzig Meter. Und man kann ganz prima in zweieinhalb Metern Wasser ertrinken, sechs Meter sind ein überflüssiger Luxus. Trotzdem fühle ich eine Art unerklärlicher und paradoxaler Zufriedenheit. Ich sterbe so, wie ich es mir vor langer Zeit geschworen hatte: unter größtem Widerstand.

Von hinten legen sich zwei Arme um mich. Es ist Laban. Er hatte nicht die Geistesgegenwart, sich auszuziehen, er ist mit langer Hose und Pullover hinausgeschwommen. Das ist nicht intelligent. Aber ehe die Bewusstlosigkeit das Licht löscht, nehme ich mir vor, dass er dafür trotzdem kein böses Wort von mir hören soll.

6

Oskar ist vierzehn Tage weg, wir wissen nicht, ob er lebt oder tot ist.

Der Hof wird abgeschlossen. Die Lieferungen für unsern täglichen Bedarf werden fortgesetzt, zweimal am Tag sieht man einen Herrn im Blaumann, der sich um die Heizanlage und die Treibhäuser kümmert. Ich sage ihm, ich hätte Oskar versprochen, die Spinatbeete zu jäten und die Pfröpflinge zu überwachen. Er schüttelt den Kopf, lässt mich aber machen.

Nach zwei Wochen kommt Oskar im Krankenwagen und Rollstuhl, aber schon nach wenigen Tagen kann er am Rollator gehen, der große Räder hat und die Ackerfurchen überwinden kann.

Routine stellt sich ein.

Getreide, Apfelbäume und Setzlinge werden von wortkargen Männern übernommen, die weder guten Tag noch auf Wiedersehen sagen. Das Jäten übernehme weiterhin ich. Oskar sitzt auf einem Campingstuhl und guckt zu. Es vergeht eine Woche, eher er zum ersten Mal den Mund aufmacht.

»Mir ist ein Blutgefäß im Hinterhirn geplatzt. Das passiert zwanzig Dänen im Jahr. Weniger als zehn Prozent überleben.«

Die wenigen Worte kosten ihn offenbar große Anstrengung. Es vergehen mehrere Tage, ehe die Fortsetzung folgt.

»Ohne dich, Susan, wär ich ertrunken.«

Der Effekt funktioniert auch zwischen schweigenden Menschen. Ich habe meine Arbeit mit den Spinatbeeten an diesem Tag beendet. Der Wind vom Meer ist kalt, die Klarheit des frühen Frühlings habe ich immer geliebt. Die Wärme der Sonnenstrahlen fühlt sich noch neu an, lindernd, nährend. Die Luft ist noch nicht dunstig von Wasserdampf und Hitze.

»Oskar. Warum gibt es keine Frau in deinem Leben?«

»Ich bin Soldat.«

»Auch Soldaten haben Frauen.«

Er schaut weg.

In der Woche drauf grabe ich Löcher für Erdbeerpflanzen. Aus einer Schubkarre fülle ich sie mit drei Teilen Humus und einem Teil Kompost, wässere, setze die Pflanzen ein und drücke die Erde fest. An jeder Pflanze hängt ein Plastikschildchen mit dem Namen der Sorte, die meisten sind mir unbekannt.

Oskar kommt und setzt sich neben mich.

»Man hat eine Kamera durch die Blutgefäße in der Leiste geführt, über den Hals und ins Gehirn. Ich konnte es auf dem Bildschirm verfolgen.«

Eine Hummel sucht nach einer Wohnstätte. Im Bodden springt eine Forelle. Ein Buntspecht fliegt mit einem nackten Vogeljungen im Schnabel vorbei, dicht verfolgt von dessen Mutter. Die Natur entfaltet sich in ihrer Schönheit und ihrem Grauen.

»Ich will dir was zeigen, Susan.«

Ich folge ihm zu den Gebäuden, durch den Pfropfungsraum, das Labor, bis zu dem Raum, in dem ich schon einmal ohne sein Wissen gewesen bin. Er öffnet die Tür, die Dunkelkammerbeleuchtung geht an.

»Wir haben eine komplette Dublette der Nordischen Genbank. In einem unterirdischen Schutzraum. Sie wurde im Frühjahr 1980 eingerichtet, unmittelbar nach der sowjetischen Invasion in Afghanistan.«

Auf dem Boden steht eine Holzkiste wie die, die ich gesehen habe, als ich zuletzt hier war. Er hebt den Deckel ab und reicht mir ein Glas.

»Sieht aus wie Reis«, sage ich.

»Das ist Reis.«

Er reicht mir ein anderes Glas, wieder Reis, aber die Körner sind länger. Jetzt kann ich die Etiketten entziffern. *Short Stem Nimrog, Singapore Genetic Bank*.

Er versucht mir etwas zu zeigen, das er nicht direkt aussprechen kann. Aber die Mitteilung kommt nicht durch, ich verstehe nichts.

»Ich war zwei Jahre beim Militärischen Abschirmdienst. Am Sonntag, dem 7. August '77 habe ich Wachdienst, als ein Anruf aus dem Pentagon kommt. Samt Übertragung eines Films, den die Russen über der Kalahari gemacht haben. Von einem Cosmo 932 *low-orbit close-look* Satelliten. Er zeigt die Bohrlöcher für die geplanten Probesprengungen, die Gerätewagen, die Gebäude. Die TASS veröffentlicht die Neuigkeit am Montag. Wir bekommen sie einen Tag vorher, weil die CIA weiß, dass wir das Bauunternehmen kennen, SecuriCom. Jimmy Carter erhielt die Bilder von Breschnew am Tag nach der Aufnahme. Er gibt Order, das Gebiet mit einem Flugzeug zu überfliegen, das dem amerikanischen Militärattaché in Pretoria gehört. Es fotografiert und filmt aus dreißig Metern Höhe. Gesichter kann man deutlich erkennen. Zufällig wird gerade eine Inspektion durchgeführt, als die Maschine vorbeifliegt. Von Armscor, dem Waffenhersteller der südafrikanischen Regierung. Und den bewaffneten Kräften. Und den Vertretern des Bauunternehmers. Die Bilder werden uns während meiner Schicht vorgelegt. Ich erkenne die drei Personen. Den mit dem Hut nannten wir den Grafen. Der andere, der Elegante in Grau, heißt Jason Alter.«

Er legt das Foto, das er mir schon einmal gezeigt hat, auf die Kiste. Ich versuche, es nicht anzuschauen.

Ich bemerke, dass Oskar einen Tick hat. Wenn er angespannt ist, spreizt er seine Finger und betrachtet sie. Die rote Beleuchtung lässt sie aussehen, als hätte er Blut an den Händen.

»Die transportieren die Kisten. Für Holmens Kanal 42.«

»Was liegt am Holmens Kanal 42?«

»Das Verteidigungsministerium. Und das Oberkommando der Verteidigung. Aber die Kisten werden zum Hafen gefahren. Gelöscht. Und per Schiff auf die Kronholme gebracht.«

7

An dem Nachmittag gibt Laban ein Konzert.

Als es gerade anfangen soll, kommt Oskar. Ich sehe Laban an, er sieht mich an, er hat Oskar eingeladen. Vielleicht um für neulich Abbitte zu leisten, vielleicht weil Menschen in der Isolation zueinander finden, sogar zu ihren Wächtern. Vielleicht weil Laban immer darauf aus ist, sein Publikum zu vermehren.

Er hat es geschafft, einen Bierkasten mit Stahldraht zu bespannen, den Kasten hat er mit einem Trichter versehen, der den Wind einfängt, der Wind setzt ein Stück Gardinenstange aus Messing in Bewegung, das mit Gummiband festgespannt ist, so dass es über die Saiten reibt. Es ist eine Art Windharfe, die einen Laut wie von gepeinigten, in einem Müllcontainer festgehaltenen Seelen von sich gibt. Diesen steigenden und fallenden Laut übertönt er, indem er mit einem Holzstab auf Mineralwasserflaschen schlägt, die unterschiedlich gefüllt sind. Und indem er eine Art hausgemachte Geige – deren Klangkörper eine leere Zweieinhalb-Liter-Dose ist, die einst geschälte Tomaten enthielt – mit einem Bogen streicht, der aus einem Blumenstab aus Bambus und einem Meter Nylonklebeband zusammengebastelt ist.

Aus irgendeinem ganz naturwidrigen und unerklärlichen Grund schafft er es, dass es trotzdem klingt wie süße Musik.

Wir setzen uns in die Küche. Ich habe Blumenkohlsuppe gekocht. Laban legt den Löffel hin, ich habe ein mulmiges Gefühl, er wendet sich an die Zwillinge.

»Kurz nach eurer Geburt war am Konservatorium in Kopenhagen eine Professur ausgeschrieben. Ich wusste, das wäre ein Sprungbrett für Aufgaben im Ausland und eine finanzielle Sicherheit. Wir luden den Rektor des Konservatoriums und zwei Lehrer nach Hause ein, die drei würden die Mehrheit im Gutachterausschuss ausmachen. Eure Mutter machte Essen. Dann knipsten wir den Effekt an. Er entsteht nicht nur spontan, man kann ihn auch einschalten, wir hatten darin Routine, von den Verhören und der Zusammenarbeit mit Andrea. Wir wussten, wie es verlaufen würde. Zunächst wird das Vertrauen des Betroffenen gewonnen, man gibt ihm das Gefühl, verstanden zu werden, mit einbezogen zu sein. Auf dieses Vertrauen hin öffnen sich die Menschen spontan, fast automatisch. Danach kommt eine Form von Anziehung. Die Opfer können nicht mehr weg. Sie hängen am Haken. Durch diese Landschaft zu manövrieren ist die Kunst. Zum richtigen Zeitpunkt abzubrechen. Die Menschen sich selbst zurückzugeben. Tut man das nicht, ist es Ausnutzung und Verführung. An dem Abend haben wir eine Grenze überschritten. Tut man das, benutzt man die Offenheit des anderen zum eigenen Vorteil, dann baut man einen dunklen Punkt in die eigene Aufrichtigkeit ein. Dann schickt man eine unbeglichene Rechnung in die Zukunft. Ich bekam die Professur. Sie wurde ein Sprungbrett.«

Ich stehe auf und wende ihnen den Rücken zu.

»Wir machten das zehn Jahre, eure Mutter und ich, mehrmals, in der Regel ging es gut. Dann probierten wir es mit Geld. Das ging nicht mehr so gut. Ich glaube, wir hatten unser Glück aufgebraucht. Ich glaube, teilweise ist der ganze Schlamassel, in dem wir jetzt sitzen, die Bezahlung für diese Jahre.«

Ich drehe mich zu ihnen um.

»Euer Vater ist eine Heulsuse«, sage ich, »ich hab es wegen

des Geldes gemacht, damit wir ein komfortables Familienleben führen konnten, ich bereue nichts. Die Dozentur bekam ich ohne den Effekt. Aber wir benutzten ihn, um mir die Posten in den Aufsichtsräten zu sichern. Da habe ich überall richtig Arbeit investiert. *No regrets* von meiner Seite.«

Langes Schweigen. Oskar blickt vor sich hin, als wäre er sehr weit weg. Die Situation erinnert an den Heiligen Abend. Die Obdachlosen sollten aufpassen, von wem sie sich einladen lassen.

»Und die Kosten, Mama?«

Die Frage kommt von Thit.

»Es gibt keine. Ich wollte ein normales Leben haben. Das hab ich bekommen.«

Wir essen schweigend. Dann legt Oskar das Foto auf den Tisch.

Er zeigt auf die drei Leute.

»Ich kannte sie von Grönland. Die dänische Verteidigung hatte zweimal mit ihnen kooperiert. Zuerst um zu vertuschen, dass vor Grönland eine amerikanische B1 mit Atomwaffen ins Meer gestürzt war. Und dann als ein dänischer Sanitätshubschrauber irrtümlicherweise abgeschossen wurde, in der Nervosität des Kalten Krieges. SecuriCom barg den Hubschrauber und operierte an den Leichen herum, so dass alle Spuren des Abschusses verwischt werden konnten. 1978 wird Botha Premierminister in Südafrika. Nach Vorster. Um sein Programm durchzuführen, heuert er Hilfe an. Unter anderem SecuriCom. Wieder soll ich Fotos identifizieren, diesmal für die Vereinten Nationen, man will Argumente, um das Embargo zu verschärfen. Später kommen sie mir wieder unter, da arbeiten sie für die *mokri djela*, die *wet affairs* des KGB, die Abteilung für Mord und Fälschung. Und viel später laufe ich ihnen wieder über den Weg, in Kasachstan, als ich mit einem internationalen Komitee da bin, um die Radioaktivität der Vegetation nach Tschernobyl zu messen. Wir sind in Alma Ata. Und alle unsere Verbindungen werden gekappt. Es stellt sich heraus, dass Yassir Arafat in der Stadt ist. Um sich um den ersten islamischen Staat zu bemühen, der Atomwaffen besitzt. Wir hören seine Rede vor dem Parlament. In seinem Gefolge erkenne ich den Grafen. Und Jason Alter.«

Er spreizt wieder die Finger und betrachtet sie.

Er steht auf. Ich begleite ihn zur Tür. Gehe mit hinaus, weil ich von Laban und den Zwillingen weg will.

Die Nacht ist kalt, dunkel, bedeckt. Oskar geht am Stock, den Rollator braucht er nicht mehr.

Ich bin ohne Mantel, er zieht seine Wachsjacke aus und legt sie mir über die Schultern. Wir bleiben stehen.

»Susan. Darf ich dich in den Arm nehmen?«

Ich will nicht sagen, dass ich es nicht vorhergesehen hätte. Und trotzdem.

Es gibt keine Frau, die nicht mindestens einmal im Leben aus Mitleid mit einem Mann ins Bett gegangen ist. Ich will nicht bestreiten, dass mir das möglicherweise auch passiert ist. Vielleicht sogar mehr als einmal. Und warum nicht? Die weibliche Sexualität ist auch ein Überfluss, der an würdige Bedürftige verteilt werden kann.

Und in diesem Fall wäre es nicht nur aus Mitleid. Ich denke an den Schwung seines Körpers im kalten Wasser. An seine feminine Sorgfalt mit den Pflanzen. An seine Augenhöhlen voller Bienen.

Und ich weiß doch, dass die Antwort nein ist. Und er weiß es auch.

Aber ich hake mich bei ihm ein. Und begleite ihn bis zur Tür. Zwischen uns herrscht eine unerklärliche Gegenseitigkeit. Irgendwie ist er der Henker, und wir sind die Opfer. Und irgendwie ist es umgekehrt.

Als ich zurückkomme, sind die Zwillinge und Laban ins Bett gegangen. Und sie schlafen, ich kann ihre Atemzüge hören. Ich gehe in Labans Zimmer und stehe an seinem Bett. Sein Atem ist tief und langsam und hat zugleich eine Leichtheit wie der eines Kindes.

Ein dunkler Zorn steigt in mir hoch. Ein Drang, die Begierde loszuwerden, ein Wunsch, es möge eine Pille geben, die sie verschwinden ließe, eine Operation, eine Lobotomie, damit man nie mehr den Sog spürt, vielleicht gibt es so ein Mittel. Ich reiße mir die Kleider vom Leib, ziehe seine Decke zur Seite und lege mich auf ihn. Er erwacht immer sehr langsam, als kehrte er von einem sehr fernen Ort zurück. Aber seine Erektion ist schneller, ich setze mich auf ihn. Ich bewege mich, aber nur kurz, nur einige Sekunden, nur damit die schwindlige, nebulöse, unbestimmte Wut eine Form annehmen kann. Dann erhebe ich mich und sammle meine Sachen ein.

»Schlaf einfach weiter«, sage ich. »Ich musste dich nur eben benutzen.«

Er starrt mich mit aufgerissenen Augen an. Ich gehe in mein Zimmer.

8

Am nächsten Tag kommt Oskar mit seinem Stuhl aufs Feld, er klappt ihn auf und setzt sich neben mich.

»Ich bin Gärtner.«

Ich sehe ihn nicht an. Der gestrige Tag hängt noch in der Luft.

»Als Teil des *Jägerkorps*. Ich war mit in Afghanistan, im Sommer und Herbst 2009 in Helmand, im ›grünen Gürtel‹, zwischen Gereshk und Shurakian. Ich war mit, um die Opiumzucht zu kartieren. Wir waren zwei Gärtner und ein Biologe und arbeiteten unter Schutz auf den Feldern. Eines Tages wurden wir von den Taliban angegriffen. Sie kamen in offenen LKWs, auf die schwere 12,7-Millimeter-Maschinengewehre montiert waren. Wir töteten einige und drängten den Rest zurück, zu einem Haus am Fluss. Wir bekamen Unterstützung von einer B1, aber sie wurde abgeschossen. In der Nacht ging ich in das Haus und tötete acht Mann mit dem Messer. Als ich ihnen die Kopftücher wegzog, waren zwei davon Frauen.«

Die Bienen summen. Das Gras ist grün. Er betrachtet seine Hände.

»Immer wenn ich mich einer Frau nähere, sehe ich die beiden toten Frauen vor mir.«

Ich höre mit dem Pflanzen auf. Es sind nach wie vor Erdbeeren, etliche Sorten sind nach Frauen benannt, Hedy Lamarr, Königin Louise, Zsa Zsa Gabor.

»Der Krieg war ein Irrtum. Als wir uns zurückzogen, war die Lage schlimmer als 2006, als wir eintraten. Die Zentralregierung in Kabul hatte keinerlei Kontrolle über die Provinz. Die Taliban waren stärker, der Opiumhandel war gewachsen. Das allgemeine Konfliktniveau war höher. Die dänischen Soldaten starben vergeblich. Die Verantwortung wurde nie geklärt.«

Ich sage nichts. Was habe ich verbrochen, dass alle mit mir über den Krieg reden?

»Siebentausend zivile Afghanen starben. Hunderttausende Vertriebene. Fünfzehntausend Taliban getötet. Achttausend afghanische Polizisten und Soldaten. Um die tausend NATO-Soldaten. Alles umsonst.«

»Ich will nichts mehr hören«, sage ich. »Du musst dir einen andern Platz zum Ausweinen suchen.«

Ich gehe zu den Gebäuden. Er ruft mir nach. Ich drehe mich nicht um. Er hinkt hinter mir her.

Ich wasche meine Hände.

»Es ist schwer, zu töten, Susan. Schwerer als man denkt. Selbst größere Tiere. Nicht viele Jäger würden das zugeben. Aber die meisten erleben immer wieder das sogenannte Bockfieber. Man hat den Bock im Visier. Und dann ist einem, als verstünde der Körper erst in diesem Moment, dass man einem andern Wesen das Leben nimmt. Und er protestiert, der Körper hat seinen eigenen Willen, er fängt an zu zittern. Und das wird schlimmer mit der Zeit, das nimmt zu, und bei Menschen ist es noch schlimmer. Im Kampf trittst du in einen Zustand ein. Wo du die andern nicht mehr als Menschen siehst. In dem Zustand lässt es sich machen. Aber wenn es kein Kampf ist, wenn du nicht bei deiner Einheit bist, wird es schwierig. Deshalb gibt es so wenige gute Auftragsmörder.«

»Oskar«, sage ich, »ich hab noch nicht gefrühstückt. Ich verliere den Appetit.«

»Du musst dir das anhören.«

Er ist völlig entblößt, wie gestern, als ich ihn nach Hause begleitet habe.

»Hin und wieder, selten genug, Susan, gibt es einen, der das liebt. So einer ist Jason Alter, ich habe ihn studiert. Ich bin nie auf etwas Vergleichbares gestoßen. Er ist Däne. Gewöhnliche Kindheit. Gewöhnliches nettes Elternhaus. Aber sehr früh entdeckt er, dass er Töten gut findet. Erst Hühner und Gänse. Dann größere Tiere. Das Dossier beruhte auf einem KGB-Verhör aus den frühen Achtzigern. Mit Chemikalien, Wahrheitsserum. Er bewirbt sich bei den Kampfschwimmern. Er steht die Ausbildung durch, aber als er es darauf ankommen lässt und einem Landstreicher den Hals durchschneidet, kommt man ihm auf die Schliche, obwohl ihm nichts nachgewiesen werden kann, und schmeißt ihn raus. Er ist ein paar Jahre weg und taucht in Südafrika wieder auf. Wo er unter Botha für Armscor arbeitet. Man nimmt an, dass er und der Graf sich dort kennengelernt haben. Normalerweise ist alles, was mit Töten zu tun hat, roh, Susan. Psychotisch. Das glitzert nur im Film, in der wirklichen Welt entstammt es einem primitiven Ort, einem niederen Ort. Alter ist anders. Intelligent. Interessiert. Ich habe ihn in Grönland gesehen, bei den Operationen. Die letzte führte er selbst aus. Er hat alles in sich aufgesaugt, er hätte Arzt werden können. Spricht viele Sprachen. Kann fotografieren, er hat die ganze Fotodokumentation gemacht. Kennt sich mit Computern aus.«

Unbewusst spreizt er seine Finger und betrachtet sie. Dann streicht er über seinen kurzgeschorenen Scheitel, über den Nacken, zu dem Bereich, wo das Blutgefäß platzte.

»Ich hab vor Männern nie Angst gehabt, Susan. Vor Frauen, aber nicht vor Männern. Doch vor ihm hab ich Angst.«

»Du arbeitest mit ihm zusammen«, sage ich. »Ich habe ihn im Kopenhagener Hafen gesehen. Er wollte Thit töten. Er versuchte es auch bei Harald und mir. Er ist ein Teil dieser Sache hier.«

Er schaut weg.

9

Am selben Abend, nach dem Essen, lege ich Laban und den Zwillingen Dortheas Mobiltelefon auf den Tisch.

»Das hat mir Dorthea zugesteckt. Vor den Augen der Wachleute, als wir hergefahren wurden. Inklusive Ladegerät. Ich habe die Bank angerufen. Unsere Kreditkarten wurden vor einer Woche gesperrt.«

Sie erstarren. Alle Menschen erstarren, wenn etwas mit ihren Kreditkarten passiert. In der modernen Welt gibt es zwischen den Kreditkarten und den innersten Lebensprozessen der Menschen ein direktes biologisches Feedback.

»Wer hat sie gesperrt?«, fragt Harald.

»Laut Bank wir selber. Jeder einzelne von uns vieren. Mit unserer individuellen Geheimzahl und Identitätsnummer.«

Ich lege meine beiden Karten mit den Zugangskodes auf den Tisch.

»So viel zur Sicherheitslage. Die hier waren immer in meiner Obhut. Trotzdem ist jemand an sie rangekommen. Oder konnte sie umgehen. Und noch was. Vor drei Tagen wurden unsere Konten gesperrt und danach gelöscht.«

Sie können mir nicht mehr folgen. Dafür ist ihr Vertrauen in das offizielle Dänemark zu groß.

»In Dänemark muss man ein Bankkonto haben. Wer kein Konto hat, läuft Gefahr, seine Existenz zu verlieren. Ich habe den Immobilienmakler in der Jægersborg Allé angerufen. Ich fragte, ob sie Häuser im Evighedsvej im Angebot hätten. Hatten sie. Nämlich unser Haus. Wir haben es selbst zum Verkauf angeboten. Vor einer Woche.«

»Was geht hier vor, Susan?«

Ich wende mich Laban zu.

»Irgendjemand«, sage ich, »ist dabei, uns aus dem Libretto zu streichen.«

Später gehe ich noch zum Hof hinauf. Nach Einbruch der Dunkelheit bin ich nie dort gewesen, mir ist nicht einmal klar, wo Oskar genau wohnt.

Ich gehe um die Gebäude herum, in einem kleinen Fenster ist Licht. Ich gehe leise hin und schaue hinein. In einem Zimmer, das so klein und spartanisch möbliert ist wie eine Zelle, sitzt er auf einem Bett und liest in der Bibel. Er trägt Boxershorts und Unterhemd. Auf dem Tisch neben dem Bett steht ein Kruzifix. Durch eine Tür sehe ich in einen Flur, von dem eine Küche von wenigen Quadratmetern und ein Badezimmer abgehen.

Ich gehe zum Tor zurück und hinein, am Labor und dem Wirtschaftsraum vorbei, die ganze Bewegung hat weniger als dreißig Sekunden gedauert, und als ich mich der Tür nähere, werde ich von hinten gepackt.

Es ist ein besonderer Griff, ich kann mich nicht rühren, sogar meine Füße sind blockiert, dann höre ich ein Schnaufen und werde losgelassen. Oskar tritt zurück, aber es ist so dunkel, dass wir das Gesicht des anderen nicht erkennen können. Er hat mich mit dem Geruchs- und dem Tastsinn identifiziert, wie ein Tier. In der Hand hält er ein Messer. Es verschwindet wie von selbst, aber ich kann noch sehen, dass es kein Pfropfmesser ist. Die Klinge ist doppelschneidig, fünfundzwanzig Zentimeter lang und hat eine hinterhältige Form.

Wir gehen in sein Zimmer, er setzt sich aufs Bett, ich setze mich auf den einzigen Stuhl.

»Unsere Konten sind geschlossen, die Kreditkarten gesperrt, jemand hat unser Haus zum Verkauf angeboten. Irgendjemand rechnet damit, dass wir nicht mehr zurückkehren. Ich brauche jetzt den Rest der Geschichte.«

Er sieht aus, als hätte ihn der Schlag getroffen.

»Da ist was mit einer Insel.«

Mir geht durch den Kopf, dass sein Gehirn vielleicht doch etwas abbekommen hat.

»Dänemark hat Land gekauft, Susan. In den Tropen. Alle Präparate von hier sollen dorthin. SecuriCom kümmert sich um den Transport.«

»Was hat denn das mit uns zu tun?«

Er schüttelt den Kopf, er weiß es nicht.

»Um diese Sache ist das dichteste Sicherheitsnetz gesponnen, das ich je gesehen habe. Nur ganz wenige sind involviert. Im Verhältnis zum Umfang des Projekts.«

»Deshalb bist du es, der auf uns aufpasst? Und der auf Thit angesetzt wurde?«

Er nickt.

»Hegn engagiert so wenige wie möglich.«

Ich nehme das Kruzifix vom Nachttisch.

»Du hast deinen Kinderglauben behalten, Oskar?«

Er sieht mich trotzig an.

Ich spüre die maskuline Strenge des Raums, er ist peinlich sauber. Wenn diesem Ort und dem Mann neben mir etwas fehlt, dann ist es *the female touch*.

Ich stehe auf.

»Es gibt nichts, was Frauen nicht verzeihen könnten, Oskar. Sogar Totschlag. Wenn du zu dieser Insel kommst, wirst du dort bestimmt eine südländische Schönheit finden. Es geht nur darum, sich selbst zu verzeihen.«

»Sie ist unbewohnt.«

Nichts ist selbstzerstörerischer als die männliche Schwermut.

»Das ist eine Ausrede, Oskar, weil du Angst vor Damen hast. Dann wirst du eine Stewardess im Flieger kennenlernen.«

Ich ziehe langsam die Tür zu.

»Das sind Atlas-Militärtransporter, von den Kronholmen. Da gibt es keine Stewardessen.«

»Gute Nacht, Oskar.«

10

Ich liege in meinem Bett und versuche einzuschlafen, vergeblich. Dann höre ich draußen etwas. Das heißt, ich höre es nicht, ich registriere eine subtile Veränderung in der Atmosphäre. Dann geht die Tür zu meinem Zimmer auf. Die Nacht ist bedeckt und finster, aber in der Nähe großer Wasserflächen gibt es immer etwas Licht. Ich kann das Gesicht nicht erkennen, aber der Körper gehört Oskar.

Ich ziehe mir schnell etwas an, wir gehen ins Wohnzimmer. Einen Augenblick später kommen Laban und die Zwillinge. Wir setzen uns an den Tisch.

»Ich habe einen Anruf erhalten. Ihr werdet übermorgen Nacht abgeholt. Eine Stunde nach eurer Abfahrt kommen neue Leute. Sechs Personen. Sie bleiben sechs Stunden. Um sauberzumachen.«

»Was sollen sechs Mann hier bitte sechs Stunden lang zu tun haben?«, frage ich. »Wo eine anständige und reinliche Familie gewohnt hat?«

»Alle Spuren verwischen. Auch die Fingerabdrücke. Das ist eine umfassende Säuberung. Damit nicht einmal eine technische Untersuchung herausfinden könnte, dass ihr hier gewesen seid.«

Er sieht weg. Und legt einen Schlüssel auf den Tisch. Er sieht mir nicht in die Augen, als er spricht.

»Für den Pick-up, im Garagengebäude. Wenn ihr dem Weg genau nach Osten folgt, kommt ihr an ein Tor im Zaun. Verschlossen mit einer Kette.«

Er legt einen zweiten Schlüssel auf den Tisch.

»Dreihundert Meter vor dem Tor haltet ihr und wartet da. Heute Nacht um Viertel nach eins wird es eine Unterbrechung der Stromversorgung geben, in einer Stunde also. Sie dauert zehn Minuten. In der Zeit sind Kameras und Sensoren außer Betrieb. Danach habt ihr achtundvierzig Stunden.«

Ich stecke die Schlüssel ein.

»Die Kinder bleiben hier«, sagt er.

Die Zwillinge erheben sich. Wie Kobras. Ich bin wie gelähmt. Es ist mir physisch unmöglich, sie zu verlassen.

Laban spreizt die Finger vor sich auf dem Tisch.

»Wenn eure Mutter und ich durchkommen, holen wir euch in anderthalb Tagen ab. Wenn wir in der Zeit nicht gekommen sind …«

Er und Oskar sehen sich an.

»… wird es einen weiteren Stromausfall geben. Und ihr trampt oder nehmt den Bus nach Kopenhagen und geht ins Außenministerium in der Strandgade. Dort grüßt ihr schön von mir und sagt, ihr wollt mit Falck-Hansen sprechen, dem Minister. Er ist eine Art Bekannter. Ihm erzählt ihr alles.«

Die Zwillinge trauen ihren Ohren nicht. Laban hat hier keinen Befehl gegeben. Einen Befehl kann man, jedenfalls theoretisch, ignorieren. Laban hat einen nicht zu ändernden Sachverhalt konstatiert.

Ich falte die Kopie von Magrethe Spliids Liste auseinander. Und gebe sie Harald.

»Der letzte Name«, sage ich. »Geither. Bei dem gab es keine dänischen Treffer. Stand was über ihn in den Artikeln?«

Man kann nicht hören, wie sein Gedächtnis anspringt. Aber man kann es spüren.

»H. Rowan Geither. Früherer Präsident der Ford Foundation, leitete ein von Eisenhower eingesetztes Komitee. 1957 haben sie einen Bericht geschrieben. In dem sie eine sieben- bis zehnfache Erweiterung der amerikanischen Atomstreitkräfte empfahlen. Und den Bau von Atomschutzräumen für vierzig Milliarden Dollar. Sie waren überzeugt, dass die amerikanische Zivilbevölkerung einen Atomkrieg überleben könnte. Wenn es genug Schutzräume gäbe.«

Ich packe eine kleine Tasche zusammen und komme wieder in die Küche.

Oskar steht auf, ich begleite ihn hinaus. Wir stehen uns in der Dunkelheit gegenüber, draußen vor der Tür.

»Eure Pflanzenversuche, Oskar, und die Lieferungen. Von Reis und den andern Sachen. Es muss doch eine Zahl geben. Für wie viele Personen die Pflanzen reichen sollen.«

»Viertausend.«

Dann ist er weg.

DRITTER TEIL

1

Der Pick-up rollt in den Spurrillen langsam in Richtung Osten, ich rufe Dorthea an. Sie schluchzt.

»Ingeman ist vor einer Stunde gestorben. Ich sitze hier und halte seine Hand. Den Arzt habe ich noch nicht benachrichtigt. Er hat kerzengerade dagesessen, mit offenen Augen. Er wollte den Engel sehen.«

»Und hat er?«

»Er lächelte. Er lächelt immer noch. Er ist so schön.«

Ich höre an ihrer Stimme, wie verliebt sie ist. Ich konnte es immer hören. Sie sprach seinen Namen immer in besonderer Weise aus. Als hätte sie einen Kloß im Hals.

»Euer Haus steht zum Verkauf. Donnerstag war ein Herr hier. Erzählte, ihr wärt ins Zeugenschutzprogramm aufgenommen worden. Und mindestens ein Jahr weg. In der Zeit dürften wir nicht versuchen, Kontakt zu euch aufzunehmen.«

»Wir verschwinden hier, Dorthea. Wir kommen nach Kopenhagen. Wir müssen irgendwo übernachten. Für zwei Nächte.«

»Das Nebengebäude ist für euch hergerichtet. Seit eurer Abfahrt.«

Bei Dorthea und Ingeman hat es nie eine Grenze gegeben. Was mich immer verunsichert hat. Wenn die Kinder etwas umwarfen, Scheiben zerschlugen, Sachen verloren, es gab nie einen Vorwurf. Und nun ist ihr Mann, mit dem sie sechzig Jahre zusammen war, gestorben und der Leichnam noch nicht einmal kalt, doch die Gastfreundschaft bleibt davon unberührt, sie bröckelt nicht einmal.

»Wir werden gesucht.«

»Ich war ein großes Mädchen in den letzten Kriegsjahren, Susan. Mein Elternhaus war ein Hotel für Leute, nach denen gefahndet wurde. Saboteure, Kommunisten, Juden.«

Damit ist die Sache erledigt.

Wir kommen an das Tor. Warten fünf Minuten, bis es siebzehn Minuten nach eins ist, dann schließe ich auf. Wir fahren hinaus, ich mache das Tor zu, schließe wieder ab.

Der größte Teil der Fahrt nach Kopenhagen verläuft schweigend. Laban fährt. Er schaltet das Autoradio an, die Nachrichten. Vor Christiansborg haben sich 175 000 Demonstranten versammelt. Unruhen in der Innenstadt, in Østerbro und Nørrebro. Die schlimmsten seit dem 18. Mai '93. Hundertfünfzig Verletzte. Mehrere hundert Autos in Brand gesetzt. Laban schluckt.

»Kurz nachdem ich den Musikpreis der Universität erhalten hatte, hat mich jemand aufgesucht, auf dem Konservatorium. Ein Mann vom Verteidigungsministerium. Er bat mich um meine Handynummer. Ich solle doch bitte jederzeit dafür sorgen, dass sie eine aktuelle Nummer von mir hätten. Um mich zu erreichen. ›Im Falle höherer Gewalt, militärischer oder ziviler Art‹, sagte er.«

»Hast du ihm die Nummer gegeben?«

»Weiß ich nicht mehr.«

»Sie haben nicht um meine Nummer gebeten? Oder die der Kinder?«

Er schüttelt den Kopf.

»Was hast du gedacht, Laban?«

Er sagt nichts.

»Du hast das Gleiche gedacht, was jeder andere normale

Mensch auch gedacht hätte. Dass sie einen Plan haben. Dass sie im Falle eines Krieges oder einer anderen Widerwärtigkeit die Besten einsammeln. Und in Sicherheit bringen wollen.«

Wir nähern uns Kopenhagen. Mehr Ampeln. Etwas mehr Verkehr. Laban nimmt die Straße in Richtung Bagsværd, um die Unruhen in der Innenstadt zu umfahren und der Polizei aus dem Weg zu gehen. Wir fahren an den Einfamilienhäusern an der Ringstraße in Bagsværd vorbei, dunkle, schlafende Gebäude. Mit Trampolinen und Spielgeräten in den Gärten.

»Bei so vielen Toten«, sagt Laban langsam, »fragt man sich, ob man überhaupt Lust hätte, unter denen zu sein, die es geschafft haben.«

Wir fahren am Bagsværd-See entlang.

»Ich habe ihnen nie geantwortet«, sagt er. »Bestimmt, weil ich so dachte wie du. Und weil es unangenehm war, daran zu denken. Es war eine Mischung aus beidem.«

»Wir gehen zu Kirsten Klaussen«, sage ich. »Sie ist bekannt. Wir müssen sie davon überzeugen, mit uns zur Presse zu gehen.«

Bei den Toten, bei denen ich gewacht hatte, herrschte jedes Mal eine andere Stimmung.

Eine alte Tante von mir glich als Verstorbene im Krankenhaus Frederiksberg einer schönen Schiffbrüchigen. Labans Mutter glich einer Frau, die das erreicht hatte, wofür sie gekommen war, nämlich sich entschieden für andere einzusetzen, und nun endlich die Tür zumachen und ihren Frieden finden konnte. Das Mädchen, das in der Mergelgrube bei Holmgangen ertrank, glich dem Kind, das es war: das nach seiner Mutter gerufen hatte, und niemand hatte es gehört.

Ingeman gleicht tatsächlich jemandem, der einen Engel

gesehen hat. Seine Lippen kräuseln sich ein wenig, als wollte er gerade ausrufen: Alle Wetter, ich hoffe, ihr sitzt, wenn ich euch das erzähle!

Eine halbe Stunde vergeht, ohne dass wir etwas sagen. Ab und zu gehe ich zu ihm, um ihm über die Stirn zu streicheln. Irgendwann steht Laban auf und kommt nach fünf Minuten mit einer Geige zurück. Er spielt ein kleines Stück. Geige war nie sein Instrument. Trotzdem klingt es auf seine Weise schön.

Im Laufe dieser halben Stunde tritt die Empfindung von Ingemans Wesen zurück. Vielleicht ist es die Chemie der frühen Dekomposition, vielleicht ist es Einbildung.

Dorthea kommt mit einem Tablett herein.

»Mein Führerschein wurde verlängert. An dem Tag, bevor der Herr, der euer Haus zum Verkauf anbot, vorbeischaute.«

Sie verteilt Teller mit Brot und Butter und schenkt Tee ein.

»Als er wegfuhr, habe ich mich in unser Auto gesetzt und bin ihm nachgefahren. Er hat sich nicht einmal umgedreht. Keiner kommt auf die Idee, dass er von einer Dame von vierundachtzig verfolgt werden könnte.«

Sie stellt Honig auf den Tisch.

»Er stellte sich als frommer Mann heraus. Und Tierfreund. Er fuhr nämlich zur Kirche in Bagsværd. Um einen Hund zu füttern, einen Dobermann. Er hatte rohes Fleisch für ihn dabei. Der Hund hat es nicht angerührt. Am Tag der offenen Tür 1964 führten uns die Hundeführer der Polizei ihre Hunde vor, das war bei den roten Baracken der Polizeischule an der Islands Brygge. Sie hatten Dobermannpinscher. Sie legten ihnen ein Stück Fleisch vor. Die Hunde rührten es nicht an, bevor sie die Erlaubnis bekamen. Mit diesem Hund war es genauso. Er guckte den Mann nur an. Er versuchte es mehrmals. Dann gab er auf. Ich laufe nicht mehr so schnell. Als ich zum Auto zurückkam, war er weg.«

2

Dortheas Nebengebäude hat zwei Räume, Laban und ich nehmen uns jeder einen.

Um fünf Uhr früh wache ich auf, Laban schläft wie bewusstlos, ich bringe es nicht über mich, ihn zu wecken.

Ich gehe in den Garten. Die Sonne ist noch nicht aufgegangen, in der Nacht hat es gefroren, an der Hecke bleibe ich stehen und betrachte unser Haus.

Die Buchen stehen kurz davor auszuschlagen. Vielleicht haben sie eine Art rudimentärer Intelligenz, ich habe es Jahr für Jahr beobachtet, sie können das Aufspringen der Knospen verzögern, bis der letzte Frost vorüber ist.

Eine Viertelstunde später sitze ich im Auto. Um sechs halte ich vor der Kirche in Bagsværd. Kurz vor Ablauf der Arsenikstunde.

Die Kirche und der kleine Park sind von einer Hecke umgeben, der Anblick ist ungewohnt. Nicht weil ich das Gebäude kenne, sondern weil wir es nicht gewohnt sind, Kirchen als Privatbauten zu sehen. Das Tor ist eine sorgfältige Schmiedearbeit, WIG-geschweißter rostfreier Stahl, für den Briefkasten gilt das Gleiche. Mir ist sofort klar, dass Kirsten Klaussen beide selbst geschmiedet hat.

Ich zucke zusammen, als ich den Hund bemerke, den Dobermann, einen Rüden, unbeweglich, gleich hinter dem Tor. Er sieht mich mit reptilhafter Gefühllosigkeit an.

Über der Gegensprechanlage befindet sich eine Kameralinse. Ich lehne mich gegen den Klingelknopf.

Die Minuten vergehen.

»Ist dir eigentlich klar, wie viel Uhr es ist?«

Innerhalb der Quantenphysik gibt es die These, dass sich die Wirklichkeit immer selbst komplettiert und Ganzheiten bildet. Das bekommen wir hier bestätigt. All der Rost, der nicht auf Tor und Briefkasten zu finden ist, liegt auf ihrer Stimme.

Ich halte Magrethe Spliids Namensliste vor die Linse.

Es vergehen keine zwei Minuten, bevor sie in der Kirchentür erscheint. Im Nachthemd und mit abstehenden Haaren, als hätte sie die Hand an einen Van-de-Graaff-Generator gelegt.

Sie ruft den Hund. Er gehorcht prompt. Aber er sieht mir lange nach. Kann schon sein, dass er nur auf Kommando frisst. Aber ich wette zehn zu eins, dass er den Befehl ersehnt hat, mich zu verschlingen.

Das Tor geht auf.

Es sind recht unterschiedliche Dinge, nach denen die Menschen greifen, wenn sie aus dem Bett fallen. Die einen langen nach dem Gebiss, die andern schnappen sich die Zahnbürste, die Dritten klammern sich an einen Underberg. Kirsten Klaussen zieht die Havanna vor. Über deren Spitze hinweg sieht sie mich an.

Als hätte sie sich vorgenommen herauszufinden, aus welcher Legierung ich entstanden bin.

Dann macht sie mir Platz. Ich betrete die Kirche.

An den Wänden, in der ganzen Länge des Raums, stehen Umzugskisten. Anscheinend ist alles verpackt, außer einigen Möbeln und schätzungsweise zehntausend DVDs sowie einem Flachbildschirm von zwei mal drei Metern und einer Lautsprecheranlage, die einem Konzertsaal gut angestanden hätte. Zusammen bedeckt die Anlage den größten Teil der hinteren Wand.

Unter einer Flügeltür aus Eichenholz führt ein schmaler Kanal Wasser von draußen herein. Nach zwei Metern erweitert sich der Kanal innen zu einem großen, asymmetrischen, flachen Becken, blau gefliest und von unten erleuchtet. Die Wasserfläche ist unwirklich still, beinahe unsichtbar, wie Wasser nur innerhalb eines Gebäudes sein kann.

In das Becken hinein ist eine Plattform gebaut, auf der eine Küche installiert wurde. Hier kann sie des Morgens sitzen und mit dem Hund die Mandelhörnchen teilen.

Falls sie zum Teilen bereit ist. Die hundert Kilo hat sie längst überschritten. Die Knöchel, die unterm Nachthemd zum Vorschein kommen, haben den Durchmesser dorischer Säulen.

»Du hast auf dem Weg hierher nicht zufällig einen Dobermann gesehen? Blidah. Eine Hündin. Normalerweise ist sie keine Streunerin. Ich mach mir Sorgen.«

Sie hat den Raum nicht völlig zerstören können. Er ist noch immer unwirklich schön. Vielleicht sogar noch mehr, da er jetzt fast leer geräumt ist. Die Orgel ist das einzige sichere Indiz, dass dies hier einmal eine Kirche war. Auch die Wände sind nackt. Abgesehen von einer Art Kanalisationsrohr aus blaugetöntem Aluminium.

»Ich habe mir immer gewünscht, ein Gebäude von Utzon zu besitzen. Als ich es mir endlich leisten konnte, war er tot. Sag mal, ich kenne dich doch, du bist diese Susan Soundso. Eine von Andrea Finks kleinen Schützlingen. Was ist aus dir geworden?«

Sie muss ein Gedächtnis haben wie Harald. Oder noch besser. Sie hat mich vor fünfzehn Jahren das letzte Mal gesehen. Im Ehrenwohnsitz und auf Entfernung.

»Ich bin in die Verwaltung gegangen.«

»Warum?«

»Um mein tägliches Auskommen zu haben.«

Sie nickt.

»In der Wissenschaft hat es immer zu wenig Geld gegeben. Selbst in der Metallurgie.«

Sie hebt das Kanalisationsrohr von der Wand, als wäre es aus Pappe. Jetzt erkenne ich, dass es eine Abzugseinrichtung, ein Zielfernrohr und eine Geschossmündung hat.

»Die Leute glauben, dass Technologie angewandte Wissenschaft sei. Dass die Physik der Technologie vorausgehe. Das Gegenteil ist der Fall. Die Physik ist entstanden als Versuch, Probleme zu lösen, die von uns Technikern formuliert wurden. Weil wir näher an der Wirklichkeit dran sind. Von wem hast du die Namen?«

»Von Magrethe Spliid. Kurz bevor sie ermordet wurde.«

»Und warum hat sie sie dir gegeben?«

»Vielleicht um Sie zu warnen. Kornelius ist tot. Keldsen wohl auch.«

Sie streichelt die Waffe.

»Nur fünf Kilo. Feuert tausendzweihundert nadelförmige Projektile in einer Minute ab. Mit einer Mündungsgeschwindigkeit, dass allein der Druck einer einzigen Nadel, die im Abstand von zwanzig Zentimetern vorbeifliegt, den Torso eines erwachsenen Mannes mittendurch reißt. Ich hab das Ding nicht nur entworfen und gebaut. Ich kann in anderthalb Minuten dreißig von fünfunddreißig beweglichen Zielen aus achthundertfünfzig Metern Entfernung treffen.«

»Sie haben keine anderthalb Minuten«, sage ich. »Und Sie sehen sie nicht aus achthundertfünfzig Metern Entfernung.«

Sie hört mich nicht.

»Praktische Metallurgie fängt mit Kupferschmuck an. Legierung und Lötung entwickeln sich mit dem Einfassen von Edelsteinen. Schweißen und Gießen in komplexen Formen beginnen mit griechischen Statuetten und rituellen Gefäßen aus der Shang-Dynastie. Keramik entwickelt sich aus Experimenten, als man kleine Fruchtbarkeitsgöttinnen aus Ton brannte. Glas stammt aus den Versuchen, Perlen aus Quarz und Steatit zu verschönern. Die meisten Mineralien und organischen Verbindungen wurden von Malern entdeckt, die nach Pigmenten suchten. Wir sind Künstler, Susan. Und die Gesellschaft hat es noch immer nicht bemerkt.«

Sie dreht sich, graziös wie ein Nilpferd, ihre hundert Kilo vollständig unter Kontrolle. Die Waffe zeigt nun wie zufällig auf meinen Unterleib.

Sie lächelt. Ein Lächeln, das ihr sämtliche Türen öffnen sollte. Bis hin zur Zwangsjacke.

»Wir aus der Kommission bekamen Almosen. Zum Schluss hatte jeder von uns 350000 Kronen pro Jahr. Das ist ein Bruchteil dessen, was ein mittelmäßiger Anwalt für eine einzige Jahressitzung in einem großen Aufsichtsrat erhält. Ist es so erstaunlich, dass wir am Ende auch ein bisschen Geld für uns selber haben wollten? Wir hätten Dänemark tausendfünfhundertmal mehr Berühmtheit verschaffen können als Bohr und alle seine Söhne zusammen. Und Geld, Geld wie Heu! Wir haben Halks Entdeckungen vorausgesehen. Wir sagten die Funde im grönländischen Untergrund voraus, das Molybdän und das Uran. Und die großen Ölvorkommen. Aber sie hielten uns nieder. Was hat dieser kleine Scheißkerl von Hegn immer gesagt: ›Dafür fehlt der Öffentlichkeit das Verständnis. Das wäre zu überwältigend. Man würde euch Geisterbeschwörung vorwerfen. Das schadet der Staatsverwaltung. Und eurer Karriere.‹ Also wurde es unterdrückt. Hegn und seine Leute filterten die Informationen. Und nur ein Bruchteil kam durch. In über vierzig Jahren. Zum Schluss hatten wir genug. Wer war dieser Mann? Der die Kantate fürs Folketing schreiben sollte? Und die schönen Kinder?«

»Laban war mein Mann. Die Kinder sind meine Kinder. Wir haben die Dokumentenkassette im Reichsarchiv gefunden.«

»Und deine Schlussfolgerung?«

»Ihr wart phantastisch genau.«

Sie schnalzt zufrieden mit den Lippen.

»Wir sahen den Fall der Sowjetunion voraus. Nixons *Emergency Suspension*. Den Vietnamkrieg, Golfkrieg, Irakkrieg. Wir hätten der NATO einen Vorsprung geben können, der alles übertrumpft hätte. Wir sahen die Bewegungen im sowjetischen System schon Jahre im Voraus. Aber wir wurden totgeschwiegen. Auch von Magrethe. Eine Scheißkommunistin. Pazifistin. Gandhi-Fan. *Ahimsa*. Die Spitzelliquidierungen im Krieg waren Mord für sie. Und die dänischen Widerstandkämpfer hielt sie für eine Art *Hells Angels*. Und sie meinte, Reagans Ratgeber, Perle und Cheney, hätten wegen Verbrechen gegen die Menschlichkeit verurteilt werden können. Sie redete immer von der ›kollektiven Ethik‹. Glaubst du an so was, Susan?«

Sie macht einen Schritt auf mich zu, der Lauf ihrer Waffe pikst mir in den Bauch. Ich umklammere den Kuhfuß in meiner Tasche. Aber der Dobermann macht jede körperliche Initiative zum Selbstmord.

»In der Physik gibt es keine Definition von Ethik«, sage ich. »Aber ich bin zweifache Mutter. Ich möchte gern, dass meine Kinder überleben. Die Prognosen sind nicht gut. Jemand hat versucht, uns zu töten. Hegn hat uns vier Monate lang unter Verschluss gehalten. Er arbeitet mit einer Sicherheitsfirma zusammen, die weit außerhalb des Gesetzes operiert. Gestern sind wir abgehauen. Ihr habt einen größeren zivilisatorischen Zusammenbruch vorausgesagt. Gibt's dafür ein Datum?«

Sie hängt die Schusswaffe an ihren Platz. Und hält die Zigarre dem Hund hin, der ihre Spitze mit einem entschlossenen Biss abtrennt, wie eine Brotschneidemaschine von früher. Sie zündet sie an. Mit einem Tischfeuerzeug, das aus der Hülle einer Handgranate gefertigt ist.

Als sie ein paarmal gezogen hat, legt sie ihre fleischige Hand auf meine Schulter. Wir sind Freundinnen. Zwei Frauen in einer Männerwelt. Sie führt mich zum Wasserbecken.

»Schau dir mal die Form des Pools an. Siehst du, dass es der Graph für einen Euler'schen Weg ist? Über die berühmten sieben Brücken in Königsberg? Das war das Erste, was ich mir gewünscht habe. Ein Schwimmbecken. Ich bin in einem Braunkohlelager bei Vonge aufgewachsen. Meine Mutter beging Selbstmord, als ich drei war. Mit vierzehn bin ich von zu Hause abgehauen. Mit neunzehn kam ich in die Staaten. Hab mich hochgekämpft. Das heißt, ich hab probiert, meine Mutter loszuwerden. Mein Elternhaus. Meine Muttersprache. Meine soziale Klasse. Dänemark. Und weißt du, wie ich das bewältigt habe? Indem ich nicht festgehalten habe. Ich bin Weltmeister im Loslassen.«

»Außer beim Bargeld«, sage ich. »Das hältst du schön fest.«

Sie hält inne. Überschaut ihre Möglichkeiten. Sie könnte die Schusswaffe holen. Mich dem Hund servieren. Oder mich untertauchen und im flachen Wasser ertränken.

Dann brüllt sie vor Lachen.

»Da hast du verdammt noch mal recht! Ich drehe jedes Fünf-Öre-Stück um. So war's schon immer.«

Sie zeigt auf die zehntausend DVDs an der Rückwand.

»Ich liebe Filme. Guck dir mal an, was sie Dreyer gegeben

haben. Drei kleine Filmchen in einundzwanzig Jahren! Und eine Dreizimmerwohnung am Dalgas Boulevard. Obwohl er die Schublade voller Manuskripte hatte! Dänemark ist kleinkariert. Ich war bei den größten Waffenproduktionen der letzten vierzig Jahre dabei. Ich war dabei, den Kalten Krieg zu gewinnen. Jetzt will ich's mir mal ein bisschen gutgehen lassen.«

»Geh mit uns zur Presse. Und erzähle von der Kommission. Über Hegn. Eure Prognosen.«

Sie sieht mich versonnen an.

»Susan, ich finde dich attraktiv.«

»Ich habe eine Hundehaarallergie.«

Sie nickt. Enttäuscht, aber gefasst. Die Hundehaarallergie entscheidet die Sache. Sie kann sehr entgegenkommend sein. Aber Hunde sind die eigentlichen Lebensbegleiter. Dann muss halt auf die eher oberflächlichen erotischen Möglichkeiten verzichtet werden.

Wir stehen an der Tür. Sie zeigt nach hinten und in Utzons Gewölbe hinauf, wo das Licht aus einer anderen Dimension hereinzufluten scheint. In dem gewölbten Weiß schwebt ein Mobile aus farbigen Metallteilen, mindestens drei mal drei Meter groß.

»Es besteht aus Teilen eines F-117A Nighthawk-Bombers. Ich habe mit William Perry zusammengearbeitet, als er in der Carter-Verwaltung war. Ich habe die Außenhaut entwickelt. Auf einem Radar erscheint die Maschine nicht größer als eine Kohlmeise. Wir haben die Verlustzahlen um den Faktor zehn reduziert, im Golfkrieg. Von einem Prozent auf ein Promille. Nur ein toter Amerikaner auf tausend tote Iraker. Wenn man an der Verbesserung der Atomwaffen mitgearbeitet hat, fängt man doch an zu grübeln. Schau dir Oppenheimer an. Szilard, Bohr. Das Gewissen hat sie immer geplagt. Ich hab ein Interview mit Tibbets gelesen, der die Bombe über Hiroshima abgeworfen hat. Er sagt: *It was completely impersonal.* Glaubst du ihm das, Susan?«

Ich schaue zurück. Auf die Tausenden von Menschen, denen ich gegenübergestanden habe. Die tausenden Male, bei denen ich den Effekt wahrgenommen habe. Ich weiß, dass ich sie nicht auf meine Seite ziehen kann.

»Zwischen Menschen gibt es nichts, was komplett unpersönlich ist.«

Sie will mich nicht gehen lassen. Sie ist über siebzig und vielfache Millionärin und kann alles und weiß alles und kann auf ein Lebenswerk zurückblicken. Trotzdem ist sie trostlos einsam.

»Wenn man sich zu früh allein durchschlagen musste, Susan, hat man das Problem, dass man keinem mehr vertraut. Die andern Mitglieder in der Kommission wurden zu einer Art Familie für mich. Sogar die Männer. Obwohl die Zeit zwischen unsern Treffen lang war. Aber an diesem Wochenende alle halbe Jahre habe ich am intensivsten gelebt.«

Sie fasst mich wieder am Arm. Jetzt ist die Berührung nicht schulmeisterlich, nicht bedrohlich, nicht herausfordernd. Sie ist verzweifelt.

»Ich war natürlich in Magrethe verliebt. Wir waren alle in sie verliebt. In all den Jahren. Warst du schon einmal unglücklich verliebt?«

»Alle waren das.«

»Aber nicht vierzig Jahre lang. Was hältst du von vierzig Jahren unglücklicher Liebe?«

»Meinetwegen ein Trauerjahr für eine große Liebe, die nicht erwidert wird. Aber die restlichen neununddreißig sind Leerlauf.«

Einen Augenblick lang blitzt der Wahnsinn in ihren Augen.

Dann lacht sie wieder, mit einem Geräusch wie vom Lufteinlass eines Hochofens.

»Die Presse interessiert mich einen Scheiß. Auf Politiker hab ich mich nie verlassen. Jeder muss es selber schaffen. Seit Magrethes Tod hab ich mich nur im Haus aufgehalten. Ich lasse mir meine Einkäufe von SuperBest bringen. Von einem Boten, den ich kenne. Ich habe Kameras um mein ganzes Grundstück herum. Infrarotsucher. In zwei Wochen bin ich weg. Ich hoffe, sie kommen vorher, die Magrethe ermordet haben. Ich hoffe, sie kommen.«

Ich gehe die Treppe hinunter.

»Du bist ein Hund, Susan. Das hab ich gleich gesehen. Du bist einer von diesen kleinen, gefährlichen Hunden, ein Terrier oder ein Pitbull, denen man die Instinkte nicht wegzüchten kann. Die sich in einen engen Bau zwängen und den toten Fuchs rückwärts rausziehen. Du könntest sie vielleicht zuallererst finden. Falls ja, dann komm und hole mich.«

3

Es ist immer noch früh, gerade mal sieben. Der größte Teil des Kongens Nytorv liegt im Schatten. Hier muss es Auseinandersetzungen zwischen Polizei und Demonstranten gegeben haben, an den Bürgersteigen sind Absperrgitter aufgestellt, im Erdgeschoss sind viele Scheiben eingeschlagen und mit Planen zugeklebt. Am Baumrund des Platzes liegen zwei umgestürzte und ausgebrannte Autos. Die Reiterstatue ist entfernt. Oehlenschläger und Holberg vorm Königlichen Theater sind in Sperrholz eingepackt.

Aber das Messingschild an dem Tor, durch das ich trete, ist frisch geputzt. Die ersten vier Etagen sind von verschiedenen Abteilungen von Fabius' Designunternehmen belegt, zuoberst kommt ihrer beider Name, meine Mutter hat Fabius' Nachnamen angenommen, Magnus.

Er öffnet.

Es gibt die seltenen Augenblicke im Leben, in denen man einem Mann gegenübersteht, der so schön ist, dass einem das Herz wehtut. Und wo der Schmerz keine Metapher ist, sondern ganz buchstäblich und körperlich.

Fabius ist so einer. Seine Schönheit ist nicht knallig, sie ist dunkel, nach innen gerichtet und rätselhaft, sie ruft ein heftiges Ziehen in jeder Frau hervor, sie möchte berühren, sie möchte trösten, sie möchte irgendetwas für ihn tun und zeigen, dass sie seine vornehme und komplizierte Seele verstanden hat.

»Fabius«, sage ich, »im Namen meines ganzen Geschlechts muss ich meiner tiefen Trauer darüber Ausdruck verleihen, dass du schwul bist.«

Er lächelt wie ein chinesischer Mandarin.

»Man hat uns gesagt, ihr seid mindestens ein Jahr weg.«

»Aber nun bin ich da.«

»Deine Mutter hat Migräne.«

Die Migräne meiner Mutter ist keine von der Sorte, die vornehme und zarte Damen wie einen Derby-Hut tragen. Sie ist ein lebensgefährlicher Fluch, der sie unregelmäßig und ohne Vorwarnung trifft wie ein Schädelbruch und ihren Teint leichenfarben und ihre Augen blutunterlaufen erscheinen lässt, der ihr alle Lebenskraft aussaugt und sie ins Schlafzimmer treibt, wo sie drei Tage lang bei vorgezogenen Gardinen wie eine Tote liegt und weder feste noch flüssige Nahrung zu sich nimmt.

Nach den drei Tagen kommt sie wankend heraus, wiederauferstanden, aber geschwächt und mit einem Ausdruck im Gesicht, als hätte sie dem Totenreich einen Besuch abgestattet.

Nie habe ich sie während eines Anfalls gestört. Aber jetzt habe ich keine Wahl. Auch Fabius merkt das. Er tritt beiseite.

Ich bin seit zwanzig Jahren nicht im Schlafzimmer meiner Mutter gewesen. Alle Menschen haben eine absolute Grenze. Außer Dorthea vielleicht. Die Grenze meiner Mutter verläuft auf der Schwelle zu ihrem Schlafzimmer.

Jetzt überschreite ich sie. Ohne anzuklopfen.

Es ist finster. Es riecht nach frischen Äpfeln und Puder und Parfüm. Ich gehe ans Fenster und kippe die Jalousien einen Millimeter, nur so viel, dass man nicht über die Möbel fällt.

Der Raum wird vom Bett dominiert. Es ist antik, steht auf vergoldeten Löwentatzen und gleicht einer langen Hochseedünung, die erstarrt ist, kurz bevor sie am Ufer ausrollen konnte, es ist weiß lackiert und am Rande vergoldet und mit einem rosa Schaum von Kissen und Daunenbetten bedeckt.

Irgendwo darunter liegt meine Mutter. Das Einzige, was ich in der Dunkelheit sehe, sind ihre Augen, die mich hasserfüllt anstarren.

»Mutter«, sage ich. »Warum ist Vater verschwunden?«

So wie jeder seine individuelle Geschichte hat, um sich selbst zusammenzuhalten, gibt es Familienlegenden, die den Eindruck vermitteln sollen, Familien seien Vektoren, die sich voll tragischen Sinns und tränennasser Herzlichkeit auf einer Zeitspur vorwärtsbewegen. Von meinem Vater wurde stets erzählt, er sei ein großer Zigeuner gewesen, für dessen heftiges Fernweh und wilde Reiselust in einem kleinen Land und einer kleinen Familie wie der unsrigen kein Platz gewesen sei.

Ich wusste immer, dass das eine Lüge war.

»Ich weiß noch, wie er sich verabschiedet hat«, sage ich. »Er ist nicht freiwillig gegangen.«

Fabius steht im Zimmer, er ist hereingesickert wie ein edler Saft. Meine Mutter gibt ihm ein Zeichen. Vom Nachttisch reicht er ihr ein braunes Medizinfläschchen mit einem Saugrohr aus Plastik. Sie saugt und schaut mir in die Augen.

»Das ist Morphium, Susan. Das Einzige, was hilft.«

Sie kann nur röcheln. Sie war krank, als ich kam, jetzt ist es schlimmer geworden.

»Ich verstehe mich nicht auf Politik, Susan.«

Ich warte, unbarmherzig.

»Er hatte eine Munitionsfabrik von seinem Vater übernommen. In Raadvad. Und dann ein neuartiges Projektil erfunden, aus keramischem Material. In Dänemark gab es immer Widerstand gegen die Waffenproduktion. Und es stellte sich heraus, dass er an Länder geliefert hatte, die einem Embargo der Vereinten Nationen unterlagen.«

»Südafrika?«

Entweder will sie mich nicht hören, oder die Anstrengung zu sprechen schließt alle Laute aus.

»Er hat herausgefunden, dass die Polizei hinter ihm her war. Er sollte am nächsten Tag festgenommen werden. Also ist er geflüchtet. Die Sache kam nie raus. Aber alles wurde beschlagnahmt. Alle Häuser, Ersparnisse, die Fabrik. Rudersdal, die andern Jagdhütten. Für uns blieb rein gar nichts mehr.«

Ihr Hass auf die Behörden hat sich seit damals unvermindert erhalten. Ich setze mich auf den Rand des Bettes. Sie hat keine Kraft, um zu protestieren.

»Ich habe ihn gesehen«, sage ich. »Auf einem Foto aus der Kalahari. Ich glaube, er muss dich kontaktiert haben. Er muss sich gemeldet haben.«

Sie macht ein Zeichen. Ich gebe ihr das flüssige Morphium. Auf dem Nachttisch liegt ein besticktes Taschentuch, ich tupfe ihr vorsichtig den Mund ab. Sie will sich setzen, ich helfe ihr, und Fabius steckt ihr ein Kissen in den Rücken. Sie zeigt auf die Schublade im Nachttisch, ich ziehe sie auf. Zuoberst liegt ein Umschlag.

»Mach ihn auf!«

Ich nehme den Inhalt heraus, es sind zwei Fotos desselben Mannes.

Es ist mein Vater. Auf dem ersten ist er älter, auf dem zweiten sehr viel älter, als ich ihn in Erinnerung habe. Auf beiden trägt er die breitkrempige Melone.

Ich drehe die Bilder um. Auf der Rückseite des einen steht mit schwarzer Tinte »Für meine Lieben, Lana und Susan«.

Auf dem Umschlag sind keine Briefmarken.

»Das erste kam nach zehn Jahren. Und es vergingen noch mal zehn Jahre, bis das zweite kam. Danach hab ich nichts mehr von ihm gehört.«

»Wie wurden sie gebracht?«

»Durch einen Boten. Beide Male derselbe Mann. Däne. Hat sich nicht vorgestellt.«

»Was für ein Mensch war das?«

Sie zögert einen Augenblick.

»Eine physische Person.«

Manche Menschen legen Wert auf das Aussehen, manche achten auf die Intelligenz, manche riechen den Umfang der Ersparnisse ihres Mitmenschen auf vierhundert Meter Entfernung. Meine Mutter nimmt Körper wahr. Mit ungeheurer Präzision.

»Wie, physisch?«

Ihre Hände versuchen, ein Bild in die Luft zu zeichnen. Der Versuch einer Tänzerin, eine Realität zu beschreiben, die über oder hinter der Sprache liegt.

»Er hat mir Angst gemacht.«

Es ist ausgesprochen selten, dass sie ihre Angst äußert, höchstens einmal vor schwindendem Publikumszuspruch.

»Aber seine Kleidung war erstklassig.«

Fabius hat sich neben mich gesetzt. Ich fühle seine Zärtlichkeit für sie. Seine Liebe. Einen Moment lang ist sie konkret spürbar, als bestünde eine physische Brücke zwischen ihnen.

Bislang glaubte ich, er habe in ihr seine Mutter gesucht und gefunden. Nun sehe ich, es ist umgekehrt. Trotz des Altersunterschieds liebt er sie, wie ein Vater seine Tochter liebt.

»Wie habt ihr euch kennengelernt, du und Vater?«

»Er hat mich tanzen sehen. Und schickte mir einen Blumenstrauß. Groß wie ein Heuschober. Er bat, mich sehen zu dürfen, ich lehnte ab. Er ist in sieben Vorstellungen hintereinander gekommen. Saß in der ersten Reihe. Und jedes Mal wartete ein Strauß auf mich. Nach den ersten drei ließ ich das

Theater die Annahme verweigern. Dann ging er zu meinen Eltern. Er hatte einen psychopathischen Charme. Ich wohnte immer noch zu Hause. Eines Abends saß er schlicht am Esstisch. Nach einigen Wochen ließ ich mich von ihm ausführen.«

Ihr Blick ist fern. Sie erlebt, was sie erzählt, noch einmal.

»Warum hast du ihn genommen?«

Sie kehrt in die Gegenwart zurück und sieht mir in die Augen. Das ist eine entscheidende Frage für ein Kind.

Die Antwort ist auch entscheidend. Worin ist man empfangen und geboren, warum haben die Eltern sich genommen?

»Es war seine Power, Susan. Die Robustheit. Frauen lieben das.«

»Und die Liebe?«

Sie sieht Fabius an. Er nickt sanft. Reicht ihr ein hohes schmales Glas mit Apfelbrand. Er stützt ihren Kopf, während sie trinkt.

»Wir gingen zusammen auf die Jagd. Er hatte chinesische Wasserrehe importiert. Die einzige Hirschart mit Hauern. Nicht ungefährlich. Am frühen Morgen, bei Sonnenaufgang, warteten wir im Unterstand. Eng beieinander. Ohne etwas zu sagen. Und um uns herum erwachte die Natur. Man hatte das Gefühl: Wenn die Welt bloß anders gewesen wäre, hätte es Liebe geben können, hätte es vielleicht zu Liebe werden können.«

Ich empfinde eine irrationale Erleichterung. Vielleicht ist für das Kind in uns allen die Gewissheit entscheidend, dass es trotz allem irgendeine Art von Liebe gab.

»Mutter, hast du eine Anweisung vom Verteidigungsministerium bekommen, wie du dich verhalten sollst, im … Katastrophenfall?«

In der Stille höre ich, wie schwer ihr das Atmen fällt. Sie

schließt die Augen. Versucht, sich aus der Intimität zu stehlen. Es gelingt ihr nicht. Wir sind schon zu weit vorgedrungen.

»Das ist vertraulich, Susan. Es gibt zwei Telefonnummern. Nur der Intendant und ich haben sie. Nicht mal der Ballettmeister. Keiner darf etwas wissen. Warum fragst du? Woher weißt du das?«

Nun da meine Augen sich an das Dunkel gewöhnt haben, treten die Gegenstände des Raums klarer hervor. An der Decke hängt ein venezianischer Kronleuchter aus Glas, antik, mundgeblasen, eine schwebende Phantasie wie aus Spitze. Jedes der wenigen Möbelstücke ist antik, ausgesucht und wie beiläufig hingestellt. Als hätte ein Vorübergehender mit gutem Geschmack an der richtigen Stelle eine Million fallen lassen.

»Es war ein Beamter, der mich im Theater aufgesucht hat. Vor über zehn Jahren. Ein Mann mit Hirn. Er sagte, selbst wenn das gesamte Ballett verschwinden würde, könnte man, solange man mich hätte, das gesamte Bournonville-Repertoire in einem Jahr rekonstruieren. Mit neuen Tänzern. An einem andern Ort. Das ist wahr, Susan. Ich will ja nicht angeben, aber recht hat er!«

»An welchem andern Ort?«

»Das hat er nicht gesagt. Aber kann man das nicht verstehen? Dass es im Falle eines Falles darum geht, die wertvollsten Menschen zu schützen.«

Ich stehe auf.

»Er hat angerufen, Susan, dein Vater. Kurz nach dem ersten Bild. Er war in Südafrika. Handys waren damals noch nicht so üblich, ein Telefonfräulein hat die Verbindung hergestellt, sie sagte, da sei ein Anruf aus Südafrika. Nach ein paar Jahren hat er wieder angerufen. Jedes Mal hat er nach dir gefragt. Danach habe ich mich geweigert, die Anrufe entgegenzunehmen. Er wollte mir dir sprechen. Das wäre nicht gut gewesen für dich. Wir mussten doch weiter, du und ich, wir sollten doch ein neues Leben haben. Und es hätte mich die Stellung am Theater kosten können. Sie haben gesagt, das wäre ein richtig großer Prozess geworden. Internationale Kriminalität. Es ging nicht nur um Waffen.«

So ist es. Wenn man es recht bedenkt, waren nicht ich oder mein Vater oder die Liebhaber für sie wichtig. Es war der Tanz. Ich empfinde Zärtlichkeit für sie. Es hat etwas Integres, wenn man sein ganzes Leben immer nur eins will. Auch wenn dieses Eine man selber ist.

»Wie klang er denn? Konnte man ihm anhören, dass er deprimiert war?«

»Er doch nicht. Ihm ging's prima. Natürlich ging's ihm prima. Nichts kann ihm etwas anhaben. Immer obenauf. Guck dir an, wie er mich belagerte, Susan, wie er uns eroberte. So ist er dem Dasein stets gegenübergetreten, als etwas, das erobert werden kann. Das man im Sturm nimmt.«

In ihrer Stimme schwingt ein trotziger Stolz mit. Auf ihre Art ist sie auch vergewaltigt worden. Vielleicht lindert das Wissen, dass es der Fürst der Finsternis war, ihren Schmerz.

Sie sinkt in ihre Kissen zurück. Fabius bringt mich zur Tür. Im Entree bleiben wir einen Augenblick stehen. Was zwischen uns ist, dafür gibt es keine Worte. Was uns verbindet, ist die Liebe zu diesem Wesen da im Bett. Das Gefühl ist so gespenstisch, dass es sich außerhalb der Sprache befindet.

»Hast du Magrethe Spliid gefunden, Susan?«

Ich nicke.

»Sie und dein Vater waren zusammen. Bevor er und deine Mutter …«

Als ich die Treppe hinuntergehe, schließt er leise und taktvoll die Tür hinter mir.

Am Ende der Treppe sehe ich einen Schatten. Ich umklammere meinen Kuhfuß und trete in die Toreinfahrt hinaus. Laban steht dort an sein Fahrrad gelehnt.

Zusammen gehen wir zum Auto. Er legt das Rad auf die Ladefläche des Pick-ups. Ich setze mich ans Steuer.

Ich will den Motor anlassen, halte aber inne. Das Geschäft an der Ecke zur Gothersgade wurde geplündert. Die Schaufenster sind zerschlagen, die Auslagen sind leer. Das ist passiert, während ich bei meiner Mutter war.

Ich drehe den Zündschlüssel und wende. Ich will nicht an dem demolierten Laden vorbeifahren. Ich biege links in die Bredgade. Für mich ist die Strecke vom Magasin du Nord und Königlichen Theater, am Nyhavn vorüber und die Bredgade entlang zur Esplanade das Synonym für das alte und vornehme Kopenhagen. Jetzt sind viele Scheiben im Parterre kaputt und die Fensteröffnungen mit Brettern vernagelt. In der Luft hängt ein schwacher Geruch nach Rauch.

»Ich habe im Zentrum für Teilchenphysik angerufen«, sage ich. »Wenn sie Dänemark evakuieren, ist Thorbjørn Halk der Erste, den sie in Sicherheit bringen.«

4

Während unseres Aufenthalts in Indien wurde an das Zentrum für Teilchenphysik letzte Hand gelegt.

Der sichtbare Teil des Komplexes ist ein vierstöckiger Bau, der, mit einer kleinen Parkanlage und einer Mauer drum herum, zehntausend Quadratmeter des Fælledparks gefressen hat; hier, an der Ecke Jagtvej und Serridslevvej, befand sich einst der Klostergarten. Vor der Treppe bleiben wir andächtig stehen. Das Ganze hat vierzig Milliarden Kronen gekostet, zehn kamen vom dänischen Staat, die restlichen dreißig von der EU und der NASA.

Die Kosten des Gebäudes stecken nicht in dem, was überirdisch sichtbar ist. Aber auch das hat Stil. Die Treppe ist aus Granit, der Boden der Empfangshalle hat ein Fischgrätenparkett, hier stehen weiche Sofas, und selbst die Uniformen des Wachpersonals scheinen direkt für den Laufsteg geschneidert zu sein, offiziell, aber ohne aggressiv zu sein.

Aber die Männer in den Uniformen lassen uns nicht durch.

»Ich habe angerufen«, sage ich, »ich habe einen Termin, ich bin Dozentin an der Uni Kopenhagen.«

Sie weichen keine Handbreit. Laban ist außer sich.

Hinter den Männern taucht eine Frau auf.

»Elisabeth«, sage ich. »Was ist hier los?«

Sie zieht uns auf die Seite. Spricht gedämpft.

»Ich habe deine Nachricht bekommen, Susan, aber ich darf dich leider nicht reinlassen. Wir haben zu tun, ich soll dich von Thorbjørn grüßen. Soweit ich ihn verstanden habe, hast du deinen Abschied eingereicht. Aber gerne ein andermal.«

Sie trägt ein Schildchen auf ihrer weißen Bluse. »Elisabeth Halk. Professorin«.

»Ach, du bist Frau Halk geworden«, sage ich. »Und Professorin. Super gelaufen, Elisabeth.«

Sie wird rot.

»Ich muss mit Thorbjørn sprechen«, sage ich.

»Unmöglich. Er hat keine Zeit. Und du hast hier keinen rechtmäßigen Zutritt mehr. Ich muss euch bitten zu gehen.«

Ich beuge mich zu ihr hin. Lege meine Hand auf ihren Handrücken. Ergreife ihren Unterarm. Und drücke ihr Handgelenk nach vorn.

Sämtliche Farbe weicht aus ihrem Gesicht. Ihre Augen weiten sich vor Erstaunen. Die Universitätswelt ist mental. Ohne tiefere Erfahrung mit dem Körper. Weder mit seinen Freuden noch mit seinen Schmerzen.

Ich erhalte den Druck mit der rechten Hand aufrecht, lege die Linke um ihre Schulter und führe sie zum Aufzug. Laban folgt uns zögernd.

»Elisabeth«, sage ich. »Es gibt Frauen, die würden annehmen, du seist ein ziemlich fleißiges Flittchen. Immer bereit, für die Karriere die Beine breit zu machen. Aber ich nicht! Vielleicht würde ich sagen, dass du der Sache ein bisschen nachgeholfen hast. Aber du wärst so oder so dahin gekommen, wo du hinwolltest.«

Sie hat Tränen in den Augen. Wir erreichen den Aufzug. Die Wachleute sehen uns nachdenklich hinterher. Ich drehe mich so, dass sie unsere Hände nicht sehen können.

»Lass dir nichts anmerken«, sage ich. »Sonst brech ich dir das Handgelenk. Und jetzt bitte einmal nach unten.«

Der Aufzug gleitet nach unten. Und hält. Wir betreten einen Raum, der wie die Lobby eines Luxushotels eingerichtet ist, noch mehr Granit und Sofas und Sessel aus schwarzem Leder. Und Kunst an den Wänden. Von dort kommen wir in einen ovalen Raum, der mit Fernsehschirmen tapeziert ist. An den Schirmen sitzen zwischen zwanzig und dreißig Menschen. Vor einem Großbildschirm steht eine Gruppe von Menschen, ihr Mittelpunkt ist Thorbjørn Halk.

Er ist zwei Meter groß und rothaarig und Ursache des Ganzen. Seine Entdeckung der Halk-Rotation durch Experimente am CERN mit seinem großen Beschleuniger verschaffte ihm einen Nobelpreis, der ebenso gediegen ist wie Bohrs und Andrea Finks, und trug dazu bei, dass Kopenhagen die nötigen Mittel an Land ziehen konnte, um das zu realisieren, worauf wir durch eine offene Tür hinabschauen.

Wir sehen einen Betontunnel, in dem ein Rohr aus blau emailliertem Metall, anderthalb Meter im Durchmesser, in fünfzehn Metern Tiefe den Anfang eines perfekten Kreises beschreibt, der unter Fælledpark, Svanemøllen, dem inneren Hellerup, dem äußeren Østerbro, Nørrebro, Valby, dem Hafen, Amagerbro und Holmen, wieder dem Hafen und der City verläuft und schließlich, nachdem er die vierzig Kilometer zurückgelegt hat, die ihn zum größten Beschleuniger der Welt machen, wieder hier ankommt, wo wir stehen.

Auf diesen vierzig Kilometern beschleunigt er Elementarteilchen nahezu bis zur Lichtgeschwindigkeit und produziert achthundert Millionen Kollisionen pro Sekunde, die jährlich achtzehn Petabites Daten generieren. Das würde mehr als zwei Millionen DVDs füllen, wenn es nicht ein Filtersystem gäbe, das ich mit entworfen habe und das unter den achthundert Millionen Zusammenstößen pro Sekunde die vierhundert wichtigsten auswählt.

Ich lasse Elisabeth los. Sie sinkt in einen Sessel. Ich trete vor und tippe Thorbjørn Halk auf die Schulter.

Er hat Mühe, seinen Ärger über meinen Anblick zu verbergen. Und hinter dem Ärger verbirgt sich Furcht. Er bemerkt seine Frau. Die Furcht nimmt zu.

»Thorbjørn«, sage ich. »Ich möchte dir gern meine herzlichsten Glückwünsche aussprechen zu allem. Auch zu deiner Hochzeit. Und dir meinen Exmann vorstellen, Laban Svendsen.«

Die beiden geben sich die Hand. Ohne zu wissen, was sie voneinander halten sollen.

Zwei Drittel der Elektronik im Raum wurde schon abgebaut. Eine Gruppe von Männern in blauer Arbeitskluft kümmert sich um den Rest.

Wir durchqueren den Raum, eine Tür führt in Thorbjørns Büro. Oder in eines von ihnen.

Man hat den Eindruck, in einen Garten zu kommen, überall sind Pflanzen, und eine Anordnung schräg gestellter Spiegel zieht den Sonnenschein des Fælledparks durch einen Lichtschacht nach unten und erzeugt die Illusion, man befände sich im Freien.

Die eine Wand besteht aus einem System verschiebbarer Tafeln mit Zeichnungen, die eine Art Schiff darstellen, das unter einem Ballon hängt. Auf dem Ballon ist ein Gerät angebracht, das wie ein hochkant stehender Flugzeugflügel aussieht.

»Ein neues Patent, Thorbjørn?«

Die Verlockung zu prahlen ist zu groß. Vor allem mir gegenüber. Er plustert sich sichtbar auf. Als wäre er der Ballon.

»Das Segel des Flugzeugflügels hab ich mir bei der Challenge abgeguckt, die den America's Cup gewann. Es kann fünf Grad an den Wind gehen. Unter das Segel habe ich einen kleinen Ballon montiert. Mit einer leichten Gasart. Sonnenzellen liefern die Energie, um das Volumen des Behälters zu erweitern oder zu vermindern. Darunter eine kleine geschlossene Kabine aus Carbonfaser mit einem langen Kiel. Das ist ein genialer Hybrid, Susan. Bei unruhigem Wetter ist es ein Schiff, das fünfundzwanzig Knoten machen und dicht am Wind segeln kann. Bei günstigem Wind fliegt es. Erfordert keine Energie. Eine Revolution auf dem Transportsektor! Heute ist der offizielle Probeflug.«

Verrückte Erfinder sind eine lange dänische Tradition. Ørsted, Mads Clausen mit seinen Expansionsventilen, Krøyer mit seinen Kugeln, Thorsen, der Ausgussbecken aus einer Stahlplatte presste. Erik Jacobsen, der das Antabus entdeckte. Thorbjørn Halk ist auch einer von der Sorte.

Einen Augenblick lang hatte er sich in seinen Meriten verloren. Jetzt ruft ihn seine Frau zurück.

»Sie ist wahnsinnig, Thorbjørn! Sie hätte mir fast den Arm gebrochen! Sie ist gewalttätig. Du rufst jetzt sofort die Polizei!«

Er beißt sich auf die Lippen.

»Ich habe dein Abschiedsgesuch erhalten, Susan. Das tut uns natürlich leid. Aber wir verstehen …«

»Das ist eine Fälschung. Irgendjemand will mich von der Teilnehmerliste streichen.«

Er beißt sich wieder auf die Lippe.

»Warum demontiert ihr die Geräte?«, frage ich.

»Wir bauen gerade um.«

»Ihr baut nicht um. Ihr baut ab und packt ein. Hier bahnt sich irgendeine große Sache an. Der Staat bereitet eine Art Evakuierung vor. Man rechnet damit, dass die Gesellschaftsstruktur zusammenbricht, also bringt man die Elite in Sicherheit. Erzähl mir davon.«

Jetzt ist er so blass wie seine Frau vorhin. Er hat Angst vor mir. Aber da ist etwas, vor dem er noch mehr Angst hat.

»Ich darf nichts sagen, Susan. Ich würde dir empfehlen, die Finger davon zu lassen.«

Ich stehe auf.

»Ich finde, wir sollten die Presse einschalten«, sage ich.

»Susan, egal, was du tust und womit du drohst. Ich kann dir darüber nichts sagen.«

Er steht mit dem Rücken zu einer Wand, die nicht nachgibt. Wir kommen nicht weiter. Ich habe nichts in der Hand, was ein Journalist gebrauchen könnte. Ich nicke Laban zu. Elisabeth Halk erhebt sich.

»Ich rufe die Polizei, Thorbjørn.«

»Halt's Maul, Elisabeth!«

Sie sinkt in ihren Sessel zurück. Wir gehen hinaus. Hinter uns hören wir ihre schockierte Stimme.

»Wieso hast du Angst vor diesem kleinen Satan?«

Die Aufzugtür schließt sich hinter Laban und mir.

»Ich weiß, warum er Angst hat, Susan.«

Ich sage nichts.

»Mir sind seine Hände aufgefallen. Sein Hinken. Er war's, der dich vergewaltigt hat. Im Kinderheim. Und dem du die Schrauben verpasst hast.«

Wir gehen an den nachdenklichen Wachleuten vorbei und die Treppe hinunter.

»Er hat in Holmgangen gearbeitet«, sage ich. »Um sein Studium zu finanzieren. Er hat mich mit dem periodischen System bekannt gemacht. Er war der Erste, der mir etwas von Physik erzählte. Ich habe ihn angebetet. Er war ein freundlicher Erwachsener in einer dunklen Welt. Bis er zu einem Teil des Dunkels wurde. Trotzdem bin ich immer noch dankbar.«

Wir sind stehen geblieben. Laban starrt mir ins Gesicht. Als wollte er etwas verstehen.

Das braucht er gar nicht erst zu versuchen. Es ist unmöglich, Liebe und Wärme zwischen Menschen zu verstehen. Und wie nah diese Gefühle am Missbrauch liegen.

Ich mache ihm ein Zeichen, er dreht sich um. Wir sehen die Autos, die vor dem Gebäude parken. Ein Lieferwagen und zwei LKWs. Auf dem Lieferwagen steht *SecuriCom*.

Laban erstarrt. Ich folge seinem Blick. An einem Laternenpfahl lehnen zwei Räder. Und neben den Rädern stehen Thit und Harald.

5

Wir haben uns auf eine Bank gesetzt, mitten im Fælledpark, an die geschützteste Stelle, die wir finden konnten.

»Wir haben Oskar dazu überredet, uns zu fahren«, sagt Thit. »Das hat die ganze Nacht gedauert. Heute früh gab er auf. In der Nørrebrogade hielten wir bei dem indischen Gemüsehändler, da haben wir Mangos und Zitronen gekauft. Danach fahren wir zum Oberkommando der Verteidigung am Holmens Kanal. Im Ministerium verlangen wir, mit einem Abteilungsleiter zu sprechen. Wir sagen, wie seien Biologen von der Pflanzenphysiologischen Versuchsstation. Daraufhin kommt sofort eine Frau zu uns. Sie kennt Oskar. Wir sagen, wir hätten einige besonders wichtige Früchte, die durch einen Irrtum nicht mit der letzten Sendung mitgekommen seien. Die Früchte seien ein Durchbruch, sagen wir. Besonders die Zitronen. Von enormer Bedeutung, aber nur sehr kurzer Haltbarkeit. Sie müssten sofort abgeliefert werden, um sie kühl zu lagern. Wir stellen uns so hin, dass sie zwischen uns steht. Sie ist unter Druck. Aber sie fällt drauf rein. Oskar ist stumm, das heißt, wir führen das Wort.«

Laban und ich vermeiden es, uns anzusehen. Wir sind auf der Flucht. Und trotzdem sind die Zwillinge links abgebogen. Und haben das Verteidigungsministerium erobert.

»Sie gibt uns die Adresse. Wir bitten um ihre Karte, und bekommen sie. Zehn Minuten, und wir sind da. Rosenørns Allé, *nice place*. Mit einer Statue. Oskar wagt nicht, mit hineinzugehen, ein Wachmann begleitet uns. Vier Damen am Empfang. Aber wir nehmen sie in die Mitte und zeigen die

Früchte. Wedeln mit der Karte der Abteilungsleiterin. Eine von ihnen bringt uns hoch.«

Vielleicht will man seine Kinder nicht nur vor der äußeren Welt beschützen. Vielleicht mehr noch vor den dunklen Kräften in ihnen selbst. Weder das eine noch das andere ist vermutlich machbar. Es muss Jahre her sein, dass Thit und Harald entdeckten, dass sie andere Menschen gewissermaßen öffnen konnten. Und Jahre, dass sie erstmals ihr Talent missbrauchten.

»Das Büro ist ganz oben. Mit einer super Aussicht. Im Vorzimmer sitzt auch eine Dame. Aber jetzt kann uns keiner mehr aufhalten. Sie bleibt ganz still sitzen. Und dann sind wir da, die Tür geht auf, und da sitzt Hegn.«

»Er erkennt uns nicht«, sagt Harald. »Erwachsene erkennen Kinder und Jugendliche nicht, wenn mehr als anderthalb Stunden vergangen sind, seit sie sie zuletzt gesehen haben. Wir sagen, wir seien Boten vom Verteidigungsministerium. Wieder wedeln wir mit der Karte der Abteilungsleiterin. Legen ihm das Obst hin. Und dann setzt sich Thit auf seinen Schreibtisch. Und lüpft ihr Kleid.«

Ich schaue auf den Spielplatz hinüber. Mütter schieben ihre Kinderwagen in der Frühlingssonne vor sich her. In den Wagen liegen kleine appetitliche Babys. Keiner, weder die Mütter noch die Babys, ahnt, was ihm bevorsteht. Dass sich die Mädchen in wenigen Jahren auf die Schreibtische älterer Herren setzen und ihr Kleid lüpfen werden. Und den Jungs achtzig Jahre Gefängnis drohen.

»Auf dem Tisch steht ein Foto seiner Enkel. Ich sage, für die Mädchen müsse es viel bedeutet haben, so einen attraktiven Großvater zu haben. Und dann simuliere ich einen epileptischen Anfall. Ich wanke ins Vorzimmer. Hegn folgt mir. Steckt mir sein Taschentuch in den Mund, damit ich mir nicht die Zunge abbeiße. Und alles nur, um Harald Zeit zu geben, sich ein bisschen umzusehen.«

»Ich fange mit dem Schreibtisch an«, sagt Harald. »Aber da ist nichts. Hinter einem Bild ist ein eingemauerter Geldschrank, natürlich verriegelt. Die Schränke sind auch abgeschlossen. Und ich hab nur ein paar Minuten. Ich will schon aufgeben. Aber dann versuche ich eine Tür. Die geht auf. Und dahinter …«

Er zögert, noch beeindruckt von dem Bild, das sich ihm bot.

»… dahinter ist eine Insel. Ein Modell. So wie die Häusermodelle der Architekten. Aber dieses ist also von einer Insel, sehr groß, so groß wie ein halbes Schwimmbecken. Der Raum ist ein kleiner Saal. Man sieht die Insel unter und über Wasser. Mit einem hohen Vulkan. Und einem Korallenriff. Flugplatz, zwei Häfen. Und Häuser, viele Häuser, wie Militärbaracken. Verteilt auf zwei kleine Orte. Und vor den Häusern sind Pools. Und Felder mit Gemüse. Alles sehr sorgfältig gemacht. Auf dem Modell steht der Name, Spray Island. So viel kann ich sehen, dann geh ich ins Büro zurück, Thits Anfall ist nämlich vorüber. Wir bekommen fünfhundert Kronen Trinkgeld, also eigentlich vor allem Thit. Wir bitten darum, das Telefon benutzen zu dürfen, und rufen die Abteilungsleiterin an und sagen, wir hätten alles abgeliefert. Um den Zeitpunkt ein wenig hinauszuschieben, an dem sie und Hegn miteinander reden und entdecken, dass wir nur ein Fake sind. Und damit war alles erledigt.«

Ich schaue über den Park und entdecke eine Buche, an der sich die ersten Blättchen zeigen, sie sind so klein und ihre Farbe ist so intensiv, dass sie nicht aus Materie zu sein scheinen, sondern eher wie Lichtstreifen wirken.

»Es war immer noch zeitig, nicht einmal zehn. Also gehen wir in ein Internetcafé und googeln Spray Island.«

Harald schließt die Augen. Ruft sich ins Gedächtnis zurück, was er auf dem Schirm gelesen hat, und zwar wörtlich.

»Den Namen hat die Insel von Joshua Slocum erhalten, dem Ersten, der *alone around the world* segelte. Nach seiner selbstgebauten Yacht namens *Spray*. Nachdem er Kap Hoorn umsegelt hat, kommt er in einen Sturm und gerät vor der Insel auf Grund und entdeckt, dass sie auf keiner Karte verzeichnet ist. Vermutlich der Entdeckung entgangen wegen eines Fehlers in den nautischen Tabellen, eines Fehlers, der die großen Schiffsrouten östlich um die Insel herumführte. Bis 2012 Teil der Inselgruppe Viscount Islands. Gekauft vom dänischen Staat als Teil des weltgrößten Naturschutzprojekts der UNESCO, das einige Inselgruppen im Stillen Ozean betrifft. Sie sollen gesperrt und geschützt und in einen internationalen Naturpark verwandelt werden, so etwa wie die Galapagos-Inseln. Als wir so weit gekommen sind, setzen wir uns ins Café. Und frühstücken für Hegns Trinkgeld, zusammen mit Oskar.«

»Oskar gehört zum System«, sage ich.

»Er hat uns bei der Flucht geholfen.«

»Das war eine vorübergehende Sentimentalität. Das war der Effekt. Er wird von Hegn bezahlt.«

Thit dreht sich zu mir.

»Oskar ist ein Mann mit Potential.«

Ich gucke weg, eines der Phänomene der letzten Monate. Ich kann dem Blick meiner eigenen Tochter nicht mehr unbegrenzt standhalten.

»Wir treffen ihn in einer halben Stunde«, sagt Harald. »Er hat versprochen, uns ins Kino mitzunehmen. Unter dem Meteorologischen Institut.«

6

Das Tor zum Meteorologischen Institut ist geschlossen. Als wir uns nähern, tritt Oskar aus dem Schatten. Er stützt sich auf seinen Stock, sein Gesicht ist blass, die Falten sind tief. Er öffnet eine kleine Tür neben dem Tor. Als wir über die Straße gehen, vermeide ich es bewusst, mich in den Scheiben anzusehen. Ich will nicht wissen, wie ich aussehe.

An einem Kellereingang werden wir von einem Mann erwartet, der sich nicht vorstellt. Alles, was er tut, ist Oskar die Hand zu geben, und allein an dieser Geste erkenne ich, dass er Soldat ist, und zwar vermutlich einer von der Sorte mit einem Trauma, aufgrund dessen er nach Hause geschickt wurde und in ein Überzelt in den Gribwald zog, um mit seiner Paranoia allein zu sein.

Er weicht unsern Blicken aus und schließt uns eine Reihe von Türen auf, bis wir zu einem Vorführraum mit vielleicht fünfzig Stühlen, einer Leinwand und einem Projektor kommen. Alles ist schon vorbereitet, wir nehmen Platz, der Soldat drückt auf einen Knopf, der Film fängt an.

Es ist ein unredigierter Streifen ohne Ton. Ohne jede Einführung fängt es mit Bildern von einer fernen Küste an, die in ewige Regenwolken gehüllt ist. Gefilmt wird von einem Boot aus, das sich auf einem bleigrauen Meer durch Wellen von der Höhe vierstöckiger Häuser quält. Ein eingeblendeter Text erzählt uns auf Englisch, dass wir die argentinische Küste auf der Höhe des vierzigsten südlichen Breitengrads sehen. Den Bildern nach zu urteilen sind die Tage hier eher ungemütlich.

Ohne Übergang wechselt die Szenerie, nun sind Ozean und Himmel blau, Bugwelle und Seevögel weiß, aus dem Meer taucht ein violettes Bountyland auf, mit Vulkankegel und Korallenriff. Und plötzlich gibt es auch eine Tonspur. Mit einer Stimme, von der jede Frau sich wünscht, ihr Eigentümer möge an ihrem Bettrand sitzen und ihr Gutenachtlieder vorsingen.

Die Stimme verkündet auf Englisch, dies sei Spray Island. Ihre Ausmaße betrügen fünfzig mal fünfzig Kilometer, ein Viertel davon werde von dem geologisch einzigartigen Vulkankegel eingenommen. Und die Insel stehe unter Naturschutz. Die Stimme verklingt. Filmsequenzen, die noch keinen Ton haben, gleiten über die Leinwand. Man sieht eine Computersimulation der Insel. Wahrscheinlich, wie das Ganze aussehen wird, wenn die Biologen abgereist sind, übrig bleiben nur noch Mole, Landebahn, Kontrollturm und vereinzelte Gebäude. Auf dem Meer ist ein Segelschiff zu sehen. Das Schiff wird herangezoomt. Es ist kein Schiff, es ist das Amphibienfahrzeug von Halks Tafeln. Zuoberst das Segel. Darunter der Ballon. Darunter der Rumpf mit dem langen Kiel.

Die animierte Sequenz ist zu Ende, man sieht einen Anflug auf die Insel. Der Vulkan scheint aus dem Meer zu steigen, die violetten Farben werden grün, nun sieht man das azurblaue Wasser innerhalb des Korallenriffs, den Sandstrand, die Kokospalmen, eine kleine Hafenanlage, einen Kran. Der Vulkankegel erhebt sich im Bild, gefilmt von einem Hubschrauber aus, dessen Schatten auf einer Seite des Vulkans deutlich zu erkennen ist. Die Regenwaldvegetation glitzert von Tau oder Regentropfen, es ist Morgen, die Sonne steht niedrig, das Licht fällt schräg und intensiv, die Schatten sind lang.

Die Stimme kehrt zurück, plötzlich erkenne ich sie wieder,

das ist Falck-Hansen, der Außenminister! Er teilt mit, die Insel sei für eine symbolische Milliarde Kronen gekauft worden.

Es folgen Bilder von Tieren und Pflanzen. Eidechsen in Katzengröße, Frösche wie Basketbälle, Berghänge, die von mehreren Quadratkilometern großen Orchideenteppichen bedeckt sind. Neonfarbene Vogelspinnen mit fünfzehn Zentimeter langen Beinen und einer Behaarung wie der eines Gorillas.

Das Bild zeigt jetzt eine graphische Simulation der Insel. Es gibt keinen Text, nur eine Überschrift, *The Atlas Registration*. In der Simulation ist die Insel von einem Netz aus Quadraten überzogen, die Seitenlänge jedes Quadrat beträgt hundert Meter.

Ich hebe die Hand. Der Film wird angehalten.

»Was ist eine Atlas-Registrierung?«

Der Soldat geht nach vorn und zeigt auf das Quadratnetz.

»Ein UTM-Koordinatensystem. Bei besonders gründlichen biologischen Zählungen einer bestimmten Lokalität legt man ein Quadratnetz aus UTM-Linien darüber, das sind die Linien, die man dann anstelle von Längen- und Breitenangaben verwendet. Dann zählt man innerhalb dieses Netzes. In Dänemark wurde das erstmals 1971 gemacht, damals wurden Vögel gezählt. Das hier ist das dritte Mal, es hat letztes Jahr angefangen und endet 2019.«

Er sieht mir in die Augen.

»Dadurch wird diese Zählung auf Spray Island eine der gründlichsten biologischen Untersuchungen der Geschichte.«

Der Hubschrauber überfliegt die Landebahn in umgekehrter Richtung. Männer in blauen Uniformen leeren einen Lastwagen, am Kai liegt ein kleineres Containerschiff, am Ufer steht der Außenminister. Schnitt, er spricht direkt in die Kamera. Zuerst kommt kein Ton. Dann hört man die Stimme.

Er spricht von der Bedeutsamkeit, die einzigartigen Biotope des Pazifiks zu bewahren.

Der Film endet abrupt. Der Soldat macht das Licht im Saal an. Er spricht zu Oskar, uns ignoriert er.

»Die UNESCO wird nächstes Jahr eine umfassende Dokumentation über den Naturschutz lancieren. Dies hier ist der dänische Beitrag. Die Medienabteilung des Meteorologischen Instituts wurde gebeten, den Film fertigzustellen. Aber das hat sie noch nicht geschafft.«

»Darf ich ihn noch mal sehen«, sage ich.

Was zunächst als Ganzes erschien, teilt sich beim zweiten Sehen in Fragmente auf. Der Film ist aus verschiedenen, zeitlich weit auseinanderliegenden Aufnahmen zusammengestückelt. Zuerst stammt der Schatten auf dem Vulkankegel von einem Hubschrauber, dann von einer kleinen zweimotorigen Maschine. Die Position der Sonne wechselt sprunghaft. Beim ersten Überfliegen der Landebahn erscheint ein Gebäude, das beim zweiten Mal fehlt.

»Können Sie das Bild anhalten?«

Ich gehe zur Leinwand.

»Und jetzt bitte langsam vorwärts.«

Die Kamera gleitet über die Landebahn. Hinunter zum Hafen. An der Betonmole entlang. Am äußersten Ende, am Leuchtturm an der Einfahrt, stehen sechs Menschen. Eine Frau mit einer Weste, wie sie Fliegenfischer tragen und die nur aus Taschen besteht, und mit einer Kamera auf einem Stativ. Sie muss die verantwortliche Fotografin sein. Neben ihr stellt ein Mann gerade ein Stangenmikrofon bereit. Vor ihnen, zwanglos in weißen Hemdsärmeln, steht Falck-Hansen.

Die drei anderen, zwei Männer und eine Frau, entfernen sich. Sie wenden sich vom Hubschrauber ab, um der Kamera zu entgehen.

Der Außenminister spricht. Multitalente haben etwas Faszinierendes. Er ist nicht nur ein erfahrener und hoch geschätzter Politiker, er spricht auch ein perfektes, leicht nasales Englisch. Und er hat die körperliche Selbstsicherheit des geübten Performers.

»Der Weg von Dänemark nach Spray Island ist weit. Zu diesem einzigartigen und bedrohten Lebensraum. Aber der dänische Wille zu helfen ist unbegrenzt von Zeit und Raum.«

»Ein Bild nach dem andern, bitte.«

Die Kamera schwenkt über die Insel. Und das Meer. In der unteren Ecke fängt sie die drei Menschen ein, die sich entfernen.

Die Frau ist im Profil zu sehen. Ihre Haut ist mokkabraun, glatt und appetitlich.

Die Sequenz wird in der endgültigen Fassung wegfallen, sie ist ein Irrtum. Die meisten Zuschauer werden die Frau für ein ethnisches Detail halten. Aber einige wenige werden sie erkennen. Deshalb wird sie in Bälde rausgeschnitten werden.

»Das ist sie«, ruft Thit aus. »Hegns Sekretärin! Von den Kronholmen!«

»Könnten wir ein wenig zurückspulen?«

Der Film läuft rückwärts.

»Halten Sie bitte mal an? Und jetzt heranzoomen.«

Das Bild der drei wird vergrößert. Der Film wird körnig. Jetzt kann man die Männer neben der Frau erahnen.

Der eine trägt einen blauen Sommeranzug, eine blaue Weste und Krawatte. Es ist Hegn.

Der andere war so vernünftig, einen hellen Hut gegen die Tropensonne aufzusetzen. Nur dass es mit Vernunft und der Hitze gar nichts zu tun hat. Nun kann man sehen, dass er es ist, der die Kamera im Hubschrauber entdeckt, sich wegdreht und Hegn und die Frau mit sich zieht. Er sagt etwas zu ihnen und zeigt ihnen, wie sie ihr Gesicht abwenden sollen. Und sie folgen seinen Bewegungen, als hätten sie Fäden an ihren Gliedern und er wäre der Marionettenspieler. Sogar Hegn wird in diesen Sekunden geführt.

Weitere Bilder sind nicht mehr nötig, ich brauche weder eine Nahaufnahme noch einen DNA-Test. Der Mann mit dem Hut ist mein Vater.

7

Der Soldat begleitet uns über den Hof. Oskar sieht aus dem Tor, zuckt zurück.

»Neben euerm Wagen hält ein Auto, zwei Männer untersuchen ihn.«

Er nickt dem Soldaten zu, der zurückgeht. Wir gehen mit.

Einmal drehe ich mich um. Oskar geht durch das Tor in Richtung unseres Autos, seine Haltung ist bedrohlich und aggressiv.

Wir folgen dem Soldaten in das Gebäude. Es scheint geräumt zu werden, die Büros sind leer, die Möbel stehen verlassen auf den Fluren. Schließlich öffnet er eine Tür, die zum Staatlichen Kunstmuseum hinausgeht, auf dieser Seite der Sølvgade ist ein Taxistand.

Da steht nur eine Taxe, sie ist mit Brüchen und Integralen verziert, darüber steht »Mathematiktaxi«. Ich zögere.

»Wissenschaftstaxis. Wurden letztes Jahr eingeführt. Weil es so viele arbeitslose Akademiker gibt. Sie zahlen Normaltarif. Aber man kann sich unterwegs einen kurzen, populärwissenschaftlichen Vortrag anhören.«

Ich sehe den Soldaten an. Sehe Laban an.

»Gibt es auch Droschken, in denen man sich ein Liedchen summen lassen kann? Von einem arbeitslosen Komponisten?«

Er antwortet nicht. Ich mache die Autotür auf, wir steigen ein. Der Wagen wendet, wir fahren in Richtung Sølvtorvet.

Der Fahrer ist stumm. Er verbirgt sich und seine akademische Arbeitslosigkeit hinter einer großen Sonnenbrille. Glücklicherweise bietet er uns keinen Vortrag an.

Wir biegen in den Evighedsvej. Vor der Villa Landruhe stehen ein Leichenwagen und zwei dunkle Autos. Wir kommen gerade rechtzeitig, um Ingeman auf Wiedersehen zu sagen.

Ich steige aus und suche nach Bargeld. Dass die Kreditkarten weg sind, ruft ein Gefühl der Verlassenheit und Identitätslosigkeit hervor.

Da sehe ich Dorthea. Sie steht auf dem Balkon vor Ingemans Kajüte. Sie sieht uns, aber sie schaut quasi durch uns hindurch. Kein Zeichen des Erkennens. Dann trommelt sie zweimal mit den Fingern auf das Geländer. Ich setze mich wieder ins Taxi.

»Da ist jemand bei ihr.«

Harald zeigt auf das Display des Taxameters. Da wird gerade eine Fahndung rausgeschickt, sie enthält die genaue Beschreibung von uns allen vieren. Der Tonfall ist nüchtern, undramatisch. Und es endet mit einer Nummer, unter der man anrufen kann.

»Fahren Sie hundert Meter vor«, sage ich, »langsam an den Autos vorbei, geht das?«

Die Taxe rollt langsam vor, im Leichenwagen steckt der Schlüssel.

Ich steige aus. Mache die Tür des Leichenwagens auf.

Dann begehe ich meinen großen Fehler.

Und zwar gegen mein intuitives Gefühl, dass man Kinder immer in nächster Nähe haben sollte. Nah am Körper. Aber die Vernunft sagt mir, dass Labans und mein Vorhaben, an dem kein Weg vorbeiführt, zu gewagt ist, um sie dabei zu haben.

Ich reiche Thit und Harald meinen letzten Tausend-Kronen-Schein.

»Ihr macht jetzt eine lange Fahrt«, sage ich. »Bis wir uns melden.«

Wir setzen uns in den Leichenwagen. Die Taxe ist schon weg.

8

»Kirsten Klaussen ist die letzte Möglichkeit. Vielleicht können wir sie gemeinsam überreden.«

Laban nickt nur.

Wir halten hinter der Kirche.

Der Friedhof ist von einem schmiedeeisernen Zaun aus stilisierten Hellebarden umgeben. Wir folgen dem Zaun, um einen Einlass zu finden. Zehn Meter vor uns steckt ein Dobermann seine Schnauze durch die Stäbe.

Wir treten näher, er starrt uns mit offenen Augen leblos an.

»Pfui Spinne«, sagt Laban.

Der Kopf des Hundes ist auf eine der Lanzen aufgespießt worden. Die Lanze ist unter dem Kiefer eingedrungen. Hinter den Ohren kommt die Spitze zum Vorschein, einen Zentimeter lang, es sieht aus, als hätte er ein kleines Krönchen auf.

Wir finden eine Tür, sie ist verschlossen. Laban legt seine Lederjacke über die Zaunspitzen, so kommen wir rüber.

Der Friedhof wuchert allmählich zu, von der Kirche ist er durch einen provisorischen Drahtzaun getrennt. Innerhalb des Zauns beginnt der Swimmingpool, von dem Kirsten Klaussen in den Braunkohlelagern ihrer Kindheit geträumt hat.

Wir bleiben an seinem Rand stehen. Das Wasser ist rostfarben. Ich beuge mich über den trüben Wasserspiegel. Auf dem Grund liegt der andere Dobermann. Ihm wurde der Hals durchtrennt, der Schädel hängt nur noch an einigen Hautfasern.

»Wir könnten umdrehen«, sage ich.

Er schüttelt den Kopf.

Jeder nimmt sich einen Eingang vor. Die Türen sind nicht abgeschlossen, kein Mensch ist zu sehen, wir treffen uns mitten im Kirchenschiff.

Alles ist wie heute früh, die Kisten, die Bazooka an der Wand. Der einzige Unterschied ist die Farbe des Wassers. Und eine kaum wahrnehmbare Bewegung der Oberfläche.

Laban hebt eine Hand zum Zeichen, dass ich horchen soll. Ich vernehme nichts anderes als das Rauschen des fernen Verkehrs auf dem Marktplatz von Bagsværd.

»Es tropft.«

Wir gehen am Beckenrand entlang, jetzt höre ich es auch. Dann sehen wir die Tropfen, die schwache, konzentrische Kreise auf dem Wasser entstehen lassen. Wir schauen hoch.

Kirsten Klaussen hängt oben im Gewölbe, unter dem Mobile. Die Stahlseile des Mobiles sind ihr mehrmals um den Hals und um Beine und Arme gewickelt worden. Mund und Augen stehen offen. Die Arme sind ausgebreitet. Als wäre sie ein Todesengel von hundert Kilo, der aus dem Weltraum einfliegt.

Wir sitzen im Leichenwagen. Laban hinterm Lenkrad.

»Ich vertraue den Politikern immer noch, Susan. Das hier, das kann doch irgendwie nur ein Irrtum sein. Ein Kurzschluss auf einer unteren Ebene der Bürokratie. Ich werde mit Falck-Hansen sprechen. Er war Kulturminister, als ich meinen Durchbruch hatte.«

Er lässt den Motor an. Ich habe das Gefühl, wir stehen vor einem Abschluss. Wenn noch etwas gesagt werden muss, dann jetzt.

»Laban«, sage ich. »Was war das Schlimmste in unserer Beziehung?«

Er braucht nicht nachzudenken, die Antwort kommt auf der Stelle. Als hätte er sie zwanzig Jahre mit sich herumgeschleppt und nur darauf gewartet, dass ich danach frage.

»Die Seitensprünge. Das war das Schlimmste.«

Zwischen dem Lyngby-See und dem Bagsværd-See biegt er ab. Wenn wir ins Zentrum wollen, ist das die falsche Richtung. Aber wir wissen beide, dass es richtig ist, einen Moment lang die Zeit anzuhalten.

»Du hattest einen pro Jahr, im Durchschnitt, ich hab nachgezählt. Wenn eine Frau mit einem andern Mann zusammen gewesen ist, bringt sie sein ganzes Energiesystem mit nach Hause. Seinen Duft, seinen Samen, seinen Klang. Jeden neuen Mann konnte ich ein Jahr lang in deinem System hören, ungefähr ein Jahr lang. Auch noch, nachdem ihr Schluss gemacht hattet. Und wenn der Klang weg war und ich langsam Hoffnung schöpfte, wir könnten vielleicht endlich ganz zueinanderfinden, vergingen ein paar Wochen, höchstens Monate, dann bahnte sich der nächste an.«

Das ist ohne Vorwurf gesagt, auch ohne jede Hoffnung, die Wirklichkeit verändern zu können.

»In den ersten Jahren dachte ich noch, ich könnte es vielleicht genauso machen. Und ich hab's versucht, Susan. Aber das klappte nicht. Ich bin nicht der Typ. Ich konnte die Wunde, die du mir beigebracht hast, nicht mit einer anderen Frau heilen.«

Wir fahren an den Außenvierteln von Lyngby vorbei.

Ich lege meine Hand auf seinen Arm. Hier gibt es nichts zu entschuldigen, ich habe getan, was ich tun musste. Wir sind weit weniger frei in unseren Entscheidungen, als wir glauben.

»Es tut mir leid«, sage ich.

Er akzeptiert es. Der Effekt ist zwischen uns wirksam. Er ermöglicht es einem, den Schmerz des andern ungefiltert zu spüren. In diesem Augenblick weiß ich nicht nur, wie weh es ihm getan hat. Ich spüre es auch selber.

»Und ich, Susan? Was hast du dafür bezahlt, mit mir zusammen zu sein?«

»Die Aufmerksamkeit um deine Person«, sage ich. »Die Berühmtheit. Und dass du nicht ohne all das leben konntest.«

Ich brauche nicht ins Einzelne zu gehen, wir wissen beide, was gemeint ist. Laban hat keine Seitensprünge gehabt. Aber immer mussten sieben Frauen um den Flügel stehen, immer bereit zu springen. Egal in welchem Zusammenhang, in Konzertsälen, Konservatorien, Fernsehstudios und Festsälen, es ist nie mehr als eine Minute vergangen, bis die Leute über mich hinweggetrampelt sind, um an ihn heranzukommen.

Und neben der Eitelkeit gab es die Verschwendungssucht. Autos, die wir nicht bezahlen, Reisen, die wir uns nicht leisten konnten, das Sommerhaus am Wasser in Hornbæk, in der Jammerbucht. Das Boot im Hafen von Rungsted, obwohl wir beide, wenn es an der Mole lag und schaukelte, schon vom Anblick seekrank wurden. Die Zwangsversteigerungen, die Kredite, die Rettungen in letzter Sekunde.

»Die meisten großen egozentrischen Alphamännchen«, sage ich, »hatten das Glück, eine Frau zu finden, die sie unterstützte. Die die Frau hinter ihnen sein konnte. Aber du hattest dieses Glück nicht. Du hast eine wie mich bekommen. Die dich noch dazu gedemütigt hat.«

Wir biegen auf die Autobahn zum Zentrum.

»Trotzdem«, sagt er langsam, »bereue ich nicht einen Tag. Nicht einen einzigen Tag.«

Ich frage mich, ob ich richtig gehört habe.

»Du bist … taufrisch, Susan. Das bist du. Taufrisch.«

»Ich bin dreiundvierzig.«

»Das hat damit nichts zu tun. Es ist die Art, wie du immer

aufgewacht bist. Egal, wie hart der Vortag war. Ob wir uns gestritten hatten. Ob du die Kinder sechsmal stillen musstest. Und Harald Koliken hatte. Du hast einfach alles von dir abgeschüttelt, wenn du die Augen aufgemacht hast. Das war unschlagbar, Susan. Wirklich.«

Einen Augenblick lang, kurz wie ein Lichtstreif, verstehe ich vielleicht, was er meint. Das ist eine der Möglichkeiten, die in der Aufrichtigkeit liegen. Dass uns ein anderer Mensch unser wahres Spiegelbild vorhalten kann.

Dann taucht ein Erinnerungsschimmer in meinem Bewusstsein auf. Er hat am Rande meiner Aufmerksamkeit gebohrt, jetzt bricht er herein wie ein Strom. Ich mache eine Geste, Laban versteht, dass etwas nicht stimmt, er biegt auf die Standspur und hält an.

»Der Fahrer«, sage ich. »In dem Mathematiktaxi. Das war Jason, der graue Mann.«

Laban schüttelt den Kopf. Aber nicht, um mir zu widersprechen. Sondern um zu versuchen, die Wirklichkeit zu beseitigen.

Mein Telefon klingelt. Ich gehe ran.

»Susan?«

Ich kann nicht sprechen. Meine Stimme versagt.

»Susan, ich hab die Kinder.«

»Jason …«, sage ich.

»Hör zu, Susan. Ich möchte gern mit dir reden.«

»Wo?«

»Gleich. Wenn ich mit deiner herrlichen Tochter fertig bin.« Er ist still. Ich spüre ihn, als säße ich ihm gegenüber. Durch das Telefon ergötzt er sich an meiner Angst.

In der Stille hinter ihm, weit entfernt, höre ich ein Geräusch, das ich kenne. Wie ein gedämpftes Sausen. Aber ich kann es nicht einordnen.

Dann legt er auf.

Wir bleiben einige Minuten stehen. Es kommt mir vor, als nähme mich jemand aus dem Spiel. Etwas anderes übernimmt die Verantwortung.

»Fahr«, sage ich.

9

Laban hält nach hundert Metern in der Strandgade. Vor der Drehtür des Außenministeriums stehen mehrere Autos.

Hinter der Tür geht es nicht weiter. Hier ist eine Sperre zu passieren, vor uns warten noch etliche Leute.

In meinem Leben hat es so einige Sperren gegeben, und immer habe ich auf der falschen Seite gestanden. Dort, wo man sich bewerben muss oder wo man bereits drei Wochen zuvor um einen Termin gebeten haben musste, um eingelassen zu werden. Alle meine Versuche im Leben scheinen nur dem einen Ziel gedient zu haben: auf die richtige Seite der Theke zu kommen. Es ist mir nie gelungen. Unter anderen Umständen hätte das ein Gefühl der Müdigkeit hervorgerufen. Jetzt herrscht innerer Ausnahmezustand.

Die Leute treten zur Seite, vor uns steht der Außenminister. Er ist auf dem Weg nach draußen.

Andrea Fink hat einmal zu mir gesagt, es gebe drei Sorten von Politikern. Diejenigen, die ebenso gut eine andere Ware verkaufen könnten. Diejenigen, die einen mehr als normalen Machtwillen haben. Und die Staatsmänner.

Falck-Hansen ist ein Staatsmann. Alle wissen, dass er jederzeit Premierminister werden könnte. Wegen seines großen Interesses an der Außenpolitik hat er abgelehnt. An der Entwicklungshilfe. An der Abrüstung. An der internationalen Zusammenarbeit.

Zum ersten Mal habe ich ihn mit Anfang zwanzig gesehen, er hielt einen Vortrag im Festsaal der Universität. Was mir auffiel, war seine Natürlichkeit. Er sprach uns direkt an, als säße er bei uns zu Hause im Studentenwohnheim. Und mit einem Charisma, dass wirklich jedes anwesende weibliche Wesen ihn bei sich zu Hause im Studentenwohnheim und am besten noch auf der Bettkante sitzen haben wollte.

Ich erlebte zum ersten Mal, dass ein Politiker die Darlegung seiner Standpunkte nicht zum Anlass nahm, seine Gegner mit Dreck zu bewerfen. Er war unaggressiv, freundlich und direkt.

Auch jetzt. Er erkennt Laban auf der Stelle und lächelt. Ich trete einen Schritt vor.

»Wir waren im Archiv, um an die Protokolle der Zukunftskommission zu kommen. Wir schweben in Lebensgefahr. Hegn und seine Organisation sind irgendwie außer Kontrolle geraten. Unsere beiden Kinder sind entführt worden.«

Die Stimmung im Raum verändert sich. Man darf sich in seiner Entourage nicht täuschen. Das sind keine politischen Groupies. Nicht einer der zehn Menschen um uns herum würde sich nicht vor ihn stellen, um bei einem Attentat die Kugel abzufangen, die eigentlich für ihn bestimmt war. Inklusive der Damen hinter der Empfangstheke. Jetzt betrachten sie mich wie ein mögliches, plötzlich aufgetauchtes Problem.

Falck-Hansen und ich sehen uns an. Ich spüre bei ihm keine Verwunderung. Er weiß, was die Zukunftskommission ist. Er registriert und versteht meinen Zustand.

Er hakt sich mit dem einen Arm bei Laban unter und mit dem anderen bei mir. Wir fühlen seine Aufmerksamkeit so intensiv, dass der Rest der Welt sich in Wohlgefallen auflöst, es ist, als existierten nur wir drei.

Er führt uns den Flur hinunter.

»Wir brauchen«, sagt er, »ein wenig Zeit hinter verschlossenen Türen.«

Das Büro zeigt zur Fahrrinne hinaus, es ist nicht so groß, wie man hätte erwarten können, mit zwei Vorzimmerchen und einem kleinen Sitzungsraum.

Er zeigt auf zwei Stühle, wir setzen uns. Auf einem kleinen Tisch steht eine gusseiserne japanische Teekanne auf einem Stövchen, er schenkt uns Tee in dünne Tässchen ein, sie sind zart wie Zephirsgesäusel. Wir werden keinen Tropfen hinunterkriegen, aber das ist egal, wichtig ist die fürsorgliche Geste.

»Die Zukunftskommission sah einen globalen Zusammenbruch voraus«, sage ich. »Aber sie hielt die Einzelheiten zurück. Um diese Einzelheiten zu bekommen, wurden wir von Hegn nach Dänemark gebracht, wir haben Erfahrung im Verhören. Irgendetwas ging schief. Irgendeiner ist dabei, die Mitglieder der Kommission zu töten, vielleicht gehen die Kinder und wir mit dabei drauf. Hegn hat uns in einer staatlichen Versuchsstation im Süden von Seeland interniert, da sind wir gestern Nacht ausgerissen. Die Kinder kamen heute nach. Wenige Stunden später wurden sie gekidnappt. Wir wollen, dass hier und jetzt nach ihnen gefahndet wird. Und dann muss Hegn verhört werden. Er arbeitet mit einer internationalen Sicherheitsfirma zusammen, SecuriCom, die Verbindung zur internationalen Kriminalität hat. Ein Mitarbeiter dieser Firma hat die Kinder in seiner Gewalt, ein Verrückter.«

Kaum einer kann zuhören, aber er kann. Auf eine Art, wie nur Laban, die Zwillinge und Andrea Fink zuhören können. Er versteht alles, er verarbeitet alles.

»Es gibt einen Plan«, sage ich, »geheim, für die Evakuierung von ungefähr viertausend Dänen im Falle einer militärischen oder zivilen Katastrophe. Nach Spray Island, Sie werden es kennen, wir haben Sie eben in einem Werbefilm für die Insel gesehen. Andere westliche Staaten haben andere Inseln gekauft, vielleicht ist der Plan transnational, eine Kooperation, um zumindest einen kleinen Teil der politischen, wissenschaftlichen, wirtschaftlichen und künstlerischen Elite zu erhalten. Es gibt umfassende Pläne für den Transport der viertausend, für die Urbarmachung der Insel, für Energieversorgung und Schutz. Der ganze Apparat wurde in Gang gesetzt. Anscheinend ist jemand der Meinung, dass die Katastrophe unmittelbar bevorsteht. Haben Sie sich deswegen alle am Weihnachtsvorabend versammelt, als wir uns im Archiv begegnet sind?«

Er stellt uns den Tee hin. Nimmt Platz. Er ist der Mann, der meine Sicht auf die dänische Demokratie verändert hat. Er lebt für eine Sache, wie Desmond Tutu, Gorbatschow, Kofi Annan, Nelson Mandela. Vielleicht gibt es doch Gerechtigkeit und gesunden Menschenverstand, wenn man nur weit genug oben im System ansetzt. Gleich sind die Kinder wieder bei uns. Gleich sind wir rehabilitiert, wieder zu Hause im Evighedsvej, wieder auf der Arbeit.

»Den gibt es nicht, diesen Plan. Undenkbar. Ich hätte davon gehört. Das wäre in Dänemark unmöglich. Aber, Susan, wenn Dänemark nun ein Schiff wäre, ein großes Schiff. Und Sie wären an Bord, mit den Zwillingen. Ich habe Sie alle auf der Vorderseite des *Time magazine* gesehen. Wunderbare Kinder. Und Sie erfahren, dass das Schiff sinkt und in den Rettungsbooten nicht für alle Platz ist, was würden Sie tun?«

Ich sage nichts. Er steht auf. Geht ans Fenster, blickt über den Hafen.

»Versuchen Sie, es für sich zu verwirklichen. Stellen Sie sich das Schiff vor. Sie beide haben die Möglichkeit, die Zwillinge zu retten. Und sich selbst. Du, Laban, bist einer der bekanntesten Komponisten Dänemarks. Wenn es eine solche Liste gäbe, wärst du mit drauf. Und Susan und die Kinder. Könntest du nein sagen? Hättest du das Recht, nein zu sagen?«

Er sieht uns nicht an. Ich spreche jetzt zu seinem griechischen Profil.

»Wenn es diese Liste gäbe, hätten wir weiterhin die Chance draufzukommen?«

»Sie haben mein Wort.«

Wir schweigen, alle drei. Er dreht sich zu uns um.

»Was die wesentlichen gesellschaftlichen Probleme angeht, regieren wir eine Nation von Tauben und Blinden. Wer lesen kann, hat die Schrift an der Wand längst gesehen.«

Er geht zur Tür.

Selbst nun, da alles verloren ist, verspüre ich den Drang, mich an seine landesväterliche Rechtschaffenheit und Autorität zu lehnen.

»Ich hole ein paar gute Leute. Die passen auf Sie auf, während Sie nachdenken.«

»Die Kinder«, sage ich.

»Ich muss zu einer Ballonfahrt. Wenn ich zurück bin …«

Die Tür schließt sich hinter ihm. Laban will etwas sagen. Ich mache ihm ein Zeichen, still zu sein.

Ich hole den Kuhfuß aus der Handtasche. Und ein Papiertaschentuch. Die Schreibtischschubläden sind abgeschlossen, ich lege das Taschentuch zwischen Holz und Metall und hebe das Schloss aus seiner Vertiefung. In der obersten Lade sind Schlüssel, Filzstifte, Büroklammern, USB-Sticks, zwei Keile aus gelbem Plastik, die Türen daran hindern zuzufallen. In der nächsten Schublade sind Schreibpapier, Umschläge, Siegellack, ein Siegel. In der dritten eine Mappe. In der Mappe eine Liste. Es sind fünfzig und ein paar Seiten, auf jeder Seite etwa hundert Namen. Ich lege sie in meine Tasche. Sie und die beiden Plastikkeile.

Mit dem Kuhfuß und dem Taschentuch schließe ich die Schubläden wieder.

Der Minister ist zurück. In seinem Gefolge vier Männer, zwei bleiben vor der Tür.

Es sind keine gewöhnlichen Männer. Es sind Haie, die an Land gegangen sind, Maßanzüge tragen und aufrecht gehen und gelernt haben, höfliche Sätze zu sagen. Sie machen effiziente Bewegungen, sie treten zur Seite, wir gehen voraus.

Auf dem Weg hinaus bleibe ich vor Falck-Hansen stehen.

»Der Ballonaufstieg – ist der vom alten Haus des Rundfunks?«

Er reagiert nicht. Ist auch unnötig. Der Effekt und ich haben bereits die Bestätigung seines Systems aufgeschnappt.

»Ich hoffe und glaube, dass ich mich eines Tages revanchieren kann«, sage ich.

Er hat vierzig Jahre politische Erfahrung darin, auf der Kommandobrücke stehen zu bleiben, auch wenn es dreißig Meter pro Sekunde stürmt. Trotzdem spüre ich bei ihm eine leichte Unruhe.

Und schon sind wir gegangen.

Die Haie schwimmen um uns herum. Ich merke Labans Angespanntheit. Aber auch seine Bereitschaft. Auch er befindet sich im Ausnahmezustand. Wir sind keine Menschen mehr. Wir sind biologische Maschinen, die dafür sorgen wollen, dass ihre Brut überlebt.

Wir nähern uns der Drehtür, einer der Männer betritt sie vor mir. Ich klopfe ihm auf die Schulter.

»Ladies first.«

Er hält inne. Auch Haie hatten eine Mutter, die immer noch in ihnen steckt, obwohl sie große Fische geworden sind. Es ist diese innere Mutter, die ihn stehen bleiben lässt.

Ich gehe in den kreisenden Raum, zu dem die Tür sich öffnet, Laban ist unmittelbar hinter mir. In dem Augenblick, in dem die frische Luft uns empfängt, drehe ich mich um, bücke mich und schlage mit dem Kuhfuß einen gelben Plastikkeil unter die Tür hinter mir.

Die Drehtür dreht sich nicht mehr. Ich mache einen Schritt nach rechts. Unter die Tür für die Rollstuhlfahrer gleich daneben, die nach außen aufgeht, schlage ich den anderen gelben Keil.

Wir rennen zum Auto. Dann pflügt Laban rücksichtslos durch den Verkehr wie ein Krankenwagenfahrer.

Er fährt mit dem Wagen direkt auf den Vorplatz vorm Rundfunkhaus. Dort stehen viele Autos, es wimmelt von Polizei.

Zwei Männer mit Kopfhörern empfangen die Gäste, der eine ist in Uniform, der andere, im Anzug, hat das Sagen.

Der Uniformierte tritt auf mich zu. Bei seinem Anblick geraten die Wirklichkeitsebenen ins Rutschen, halluziniere ich? Der Mann in Uniform ist die junge Schönheit von der Svanemøllen-Kaserne.

»Ich konnte nicht schlafen«, sagt er. »Nach dem Kuss. Ich lag die ganze Nacht zehn Zentimeter über der Matratze.«

Man muss mit den kleinen Küsschen vorsichtig umgehen. Es mag schon sein, dass man selbst sie wie Trinkgeldgroschen verteilt. Aber was ein richtiges Liebhaberherz ist, das kann schon einen einzigen von ihnen als Ouvertüre zu Romeo und Julia auffassen.

Zwei Beamte kommen auf uns zu, die Situation ist dabei, mir aus den Händen zu gleiten. Dann ändert sich die Stimmung, subtil, aber deutlich. Thorbjørn Halk steht neben uns.

Er ist bekannter als Bohr seinerzeit. Denn Bohr hatte nicht diese massive Medienaufmerksamkeit. Und wenn er sie gehabt hätte, wäre er nicht daran interessiert gewesen. Thorbjørn Halk ist die erste große quantenphysikalische *Celebrity* der Informationsgesellschaft.

Ich fasse ihn am Arm und halte ihn fest. Er versucht, sich frei zu machen, er schafft es nicht. Wir bewegen uns vorwärts. Menschen weichen aus, die Tür geht auf, wir sind drinnen.

Wir treten in den Aufzug. Erst jetzt sehe ich, dass der Eisprinz auch dabei ist. Wir fahren hoch. Die Tür gleitet auf, einen Meter vor mir steht Thorkild Hegn.

Er ist nicht allein. Aber er ist nicht von zwei oder vier Mann umgeben wie im Außenministerium. Sondern von zehn oder zwölf.

Er ist nicht überrascht.

»Susan. Ihr macht es mir nicht leicht.«

»Wir sollten weggefahren werden«, sage ich. »Von wem?«

»Von mir.«

Er hat eine phantastische Stimme, heute wie damals. Warm, lebendig, klangvoll, voluminös.

Hegn tritt zur Seite, mein Vater steht vor mir.

Er nimmt den sahnefarbenen Hut ab. Er ist rotblond, kein graues Haar ist zu sehen. Er ist um die siebzig, er sieht zwanzig Jahre jünger aus. Mindestens.

Er breitet die Arme aus. Und unversehens liege ich dort, wo jedes kleine Mädchen am liebsten liegt, auch wenn es dreiundvierzig ist: in den Armen seines Vaters.

Er hält mich von sich weg.

»Susan. Susan.«

Er sagt meinen Namen langsam. Er versucht, fünfunddreißig Jahre zu überbrücken, den Namen und die Erinnerung an ein achtjähriges Mädchen mit der Frau zu verknüpfen, die jetzt vor ihm steht.

Autorität ist ein eigentümliches Phänomen. Der ganze Raum hält den Atem an. Obwohl sich etwa vierzig bis fünfzig Personen um uns herum befinden, die alle Teil eines wichtigen Projekts sind, das bereits auf vollen Touren läuft, wird alles still.

In dieser Stille tritt plötzlich der Eisprinz vor.

»Ich möchte gern um die Hand Ihrer Tochter anhalten.«

Alle sehen ihn an. Möglich, dass seine Replik zu Shakespeares Zeiten gängig war. Aber schon, als mein Vater noch ein Kind war, kann sie nicht mehr in Umlauf gewesen sein.

Mein Vater macht eine kleine Bewegung. Zwei Männer stellen sich hinter den Prinzen. Sie hantieren irgendwo auf der Höhe seiner Nieren. Er wird weiß wie ein Laken, seine Beine geben nach. Sie fassen ihm unter die Arme und führen ihn ab.

Mein Vater legt seinen Arm um mich. Wir gehen durch eine Tür, Menschen folgen uns. Wir steigen über Kabelbündel, die am Boden festgeklebt sind, wir kommen an Fernsehteams vorbei und auf einen Balkon über dem ehemaligen Konzertsaal, jetzt dient er als Lager, überall sind Kisten aufeinandergestapelt.

Wir nehmen eine Treppe zum Dach, Hegn, Thorbjørn Halk und Laban folgen.

Der Außenminister erwartet uns. Ausdruckslos betrachtet er Laban und mich.

Von Nahem ähnelt der Ballon keinem Ballon, sondern einer künstlerischen Installation. Der Auftriebskörper selbst fasst höchstens hundert Kubikmeter, er steckt in einer Leichtmetallkonstruktion, die auch das Segel hält, das etwa dreißig Meter hoch sein dürfte und aus einem Kunststoff, der zugleich wie Silberfolie reflektiert und teilweise transparent ist. Hunderte dünner Solarmodule sind an kaum sichtbaren Drahtseilen aufgehängt.

Eine schmächtige, geschlossene Kabine ist an dem Leichtmetallstativ unter dem Ballon befestigt, an der Kabine befindet sich ein langer Aluminiumkiel. Das Ganze ähnelt einem schlanken Kielboot, das für Bootsrennen gebaut wurde und auf dem man einen riesengroßen Wasserball befestigt hat, auf dem wiederum der aufrecht stehende Flugzeugflügel ruht.

Auf dem Dach befinden sich nur wir und vereinzelte Techniker. Mein Vater betritt die kleine Gangway. Öffnet die Tür zur Kabine.

»Darf ich dir Kopenhagen von oben zeigen, Susan?«

Einen kurzen Augenblick lang liegt über der Situation ein Spannungsunterschied von einer Million Volt. Hegn will etwas sagen, gibt es aber auf. Die Techniker halten Päckchen bereit, das müssen die Fallschirme sein. Mein Vater schüttelt den Kopf.

»Das Schicksal ist heute mit uns. Gibt es ein Schicksal, Susan?«

»Falls ja«, sage ich, »fabrizieren wir es selber. Wie die Naturgesetze auch.«

Hegn steigt das Treppchen hoch. Verschwindet in der Kabine. Nach ihm der Außenminister. Danach kommt Halk.

»Leider«, sagt mein Vater.

Halk meint, sich verhört zu haben. Er starrt meinen Vater an.

»Für wen hältst du dich eigentlich?«

Wieder die kleine Fingerbewegung, und Thorbjørn hat einen Mann auf jeder Seite. Sie fassen ihn unter dem Arm, drehen sich mit ihm um und gehen.

Ich gehe an meinem Vater vorbei und steige das Treppchen hoch. Er wendet sich an die Leute auf dem Dach.

»Sie können jetzt die Presse herauflassen.«

10

Im selben Moment, in dem mein Vater das Armaturenbrett berührt, erscheint mir meine Kindheit vor Augen. Nicht vage und bruchstückweise, sondern in Gänze. Ich erinnere mich daran, wie er am Lenkrad unseres Autos sitzt. An seine Hände, die die Instrumente streichelten. Den Geruch der Lederpolster. Die Vertrautheit zwischen ihm und mir. Seine Freude beim Beschreiben der physikalischen Welt. Von ihm habe ich den Wunsch, den Zwillingen die Wirklichkeit zu erklären. Ich erinnere mich an das Geräusch der zuschlagenden Tür, wenn er im Winter nach Hause kam. Den Geruch und die Feuchtigkeit seines Lodenmantels, wenn ich mein Gesicht dagegendrückte. Die gleichsam schmelzende Weichheit des Bärenfells, wenn er mir seine Mütze reichte.

Die Kabine hat eine Elektronik wie ein Düsenjet, das Armaturenbrett ist lang und breit wie ein Schreibtisch. Er spielt darauf wie ein Musiker.

»Ich war die ganze Zeit dabei, Susan, als die Maschine konstruiert wurde. Ohne Halks Wissen. Mehrere Details kann ich mir zur Ehre anrechnen. Das ist der erste Ballon der Weltgeschichte, wo der Ballon selber ein Expansionsbehälter ist. Bei dem man die Höhe reguliert, indem man das Volumen vergrößert oder vermindert.«

Er bewegt einen Hebel, das Fahrzeug steigt einige Zoll, die Leinen spannen sich mit einem leichten Sirren.

Der Raum löst sich in Licht auf, auf dem Dach unter uns sind fünfzig Extrasonnen in Aktion: Die Blitzlichter tun ihr Werk. Da müssen ungefähr hundert Journalisten und Fotografen stehen. Der Außenminister tritt durch die Tür und winkt. Hegn und mein Vater ignorieren das Publikum.

Die Schnappverschlüsse der Seile öffnen sich, die dünnen Stahlseile werden unter der Kabine aufgespult. Der Ballon steigt, Beifall rauscht vom Dach herauf und versinkt wieder unter uns. Mehrere Kabinenfenster gleiten nieder, die ganze Vorderscheibe wird aufs Dach gehoben, es fühlt sich an, als wären wir in der freien Luft.

Ich bin noch nie in einem Ballon geflogen, das Erste, was mir auffällt, ist die Stille. An der Erdoberfläche ist immer Lärm, Verkehr, Vogelgezwitscher, Menschenstimmen, Maschinen, die laufen. Hier oben ist nur das Flüstern, das entsteht, wenn der Wind den Auftriebskörper streichelt. Und das leichte Knattern des Segels.

Aus der Abwesenheit der Geräusche entsteht eine Art Illusion. Es ist nicht zu entscheiden, ob wir steigen oder ob Kopenhagen unter uns wegfällt.

Mein Vater berührt einen Knopf, über uns wickelt ein hydraulisches Spill eine Schot ein, wir drehen auf die blauweiße glitzernde Fläche des Öresunds hinaus.

Er nimmt meine Hand. Erinnerungen an seine körperliche Wärme steigen in mir auf.

Die wenigsten Männer können sich geistig sammeln und gleichzeitig körperlichen Kontakt haben. Die körperlichen Signale trüben die gedankliche Klarheit, Körper und Denken sind auf eine bestimmte Art Feinde. Anders bei meinem Vater. Für ihn hingen Ernst und physische Berührung immer zusammen.

»Die erste Warnung kam vor deiner Geburt, Susan. Keiner kann sich mehr daran erinnern, aber europäische Biologen warnten erstmals Mitte der sechziger Jahre vor der Umweltverschmutzung. Seitdem hat sich alles exponentiell verschlimmert. Jetzt entfalten sich die apokalyptischen Szenarien, jetzt brechen die biologischen Systeme zusammen. Es gibt keinen denkenden Journalisten mehr, der das nicht weiß, keinen Politiker, keinen Forscher. Aber es darf nicht gesagt werden, es wird nicht erhört. Nicht ein einziges Medium kann ein realistisches Bild der Wirklichkeit vermitteln, keine Partei kann das Notwendige vorschlagen, denn diese Ware können sie nicht verkaufen, und dann werden sie nicht gewählt. Denn wir sind alle ein Teil des Problems, es gibt keine Feinde mehr, es ist unmöglich, die Verantwortung auf andere zu schieben. Jetzt handelt es sich nur noch darum, den Besten von uns das Überleben zu sichern. Ihr seid unter den Besten, Susan, du und die Kinder. Auf deinen Mann gebe ich nicht viel, aber er kommt auch mit. Deine Mutter natürlich auch. Und ihr …«

Er zögert. Dieses Zögern ist eine Art Spalt. Hervorgerufen durch den bereits einsetzenden Effekt. Aus dem Spalt sickert das, was in seinem Leben noch immer nicht gelöst ist: seine Liebe zu meiner Mutter. Etwas von ihm hängt in einer Vergangenheit fest, die nicht mehr zu ändern ist.

»Diese Insel hat alles, Susan. Wenn es zum Atomkrieg kommt, ist nur die nördliche Erdhalbkugel von der Eiszeit betroffen, die südliche wird verschont. Wenn das Öl ausgeht, haben wir erneuerbare Energie und Technologie zur Gewinnung von Wasserstoff. *Smart grid.* Wir können sämtliche ernährungstechnischen Bedürfnisse erfüllen. Das Meereswasser kann zwanzig Meter steigen, und wir haben immer noch achthundert Quadratkilometer, um trockenen Fußes spazieren gehen zu können. Wir haben Saatgut, Haustiere, Technologie und Information, um hinterher die Zivilisation neu aufbauen zu können. Das ist nicht die Arche Noah, Susan, das ist auch nicht die Raumkapsel von Jehovas Zeugen. Das ist ein tragfähiges Atlantis.«

Er spürt meine Gedanken. Das konnte er schon, als ich ein Kind war, wir konnten uns gegenseitig spüren. Viele, viele Male fing der eine von uns an zu reden, und der andere lachte glücklich, weil er genau das Gleiche gedacht hatte.

»Wenn alles von einem Moment auf den andern zusammenbricht, brechen auch die Demokratien zusammen. Sie haben immer nur eine dünne Schicht ausgemacht. Fünfundneunzig Prozent der Weltbevölkerung muss immer noch gesagt werden, was sie tun und wie sie sich verhalten soll. Die politischen Institutionen stürzen sofort. Übernehmen werden das Militär und die globalen Unternehmen. Vorausschauenden Politikern wie Jørgen hier war das schon lange klar. Viele von uns haben es auch ohne die Kommission gewusst. Aber sie hat es bestätigt. Sie hat den Rettungsplänen den nötigen Anstoß gegeben. Sie überzeugte die Politiker und die Wirtschaft. Aber die Pläne gab es schon vorher. Für die Übertragung der Macht an diejenigen, die den Willen und die Befähigung haben.«

»Und du bist einer davon, Vater?«

»Das ist ein neuer Aufgabenbereich. Schwierige Sache. Die Verwaltung der Macht, wenn die Demokratien zusammengebrochen sind. Das erfordert ein besonderes Wissen. Wenn das, was von der Gesellschaft noch übriggeblieben ist, nicht zugrunde gehen oder in der Barbarei enden soll. Das erfordert eine Kombination aus militärischer, operativer und verwaltungsmäßiger Erfahrung. Wir nehmen hundertfünfzig Jäger und Kampfschwimmer mit nach Spray Island. Eine kleine Gruppe meiner Leute, eine kleine Fregatte, zwei Jagdflieger, ein kleines U-Boot.«

Wir schweben über dem Öresund. Ich registriere eine Ahnung dessen, was Zugvögel empfinden müssen, wenn sie das Land hinter sich lassen. Die Unsicherheit und gleichzeitig das euphorische Erleben der weiten Wasserfläche.

Er wendet sich von den Instrumenten ab. Es muss eine Art Autopilot geben, die minimalen Kursjustierungen stammen von einer übergeordneten Steuerung.

»Du hast als Letzte mit den Mitgliedern der Kommission gesprochen, Susan. Und du hast dieses faszinierende Talent. Thorkild hat mir davon erzählt. Du hast sie also zum Reden gebracht. Was haben sie gesagt? Welchen Zeithorizont haben sie genannt? Für den endgültigen Zusammenbruch?«

Ich habe Kopenhagen unzählige Male von oben gesehen. Von Flugzeugen und Türmen, vom Restaurant des SAS-Hotels, vom Riesenrad im Tivoli, von den obersten Etagen des Instituts und des Panum-Gebäudes. Aber jetzt ist es anders. Von hier aus gesehen erscheint die Stadt verwundbar.

Vielleicht liegt es an der Langsamkeit des Fahrzeugs, der Zerbrechlichkeit der Kabine, an der Empfindlichkeit der ganzen Konstruktion. Einen kurzen Augenblick lang ist mir, als bestünde zwischen mir und den anderthalb Millionen Menschen unter uns keinerlei Barriere.

»Es gab kein Datum.«

»Es wird auf jeden Fall bald sein. Du und die Kinder gehen nach Hause, ihr nehmt eure Arbeit beziehungsweise Schule wieder auf und haltet euch bereit. Wir evakuieren euch innerhalb weniger Monate.«

»Warum sind die Kommissionsmitglieder gestorben?«

»Das waren ältere Menschen, Susan.«

Ich entspanne mich, ich lasse mich gewissermaßen in den Effekt fallen, man scheint wirklich zu fallen. Das Erlebnis ist jedes Mal ungewohnt, jedes Mal ein wenig erschütternd, auch für mich. Aufrichtigkeit ist kein Faktum, an das man sich ein für alle Male gewöhnen kann, es ist ein Prozess und jedes Mal ein Verzicht auf feste Anhaltspunkte.

»Sie wurden gierig, Susan. Sie fingen an, aus ihrem Können

Profit zu schlagen, indem sie es verkaufen wollten. Das geht nicht. In die Zukunft schauen zu können ist brisanter als der Zugang zu allen erdenklichen Staatsgeheimnissen. Thorkild hat sie über vierzig Jahre gelenkt. Aber sehr wenige Menschen können mit so viel Macht leben, ohne sie zu missbrauchen. Deshalb sind sie gestürzt.«

»Wieso habt ihr nicht gewartet? Bis ich mit ihnen gesprochen habe?«

Mein Vater legt den Arm um Thorkild Hegns Schultern. Jetzt sehen sie aus wie großer und kleiner Bruder.

»Es gab da eine Unstimmigkeit. Thorkild wollte sie leben lassen.«

Ich kenne das aus dem Labor. Der magische Augenblick, in dem eine Hypothese die Welt betritt und ihre mentale Schemenhaftigkeit allmählich Gestalt annimmt. Genau das geschieht jetzt gerade. Die Auflösung der Demokratien ist nicht bloß eine Prognose. Hegn und Falck-Hansen geraten in den Hintergrund. Mein Vater ist die wirkliche Autorität in der Kabine.

»Wer hat es getan?«

Ein Schmerz gleitet über sein Gesicht. Aus einer anderen Etappe kummervoller Vergangenheit.

»Ich habe meine Leute, Susan. – Und sehr nahe steht mir Jason. Ich habe ihm blind vertraut. Er hat euch die Briefe gebracht, dir und deiner Mutter.«

»Ich habe die Leichen gesehen. Er genießt das Töten.«

Wieder zuckt es kurz in seinem Gesicht.

»Ich wollte es vorschriftsmäßig, Susan. Wie im Schlachthof. Hast du das mal gesehen? Bewundernswert. Man führt ein Röhrchen ins Rückenmark des Ochsen, um die gewaltsamen Spasmen zu verhindern. Das Ganze ist sanft und still. So wollte ich es auch. Jason war wie ein Sohn für mich.

Ich habe mich um ihn gekümmert, Susan. Als wäre er dein Bruder.«

»Wie schön«, sage ich.

»Sehr schön. Was ich nicht alles kaschiert habe! Er ist ja ein Psychopath. Vielleicht hätte ich seinen Kopf untersuchen lassen sollen. Es liegt auch an ihm, dass auf einmal alles so ausgeufert ist. Jetzt sind wir gezwungen, ihn abzukoppeln.«

»Er hat meine Kinder, Thit und Harald. Steckst du dahinter?«

Er ist nicht schockiert. Eine Fähigkeit, die er im Laufe der Zeit vermutlich eingebüßt hat. Aber er stockt.

»Wo, Susan?«

»Weiß ich nicht. Er hat mich angerufen. Und gesagt, er wolle mit mir reden.«

»Wir haben ihn in einer Viertelstunde lokalisiert.«

Ich weiß, dass er lügt.

»Und dann kümmert man sich um ihn, Susan.«

»Machst du das selber, Vater?«

»Ich kann nicht, Susan. Er ist wie mein eigenes Kind.«

Die beiden anderen Männer stehen dicht neben uns.

»Ich hatte mal einen Hund«, sagt der Minister. »Einen Beagle, eine Rasse, die keine Appetitregulierung hat. Er konnte fressen, bis er ohnmächtig umfiel. Abgesehen davon, dass er nicht ohnmächtig wurde. Er hätte vierundzwanzig Stunden am Tag fressen können. Und er bettelte am Tisch. Mit seinen bezaubernden braunen Augen. Wir konnten nicht nein sagen. Als er die fünfzig Kilo überschritt, machte das Herz schlapp. Er war rund wie ein Globus. Ich musste ihn zum Tierarzt bringen. Ich sah ihm in die Augen, als er die Spritze bekam. Er wusste, was mit ihm passierte.«

Mir wird schwindlig. Die Trennwand zwischen Ehrlichkeit

und Wahnsinn ist sehr dünn, jetzt ist sie dabei zu bersten. Noch hat es keiner von ihnen gemerkt.

»Ich musste die Hand von meiner Tochter abziehen!«

Der biblische Satz kommt von Hegn. Seine Augen leuchten. Bei großen Geständnissen schüttet das Gehirn Endorphine aus.

»Sie kam dem Institut auf die Spur. Und dass es mit der Demokratie auf Kriegsfuß stand. Am Ende musste ich ihr mit Gericht drohen. Mit einem Prozess unter Ausschluss der Öffentlichkeit. Mit Freiheitsentzug. Stellt euch bloß vor: der eigenen Tochter mit Gefängnis drohen!«

Mein Vater hat sich zu ihnen umgedreht.

»Ihr kennt das doch: zu versuchen, sich an die Namen derer zu erinnern, mit denen man im Bett war. Und man schafft es nicht. Jetzt stellt euch vor, man versucht sich an die zu erinnern, die man umgebracht hat. Aber es geht nicht, es sind zu viele. Und wenn man einschlafen will, dann stehen sie Schlange. Man muss sie zählen, wie man Schafe zählt. Um wenigstens ein Nickerchen machen zu können.«

Ein winziger, aber jetzt machtloser Teil ihres Systems merkt, dass die Situation aus dem Ruder zu laufen droht. Zu spät. Allen Menschen wohnt ein tiefer, instinktiver Trieb zur Aufrichtigkeit inne. Der Effekt ist nichts anderes als die leichte Verstärkung dieses Triebs.

»Ich war bei allen großen politischen Skandalen dabei«, sagt der Minister. »In den letzten vierzig Jahren! Vor Gericht gelogen! Die Beamten mit ihrer Verantwortung allein gelassen. Alte politische Freunde verraten.«

Einer der großen Gedenktage der organischen Chemie liegt im April 1943, als der Chemiker Albert Hofmann, auf der Jagd nach einem Mittel gegen eine Migräne von der Gewichtsklasse wie die meiner Mutter, erstmals das fünfundzwanzigste semisynthetische Derivat von Lysergsäure, die aus dem Mutterkorn gewonnen wird, isoliert, davon fünfundzwanzig Milligramm zu sich nimmt und den ersten LSD-Rausch der Weltgeschichte erlebt. Um die Männer vor mir ist es schlimmer bestellt. Hofmann behielt die Selbsteinsicht, die ganze Zeit über. Ihre ist flöten gegangen.

Hegn ist an der Reihe.

»Was ihr mir erzählt, beeindruckt mich tief. Echt bewegend. Aber das ist so lächerlich im Vergleich zu dem, was ich auf dem Gewissen habe. Ich habe das Institut aufgebaut und dabei das Grundgesetz umgangen. Lebenswichtige Informationen der Kommission habe ich vom Folketing ferngehalten. Und von der Bevölkerung. Und nicht nur, weil sie sie nicht ertragen hätten, sondern auch um meine Macht zu behalten.«

Er hat Tränen in den Augen.

»Das geht bis in meine Kindheit zurück. Wir waren sechs Geschwister. Ich habe die Familie in einem eisernen Griff gehalten. Obwohl Vater Seeoffizier war.«

Er kommt nicht weiter. Der Minister drängt ihn zur Seite.

»Tut mir leid, Thorkild. Aber jetzt hört mal zu. Ich hatte zwei Schwestern. Ich war nahe dran, sie in die Prostitution zu treiben. Als ich zehn war und sie vierzehn und achtzehn. Da war ein Nachbar. Der …«

Er kommt nicht weiter. Mein Vater hat sie an den Haaren gepackt und drückt sie mit dem Gesicht zum Boden.

Die Bewegung ist brutal und wirkt gleichzeitig mühelos. Er kniet sich hin und beugt sich über sie. Er hebt seine Stimme nicht ein Dezibel.

»Wir müssen jetzt mal was klären. Um eine realistische Vorstellung von der Verteilung der Schuld in diesem Raum zu bekommen. Die Hölle, in der ich tagtäglich verkehre, ist …«

Thorkild Hegn schafft es doch, etwas zu sagen, auch wenn die Stimme verzerrt ist.

»Ich hab das Gesetz auf meiner Seite, Svend. Die Gesellschaft hinter mir. Ich kann hundert Beamte kommen lassen, die dich in Empfang nehmen, wenn wir landen. Und dich auf direktem Weg ins neue Gefängnis bei Trørød schaffen lassen. Aus dem du nicht mehr …«

Der Minister hat sich losgewunden.

»Ich vertrete die Regierung. Und solange die Demokratie besteht …«

Mein Vater zieht die Beine unter ihm weg, Falck-Hansen reißt ihn im Fallen mit sich, beide schlagen sie hart auf dem Boden auf.

Ich schiebe mich unauffällig zum Armaturenbrett. Die Kronholme sind schräg unter uns. Nördlich liegt der Windpark. Im Raum hängt ein tiefes Sausen der großen sich drehenden Rotorblätter.

Ich denke an Jasons Stille am Telefon. Und das Geräusch hinter der Stille. Das Sausen kam von den Rotorblättern. Er muss sich mit den Zwillingen irgendwo unter uns befinden.

Ich finde das Höhenruder und drücke es nach vorn. Aus dem Expansionsbehälter erklingt ein gedämpftes Zischen, das Fahrzeug beginnt zu fallen, erst langsam, dann schneller, der Flugplatz kommt uns entgegen.

Mein Vater hat sich wieder aufgerichtet.

»Vater«, sage ich, »was ist mit Harald und mir? Warum sollten wir getötet werden?«

Wir schweben über den Zaun an der Landebahn. Ich nehme Kurs auf einen quadratischen dreistöckigen Bau neben dem Hangar.

»Wir hatten euch nicht identifiziert, Schatz. Und Jason …«

Ich drücke das Höhenruder ganz nach vorn. Über mir ertönt ein leichtes Heulen. Ich klettere auf das Armaturenbrett und stecke die Füße durch den Rahmen der offenen Vorderscheibe. Lasse mich langsam hinunter und finde die Kante, die als Trittbrett rund um die Kabine verläuft.

Die drei Männer drinnen folgen mir mit den Augen. Erst jetzt geht ihnen auf, wo wir sind.

»Das war sie«, sagt mein Vater. »Das war der Effekt.«

Ich zeige an die Kabinendecke, sie schauen nach oben. Auf ein kleines rechteckiges Plastikteil.

»Im Grunde ist alles ganz einfach«, sage ich. »Das sind eine kleine digitale Kamera, ein Mikro, zwei winzige Lithiumbatterien und eine Antenne. Mit einer Reichweite von einigen wenigen Kilometern. Hegns Leute hatten sie in unserm Haus im Evighedsvej installiert. Ich habe nur eine kleine Justierung vorgenommen. Ich habe den Sender auf mein Smartphone kalibriert. Das Laban in der Hand hält. Alles, was hier seit unserm Abflug passiert ist, wurde direkt an die hundert Journalisten auf dem Dach übertragen. Und ins Internet. Laban hat auch die Liste. Mit den viertausend Namen. Ihr seid Fernsehstars geworden. In zwanzig Minuten!«

Aus dem Effekt wieder herauszukommen geschieht immer bedächtig, in Zeitlupe. Ein vollkommenes Verständnis der Lage wird erst nach Minuten, vielleicht Stunden erreicht.

Mein Vater kommt am schnellsten zu sich. Er tritt auf mich zu und lehnt sich gegen das Armaturenbrett. Ich achte auf seine Hände.

»Susan, als ich wegging, das heißt, als ich weggehen musste, hab ich dir einen Rat gegeben: Dass dein Biss …«

»… genauso scharf wird wie mein Bellen.«

»Das ist dir verflucht noch mal gelungen, Susan. Sich von dieser Geschichte wieder zu erholen, wird schwer.«

Ich schaue hinunter. Bis zum Dach sind es zwei Meter. Ich

drücke das Höhenruder nach hinten. Man hört kein Geräusch. Aber über uns fängt der Ballon an, sich zu weiten. Die Kabine hebt sich. Ich springe, lande auf dem leicht abschüssigen Dach, ich rolle, halte mich fest und liege still. Über mir steigt das Luftfahrzeug steil in die Höhe. Ich bleibe liegen, der Wind ergreift das Segel, der Ballon scheint zu treiben, herrenlos, in Richtung Nordnordwest.

Ich richte mich auf. Schaue einen Augenblick lang nach Kopenhagen hinüber.

Dann finde ich eine Tür. Und steige ins Dunkel hinunter.

11

Die Treppe endet an einer Metalltür, von der anderen Seite ist Musik zu hören. Edith Piaf singt. Verschiedene Nummern werden angespielt und wieder abgebrochen, dann entscheidet sich der Zuhörer für *Je ne regrette rien*. Ich öffne die Tür.

Der Raum dahinter ist groß genug für ein Handballfeld, aber er ist quadratisch, von Dachfenstern erleuchtet. Durch die Fenster sehe ich noch einen letzten Schimmer des Ballons.

Tausende von Kisten stehen da, aufeinandergestapelte Persennings, kleine Bagger, neu, noch teilweise eingepackt in Styropor. Paletten mit Gartentraktoren. Pumpen. In der entferntesten Ecke der Halle sind Holz und Baumaterialien bis unter die Decke gestapelt.

Mitten in der Halle sitzt Jason Alter in einem Korbsessel. Zu seiner Linken steht ein niedriger Glastisch mit einem Fernsehschirm. Neben dem Schirm liegt eine flache Waffe mit einem gebogenen Magazin.

Ich gehe auf ihn zu, er dreht den Bildschirm in meine Richtung. Das Bild zeigt das Dach des Rundfunkhauses, ein Mann im Anzug wird interviewt. In der rechten oberen Ecke zeigt ein separates Bildfenster den schwebenden Ballon überm Öresund.

»Wo sind die Kinder, Jason?«

Er schaltet den Apparat aus.

»Schon mal von einem *bacal* gehört, Susan? Wahrscheinlich nicht, das ist eine große Katze in Südafrika. In Europa im großen Ganzen unbekannt, hier hat man nicht einmal einen Namen dafür. So haben sie deinen Vater genannt: *bacal*. Und weißt du warum? Weil man einen *bacal* nie sieht. Man weiß, er ist da. Er wohnt auf den roten Felsinseln in der Savanne. Von denen er dreieinhalb Meter in die Luft springt und Tauben im Flug fängt. Man sieht die Federn, den Rumpf, die Spuren. Aber nie sieht man das Tier. Und du hast ihn dazu gebracht, vor laufender Kamera ein Geständnis abzulegen!«

Er schüttelt den Kopf.

»Er hat mich zum Tode verurteilt, Susan. Im Fernsehen.«

»Bei der Landung erwarten ihn hundert Beamte.«

Er klackt mit den Zähnen.

»Du verstehst das nicht. Die Organisation ist intakt. Die führt er einfach vom Gefängnis aus weiter. Er könnte eine ganze Nation vom Gefängnis aus führen. Ein Imperium. Aber jetzt sind wir nur du und ich. Ich möchte, dass du für mich strippst.«

Er ist vollkommen aufrichtig.

»Du hast dich quasi ins Leben zurückgekauft, aus dem Gefängnis. Jetzt kannst du dir dein Leben kaufen, indem du ein bisschen nett zu mir bist. Dein Leben und das deiner Kinder.«

Er schaut mich aufmerksam an. Er sucht nach Furcht.

»Die Kinder, Jason.«

Er steht auf und geht zu einem Container, schlägt die Türen auf, darin befindet sich ein Zwischending zwischen einem Sommerhausanbau und einem Räucherofen. Er öffnet die Ofentür. Das Licht geht automatisch an. Glatte gelbe Steine um eine Rampe aus Stahl. Auf der Rampe sitzt Harald. Seine Augen sind leer vor Angst.

»Das ist ein Ofen. Zum Einäschern. Nagelneu. Es sollen zwei mit auf die Insel. Selbst dort lebt man nicht ewig.«

Die Wände haben Perforierungen, durch die die Gasflammen hineingeblasen werden.

Er geht zum nächsten Container. Öffnet die Türen. Thit sitzt drinnen, mit dem Rücken an die Wand gelehnt. Immerhin sind beide am Leben.

»Seit ich dich das erste Mal gesehen habe, Susan, habe ich mir gewünscht, dich nackt zu sehen.«

»Mach die Türen zu den Kindern zu«, sage ich.

Er wägt das Für und Wider ab. Dann schließt er die Container.

»Ich fahre nur auf selbständige und reife Frauen ab. Ich habe die Musik ausgewählt, Edith Piaf. Mit ihr geht es mir wie mit Janis Joplin. Und Billie Holiday. Ich wünschte, ich hätte sie gekannt. Es hätte ihr Leben verändert, wenn sie mich gekannt hätten.«

»Das hätte es kürzer gemacht.«

Er lacht.

»Durchaus möglich. Es wäre etwas kürzer geworden. Aber intensiv.«

Er knöpft seine Hose auf. Seine Erektion pulsiert deutlich.

»Fang an. Ich bin richtig heiß.«

Einige wenige Male in meinem Leben ist es mir passiert, dass ich einem Menschen gegenüberstand, den der Effekt nicht öffnen konnte. Weil er zu weit weg war.

Ich knöpfe meinen Cardigan auf. Steige aus dem Rock. Und gleichzeitig in den Ort in mir selbst, an dem ich ganz auf den Versuch konzentriert bin zu überleben.

Er schaltet Edith Piaf an. Ich fange an, mich zu bewegen. Ungelenk. Mit nur einem Gedanken: Wie komme ich näher an ihn ran?

Dann habe ich plötzlich doch etwas begriffen. Unvermittelt, selbst angesichts der Gewissheit, dass er ein Massenmörder ist, spüre ich mit einem Mal, wie verführerisch der Frauenkörper ist. Wie viel Kraft im Schoß steckt.

Er ist kurz davor zu explodieren. Ich streife den BH ab.

»Komm her«, sagt er. »Komm und setz dich auf mich.«

Ich blicke ihm in die Augen. Und trotz allem, trotz der Kinder, trotz aller Rücksichten, trotz der Nähe des Todes, merke ich die Verlockung. Das meiste, was wir tun, ist halb. Verschwommen. Gedämpft. Lauwarm. Heruntergedreht. Der Kontakt zwischen ihm und mir ist in diesem Moment auf eine Art rein.

Ich ziehe den Slip aus. Alles, was mir noch übrig bleibt, ist die Handtasche.

»Du tötest uns auf alle Fälle.«

Es ist etwas, das ich mich sagen höre. Als er antwortet, ist es etwas, das er sich antworten hört. Es kommt nicht von mir und ihm, sondern von außen. Der Effekt ist doch wirksam.

»Es wird nicht wehtun, Susan. Nur ein kleiner Pikser, wie beim Arzt ...«

Er schüttelt den Kopf.

»Warum sag ich das eigentlich?«

Er beugt sich vor und sieht auf sein Spiegelbild auf dem Bildschirm, um wieder Herr seiner selbst zu werden. Er richtet sich auf. Sieht mich an. Seine Erektion hat nachgelassen.

»Hegn hat was gesagt. Dass du ...«

Er lacht. Die Erektion hat neues Leben.

»Das ist erregend. Noch pikanter. Eine Art Voodoo.«

»Das stimmt«, sage ich. »Und dazu gehört ein Trancetanz.«

Ich beginne mich zu drehen. Jeder Physiker ist von Rotationen fasziniert. Bei den Bauchtänzerinnen. Den Mewlewi-Derwischen. Den Pirouetten des klassischen Balletts. Der gyroskopierenden Eigenstabilisierung der Bewegung.

Aber was ich in diesem Moment vor mir sehe, sind Magrethe Spliids Diskusrotationen. Ich habe meine Handtasche bis jetzt festgehalten, weil darin mein Kuhfuß schlummert.

Ich bin ihm jetzt sehr nahe. Ich bewege die andere Hand zum Henkel der Tasche. Mitten in der letzten Drehung geh ich in die Knie. Dann schlage ich zu.

Man hört fast kein Geräusch. Vielleicht wegen des Leders der Tasche, vielleicht wegen seiner dichten grauschwarzen Locken über den Schläfen.

Trotzdem weiß ich, das ist ein Schädelbruch. Obwohl einen kurzen Augenblick lang nichts zu sehen ist.

Er hat die Augen geschlossen. Nun öffnet er sie und blickt in meine. Sein Gesicht zeigt Dankbarkeit. In dieser Sekunde verstehe ich, wie eng die Verbindung ist zwischen dem Hass auf andere und dem Hass auf sich selbst.

Er richtet sich aus seinem Sessel auf. Und nimmt die flache Waffe von der Glasplatte.

Er hätte fallen müssen, körperlich gesehen hätte er fallen müssen, das verraten seine Augen. Wer aber von etwas motiviert ist, das außerhalb seiner selbst liegt, es mag von oben oder von unten kommen, wird stets eine Runde mehr absolvieren können als alle anderen.

Ich hole den Kuhfuß aus der Tasche. Und mache einen Schritt auf ihn zu.

Ich halte mitten in der Bewegung inne. Ihm fehlt ein Stück der linken Seite des Brustkorbs. Durch die Öffnung sehe ich in die Brusthöhle, sehe die eine pochende Lunge. Die Verbindung des Zwerchfells mit der Bauchwand.

Dann folgt ein Geräusch wie von einem plötzlichen, heftigen Windstoß. Sein Körper fliegt aufrecht drei Meter zur Seite.

Er landet auf den Füßen. Beugt den Kopf und schaut an sich hinunter. Auf dem weißen Hemd klebt ein fünfzehn Millimeter langes, blutiges Stück Arterie.

Mit Daumen- und Zeigefinger der linken Hand entfernt er das Ding, behutsam und sorgfältig wie ein Stück Nudel, das ihm aufs Hemd gekleckert ist. Dann kippt er vornüber wie ein Baum.

Von der linken Seite kommt Oskar herein. Er sitzt in einem elektrischen Rollstuhl. Er ist so blass und durchsichtig, dass ich den Eindruck habe, ich müsste die Rückenlehne durch ihn hindurch sehen können. Auf dem Schoß liegt eine Waffe.

Ich öffne die Container. Ich höre mich sinnlose Laute murmeln, während ich die Körper der Kinder befühle, um mich zu vergewissern, dass sie noch heil sind. Ihre Gesichter sind sonderbar ausdruckslos. Langsam kommen sie auf die Beine.

Ich ziehe mich an. Ich trete neben den Rollstuhl, vor dem Gebäude hält der Soldat vom Meteorologischen Institut in einem Golfmobil. Er senkt eine Rampe ab, der Rollstuhl rollt hinauf. Wir steigen ein.

Durch ein offenes Tor im Zaun fahren wir auf die Küstenstraße, nirgendwo sind Menschen zu sehen, die Inseln scheinen verlassen. Ich schaue mir Oskars Waffe näher an. Sie hat eine bläuliche Außenhaut. Es ist das Ding, das bei Kirsten Klaussen an der Wand hing.

Ein grünes Boot wartet auf uns.

Als wir auf dem Sund sind, sehe ich Thit an. Sie antwortet auf die Frage, die ich nicht zu stellen wage.

»Er war schon dabei«, sagt sie. »Aber ich hab ihm erzählt, ich hätte eine hartnäckige Gonorrhö mit nach Hause gebracht. Aus Nagaland. ›Steck ihn ruhig rein, du bist herzlich willkommen‹, hab ich gesagt. ›Aber sei darauf vorbereitet, dass er dir schon abfällt, noch bevor du die Notaufnahme bei der Tropenmedizin erreicht hast.‹ Dann hat er's doch nicht gewagt.«

Ich sehe weg.

»Mama, das ist wohl mit Bewusstseinsevolution gemeint, oder? Die Eltern brauchen Bohrmaschinen und Terrassenschrauben. Aber die nächste Generation behauptet sich durch ihre Intelligenz.«

»Ja«, sage ich, »das wird wohl damit gemeint sein.«

Bei dem jungen Mädchen im Glashäuschen läuft ein Fernseher, sie ist blass. Als sie mich sieht, wird sie noch blasser. Auf dem Bildschirm spricht der Premierminister durch ein Netz aus Kameras und Mikrofonen.

Die Zwillinge und ich gehen zu Fuß nach Hause, in einem Auto hätte ich keine Luft bekommen. Der Jeep folgt uns langsam. Auf dem Strandvej herrscht kaum Verkehr, die Stadt ist wie gelähmt. An Kiosken und in Cafés scharen sich die Leute um die Fernseher. Ich wickle mir den Schal um den Kopf. Keiner sieht mich, keiner erkennt mich.

Im Evighedsvej klingeln wir nicht bei Dorthea, wir treten einfach ein. Sie sitzt auf dem Sofa vor dem Fernseher. Wir bleiben stehen.

»Es breitet sich aus«, sagt sie, »in Windeseile. Angeblich haben andere europäische und einige asiatische Länder das Gleiche getan. Inseln im Pazifik gekauft und so ausgestattet, dass eine Minorität darauf überleben kann. Es heißt, die dänische Regierung werde morgen zurücktreten. Die ersten Pläne seien schon vor fünfzig Jahren entstanden. Eine kleine Gruppe von Politikern quer durch alle Parteien hat anscheinend davon gewusst. Die Aussicht, unter den Auserwählten zu sein, hat alle politischen Gegensätze verwischt. Einige Wirtschaftsführer und Forscher waren unterrichtet. Auch ein paar Persönlichkeiten aus dem Kulturleben und etliche Beamte. Die ersten Köpfe sind gerollt, es gab auch schon zwei Selbstmorde.«

Ich gehe durch das Loch in der Hecke. Unser Haus sieht

aus wie immer. Äußerlich. Weiter drinnen ist es traumatisiert. Irreparabel.

Ich gehe hinein, mitten im Wohnzimmer sitzt Oskar in seinem Rollstuhl.

»Ich habe die Liste mit den Namen im Außenministerium an mich gebracht«, sage ich. »Du stehst auch drauf. Du hättest die Sicherheitskräfte führen sollen. Im Auftrag der Verteidigung hast du Hegn ausspioniert.«

»Sie haben ihm nie vertraut.«

Er bewegt den kleinen Hebel, der Stuhl rollt auf die Eingangstür zu.

»Wann werden wir abgeholt?«

»Falls ihr überhaupt abgeholt werdet.«

Auf dem runden Tisch ist aus irgendeinem Grund der Ausdruck von der Titelseite des *Time Magazine* liegen geblieben. Er ist vergilbt und blass, das Foto ist kaum zu erkennen.

»In dieser ganzen Geschichte hattet ihr eigentlich nie eine große Bedeutung, Susan. Ein einzelner Mensch oder eine Familie bedeutet rein gar nichts. Aber das kann sich als Vorteil herausstellen. Die Stürme, die gerade toben, betreffen in erster Linie diejenigen Leute, die aus der Masse herausragen.«

Ich gehe zu ihm.

»Du hast dir alles verscherzt«, sage ich.

Kein Wunder, dass er als obdachloser Trinker überzeugte. Es ist ein Teil seiner Wahrheit.

Ich streichele seine Wange. Sie fühlt sich an wie trockene, rissige Erde.

Ich schließe die Augen. Als ich sie wieder aufmache, ist er weg. Samt Rollstuhl.

Ich setze mich an den Tisch. Thit und Harald kommen

herein, sie legen einen Pappkarton mit Pizzen vor mich hin und decken den Tisch.

Wir essen die nach nichts schmeckenden Fladen. Zehn Minuten später hält ein Krankenwagen vorm Haus, zwei Männer helfen Laban herein. Er geht am Stock, in seinem Gesicht sind die Spuren von mindestens zwanzig Stichen zu sehen.

»Hegns Leute haben versucht, mich aufzuhalten«, sagt er. »Sie haben es nicht geschafft.«

Er bekommt Pizza und eine Cola. Aber essen und trinken geht nicht, er gibt auf, die Wunden in den Wangen reichen anscheinend bis in die Mundhöhle. Ich hole ihm Wasser.

»Oskar war hier«, sage ich. »Er meint, wir hätten vielleicht eine Chance.«

Ich stehe auf und nehme den Autoschlüssel. Sie stellen keine Fragen.

Die Straßen sind nach wie vor leer. Zwischen Charlottenlund und Valby sehe ich insgesamt nicht einmal ein Dutzend Autos.

Ich parke am Gamle Carlsberg Vej und gehe das letzte Stück zu Fuß. Zum ersten Mal seit zwanzig Jahren sehe ich kein Wachpersonal. Auf den Villenstraßen lastet eine Atmosphäre, als wäre das Land im Ausnahmezustand. Vielleicht ist es das.

Ich schließe das kleine Türchen auf und gehe die Allee hinauf, die Treppe, durch die Haustür und betrete den Saal.

In einer Ecke läuft ein Fernseher. Ein französischer Minister wird interviewt.

Ich bleibe an der Tür stehen. Andrea Fink hebt eine Fernbedienung, und der Bildschirm wird schwarz. Sie muss mich gehört oder gefühlt haben. Ich gehe zum Bett.

Die hellen Nächte sind nicht mehr fern. Obwohl es schon

spät ist, will das Licht nicht weichen. Als hielte es sich an der Umgebung fest.

»Ich dachte, du hättest alles weggegeben«, sage ich. »Aber nein. Du hast es eingepackt. Um es in die Südsee mitzunehmen. Dein Name steht auf der Liste.«

Sie streckt mir die Hand entgegen, ich ergreife sie.

»Laborausrüstung, Susan. Der Rest ist weggegeben. Wir hätten ein phantastisches Labor eingerichtet, du und ich. Sogar der Teilchenbeschleuniger wäre mitgekommen. Ich habe ein kleines Elektrizitätswerk projektiert, fünfzig Megawatt Wasserkraft.«

»Du musst die Idee schon früh gehabt haben.«

»Magrethe und ich. Vor allen andern, Ende der Fünfziger. Wir wollten auch Bohr dabei haben. Aber er wollte nicht wahrhaben, wo das hinführt.«

Ich setze mich auf den Bettrand. Ich bin sehr müde.

Ihre Hand ist eiskalt. Ich schlage ihr Deckbett zur Seite und lege mich neben sie. Ich ziehe den dürren, skelettartigen Körper an mich und versuche, ihm etwas von meiner Wärme zu schenken.

»Wir hätten dort zusammen sein können, Susan. Mit unsern Familien, Laban, den Zwillingen. Wir hätten große Physik machen können.«

Ein leichtes Zittern durchfährt ihren Körper. Wenn es hart auf hart geht, will keiner sterben, nicht einmal sie. Ich streiche mit der Hand über ihren Körper, aber ich schaffe es nicht, die Kälte zu vertreiben, es ist, als hätte sie schon ihre Knochen erreicht.

»Magrethe Spliid zu verhören war ein Vorwand«, sage ich. »Du wolltest uns aus Indien holen, weil du mich dabei haben wolltest. Weil du uns dabei haben wolltest. Auf Spray Island, in Sicherheit.«

Sie antwortet nicht. Das ist auch nicht nötig.

Einen Augenblick lang bleibe ich still liegen. Mit meiner Dankbarkeit, meinem Abscheu und meinem Zorn.

Ich fühle etwas Warmes auf meinem Handrücken, wie von tropfendem Kerzenwachs. Mir wird klar, dass ich weine.

Dann stehe ich auf.

»Ich habe in den letzten Monaten etwas entdeckt«, sage ich. »Was ich vorher nicht gewusst habe. Weißt du, was am tiefsten in einem drin ist, auch am tiefsten im Effekt?«

Sie sagt nichts.

»Andere Menschen, Andrea. Am tiefsten in einem drin sind die anderen.«

Ich sehe sie ein letztes Mal an. In dem schwachen Licht, das von draußen hereinkommt, versuche ich, so viel von ihr mitzunehmen, wie ich kann.

Dann drehe ich mich um und gehe.

Als ich durch die kleine Drahtpforte auf die Straße trete, reißt sich ein Schatten los. Mein Eisprinz.

Seine eigene Mutter hätte eine Stimmprobe gebraucht, um ihn zu identifizieren. Die Uniform ist am mehreren Stellen zerrissen.

Er hält inne und sieht mich an. Was das Gesicht nicht wiedergeben kann, davon laufen die Augen über.

»Lars«, sage ich, »ich bin dreiundvierzig. Ich habe zwei Kinder gestillt. Meine Brüste hängen wie zwei nasse Kaffeefilter. Die grauen Haare wachsen zu Tausenden. Du bist auf dem Weg ins Leben, ich bin auf dem Weg in die Rente.«

»Shakespeare sagt, im Sonett 104: ›Mir, schöner Freund, kannst du nie älter werden …‹«

Ein Auto rollt heran, der Leichenwagen. Laban sitzt am Steuer. Er hält an. Erst kommt der Stock, dann die Beine.

Er richtet sich mit Mühe auf.

»Ich habe ein kleines Stück geschrieben, Susan, über uns zwei. Eine Art Serenade. Der erste Vers lautet: ›Den Sternen droben sind deine Augen Wünschelbrunnen …‹«

Er fängt an zu singen. Ich fange an zu gehen. Sie folgen mir. Laban singend auf der rechten Seite, der Eisprinz auf der linken. Ich hoffe, ihre Verletzungen hindern sie daran, eine Schlägerei anzufangen.

Hier und da erscheinen Leute an den Fenstern und schauen uns nach. Das ist wahrscheinlich der Effekt.